中村彰彦

真田三代風雲録（上）

実業之日本社

実業之日本社文庫

真田三代風雲録（上）／目次

軍師きたる　11
信濃先方衆となって　41
鬼謀の人　70
鬼謀ふたたび　104
塩尻まで　136
戸石城乗っ取り　166
若武者と一徳斎　194

川中島の父子　222
合従連衡　253
三増峠の一番槍　283
巨星墜つ　316
不甲斐なし勝頼　345
武田家滅亡　373
上田城の密謀　402
第一次上田合戦　427
秀吉と家康の間で　452

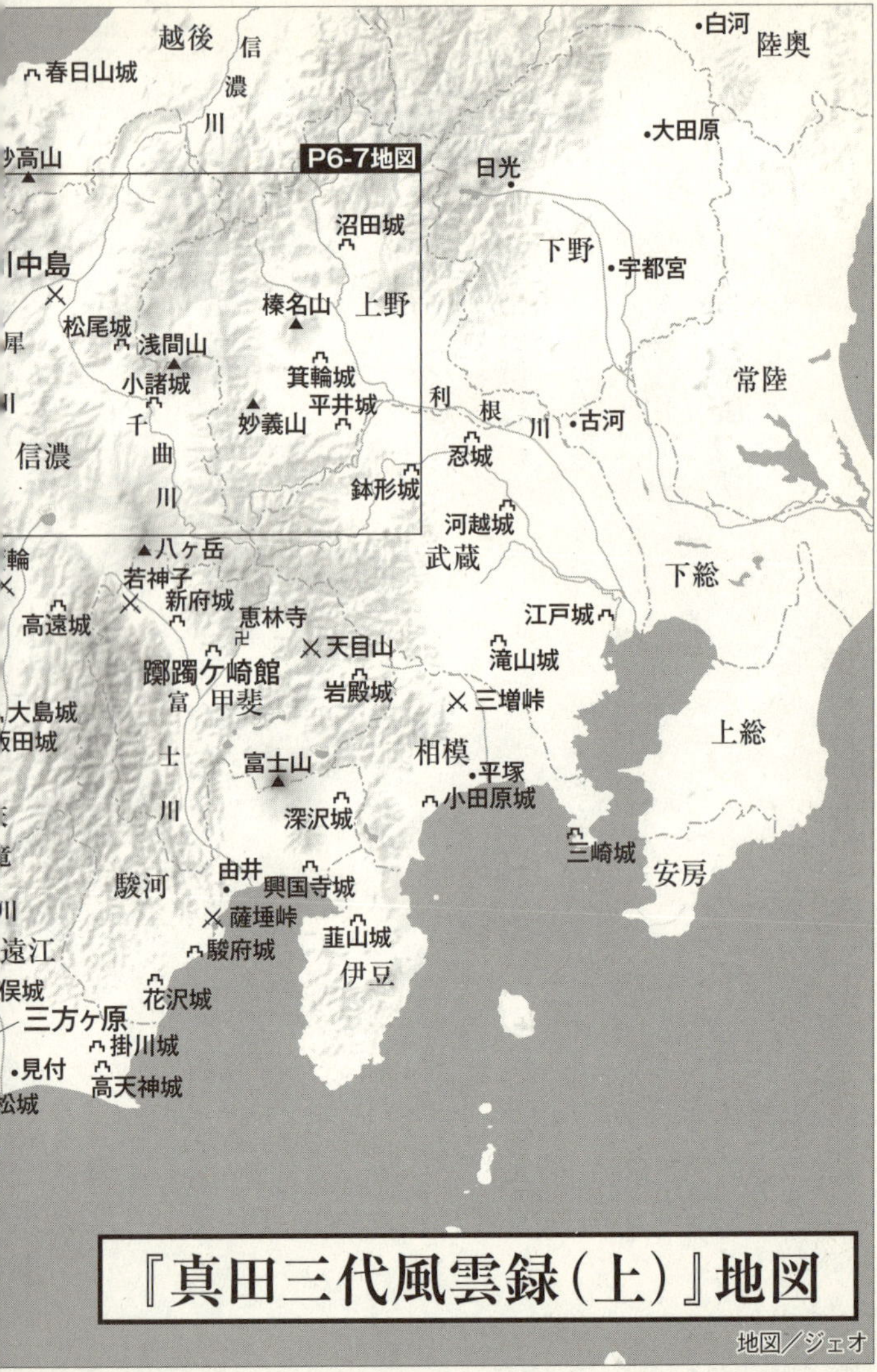

『真田三代風雲録（上）』地図

地図／ジェオ

能登
越中
加賀
北ノ庄城
飛驒
越前
長良川
木曾川
美濃
揖斐川
岐阜城
若狭
賤ケ岳
丹後
岩村城
小牧
岩倉城
佐和山城
清須城
安土城
長島
尾張
長久手
三河
丹波
草津
近江
岡崎城
設楽原
京
山城
四日市
牛窪城
野田城
吉田城
播磨
摂津
伊賀
大坂城
河内
伊勢
和泉
大和
志摩
高野山
紀伊

越後
高井郡
利根郡
小川城
名胡桃城
沼田城
吾妻郡
嶽山城
上野
岩下城
岩櫃城
赤城山
吾妻川
白井城
勢多郡
鎌原城
榛名山
箕輪城
厩橋城
間山
群馬郡
碓氷峠
利根川
追分
松井田城
安中城
板鼻城
倉賀野城
田井城
碓氷郡
妙義山
志賀城
内山城
西牧城
下仁田
国峰城
平井城
余地峠
武蔵
甘楽郡
鉢形城

信濃・上野国
戦国合戦地図
妙高山
水内郡
中野城
葛山城
善光寺
須田城
更級郡
川中島
海津城
雨宮城
妻女山
信濃
埴科郡
小県郡
葛尾城
戸石城
松尾城
安曇郡
犀川
上田城
真田館
神川
矢沢城
上田原
海野平
千曲川
小諸城
苅屋原城
丸子城
佐久郡
深志城
岩尾城
林城
筑摩郡
村井城
塩尻峠
諏訪郡
諏訪湖
上原城

真田三代風雲録（上）

軍師きたる

一

室町時代は次第に将軍の権威が弱まって、戦国乱世の到来となる。

そのような流れのなかで後世に名を残した武将たちには、成長するにつれて歌道にめざめた者が少なくなかった。その代表は、関東管領《かんれい》職を世襲する山内上杉《やまのうちうえすぎ》氏の分家扇谷《おうぎがやつ》上杉氏につかえた太田資長《おおたすけなが》、入道して道灌《どうかん》である。

康正《こうしょう》元年（一四五五）十一月に江戸城の原型を完成させることになる道灌は、まだ若武者のころ武蔵国《むさしのくに》の一角で狩りを楽しむうちに驟雨《しゅうう》に襲われた。狩りの出立《いでた》ちは髻《もとどり》をそのまま納められる綾藺笠《あやいがさ》に虎毛尻鞘《とらげしりざや》の太刀、野袴《のばかま》の上に鹿皮《しかがわ》の行縢《むかばき》を着けるものと決まっているが、行縢は水をふくめば重くなるし下半身に張りついてしまう。

そこで道灌は手近なあばら屋に馬首をむけ、蓑《みの》を借りようとした。そして道灌が下馬して来意を告げたときのこと、あばら屋の暗い土間からあらわれた若い娘は、道灌の目の下に身を屈《かが》めたかと思うと山吹の一枝を差し出した。

「わしは、花を求めてやってきたわけではない」

怒った道灌は、ふたたび馬にまたがるや雨に打たれながら品川館へ帰っていった。

すると数日後、当日狩りの供をしていた者からこの話を聞いた家臣のひとりが道灌の前にすすみ出、

「その娘御は、かような古歌の心をお伝えしたかったのではござりますまいか」

といって声低く誦《ずん》じた。


ななへやへ花は咲けどもやまぶきの実のひとつだになきぞ悲しき

「お貸しできる蓑《みの》（実の）ひとつだにござりません」

というのも恥ずかしく、娘は山吹の一枝を差し出した。というのに、まだ歌道を学んでいなかった道灌は無粋にも怒って帰ってきてしまったのである。

そうと気づいて大いに赤面した道灌は、その後は歌書を集めて軍旅の間にもこれに読みふけり、ついにこの時代有数の歌人となった。

江戸城完成から九年目、寛正《かんしょう》五年（一四六四）に上京して後土御門《ごつちみかど》天皇から武蔵《むさし》野《の》のひろさを問われたときの歌は、つぎのごとし。

露置かぬ方《かた》もありけり夕立の空よりひろき武蔵野の原

その武蔵野の風景についてたずねられたときには、左のような一首をもって答えた。

わが庵《いお》は松原つづき海近く富士の高根を軒端《のきば》にぞ見る

いずれも名歌といってよいが、山内上杉家の最後の当主となるべき運命にあった上杉憲政《のりまさ》につかえ、上野国群馬郡《こうずけのくにぐんまごおり》の箕輪《みのわ》城を守っていた長野信濃守業政《しなののかみなりまさ》も、人格見識ともにすぐれた武将であった。

城内に住むその家来のひとりが近在の農家の娘を妻に迎えてしばらくしたころ、その妻が蔀戸《しとみど》をあけて髪を梳《くしけず》っていると、縁側に長さ五、六尺（一・五二〜一・八二メートル）もあろうかという蛇がぬめぬめと鱗《うろこ》を光らせて這《は》いあがってきた。

「あれを御覧下さいませ。おうこのような丈《たけ》の蛇が出ました」

妻が驚いて伝えたところ、夫はにわかにうんざりした目つきに変わった。夫は蛇の長さを「おうこのような」と表現した妻のことを田舎者《いなかもの》と感じ、にわかに疎ましくなったのである。

（こんな田舎ことばを友人たちに聞かれては、物笑いの種になる）

と思った夫は、そこで妻に去り状を与え、実家に帰すことにした。

「大変お世話に相なりました」

妻はきちんと別れの挨拶《あいさつ》をして去ってゆき、夫がその部屋を覗《のぞ》いてみると、和歌を認《したた》めた紙が壁に張りつけられていた。

万葉の歌の言《こと》の葉《は》なかりせば思ひのほかの別れせまじを

それでも歌道の心得のない夫には、別れた妻がなにをいいたかったのかさっぱりわからない。

「この歌は、どういう意味だね」

やはり城内に住む友人たちにたずねまわるうちに、その話が長野業政の耳に入った。そこで業政がこの者を呼んで仔細《しさい》を問うと、なおも合点のゆかない顔をした男はありのままをあるじに伝えた。

「ささて、恥ずべきことよな。万葉の歌ではないが、こういう古歌があることを知らぬのか」

侍烏帽子《えぼし》に狩衣《かりぎぬ》姿、目元涼《すず》しい端整な顔立ちをしている業政は、すらりと詠《えい》じた。

陸奥《みちのく》の千引《ちびき》の石とわが恋と担《にな》はばおうこ中や絶えなん
そして、まだきょとんとしている男に説明してやった。

「この古歌にも用いられているように、『おうこ』とは古くからある雅《みやび》やかなことばで、今日の天びん棒のことだ。この歌意は、陸奥にあるという千人がかりでしか動かせない石と私の恋を『おうこ』の両端にむすんだならば、私の恋はその石に負けずとも劣らない重さですから『おうこ』がまんなかからぽきりと折れてしまうことでしょう、ということだ」

「ははあ」

ようやく納得した男に、業政は苦笑しながら命じた。

「と申すに、わが家臣に『おうこ』を卑しきことばと思って妻を離縁した者がいるなどと四方に知れたら、われらの末代までの恥辱ではないか。早々にその方の頼みの使者（仲人）に間に立ってもらい、妻女を実家から呼び返せ」

この時代には、武功を挙げるよりも文に通じることをもってよしとする武将もまた存在したのである。

二

平安時代から上州に土着した長野一族が永正《えいしょう》年間（一五〇四—二一）に営んだ箕輪城は、高崎《たかさき》の北西二里の地点にある。さらに北西の方角に屹立《きつりつ》する榛名山《はるなさん》（標高一四四九メートル）から派生する尾根からその裾野《すその》にかけて造営されたこの城は、その尾根の高みから眺めれば平城《ひらじろ》、高崎寄りの低地から見上げれば山城《やまじろ》に見えることから平山城《ひらやまじろ》に分類される。

なぜこの城が箕輪城と名づけられたかというと、尾根に添って段々畑のように切りひらかれた十あまりの連郭《れんかく》式の曲輪《くるわ》が、北から南にかけて「箕」という漢字のようにならんでいるからである。その西側には榛名山から雪解《ゆきげ》の水を集めた白川《しらかわ》が流れ、この激流はさらに南でほかの流れと合流して利根《とね》川となる。大手門は高崎寄りの低地にもうけられており、これを入ると各曲輪が空堀《からぼり》で仕切られていて、最奥部に近い高みには、

「御前曲輪」

と呼ばれる鬱蒼《うっそう》たる森にかこまれた本丸がある。

御前とは歴代の長野家当主を指すことばだが、この御前曲輪と土橋でつながる一段低い二の丸に信濃国からの落武者一行が屋敷を与えられたのは、天文《てんぶん》十年（一五四一）六月初めのことであった。

信州土着の武士団の一部が、東隣りの上州へ亡命してくる——このような人の流れが起こった原因は、大きく眺めればふたつあった。

そのひとつは甲斐国《かいのくに》の守護である武田陸奥守信虎《たけだむつのかみのぶとら》が天文元年までに敵対する武将たちを制圧し、甲州一円の統一に成功したこと。もうひとつは室町幕府をひらいた足利尊氏《あしかがたかうじ》の時代から信州の守護を世襲してきた小笠原《おがさわら》氏が分裂、弱体化するのと並行し、北信埴科《はにしな》郡の葛尾《かつらお》城に自立していた村上左衛門督義清《さえもんのかみよしきよ》が強大化したことである。

各国の守護がそのまま大名に成長した場合は守護大名、戦国乱世となって下剋上《げこくじょう》の風潮が一般化する傾向に乗じて各地に自立した者たちは戦国大名と呼びわけられる。武田信虎の場合は守護大名が戦国大名へと巧みに変身を遂げた例であり、村上義清は守護大名小笠原家の衰運《すいうん》を見て信州の国人《こくじん》のひとりから戦国大名へと急成長した例である。

しかし、中国の戦国時代に、

「合従連衡《がっしょうれんこう》」

ということばが生まれたように、ある地域を押さえた覇者は利害関係をおなじくする者と同盟し、共通の敵を滅ぼそうと考える。

このような発想に従って信州横領の野望を抱いたのは、甲斐府中の躑躅ケ崎館《つつじがさきかん》を本拠地とする武田信虎であった。

すでに入道しているため毎日剃刀《かみそり》で剃《そ》り上げる頭の形が屹立した男根に似、諱《いみな》の虎のごとく眼光炯々《けいけい》としているこの策士は、天文四年九月には信州諏訪《すわ》郡に勢威を張る諏訪氏と同盟。あけて五年六月には駿河国《するがのくに》の守護今川《いまがわ》氏の家督争いに乗じて今川治部大輔義元《じぶのたいふよしもと》とも同盟し、まずは国内を安定させることができた。

（それでは、国境《くにざかい》を接する諸国のうちいずれを切り取るべきか）

信虎が舌舐《したな》めずりして考えたのはまず間違いないところだが、内陸にあってほぼ丸い形をしている甲州の四方には、つぎのような者たちが群雄割拠《かっきょ》していた。

〈駿河国〉今川義元
〈信濃国〉諏訪郡に諏訪一族、信濃府中（のちの松本）の林城に小笠原長棟《ながむね》・長時《ながとき》父子、葛尾城に村上義清
〈上野国〉箕輪城に長野業政、平井城に関東管領上杉憲政

〈武蔵国〉河越《かわごえ》城に上杉朝興《ともおき》・朝定《ともさだ》父子、忍《おし》城に成田親泰《ちかやす》その他
〈伊豆《いず》・相模《さがみ》両国〉小田原城に北条氏綱《ほうじょううじつな》・氏康《うじやす》父子

このうち武田信虎が食指を動かした先は、信州であった。

すでに諏訪郡の諏訪一族とは同盟関係にあるから、この助けを借り、かつ葛尾城の村上義清が敵対しないならば、諏訪郡の北にひろがる小県《ちいさがた》郡と佐久《さく》郡を切り取れるという読みである。

そこで信虎が葛尾城へ密使を送ったところ、村上義清は信虎との同盟を承諾。こうして小県郡は、甲州から諏訪盆地を越えて北上してくる武田・諏訪の両軍と埴科郡から南下する村上軍の蹂躙《じゅうりん》にゆだねられることになったのである。

とはいえ、小県郡に有力な国人衆がいなかったわけではない。東を上州と佐久郡、南を諏訪郡、北を高井・埴科・更級《さらしな》三郡にかこまれたこの郡は、五十四里四方。その中心地でのちに上田《うえだ》と地名の変わる海野平《うんのだいら》には、その名も海野という一族が古くから繁栄していた。

伝承によると、その祖は清和《せいわ》天皇の第三皇子貞元親王《さだもとしんのう》、あるいは第四皇子貞保《さだやす》親王とされている。ともかく、このふたりの皇子《みこ》のうちいずれかが源氏の姓を受けて臣籍に降下。そのせがれで姓を滋野《しげの》とあらためた幸恒《ゆきつね》が信州小県郡白鳥庄海野の里

に土着し、里の名を取って海野小太郎と称したことから同氏の歴史ははじまる。

やがて海野氏からは小県郡祢津《ねづ》の里を本貫《ほんがん》の地とする祢津氏、佐久郡望月《もちづき》の里に住む望月氏が分かれ出、本家たる海野氏とあわせて、

「滋野三家」

と総称された。

ところがこの三家とは別に真田《さなだ》姓の一族も存在し、室町幕府が四代将軍足利義持《よしもち》だった応永《おうえい》七年（一四〇〇）以前に、真田氏は祢津氏の一党になっていた。

武田信虎が小県郡に野心を抱いたころ、海野家の当主は信濃入道と号する二十八代目の棟綱《むねつな》であった。この海野棟綱には真田氏から娶《めと》った妻がおり、ふたりの間には永正《えいしょう》十年（一五一三）のうちにいずれ海野氏二十九代目となるべき男児幸義《ゆきよし》とその弟が生まれていた。この次男が、後に真田姓を不朽のものとする真田幸村《ゆきむら》の祖父、弾正忠幸隆《だんじょうのちゅうゆきたか》である。

真田幸隆が海野姓を名のらなかったことについては諸説あるが、ここでは幸隆が海野の里にあった海野館《うんのやかた》から小県郡真田郷の松尾城へ移ったため、地名を取って真田姓を称したと考えておく。

しかし、幸隆父子は長く松尾城にはいられなかった。天文十年五月十四日に小県郡のうちではじまった武田・諏訪・村上連合軍対海野一族の合戦——いわゆる「海

野平の戦い」は、連合軍の一方的勝利となって幸義は討死《うちじに》。棟綱はかねて援軍を送ると約束していた上州平井城の上杉憲政のもとへ走り、二十九歳になっていた幸隆もおなじく箕輪城の長野業政のもとに身を寄せざるを得なくなったのである。

三

真田幸隆という男の外見的な特徴は、四肢《しし》が太く長くて頭の鉢《はち》が大きく、濃い眉《まゆ》の尻はぴんと撥《は》ね上がっていて耳が福々しい点にあった。目も大きくて黒目勝ち、髷《まげ》は大ぶりな大月代茶筅《おおさかやきちゃせん》に結って口髭《くちひげ》と顎鬚《あごひげ》をたくわえているので、実に男臭い風《ふう》貌《ぼう》をしている。

その幸隆が敵中に駆け入って斬死《きりじに》しようとしなかった理由は、海野軍にあって父に替わって陣代をつとめていたのは兄の幸義であったこと、すでに妻との間には五歳になる男児がおり、その妻がふたたび懐妊《かいにん》の兆を見せていたことなどであった。

鎌倉時代の武士たちの間では、

「一所懸命」

ということばがよく用いられた。これは、武士たる者は与えられた土地を守るためには命をも投げ出す、という意味である。

事実、鎌倉時代に起こった合戦では敗者となった一族が一堂に会し、大盃になみなみと注《つ》いだ酒を一口飲んで隣りの者へまわしては、次々と切腹していった例が少なくない。これはなぜかといえば、「一所懸命」ということばがあったこともさりながら、鎌倉時代から室町中期までの中世にあっては、命を慈《いつく》しむという感覚がまだ育っていなかったためであろう。

対して戦国乱世が到来してからは、「一所懸命」などとはいっていられなくなった。にわかに強大化した土豪たちに襲われて、あくまで自分の土地に踏み止《とど》まっていたら命がいくつあっても足りなくなる。

しかも、

「武士は二君に仕えず」

という文句は徳川家康が天下を取ってから林羅山《はやしらざん》に考案させたもので、下剋上の時代にこんなことばがあるはずもない。武士は自領を強大な敵に奪われたなら他領へ逃れて他日を期せばよい、という現実主義的な発想がここにめばえ、それが全国規模における人の移動を盛んなものにしようとしていた。

真田幸隆もまた、このような時代の感覚に従って一時箕輪城に身を寄せることにしたのである。その城主長野業政はいまは平井城主でしかなくなっている上杉憲政の無二の忠臣だから、幸隆一家は憲政と父海野棟綱の口利きによって業政の厄介《やっかい》になったと見える。

その幸隆にとってありがたかったのは、業政が、

「なにゆえに敗れしや」

などとは一向に聞こうとしないことであった。そればかりか業政はしばしば幸隆を御前曲輪の客殿に招き、髪をおすべらかしにして華やいだ色合の小袖《こそで》に二寸幅の女帯を締めた侍女たちによる弾琴吹笛《だんきんすいてき》を披露《ひろう》したり、古今の忠臣良将たちに関する知識を惜しげもなく教えてくれたりした。

しかし、これらにもまして幸隆がうれしく思ったのは、業政が馬格雄偉な黒馬を贈ってくれた上、これに乗って城下の村々を巡ることを許してくれたことであった。

一族郎党を率いるほどの武将ならば、戦場におもむくときには騎乗しなければならない。ただし乗馬を常歩《なみあし》から速歩《はやあし》を経て駆歩《かけあし》に導くには、

「馬を走らせてやる」

と思うのではなく、自分のからだを馬の動きに随伴《ずいはん》させるという感覚が求められる。十日も馬の稽古《けいこ》を怠けていると、どんな巧者であっても馬の速さが異様に感じられ、上体をついのけぞらせたり屈みすぎたりして馬に嫌がられるものなのである。

連日二の丸の広場で巻乗りをくり返し、ぐいぐいと前に出たがる黒馬の気性を悟った幸隆は、ある晴れた日に箕輪城とはさほど離れていない後閑《ごかん》の長源寺まで遠乗

りをこころみた。

　すると、馬蹄《ばてい》の響きに気づいて庫裡《くり》から坊主頭を覗かせた僧は、

「拙僧《せっそう》は晃運字伝《こううんじでん》でごじゃる。御辺《ごへん》はどこのどなたでごじゃるか」

　と目をまたたかせてたずねた。

「箕輪の長野信濃守殿の食客にして、真田弾正忠と申す」

　ひらりと馬体右側に降りた幸隆は、馬をねぎらうべくその鼻筋を軽く叩《たた》いてやりながら答えた。このときのその姿は、夏のこととて小袖袴をまとって左腰の環に長大な太刀を吊《つ》るという出立ちであった。

　本来、名のある武士は外出する際にもかならず供を従えるものだが、

「なに、すぐに帰る」

　と近習《きんじゅう》たちに告げて箕輪城を後にした幸隆は、小者のひとりもつれてはいなかった。

　それに気づいた晃運字伝は、幸隆の袖口の擦り切れている小袖と膝《ひざ》の突き出た袴、それに塗りの剝《は》げている太刀の鞘を一瞥《いちべつ》してまたたずねた。

「御辺《ごへん》、田舎道を馬を走らせてきたのなら、小腹が空《す》いたことでごじゃろう。湯漬《ゆづ》けでもまいらせましょうかの」

「それは願ってもないこと」

と答えた幸隆が大造りな面構えに笑みを浮かべると、奇妙に愛敬《あいきょう》がある。

庫裡の一室に幸隆を請じ入れた晃運字伝は、みずから湯漬けと香の物を載せた盆を運んできてくれた。

「何杯でも召されませ」

晃運字伝のことばにうなずいた幸隆は、大月代茶筅髷をうしろへ倒すようにして湯漬けをさらさらと三杯までかきこんだ。

「これはまた、みごとなまでの召し上がりようでごじゃるな」

あまりの速さに晃運字伝が目を丸くすると、また幸隆はにっこり笑って応じた。

「御坊には飯を馳走《ちそう》になったから、それがしが信州の所領を取りもどした暁《あかつき》にはその一画に寺領を進呈し、御坊を開山《かいさん》にして進ぜよう」

墨染の法衣を着てその面前に正座していた晃運字伝は、すでに幸隆の来し方を知っていたらしく、こちらも笑っていい返した。

「御辺のように国を棄《す》ててまいった者に、さようなことができますかのう」

それでも幸隆は、怒って立ち上がったりはしなかった。

「なァに、いまに見ておれ」

というと、

「されば見ておりましょうぞ」

と晃運字伝は答え、ふたりは高らかに笑い合って別れた。

四

まもなく上州は梅雨《つゆ》の季節を迎え、箕輪城をつつみこむ雑木林の緑は日一日と濃くなっていった。

勢力挽回《ばんかい》を図る上杉憲政が小県郡の混乱に乗じて信州進出を考えはじめたため、長野業政も乱波《らっぱ》、透波《すっぱ》などと呼ばれる配下の荒くれ者たちを行商人や修験者《しゅげんじゃ》に変装させて、特に甲州武田家の内情を探らせた。

すると、首尾よく甲斐府中に入りこんで躑躅ケ崎館のまわりをかこむ武田家重臣たちの屋敷に出入りした乱波のひとりが、六月末に箕輪城に帰参して長野業政に報じた。

「近ごろ武田家にあっては当主陸奥守（信虎）に嫌われていたその嫡男大膳大夫《だいぜんのだいぶ》晴信《はるのぶ》が老臣どもと示し合わせて実権を握り、陸奥守を駿河へ追放したと申します」

長野業政からこれを教えられた真田幸隆は、

（すわ、早くも旧領回復の好機到来か）

とちらりと感じたものの、顔色には出さなかった。

武田家に内紛が起こったのであれば、信州小県郡・佐久郡に進出している甲軍（武田軍）がいったん甲州へ引くかも知れないから、その場合は真田家に失地回復の機会が巡ってくる。

しかし、武田信虎はかねてから暴虐非道《ぼうぎゃくひどう》の者として知られており、一方の晴信については、

「古今無双の英雄であろう」

と評する声もある。もしもこの評が正しかった場合、雨降って地固まるの格言通り武田家の結束力は強まることになるから、

（軽々しく動いてはなるまい）

と幸隆は思い直したのである。

信虎の悪行については、かねて幸隆は甲州から小県郡へ流れてきた者たちの口からつぎのような話を耳にしていた。

いわく、甲州一円の支配者として万事意に適《かな》わぬことはないと豪語していた信虎は、十数年前のある日ふと、

（いや意に適わぬことがひとつだけある）

と気づいた。それは、受胎《じゅたい》した女は十月十日ののちに赤児《あかご》を産むならいであり、かねがね信虎は女の胎内《たいない》で胎児がどのように成長するのか知りたいと考えていたが、

まだその希望を叶《かな》えてはいないということであった。

そこで信虎は国内から孕《はら》み女を探し出し、まず懐胎から何カ月目にあたるかを問い糺《ただ》した。そして、まだ二カ月目の若妻から臨月の女までを順次ならばせて戸板に仰むけに括《くく》りつけ、みずからの手でつぎつぎに腹を裂いていって胎児の成長過程を見定めた、というのである。

一説によると腹を切り裂かれた女は十三人に達し、信虎は受胎後何カ月目に胎児の男女の違いがはっきりするかも見定めることができたという。

しかも、この話にはつづきがあった。

いわく、信虎には家臣たちに自分の「虎」の字を与える癖《くせ》があり、その老臣馬場伊豆守《いずのかみ》は虎貞《とらさだ》、おなじく山県河内守《やまがたかわちのかみ》は虎清《とらきよ》と諱《いみな》を定めていた。信虎のあまりに残忍なふるまいに茫然《ぼうぜん》としたこのふたりは、主君を諫《いさ》めようとした。

しかし、信虎は聞く耳を持たない。ふたりが公式の接見場所である主殿にやってくると、ぷいと奥に入ってしまって会おうともしなかった。

そこで馬場虎貞と山県虎清は一計を案じた。その翌日、ふたたび大紋烏帽子《だいもんえぼし》姿で躑躅ケ崎館の主殿を訪れたふたりは、人を介して信虎にこう伝えたのである。

「一揆《いっき》が起こりまして、当国山梨郡の内まで乱入いたし候。民屋《みんおく》を侵し掠《かす》めつつあると今朝ほど報じられましたれば、急ぎ御出馬の上、御退治下さるべく候」

　驚いた信虎がふたりを寝所に招き入れると、ふたりはそろって入室し、ここを先《せん》途《ど》と諫言《かんげん》をこころみた。

「一揆が起こったと申すは、偽《いつわ》りに候。われら両名、臣たる者の道を守ってお諫めたてまつれども少しも御許容なく、あまつさえそれ以来お目見《めみえ》さえ許されず。さりとてこのまま打ち捨てておけば、恐れながら当家の滅亡近くにあり、悪名《あくみょう》を末代まで残させたもうべし」

「と申すに、お家にはお屋形さまのお怒りを買うことを恐れて、ひとことの諫言を申し上げる者も候わず。いまは戦国の世のさなかにて、村上・小笠原などの大敵が信州に充満いたし、味方の虚をうかがう色を見せております。かかる折りなれば、われらの諫言を御許容なきときはお家滅亡は必定《ひつじょう》とこそ存じ候え」

　深々と頭を下げたふたりを蛇のような目つきで睨《にら》んだ信虎は、屹立した男根形の頭を怒りに赤黒く染めて怒鳴った。

「汝《なんじ》らに諫められてこの国を治めよと申すのか。その上われを侮って、偽りをもってわれをたばかろうとする所業こそ安からね」

　いうやいなや信虎は立ち上がって刀架《とうか》の太刀をつかみ、抜き放ったかと思うと山県虎清の左肩を斬《き》り下げた。身動きすることなくその大刀を浴びた虎清は、肩口から驟雨のように血を噴《ふ》き出して前のめりに倒れる。

「見たか！」

と嘲笑《あざわら》った信虎は、切先《きっさき》から血の滴《したた》る太刀を八双に構え直して馬場虎貞に向き直った。

しかし、虎貞は山県虎清を見ようともしない。身を守ろうともせず、落ちついた口調で信虎に告げた。

「主君を諫めて死を賜わるは、臣たる者の道にして古今にその例少なからず。されど、臣下を手に掛くるは君たる者の道にあらず。さはあれわが身の安きを願って、なにを諫言できましょうや。いざ、それがしは山県河内守とともに比干《ひかん》の刑を受けて果てましょうぞ」

比干とは、悪逆無道で知られた殷《いん》の紂王《ちゅうおう》の父方の伯父《おじ》の名前である。比干は紂王を諫めた結果、殺されて胸を切りひらかれた。

馬場虎貞は自分を比干に、信虎を紂王になぞらえて一歩も引かなかったのだ。

「よくぞ申した」

酷薄に笑った信虎は、つぎの瞬間虎貞の肩口に太刀を深々と打ちこんでいた。

またいわく、これ以降も信虎はある寺の僧侶《そうりょ》六十余人を焼き殺し、この行為を諫めた老臣内藤虎資《とらすけ》を斬殺《ざんさつ》。太刀を振りかぶったのを止めようとしたもうひとりの老臣工藤虎豊《くどうとらとよ》をも撫《な》で切りにし、ほかに機嫌をそこねて手討ちにされた者は三十二人に達した。

かつて聞いたそんなことを思い返していると、幸隆にも信虎が甲州を追われたのはもっともなことだという気がしてきた。それに並行して、

（せがれの晴信とやら、一体どんな策を使って信虎を放逐《ほうちく》したのか。後学のため、それを知りたいものよな）

とも思ったが、なにも噂《うわさ》が伝わってこないうちに秋が深まり、箕輪城の北西にそびえる榛名山は全山燃えるように紅葉しはじめた。

幸隆の妻は、真田家の家臣河原丹波守隆正《かわらたんばのかみたかまさ》の妹である。その名が伝わっていないのは、奈良・平安の王朝の世から江戸時代がおわるまで、わが国には貴人の名を直接呼ぶことをはばかるという慣習があったためにほかならない。

幸隆夫妻を守って箕輪城に逃れてきた家臣や侍女たちが、幸隆を「御前」、その妻を「御前さま」と呼びわけていたのも大身の武家の習慣に従ってのこと。その御前さまはあけて天文十一年（一五四二）の水ぬるむ季節に男の子を出産したので、幸隆は三十歳にして二児の父となった。

とはいっても、兵力三千をもって小県郡を奪取しようとした上杉憲政は武田・諏訪・村上連合軍に撃退されてしまい、もはや関東管領の威光は昔日のものとなろうとしていた。

それとは対照的に信州を蚕食《さんしょく》しはじめたのは、武田晴信であった。

これまでの武田氏と諏訪氏の同盟関係は、晴信の妹祢々《ねね》が諏訪氏の棟梁《とうりょう》で大祝《おおはふり》でもある頼重《よりしげ》に嫁いだことに由来する。しかし、晴信はこの年の三月から諏訪への侵攻を開始。捕らえた諏訪頼重を切腹させて、

「諏訪御料人《ごりょうにん》さま」

と呼ばれていたその美貌《びぼう》の娘を側室としてしまった。

これを口惜しいことと感じた諏訪氏の家臣のうちには箕輪城に流れてくる者もあったので、幸隆はそれらの者の口から晴信について知ることができた。

それによると晴信は大永《たいえい》元年（一五二一）生まれだそうだから、幸隆より八歳年下である。幼名を勝千代《かつちよ》といった晴信は、八歳にして長禅寺に入り、手習い学問をはじめた。

すると晴信は一を聞いて十を知る聡《さと》い気性の者であることをあきらかにし、師僧から『庭訓《ていきん》往来』を読み習うようにといわれたときには、二、三日で読み上げてしまって師僧に注文をつけた。

「これは、武将のかならず読むべき書とも思えず。より用兵の術を練《ね》るのに役立つ書を教えたまえ」

『庭訓往来』は往復書簡の体裁をとって書かれた書物で、手紙文を執筆する際の手

本として役立つと同時に読み手の語彙《ごい》をふやすことを目的とする。だが、いくさではなく日々の暮らしに有用というだけでは晴信には飽き足りなかったのである。

師僧が驚いて「七書」と総称される『孫子《そんし》』『呉子《ごし》』その他の兵学書を与えると、まだ前髪立ての晴信は大いに喜んで連日これらの書物に読み耽《ふけ》った。

その晴信が十二歳になったある日のこと、孕み女の腹を切り裂くなどしていたその父信虎は、斬首の刑に処した科人《とがにん》の胴体を試し斬りすることを思いついた。

信虎は晴信とその弟信繁《のぶしげ》とをつれて刑場へおもむき、ふたつ重ねられていた胴体にむかって左文字《さもんじ》の太刀を引き抜いた。

このような場合、下帯だけの首なし死体は土と砂を半々にまぜ、水で練り上げて作った土壇《どたん》の上に横たえられる。太刀を上段に構えて、

「カー！」

と気合を放った信虎が拝み打ちをこころみると、その太刀先はふたつの胴体をみごとに両断して土壇にまで斬りこんでいた。このような妙技は、

「ふたつ胴切断、土壇払い」

といわれ、試刀家がある太刀によってこれに成功したときは、その太刀の代価が撥ね上がることすらある。

「つぎは太郎がやってみせよ」

信虎は長男ゆえに太郎と呼ばれている晴信に命じたが、なぜか晴信は辞退してしまった。

「では、次郎がやれ」

といわれて土壇に近づいた信繁は、みごとにふたつ胴を両断してみせた。

「弟は、よくいたしたぞ。さあ、汝もやってみせぬか」

信虎にいわれて渋々立ち上がった晴信は、土壇に顔をむけたときには顔面蒼白《そうはく》になっていた。抜いた太刀を構えた腕も震えていて、腰も定まらない。

「わあ！」

と悲鳴のような声をあげた晴信は必死で太刀を振りおろしたものの、その太刀先は上段に置かれた胴の肋《あばら》に弾《はじ》き返された。

「この痴《し》れ者め」

怒った信虎は晴信を殴《なぐ》りつけ、信繁をつれて刑場を出ていってしまった。

その場に倒れていた晴信は、近習たちに抱き起こされると袴についた土をはらいながら笑って告げた。

「これはな、能ある鷹《たか》は爪《つめ》を隠すということだ」

五

その武田信虎・晴信父子の不和が決定的となったのは、晴信が十三歳となって父の愛馬鬼鹿毛《おにかげ》を所望したときのことであった。鬼鹿毛はひとたび鞭《むち》を入れれば幅のひろい堀をも飛越《ひえつ》することのできる駿馬《しゅんめ》である。

しかし、信虎はこの希望を聞き入れなかった。かれは、晴信の使者としてあらわれた小姓の田村金弥《きんや》に告げた。

「まだ十三の太郎に、鬼鹿毛を乗りこなせるわけがない。いずれ元服いたせば、当家重代の宝である御旗楯《みはたたて》なしの鎧《よろい》から郷義弘《ごうよしひろ》の太刀、左文字の刀までをことごとくゆずり与える、と伝え置け」

そうと報じられた晴信は、ふたたび田村金弥を介して申し入れた。

「重代の宝は、御家督をおゆずりいただくときに頂戴《ちょうだい》つかまつる。されど鬼鹿毛の儀は、ただいまより乗り慣れて初陣《ういじん》にそなえたく存じて所望いたせしものなれば、なにとぞ下されたく」

この口上を聞いて顳顬《こめかみ》に青筋を立てた信虎は、

「家の重宝をゆずると申すに、これを不足に思うとは憎き奴《やつ》。ならば家督は次郎にゆずることにいたし、太郎には切腹を申しつけようではないか。その方、太郎の黄《よ》泉《み》の旅路の道案内をしてつかわせ」

というやいなや、その場で田村金弥を手討ちにしてしまった。

のちに信虎は晴信を切腹させることこそ思い止まったが、このときから武田家家《か》中《ちゅう》の者たちは、

「つぎのお館さまは、次郎さま」

と信じて疑わなくなったのだという。

しかし、真田幸隆がまた別の者から聞いたところによれば、その後まもなく信虎は、まったく気の合わない長男の利用価値に気づいたとのことであった。

甲斐の覇者は、おのずと隣国の覇者と争わざるを得ない。長く駿河の今川氏輝《うじてる》と戦ってきた信虎は、天文五年（一五三六）に氏輝が死亡して義元が家督をつぐとこれと同盟。その義元に晴信の正室として堂上公卿《とうしょうくぎょう》三条公頼《きんより》の娘を斡旋《あっせん》してもらい、朝廷に接近することができた。また、その翌年には晴信の姉を義元に嫁がせて、甲駿同盟を確固たるものにする道をひらいたのである。

しかも、晴信と信虎寵愛《ちょうあい》の次男信繁とは、実のところ仲が良かった。これは信虎が追放されて以降、信繁が晴信を兄として見るのではなく、自分の主人とみなして恭謙な態度に終始しているためだともいう。

さらに一年の歳月が流れて天文十二年の田植えの季節、箕輪城には晴信が老臣板垣信形《のぶかた》の口添えで駿河から軍師を迎えたという噂が伝わってきた。軍師は謀主ともいわれ、現代風にいえば作戦参謀である。

だが、この時代の日本に軍師を置く大名家はまだ珍しく、真田家の場合も軍評《いくさひょう》定《じょう》とは滋野三家の意見によって定めるものとされてきた。

「武田大膳大夫が召し抱えた軍師とは、どのような者でござるか」

と幸隆が御前曲輪に長野業政を訪問してたずねたのは、

（わしも軍師として策を練らぬ限り、信州には帰れまい）

と思うようになっていたためでもあった。

「うむ、それがしもそれが気になって、あれこれ調べさせたのでござるが」

と前置きして業政が告げたところは、幸隆にはにわかには信じられないものであった。

そしてまた蟬時雨《せみしぐれ》の降りしきるようになったころ、箕輪城二の丸の殿舎で涼を取っていた幸隆は、

「ただいま長野家御《ご》家中《かちゅう》の方が、客人をつれてまいりました」

と玄関番の者から報じられた。

「それは、どこのだれか」

幸隆が顎鬚《あごひげ》を撫でながらたずねると、夏の日射《ひざし》まばゆい廊下にうずくまった玄関番は答えた。

「はい、武田家家中の者と仰せの由」

「姓名の儀は」

「それは、お会いしてから申し上げたいとのことでござります」

「ほほう」

面白いことをいう奴、と感じた幸隆は、六連銭の家紋を散らした大紋につつんだぶ厚い上体を乗り出してまたたずねた。

「その者、背丈はどれくらいある」

「まことに低うござって、五尺（一・五二メートル）に足りぬかと見ました」

「顔の色は、黒い方か白い方か」

「かなり黒うござる」

「顔立ちは美男の方か、醜男《ぶおとこ》の方か」

「とても美男とは申せぬかと」

「それで、目玉はちゃんとふたつあるか」

「いいえ、左目がつぶれております」

「足はどうだ」

「はい、右足を引きずっております」

と答えた玄関番は、幸隆の来客の姿形をすでに知っているかのような問いかけ方に気づいて目を白黒させた。

「そうか」

大月代茶筅髷を揺らして晃運字伝と話したときのように高らかに笑った幸隆は、真顔にもどって命じた。

「それは、長野信濃守殿にうかがった武田家軍師の姿にぴたりと一致する。名前は、たしか山本勘介《かんすけ》。正面切って訪ねてまいったからには、まさかわしの寝首を掻《か》こうというのではあるまい。会ってつかわすにより、書院の間へ通せ」

武田といえば、真田家にとっては憎い敵のはずである。その敵につかえる軍師に、なぜ幸隆は会おうというのか。

（さっぱりわからぬ）

というように首を振った玄関番は、廊下板を軋《きし》ませて玄関へむかって去っていった。

時に歴史は、人に不思議な出会いを用意する。

「武田家には、すぐれた軍師がふたりおる。山本勘介に真田弾正」

とのちにならび称されることになる両者は、いままさに初会見の場に臨もうとしていた。

信濃先方衆となって

一

山本勘介は勘助、菅助と表記されることもあるが、俗書の類にしか登場しないため、昭和四十四年（一九六九）までは長きにわたってその実在が疑われていた。それがこの年に北海道釧路市で発見された新史料『市河文書』所収の「武田晴信《はるのぶ》書状」に山本菅助として記述されていたことから、ようやく架空の人物ではないとわかったのである。

そんな経緯《いきさつ》があるため生国も生年も確定しがたいのだが、一説によると勘介は三河国牛窪《みかわのくにうしくぼ》に住んでいた牢人《ろうにん》山本伝次郎という者の長男として生まれたという。

この説に従えば勘介は十五歳未満の年に疱瘡《ほうそう》（天然痘《てんねんとう》）を病み、その疱瘡が左目に入ったために隻眼《せきがん》となってしまった。しかし、父の伝次郎は孫子と呉子の兵法を究めたばかりか剣術の達人でもあったから、勘介を文武両道の士に育てあげようとした。

ところが勘介は生まれつき不器用者で、昨日教えられたことも今日になればすっかり忘れてしまう。うんざりした伝次郎は、勘介が十五歳になったある日、その腰を蹴《け》り飛ばして縁側から庭先へ転落させた。すると打ちどころが悪く、このときから勘介は歩行の際に右足を引きずるようになった。

だが、勘介はこれをきっかけに発奮。懸命に兵法と剣術を学び、十八歳にして父に死別したときには伝授されたところの奥義をことごとく究めていた。

その後の勘介は、まず室町幕府に仕官したいと思って京へ上った。かれはおのれの身につけた兵法と剣術により、日々に衰えゆく幕府のお役に立つことこそ武士の本懐と考えたのである。

しかし、時の十二代将軍足利義晴《よしはる》は、男子たる者が命を捧《ささ》げる気にはとてもなれない軟弱な男でしかなかった。管領《かんれい》細川氏の内紛から細川氏家臣柳本賢治《やなぎもとかたはる》に命を狙《ねら》われた義晴は、近江《おうみ》の坂本や朽木谷《くつきだに》へと逃げ惑い、幕府の権威はいよいよ失墜するばかりであった。

失望した勘介は河内の赤坂へ下り、南北朝時代の南朝の名将楠木正成《くすのきまさしげ》の戦った古戦場である赤坂城址《じょうし》や摂津《せっつ》の湊川《みなとがわ》を見てまわって正成が用いたという軍旗・軍扇や武具を調べることもできた。

　そのころ中国筋に抬頭《たいとう》めざましかったのは、安芸国《あきのくに》郡山城主毛利元就《もうりもとなり》であった。厳島《いつくしま》神社へ参詣《さんけい》した勘介は、棚守《たなもり》（神社役人）の紹介でやはり参詣にあらわれた毛利元就としばらく会話することができ、

（毛利家につかえてもよいかも知れぬ）

　と思った。

　だが、元就には勘介のことが気に入らなかったらしかった。

「あの牢人者には、早うこの地を去らしめよ」

と元就から命じられた棚守は、直接そう告げるのも気の毒と感じ、勘介を呼んでひとしきり関東武士団の強悍《きょうかん》さを話題にした。

　これに感じるところのあった勘介は、即日安芸国を去ろうとした。

「なにゆえ、さようにお急ぎなさる」

　と目をまたたかせた棚守に、勘介はすらりと答えた。

「そこもとがそれがしを毛利侯に引きあわせて下さったのは、それがしに仕官の気持があると知ったればこそのことであろう。しかるに本日のそこもとは、関東のことばかりお話しなさる。関東には還当の二文字を当てはめることができ、まさに還《かえ》るべしと読めぬこともない。これが暇《いとま》を請うゆえんと思《おぼ》し召されよ」

「実は、——」

感心した棚守が元就のことばをありのまま伝えると、

「やはりな」

と答えた勘介は、笑って厳島神社を後にした。

ただし、勘介はまっすぐ関東をめざしたわけではなかった。さらに中国・九州地方の群雄割拠の状況をこの目で確かめておこうと考えたかれは、周防《すおう》国山口を訪れて毛利家の主筋でもある大内義隆《よしたか》の言動を探った。

（つかえるに足らず）

と判断した勘介は豊後《ぶんご》国へおもむいて大友義鑑《よしあき》について調べてみたが、これもとても将に将たりうる器とは思えない。

そこでかれは山陰から北国《ほっこく》筋を経て津軽、南部まで北上。そこから南下しながら陸奥《むつ》国の守護大名伊達《だて》稙宗《たねむね》、下野《しもつけ》那須《なす》野の那須資房《すけふさ》、常陸《ひたち》の佐竹《さたけ》義篤《よしあつ》、同国真壁郡《まかべごおり》下妻《しもつま》の多賀谷《たがや》政経《まさつね》、下総《しもうさ》古河《こが》の古河公方《くぼう》こと足利政氏《まさうじ》、上州平井城の上杉憲政《のりまさ》、相模《さがみ》小田原城の北条氏綱《うじつな》などの様子を眺めてみた。しかし、

（これは）

と思う者は皆無だったので駿河《するが》国に至り、いまは今川義元《よしもと》につかえている亡父の友人朝比奈《あさひな》兵衛《ひょうえ》という者を訪ねた。

その問いに応じて勘介は諸国の大名たちの城の構え方から陣立ての仕方、武具甲冑《かっちゅう》の特徴までをつぶさに述べたので、朝比奈兵衛はただちに義元に告げた。

「三河の牛窪におりましたそれがしの古い友人山本伝次郎はすでに世を去りましたが、このほどその嫡男《ちゃくなん》勘介が諸国を巡りまして当地へあらわれまして候。勘介は若年にして孫子、呉子の兵法と剣の奥義を究めし者なれど、廻国《かいこく》いたして諸家の事情に通じておりますれば、もしお召し抱えあそばれれば御大望をお果たしになるためにはお役に立つこと必定《ひつじょう》かと存じ申す」

「されば、対面いたそうか」

義元が興味を示したので勘介が初会見の場に臨んでみると、大紋烏帽子《えぼし》をまとって上座からその入室する姿を見つめた義元は失望の色をあらわにし、勘介に諸国のことをたずねようともしない。

その表情には人を軽んじておのれの勇猛を頼む気配がありありと感じられ、勘介もまた失望を禁じ得なかった。

勘介を去らしめてから、義元は大声で朝比奈兵衛を叱《しか》りつけた。

「片目はつぶれて痘痕面《あばたづら》、色黒の小男にて足も悪いとは、見苦しいことこの上ないではないか。かような者が牛窪の在に育って、兵法のことごとくを会得したなどという話が信じられると思うのか。かつまた北は奥州、南は九州まで経巡《へめぐ》って陣立てと城取りに通じたと申すなら、どこぞで一城を得て名将の名をほしいままにしたとしても不思議ではあるまい。なれどあやつがいずれかの陣で一方の大将をうけたまわったということも聞かず、かかる下賤《げせん》の者が余の大業を助けんなどは片腹痛い。二度と余の前につれてまいるな」

二

真田幸隆と初対面の挨拶《あいさつ》を交わした山本勘介は、問われるままに自身の来し方をありていに語ってこうつけ加えた。

「ところが、わがお屋形さま（武田晴信）のみは、それがしを外見だけで判断しようとはなさらなんだ。お屋形さまはそれがしが諸国を遍歴いたして古城跡を絵図に写し取り、古戦場に立って勝敗と地形とのかかわりを調べつくしましたること、あるいは兵の分け方や兵糧割りについてもいささか独自の工夫を積んだとお聞きあそばされるや、たちどころに主従の約をむすぼうと仰せ出された。しかも、衣装までお贈り下さってその方を謀主（軍師）として迎えたいとまで仰せられたので、それがしは武田家の禄《ろく》を食《は》むことにいたしたのでござる」

ぶっさき羽織にたっつけ袴《ばかま》という旅姿から「山本」の二文字を図案化した紋を散

らした大紋と烏帽子の正装に変わって幸隆と対座していた勘介は、なるほど矮軀《わいく》の醜男《ぶおとこ》であったが口調がはきはきとしていて、しかも語るところは理路整然としている。

「いま少し、ものを問いたい」

まだ前髪立ての小姓たちに長柄《ながえ》の銚子《ちょうし》と盃を運ばせた幸隆は、勘介が酌を受けるのを見ながらたずねた。

「武田大膳大夫《だいぜんのだいぶ》殿（晴信）については、この箕輪城のうちにもさまざまな逸話が伝えられている。お手前が大膳大夫殿につかえるにあたって、これぞまさしく将に将たる器、と感じた話があったら聞かせてくれぬか」

「さればでござる」

盃を干した勘介が語ったのは、晴信が十三歳の少年だった時代の言動であった。

春の一日、かれが野に出かけて遊んでいると、草原に身を伏せてあたりをうかがっている四十がらみの男がいた。

「かようなところで、なにをしている」

と聞いてみると、その男は話しかけてきたのが主人武田信虎の嫡男と気づき、起き直って答えた。

「夕雲雀《ゆうひばり》を獲《と》ろうといたしまして、朝からここに身を隠して草の葉の間から雲雀がどこに下り立つかをうかがっているところでございます」

するると、晴信は失笑して答えた。

「蟹《かに》は甲羅《こうら》に似た穴しか掘れぬというのは、まことのようだな。ではそれがしが、その方が朝から狙っている雲雀をまとめて獲ってつかわす」

そして高みに登った晴信は、視界にひろがる麦畑と草原を見わたしてなにかを待つ態勢を取った。

雲雀という鳥には、草地を利用して人目につかないように作った巣から空高く舞いあがるとひとしきりはばたきし、その後は翼を動かさず宙を滑《すべ》るように飛び、かつさえずりながら巣へ下りてゆくという習性がある。

それをよく知っている晴信は雲雀が飛び立つと下りる方角を見定め、白扇《はくせん》の先で指示して近習《きんじゅう》たちをその地点へ走らせた。それを何度か繰り返した結果、晴信はほんの少しの時間で雲雀の雛《ひな》を数十羽も獲ることができた。

「なるほど雑兵《ぞうひょう》どもであれば、からだを地に伏せてあたりをうかがってとりあえず一羽を得ようと考えてもよろしゅうござる。されど将たる者は、一局面にこだわることなく大局を見ねばなりませんのでな。それがしは板垣信形《のぶかた》殿からこの話をうかがいましたとき、お屋形さまはお若き日より大局観を備えておられたと知って感じ入った次第でござった」

「その受け止め方には、一理も二理もあろうかと存じる」

と答えた幸隆はそこで初めて盃を口へ運ぶと、巨眼を光らせて単刀直入にたずねた。

「ところでお手前、本日はなにゆえそれがしをお訪ね下された。信州から上州に落ちた雲雀の様子でも確かめにまいられたか」

戦国の世の男たちは、あえてことばに皮肉を混じえることによって相手の器量を見定めようとすることがある。この場合の幸隆がそれであったが、勘介は意に介する気配もなかった。

「いえ、これなる弾正《だんじょう》さま（幸隆）につきましてそれがしは、いまお話しいたしたお屋形さまの逸話によく似た話を聞いたことがござりましてな。さればこそ一度御《ぎょ》意《い》を得たいと存じて、本日まかり出た次第でござる」

「そのよく似た話とは」

幸隆が濃い眉《まゆ》をぴくりと動かすと、

「この箕輪に来られてから、伊勢《いせ》におもむかれた話でござるよ」

と答えて勘介は隻眼に笑みを浮かべた。

「お手前、そこまで知っておられるか」

この日初めて、幸隆は意表を突かれたと思った。

それは、真田幸隆が妻子と一族郎党のごく一部だけを従え、箕輪城二の丸に迎えられて数カ月後のことであった。城主長野業政《なりまさ》は伊勢国司《いせのこくし》北畠具教《きたばたけとものり》の老臣長野右京亮親綱《うきょうのすけちかつな》のもとへ使者を送り、進物を届けようとした。

北畠家といえば南北朝の世に南朝の忠臣北畠親房《ちかふさ》を出した名門であり、南朝が衰微してからも九代にわたって伊勢国司の地位にある。この北畠家につかえる長野氏は村上源氏《げんじ》、上州の長野氏は在原《ありわら》氏であって同族ではないが、同姓の誼《よし》みで贈答品をやりとりする関係を築いておけば、衰運激しい上杉憲政の復活にも役立つことがあろうという読みであった。

しかし、上州と伊勢国は百里以上隔たっている上に、四方はすべて敵国である。

「だれを使者に指名したところで、無事に伊勢へゆき着くのはむずかしいのではござるまいか」

と長野家の家臣たちが困《こう》じ果てているのを知った幸隆は、ある日御前曲輪に長野業政を訪ね、

「それがしが名代《みょうだい》として伊勢へまいりましょう」

と申し入れた。

父の海野棟綱《うんのむねつな》は上州平井城の上杉憲政のもとへ走ってまもなく、海野平の戦いで

受けた深手が悪化して死亡していた。幸隆も箕輪城に身を寄せて以来無聊《ぶりょう》をかこっていたから、せめて長野業政の助けになりたいと考えたのだ。

上州長野氏の家紋は、檜扇《ひおうぎ》である。その檜扇紋を散らした大紋を着用して幸隆を迎えた業政は、怪訝《けげん》な表情をしてたずねた。

「御辺《ごへん》を疑うわけではないが、なにか秘策があると見た。その秘策のあらましを語られよ」

幸隆は、少し勿体《もったい》をつけて答えた。

「仰せごもっともに候。信濃守《しなののかみ》さま（業政）がおんみずから使者に立たれたならば、きっと伊勢にゆき着くことができましょう」

業政がうなずき、

「しかし、余がこの城をあけるわけにはまいらぬのだ」

と応じるのを待って、幸隆は人を食った答え方をした。

「それがしも身は不肖《ふしょう》ながら清和《せいわ》源氏の後胤《こういん》に生まれ、弓矢の道を受けつぎし者。信濃守さまおんみずからが伊勢にゆかれる場合には種々の術《すべ》を用いられましょうが、それがしにもそれがしなりの術がござる。なれど、それをことばに出すと漏れやすうござるので、いまはちと申しかねる」

「御辺、うまくいいまわしたものよな。されば聞くまい」

鷹揚《おうよう》に笑った業政は、その場で伊勢長野氏へ贈る品と挨拶状とを幸隆に託した。二の丸へもどった幸隆は、その後二十数日間を弓の稽古《けいこ》と馬の遠乗りばかりして過ごしたので、業政は首をひねった。

だが、このときすでに幸隆の策ははじまっていたのである。

業政が「されば聞くまい」と笑った翌日のうちに、幸隆は滋野《しげの》一族の者を二の丸に呼び、ある品と状箱を託してこう命じた。

「その方は廻国中の伊勢神宮の御師《おし》に変装いたし、荷物のうちにこれらを隠して東海道を上れ。出立は、明日の未明だ。めざすは伊勢国司北畠家につかえる長野右京亮の屋敷と思え」

御師とは熊野《くまの》三山、伊勢神宮などに下級の神職としてつかえる者たちのことで、宿坊の経営、参詣人の案内、信仰の普及を職務とする。この御師のふりをして旅をすれば敵国をも無事に通過することができる、と幸隆は言外にその者に伝えたのだ。

「かしこまって候」

と答えた相手が退出して四半刻（三十分）ほどすると、幸隆は胆の太さでは定評のある家臣五人を招いて命じた。

「明日未明、この二の丸より御師の身なりをした者が忍び出て東海道へむかう。その方どもは廻国修行中の六十六部《ろくじゅうろくぶ》を装い、よそながらこの御師を助けよ。御師が熱《あつ》田《た》から渡し船で無事に桑名《くわな》へわたったならば、その御師ともども桑名に宿れ。よく見知った顔が、あらわれるであろう」

六十六部とは、法華経《ほけきょう》を六十六部書き写して全国六十六の霊場に一部ずつ奉納してまわる巡礼のこと。白衣に手甲《てっこう》・脚絆《きゃはん》、わらじ掛け、背に阿弥陀仏を納めた長方形の龕《がん》を背負って六部笠をかぶるという独特の姿をしており、なかには物乞《ものご》いをする者もある。

「かしこまって候」

と答えたこの者たちも、翌朝には箕輪城二の丸から姿を消した。

それから二十数日後、幸隆自身も箕輪城からかき消えたのは、

（あやつら、そろそろ尾張《おわり》に入ったことであろう）

と踏んで、その後を追ったためであった。

長野業政から長野右京亮への進物は革袋入りの砂金であったが、幸隆が御師に変装するよう命じた者にわたしたのは偽物であり、本物の砂金と挨拶状は山伏を装った幸隆自身が持っていた。

もしも長野業政の使いが伊勢にむかったと気づいてこれを追う者があらわれたとしても、こうしておけば砂金と挨拶状を奪われることはない。また、もしこの御師を見守りながらついてゆく六十六部たちの存在に気づき、これを怪しむ者があった

としても、なおかつ砂金と挨拶状が失われることはない。

幸隆はこのように知恵を巡らして、いわば二重の安全装置を掛《か》けてから悠然《ゆうぜん》と伊勢へむかったのである。額に黒い兜巾《ときん》を掛けて柿色の山伏装束をまとったかれが桑名に入ってめざす宿を訪ね当てたときの、家臣たちの驚きようといったらなかった。

むろん幸隆一行は、首尾よく目的を果たして箕輪城へ帰ってきた。しかし、幸隆は業政にだけは自分の用いた策をうちあけたものの、

「他言は御無用と思し召されませ、さもないと二度とこの策を用いられなくなってしまいますので」

とつけ加えることを忘れなかった。

というのにこの日幸隆を訪ねてきた山本勘介は、かれが伊勢に旅したことを知っていたばかりか、

「御師に化けた者を第一陣、六十六部を第二陣として先行させ、おんみずからは単身山伏を装って出立されたとは、まことにおみごとな策でござりましたな」

とさえいった。

これにはさすがの幸隆も、漆黒の口髭《くちひげ》と顎鬚《あごひげ》を撫でながら勘介の隻眼を見つめるしかなかった。

三

「さるにてもお手前、なにゆえそこまで見通されたか」

気を取り直して幸隆が問うと、勘介は打てば響くように答えた。

「伊勢への旅の途中の御辺を第三陣とみなすなら、われらの手の者が第四陣としてこれをあるところまで追尾していたと思し召されよ。第三陣からは第一陣、二陣の動きを見透かせましょうが、第四陣からは第三陣を見わたすこともできるもの。ことに武田家お雇いの乱波《らっぱ》、透波《すっぱ》どもは、御辺の武者振りよきお姿をよう見知っておりますのでな」

「あるところまでとは、三河の牛窪あたりまでということでござるか」

一矢報《いっしむく》いた幸隆に、

「先ほど申したように、高所から眺めると夕雲雀の下り立つ先はよう見分けられるものでござる」

と、勘介はとぼけた答え方をした。

しかし、軍師ふたりの小手調べに似たやりとりは、もはやここまでであった。

すでに日も翳《かげ》って夕風が立ち、朝日の昇るのと同時に起床するのが習いのこの時代の者たちにとっては夕食時が近づいていた。

「ほかにうかがいたいこともござれば、夕餉《ゆうげ》の膳を差しあげたく存ずる。先をお急ぎの旅ではござらぬならば、風呂《ふろ》も馳走《ちそう》いたしましょうほどに一晩ゆるゆるとお泊りなされ。まあ、夜伽《よとぎ》の女までは馳走いたしませぬが」

いつか勘介を気に入っていた幸隆が提案すると、

「これはありがたき仰せなれど」

と勘介は答えながら大紋の両袖《りょうそで》を蝶《ちょう》の羽根のようにひらいて板の間に拳《こぶし》を突き、烏帽子を載せた頭を深々と下げて口調をあらためた。

「実はこのたびそれがしが御辺をお訪ねいたしたるは、御辺にわがお屋形さまに出仕していただくことはできまいか、と考えてのことでござる。それがしごときがかく申すのは笑止の沙汰《さた》と思し召されるかも知れませぬが、御辺の本貫《ほんがん》の地をふくむ信州と武田家の本領たる甲州はひとつながりの地でござって、いわば両国は唇歯《しんし》の国と申せましょう。唇滅べば歯寒しといういいまわしもあるようでござるが、いまこの両国を見わたしますと甲州はお屋形さまの才覚によってよく統治されるに至りましてござる。されど信州は、御辺よくご存じのように信濃府中の林城に小笠原長《なが》時《とき》、葛尾《かつらお》城に村上義清《よしきよ》などが盤踞《ばんきょ》しておって、いまなお戦国の様相を呈しておりまする。この村上義清は、いったんは武田家と同盟いたしたものの表裏ある男にて、この同盟がいつまで保《も》つかははなはだこころもとないところがござる。しかも武田家とて近隣諸国から隙《すき》をうかがう者が絶えず、百年後までつづくかどうかは天のみぞ知る。もし御辺が武田家の覇業にお力をお貸し下さるならば、お屋形さまはいずれ御辺と御一族とに信州小県《ちいさがた》郡の松尾城への復帰をお命じあそばされることもあろうかと存ずる。そうなったときはこの山本勘介もきっとお役に立ちましょうから、ここはひとつかつての因縁を忘れたまいて、いま申した出仕の件、御検討いただければ幸甚に存ずる」

すでに諏訪《すわ》頼重《よりしげ》から信州諏訪郡を奪った武田晴信は、さらに信州のうちに勢力を拡大するにあたって名族滋野氏の力を借りたくなったらしかった。

「なるほど。そのことは一晩じっくりと考えてからお返事いたす」

幸隆も居住《いず》まいを正して答えたが、すでに胆《はら》は決まっていた。

幸隆が長野業政を頼ってこの箕輪城へ落ちてきたのは、その業政と主筋の上杉憲政の助けによっていずれは小県郡の所領を回復するためである。だが憲政に往年の関東管領の威風は感じられなくなっており、幸隆もいまでは、

（上杉家の力に期待するのは無理だな）

と考え直している。

そうである以上は、いつまでも滋野・真田の独立性にこだわるのではなく、武田

家につかえた方が帰国の夢を叶《かな》えやすくなる。その意味で勘介の誘いは、幸隆にとってはきわめて説得力に富むものであった。

「それではこの真田弾正、このまま立ち枯れになるよりもお手前のおことばを入れ、武田家に出仕いたすと思い切りましたれば、よろしくお引きまわしのほどお願いいたす」

翌朝、あっさりと勘介に告げた幸隆は、ひとつだけ条件をつけた。

「いずれ家の子郎党とともに甲斐《かい》府中の躑躅《つつじ》ケ《が》崎館《さきかん》に参じましょうが、このことはそれまで口外御無用と思し召されよ」

「うけたまわった」

とだけ答えた勘介は、すぐに旅の衣装に変わると飄然《ひょうぜん》と箕輪城を去っていった。

自分が武田家につかえると決めたことを、しばらく内緒にしておいてもらいたい。幸隆がそう注文をつけたのは、このことを長野業政にどう告げればよいのか、いささか思案に余ったためであった。

箕輪城に身を寄せて以来、業政は幸隆一行に二の丸の殿舎を提供してくれたばかりか、しばしば侍女たちの弾琴吹笛によって心を慰めてくれたり、駿馬《しゅんめ》を贈ってくれたりした。幸隆も業政が伊勢の長野右京亮へ贈る砂金をみごとに運んでみせたから、その点では業政も幸隆に感謝しているはずである。

しかし、だからといって、

「実は——」

と武田家に出仕することにしたと業政にむかって不意に切り出すのは忘恩のふるまいのような気がして、幸隆はためらいを禁じ得なかった。

その間に月日が流れて、天文十三年（一五四四）が近づいてきた。箕輪城のうちにも上州名物のからっ風が吹き荒れて、榛名山《はるなさん》も土ぼこりに霞《かす》んでしまう。

そこで幸隆は、風邪《かぜ》を引いたと称して寝所に引きこもってしまうことにした。新年を迎えても業政に賀詞を述べられないほど病み衰えた風を装い、機を見て、

「もはや寿命も尽きつつあるようなれば、本貫の地近くに引退つかまつりたい」

と申し出れば業政を傷つけることなく箕輪城を去ることができる、と策を巡らしたのである。

その策の一環として、まず幸隆は近習たちのだれにも面会を許さないことにした。むろんこれが業政の耳に入れば、引退のことばを伝えやすくなると考えてのことであった。

案の定、業政は天文十三年元旦《がんたん》に箕輪城御前曲輪でひらかれた賀宴にも出席しなかった幸隆の身を案じ、しばしば二の丸に使者をよこして見舞のことばを伝えさせ

た。

だが、幸隆はこの使者にも、

「どうやら染《うつ》る風邪なれば、面談はお許し候え」

と襖《ふすま》越しに嗄《しわが》れ声で答え、咳《せ》きこむばかり。あたりには煎《せん》じ薬の匂《にお》いが充満していたので使者はそのことばを信じ、幸隆はそのまま水ぬるむ季節を迎えた。

勘介に出仕の約束をしてほぼ十カ月経《た》っていたから、甲州にむかうならいまである。

「ようやく風邪気は去ったようなれど、五体から力が脱けてしまい申した」

出立の布石として幸隆が業政の使者に伝えると、いったん御前曲輪へもどったその使者はふたたび二の丸にやってきて襖越しに業政のことばを報じた。

「わがあるじが申すには、このたびの御病気は尋常の医薬にては治すべきにあらず、当国甘楽郡《かんらごおり》の奥、余地峠《よじとうげ》を打ち越えて良薬を求められよ。善は急げと申すにより、今日明日のうちに出立なされてしかるべし。馬などは当方におまかせあれ、とのことに候」

余地峠（標高一二六八メートル）とは東に上州甘楽郡の下仁田《しもにた》、砥沢《とざわ》を、西に信州佐久《さく》郡の海瀬《かいぜ》を見る鞍部《あんぶ》のことで、佐久郡から八ケ岳《やつがたけ》の連山を右手の空に仰ぎながら南下してゆけば甲斐府中にゆきつける。

業政の伝言は渡りに舟であったが、長く仮病を使っていた者が嬉々《きき》として助言に従うのも妙である。そこで幸隆は内心の驚きを圧《お》し殺し、さりげない風を装って答えた。

「信濃守殿の仰せはまことにかたじけなく存ずるが、この身の病はこれまでに知らぬほどのものにて、快方にむかいつつありとは申せ早速出立いたすわけにもゆきますまい」

ところが業政も、このときばかりはなぜか引き下がろうとはしなかった。かれは、みたび使者を立てて幸隆に申し入れた。

「長く病臥《びょうが》しておられたことは承知の上で、あえて申しあげる。療治のためには、一日も早く出立されることこそ肝要でござろう」

恩人にそこまでいわれては、もはや断わりにくい。

（では良薬を求めにゆくという名目でここを去り、武田家に身を寄せてからあらためて信濃守殿に礼を述べよう）

と考え直した幸隆は、翌朝、かつて業政から贈られた黒馬にまたがって下仁田へむかった。供をするのは駄馬を曳《ひ》いたわずかな近習のみであったが、なぜか業政が見送りにあらわれなかったのがかれにはありがたいことに感じられた。

高崎の北西二里にある箕輪城から下仁田をめざすには、板鼻《いたはな》—安中《あんなか》—松井田《まついだ》と中《なか》仙道《せんどう》を西へすすみ、間道を南へむかってゆけばよい。まだ冬枯れの妙義山《みょうぎさん》（一一〇四メートル）を背にしてこの間道を南下した幸隆は、下仁田で休息を取っている間に驚くべきものを見た。

妙義山の方角からは、かれら一行を追い抜かんばかりで駄馬の列がやってきた。その駄馬の背に括《くく》りつけられている家財道具を見るともなく眺めると、どうも見たような品ばかり。

それも道理、それらの道具類は箕輪城二の丸で幸隆が使用していたものであった。その後からは、市女笠《いちめがさ》をかぶった妻に手を引かれた長男と乳母に抱かれた次男が城に残した家の子郎党に守られてやってきたので、思わず幸隆は絶句した。

「これはいかに」

ぶっさき羽織にたっつけ袴、その腰の環《かん》に吊《つ》るして太刀を佩用《はいよう》している幸隆が大月代茶筅髷《おおさかやきちゃせんまげ》を揺らして呼び掛けると、その列からは近習のひとりが喜びのあまり顔をくしゃくしゃにして駆けてきてかれに報じた。

「さん候《ぞうろう》（さようでございます）、今朝方、殿が御出立あそばされてまもなく御前曲輪から長野信濃守さまの重臣おふたりがお越しになりまして、真田家の者たちはただちにあるじの御跡《みあと》を慕うべし、家財道具はすべて馬で運ばせるから案じるな、とおっしゃって下さったのでござります。その方々から、追いついたところで殿にまいらせるように、といわれてわたされました書状がこれでござります」

　幸隆が差し出されたその書面を立ったまま読みはじめると、そこにはつぎのように書かれていた。

「甲斐には武田大膳大夫晴信あり。若き人にはまたあるまじき弓取りなり。ただし、箕輪にそれがしあらん限りは、武田の衆碓氷《うすい》峠を越えて上州に来《きた》り、馬に草飼わんと思いたもうべからず。そこもとやがて本貫の地へ帰りたもうとも、隣交《りんこう》を忘れたもうことあるまじく候。頓首《とんしゅ》再拝。

長野信濃守
真田弾正忠殿」

　隣交とは隣国との交際ということで、これはむろん長野業政と幸隆とのこれまでの交流を指している。

　衰微する一方の関東管領上杉家をなおも単独で支えようとしている長野業政は、旧世代を代表する名将のひとりにほかならない。その業政は、

「二の丸の真田殿に異相の来客あり」

　と大手門の門番から告げられた一瞬に、幸隆とおなじくこの客を武田家の軍師山本勘介と見抜いていた。またその目的が幸隆を武田家に出仕させることにあることも察知していたからこそ、幸隆の将来を思って箕輪城を退去しやすくしてやったの

である。

戦国ただならぬ世には珍しいこの気配りに気づいて、幸隆は詠嘆した。

「ああ、信濃守殿の眼力の確かさをよく知っていたならば、わが志のほども率直に打ちあけて物語りすべきであったのに、策を巡らして去らんといたしたることこそ拙《つたな》けれ」

幸隆は、にわかに箕輪城へ駆けもどりたくなった。だが、それでは家族と家の子郎党ばかりか家財道具まで送り出してくれた業政の意に背くことになる。

目を赤くして黒馬にまたがった幸隆は、手綱を控えながら初めて行く先をあきらかにした。

「余はこれより甲州武田家につかえることにいたすにより、このまま余地峠を越えて甲斐府中をめざす。ただし、武田家はかつてわれらを松尾城より追いしものなれば、なおこれを不倶戴天《ふぐたいてん》の敵と見ている者もなかにはいるであろう。さような者はいずこへ退去しても構わぬが、もしも余につかえつづけようというのであれば、いずれ松尾城へ還る日も遠きにあらずと思え」

これを聞いた家の子郎党たちの列からは、喜びの声が噴きあがった。

四

　この時代の城郭は峻険《しゅんけん》な山の上に縄張りされた山城《やまじろ》がほとんどで、平城《ひらじろ》は敵に接近されやすいことからまだ発達していない。

　その山城も、大きく眺めれば二種類にわけることができた。箕輪城のようにすべての曲輪が尾根から裾野《すその》にかけてつらなる城と、頂上の山城と裾野の居館が互いに独立している形の城である。

　後者のような種類では、城主は平常は居館を政庁として政務を執《と》り、敵軍が迫ったときには城へ移動してからいくさをはじめる。

　甲斐府中の北半里にある平坦《へいたん》な土地に築かれた武田家の居館も、山城と一対になっていた。武田信虎の時代に建てられたこの居館が躑躅ケ崎館と呼ばれるのは、その東側に躑躅ケ崎山という小さな山がうずくまっていることによる。

　しかし、躑躅ケ崎館の北東およそ二十町（二一八二メートル）には臨済宗の積翠《せきすい》寺《じ》のあることから積翠寺山と呼ばれる尾根が張り出し、その山中に要害城という名の山城が建造されていた。大永《たいえい》元年（一五二一）に信虎がそれまで石和川田《かわだ》にあった居館を西へ一里半の躑躅ケ崎に移転した直後、駿河の今川氏親《うじちか》が大軍を甲州に送って甲斐府中を急襲したことがあった。そのとき信虎の正室は、要害城に避難して晴信を産んだのである。

ちなみに要害とは地勢が険しくて敵を防ぐのに便利なところという意味だから、要害城ということばは厳密にいえば普通名詞である。しかるに武田家では、このことばを固有名詞として使っていたのだ。

ただしこの要害城は、塀を建てまわしてもいない質素な造りであった。躑躅ケ崎館も決して豪奢《ごうしゃ》なものではなく、回の字形に地均《じなら》しした土地のまわりを水堀と高さ一丈（三・〇三メートル）ほどの堤でかこみ、その東側に正門を据えて内部を三つの曲輪に分けただけのしろもの。東西は百五十五間（二八二メートル）、南北は七十五間（一三六・四メートル）だから、面積は一万二千坪に満たない。

のちに加藤清正の造る熊本城が三十万坪の規模だといえば、この館の可愛《かわい》らしいほどの小ささが納得できよう。

「この居館はあまりに手狭にて、堀も一重で浅過ぎまする」

と重臣たちから諫《いさ》められたとき、武田晴信は答えた。

「事の仔細《しさい》を分別してみよ。国持ち大名が城に籠《こも》って運をひらいたことは稀《まれ》であろう。なるほど主人持ちの侍でその主人からの後詰《ごづ》め（援軍）を頼みにする者ならば、いかにも城を堅固に築くことが肝要だ。わが出城《でじろ》（支城）にいたしても、いかにも堅固な地を見立てて頑丈な城を普請《ふしん》してあるのは、敵至らば余が後詰めして合戦に及ぶからであろうが。本城をよく保たせねば、後詰めは成らぬ。後詰めなければ、合戦は成らぬ。と申すに大将たる者が出城に対する本城をいかにも堅固に構え、人数を多く入れ置いたとしても、もしも籠城《ろうじょう》戦とならば兵どもは弓鉄砲の狭間《はざま》をくぐり、妻子を捨てて走り逃れるばかりであろう。されば大将たる者は、士をよく育て、法度《はっと》と軍法を定めることの方が城を普請するよりもはるかに大事な作業なのだ」

晴信が居館と要害城の造りをさほど重視しなかった理由は、このことばに集約されている。すなわち後世に生まれる「人は石垣、人は城」という表現は、かれの心をなかなか巧みにいい当てていることばなのだ。

その晴信の奇癖のひとつは、仕官の口を求めて躑躅ケ崎館にやってきた者にはまず飯を食べさせ、物陰からその食べ方を見て人物を判断するというものであった。あるとき、長く諸国を流れ歩いてきた浪々の身の上という口上で仕官を求めた者は、飯の食べ方が上品過ぎるという理由で追い返された。長くひもじい暮らしをしてきた者ならもっとがつがつしているはずだ、という判断であったが、のちに調べてみると、はたしてこの者は京からやってきた間者《かんじゃ》であった。

また、某家に侍大将としてつかえ、つねに兵五百を動かしていたという触れこみでやってきた鬚武者は、飯と汁椀《しるわん》を出されると、その飯に汁をかけてから食べはじめた。だが、少し汁をかけては食べることを繰り返すうちに汁がなくなり、飯がかなり余ってしまった。

晴信はこの者も追い返してしまい、左右の者に語った。

「汁かけ飯というものは、汁と飯の量をよく見較《みくら》べながら食してゆき、最後に両方が同時に空《から》になるよういたすのが士の作法だ。そんなこともわからぬ輩《やから》に、五百の兵の差し引きができるものか」

正門から門道を通って客殿へ案内された真田幸隆が、とりあえず出されたのも飯と汁椀であった。このような場合は、まず箸《はし》で汁の実をつまんで口にふくんでから汁を吸い、飯は箸ですくって左の掌《てのひら》にうつしてから食べるのが一軍の将たる者の作法である。

襖《ふすま》のかなたに人の気配を感じながらも、幸隆は作法通りに食べおわると静かに端座しつづけた。

やがて見覚えのある大紋を着けてあらわれた山本勘介は、

「やっとお越し下されたか、これは重畳《ちょうじょう》」

とにこやかにいい、幸隆の福耳に口を寄せて囁《ささや》いた。

「お屋形さまにおかせられては、すでに御辺を家臣の列に加えることに決め、こう仰せられましたぞ。まずは信濃先方衆《さきがたしゅう》として用い、その手並を見ようか、と」

信濃先方衆とは、先鋒《せんぽう》軍の将として信州攻略にあたる者たちという意味である。

このときから幸隆は、やがて「武田二十四将」のひとりにかぞえられるに至る道を歩みはじめたのであった。

鬼謀の人

一

「参勤交代」

ということばは、つぎのように解説されることが多い。

「江戸幕府の大名統制策のひとつ。諸大名を原則として一年交代で、江戸と領地とに居住させた制度」

大名の正室と嫡男《ちゃくなん》が、幕府へ差し出された証人（人質）という意味合いで江戸屋敷に住まわされたこともよく知られている。

しかし、これは江戸幕府が創出した制度ではない。戦国大名たちも配下の有力な武将たちには領地や支城のほかに主城近くに屋敷を与え、その正室と嫡男はこちらに住まわせていた。

武将たちが主人を裏切るのは、領地や支城に帰っているときが圧倒的に多い。だからその正室と嫡男を証人にとっておくといういわゆる「証人制度」は、重要な裏切り防止策だったのである。

真田幸隆の場合はまだ武田家領国のうちに領地を与えられてはいなかったため、甲斐府中の躑躅ケ崎館《つつじがさきかん》をかこむように建てられている武家屋敷の一軒を受けて、幸隆夫妻と男児ふたり、そして家の子郎党たちがともに住まうという暮らしに入った。

（山本勘介殿の口利きで武田家につかえた以上、なにか鮮やかな手柄を立ててみせねばなるまい）

と考えていた幸隆がその機会に恵まれたのは、出仕から十カ月目の天文《てんぶん》十三年（一五四四）十一月中旬のことであった。

武田晴信《はるのぶ》が、信州諏訪郡の諏訪頼重を滅ぼしてすでに二年。武田家は諏訪家の全所領を支配するに至っていたが、その周辺にはまだ武田家に反抗的な兵力が残存していた。そこで晴信は八千余騎を率い、同地方の平定を思い立ったのである。

「甲軍が津波のような勢いで接近中」

と聞いた土豪たちは戦う前につぎつぎに降伏を申し出、その証しとしてこぞって兵力を差し出した。ために甲軍は一万五千余騎の大軍にふくれあがり、南信から中信にかけては一気に武田家の領土にくりこまれるかに見えた。

ところが佐久郡《さくごおり》のうちにある小田井《おたい》城の城主小田井又六郎《またろくろう》とその弟次郎左衛門《じろうざえもん》のみは、降伏の誘いを頑《がん》として拒否しつづけた。

ならば武田家としては、なんとしても小田井兄弟を攻め滅ぼして今後の見せしめにしなければならない。そこで晴信は一万五千余騎をつぎのように陣立てし、浅間山南麓《なんろく》の佐久平の一角にある小田井城へむかうことにした。

〈先陣〉甘利虎泰《あまりとらやす》、芦田信守《あしだのぶもり》
〈二陣〉飯富虎昌《おぶとらまさ》、平原河内守《ひらはらかわちのかみ》
〈三陣〉板垣信形《のぶかた》、望月伊豆守
〈中軍前備え〉小畠虎盛《おばたとらもり》
〈中軍〉武田晴信
〈中軍右翼〉山本勘介
〈中軍左翼〉真田幸隆
〈後陣〉浅利虎在《とらあり》ほか

一方の小田井兄弟の有する兵力は、三千余騎。甲軍が佐久郡のうちにあって王朝の世の東山道《とうさんどう》の通っていた岩村田郷《いわむらだごう》から追分《おいわけ》へと進出するにつれ、この兵力は小田井城から南へ一里の地点に進出し、南面して陣立てをした。

いくさというものは、敵を平地に導いてわれが高地を占めれば、それだけでわれが有利だといわれている。北の空に浅間山を仰ぐ小田井城から出動した軍勢は、南へ下る傾斜地の高みに布陣して、低地からやってくる甲軍と正面から激突することを望んだのだ。

決戦が開始されたのは、十二月十八日の東の空に曙光《しょこう》が滲《にじ》みはじめた時刻のこと。鉄砲はすでに日本に伝来していても、まだ諸大名家が大量に保有するには至っていないので、両軍はそろって弓足軽組を前に出し、まず弓矢による遠いくさをこころみた。

このような場合、甲軍は野良着《のらぎ》に菅笠《すげがさ》、手甲脚半《てっこうきゃはん》姿の農兵数百を前に出し、礫打《つぶて》ちをおこなわせることがときにある。細長い布をふたつ折りにしてその底の部分に礫を入れ、両端をつかんで右の肩口でぐるぐる振りまわしてからその布の一端を手放すと、なかにつつまれていた礫はうなりをあげて敵の頭上を襲うことになる。

矢が二十五、六間（四五・五～四七・三メートル）も飛べば強弩《きょうど》の末ということば通りに勢いを失ってしまうのに対し、礫は遠心力を巧みに利用して打ち出せば一町二十間（一四五メートル）のかなたに届くばかりか、空を切るうちに大きな曲線を描くことがよくあって軌道を読みにくいのだ。

しかし、この日の合戦に甲軍は高地を占められなかったので、礫打ちはおこなわなかった。となれば弓足軽組の遠いくさのあとは槍《やり》足軽組が横隊ですすんで殴《なぐ》りあい、一方が崩れ立ったころあいに騎馬武者が発進して雌雄《しゆう》を決する、というのがいくさの常道である。

小田井勢からはまず先手五百騎が一斉に馬腹を蹴《け》り、兜《かぶと》の前立てを朝日に煌《きら》めかせながら甲軍先陣の甘利虎泰、芦田信守勢三千余騎にむかって突撃してきた。

備前守《びぜんのかみ》の受領名《ずりょうめい》を持つ甘利虎泰は、そのいくさぶりのすさまじさを、

「猛《たけ》り狂う野牛を野に放つがごとし」

といわれた猛将である、黒の横線四本を描いた旗印を前に傾けて迎え討ったが、槍穂二尺（六〇・六センチメートル）、柄《え》の長さ六尺五寸（約二メートル）の大身《おおみ》槍を頭上に振りまわして肉薄してきた小田井勢先手五百騎は、ためらわず甲軍先陣三千余騎のなかに突入。東西南北へ駆け違いつつ命知らずの戦い方をしたので、甘利虎泰、芦田信守は大いに敗れて退いた。

これに替わって戦場にあらわれた甲軍は、二陣の飯富虎昌と平原河内守の三千余騎。飯富兵部少輔《ひょうぶしょうゆう》、略して飯富兵部で通っている虎昌の軍勢は、月に星の旗印と武具馬具のすべてを赤一色に統一した赤備えの姿で戦うことによって知られ、虎昌自身は、

「甲山の猛虎《もうこ》」

の異名を取っている。

その赤備えの出動に気づいた小田井勢の先手は、中軍と交代。この中軍二千五百余騎が火花を散らす勢いで飯富、平原勢と乱戦をくりひろげるうちに、虎昌の家臣のひとり竹本武兵衛は、地面に立てた楯《たて》の陰から鉄砲の銃口を覗《のぞ》かせ、敵の騎馬武者ひとりに狙《ねら》いをしぼっていた。

轟音《ごうおん》一発、その敵将は鎧《よろい》の胸板を撃ち抜かれてまっさかさまに落馬し、駆け寄った竹本武兵衛によって首を掻《か》き切られた。

そこへ前後左右を騎馬武者と徒武者《かち》たちに守られて馬を走らせてきた敵将は、実に美しく装っていた。馬格雄偉な乗馬には朱房の胸懸《むながい》と鞦《しりがい》を掛け、金覆輪《きんぷくりん》の鞍《くら》を置いた姿。それにまたがって左手一本に手綱をまとめたこの敵将は、紫裾濃《むらさきすそご》の鎧に鍬形《くわがた》を打った兜を着用、四尺三寸（一・三メートル）もあろうかという大太刀《だち》を振りかざして赤備えの騎馬武者たちと馬首を交錯させたかと思うと、たちまちのうちに三騎まで斬《き》って落として大音声《だいおんじょう》を張りあげた。

「小田井の城主小田井又六郎とはわが事なり。たとえ屍《かばね》をこの地に晒《さら》すとも、後世に悪名を残すまじ。今日はぜひとも晴信の首を見ずんば引くべからず。ゆくぞ！」

「おお！」

と応じた二千五百騎がほとんど同時に駆歩《かけあし》発進したので、飯富・平原勢もたまらず背後の三陣へむかって雪崩《なだれ》を打った。替わって立ちむかった三陣の板垣信形、望月伊豆守の軍勢も、高地から傾斜地を駆け下りつつ奮闘力戦する小田井勢に十字に馳《は》せ違われるわ巴《ともえ》の字にまわりこまれるわの苦戦となり、板垣勢の三日月の旗印はつぎつぎに倒れた。小田井又六郎は甲軍の三陣を突き崩し、ついに晴信の中軍に迫った。

「あれこそ晴信の本陣なれ、踏み破って首を取れ」

又六郎が血刀を振りまわして命じたのは、赤地に黒の武田菱の幟《のぼり》と、

「疾如風徐如林侵

掠如火不動如山」

読み下せば、疾《と》きこと風の如《ごと》く徐《しず》かなること林の如し、侵掠《しんりやく》すること火の如く動かざること山の如し、となる黒地金文字の孫子の旗がその目に映し出されたからである。

だが、中軍に迫られてはたまらないから甲軍も必死となり、中軍前備えの小畠虎盛は隅切り角の旗印を前に傾けて迎え討つ。その間に一陣から三陣までの兵力も順次備えを立て直して加勢に駆けつけ、鯨波《とき》の声と馬のいななき、剣戟《けんげき》の響きと悲鳴絶叫があたりに響《とよも》す血戦がくりひろげられた。

そのうちに小田井勢には疲労の色が見えはじめ、ついに小畠虎盛勢を断ち割って甲軍本陣を正面低地に直視したときには、二千五百余騎の兵力が五百余騎にまで激減していた。

しかも、その五百余騎が武田菱と孫子の旗印のもとへ殺到してゆくと、そこはまったくもぬけの殻であった。そしてその左右には、「本」の旗印を寒空にひるがえした山本勘介勢と後陣からやってきた原友胤《ともたね》勢あわせて三千余騎が粛々《しゅくしゅく》と馬首をそろえて五百余騎を待ち受けていた。

先陣、二陣、三陣、中軍前備えを破るうちに兵力減少した敵の主力を、中軍本陣と見せかけた場所の左右に待ち受けて一気に屠《ほふ》りつくすというのが、山本勘介の立てた策だったのである。ようやくこれに気づいて小田井又六郎らが茫然《ぼうぜん》自失するうちに、岩村田郷の方角からは武田晴信の真の中軍、真田幸隆ほか三千余騎があらわれて、鯨波の声にあわせてこの五百余騎を十重《とえ》二十重《はたえ》に取り巻いてしまった。

こうなるといくさは、巻狩《まきがり》の輪のなかへ追いこんだ獲物をつぎつぎに狩ってゆくのに似た様相を呈する。小田井勢の五百余騎が破れかぶれに発進して討たれてゆくうちに、小田井又六郎に馬を寄せていったのは相木森之助《あいきもりのすけ》という者であった。

相木森之助は、真田幸隆の郎党のひとり。幸隆が信州小県郡《ちいさがたごおり》真田郷の領主だった時代には騎馬武者百五十騎を率いた剛の者で、幸隆の上州亡命にもつき従っていた。

椎《しい》の実《み》形の筋兜《すじかぶと》に最上胴《もがみどう》の腹巻、大身槍《おおみやり》を右脇にかいこんでいた森之助は、

「これは敵の御大将とお見受けいたした、いざ尋常に勝負！」

と叫ぶや否や、小田井又六郎の兜めがけてその大身槍をくり出した。又六郎もさる者、騎座《きざ》（膝《ひざ》の内側）だけで馬を操りながらこの攻めを躱《かわ》したが、すでに満身創《そう》痍《い》、息も上がってしまっていて、思うようにからだが動かない。ついに大身槍を兜の内側に受けてしまい、仰むけに落馬したところを森之助に首を掻かれておわった。

武田家に出仕した真田幸隆の家来たちのうち、最初に大手柄を立てたのはこの相木森之助だったことになる。

二

最後まで小田井又六郎に従っていた五百余騎も、前後して血煙の底に沈んでいった。

乗り手を失ってあたりを狂ったように駆けまわっていた馬も馬柄杓《うまびしゃく》から水を与えられてようやく落ち着き、後陣の小荷駄《こにだ》組に預けられた。

こうなるとつぎは一里北上して小田井城の守兵たちに降伏を勧告し、それに従わなければ突入戦をこころみるばかりである。

その前に全軍が腰兵粮《びょうろう》として持参していた餅《もち》を食べたのは、餅は便意と尿意を遠ざけるからであった。鎧は簡単には脱げないし、下帯は首につけた環にむすびつけた長い布を股間《こかん》に通してから腰に巻きつけるものなので、これを着用していては立小便をすることも不可能なのだ。

まず平原での合戦があって、つぎに城攻めにうつるときには、合戦に武功のなかった者たちがもっとも色めき立つものである。真田幸隆に預けられた約一千五百騎の中では相木森之助が大将首を奪っただけだったから、本来なら幸隆はもっと張り切ってもよかった。

しかし、兜を外して床几《しょうぎ》に腰を据《す》え、近習の差し出した餅を食べはじめた幸隆に気負いはまったく見られなかった。その間に武田晴信は本陣に出むいた相木森之助から差し出された小田井又六郎の首の首実検をおこない、

「本日の働き、古今無双である」

として、備前兼光《かねみつ》の太刀を与えた。

これは、この太刀を当座の褒美《ほうび》として与えておき、いくさをおわって帰館したら正式に感状を与える、という心である。武士というのは、主将から生涯に何通の感状を受けることができるか、という観点から器量を競いあう存在でもあるのだ。

颯爽《さっそう》と真田家の陣地へ馬首を返してきた相木森之助は、幸隆の前にすすみ出て錦《にしき》

の袋入りの備前兼光を見せ、幸隆に許されてこの名刀を鎧の背に括《くく》りつけた。このように陪臣《ばいしん》たる身が主将から褒美《ほうび》を与えられたときは、自分の主人にそうと報じて所有を許してもらう、という手順を踏むことも武士の作法のひとつなのだ。

「さらに励めよ」

と茶筅髷《ちゃせんまげ》を解いて月代《さかやき》総髪にしている幸隆から励まされた森之助は、

「はっ」

と応じて退くと、仲の良い別府治左衛門《べっぷじざえもん》の姿を目で探し求めた。治左衛門も海野《うんの》平《だいら》の戦いには森之助とともに奮戦力闘し、幸隆の上州落ちにも従っていた剛勇の士である。

しかし、なぜかいつも幸隆の近くに控えているはずの治左衛門の姿はどこにもなかった。

「おい、別府治左衛門はいずこにおる」

と森之助に聞かれたひとりは、

「さあ、たしかいくさのはじまる前に御前（幸隆）に呼ばれて、行軍の列を離れたようじゃったが」

と答えたが、その行く先を知る者はだれもいなかった。

これでは治左衛門に備前兼光を見せつけて、自慢することもできない。それだけが、森之助には物足りなかった。

この日の幸隆の軍装は、当世具足といわれるものの一種で黒革胴を主体とし、両腕は鎖《くさり》つきの籠手《こて》で覆ってやはり黒革の草摺《くさずり》をつけた黒ずくめの姿であった。兜は阿古陀形《あこだなり》の筋兜に大鍬形《おおくわがた》を打ったもので、これも黒うるしで塗装されていた。

旗印には黒地白抜きに六連銭《ろくれんせん》の家紋が描かれていたが、これはムツレンセンとも読まれ、死者があの世に旅立つときに三途《さんず》の川の渡り賃として六文を柩《ひつぎ》に納め、悪霊が近づくのを避けるという意味合いがある。要するに六連銭とは死をも恐れず戦うという意気ごみを示したもので、織田信長が永楽《えいらく》通宝の旗印を用いたのも、のちの世に寛永《かんえい》通宝や天保《てんぽう》通宝の紋が生まれるのもおなじ理由からのことにほかならない。

その幸隆の陣には、晴信の本陣から鎧の背に百足《むかで》の旗指物《はたさしもの》を立てた伝令が駆けこんできて主命を伝えた。

「真田弾正《だんじょう》殿に申しあげます。小田井城の守将は、すでに討ち取ったる小田井又六郎の舎弟次郎左衛門と申す者にて候。守兵は先陣をつとめて引きし五百余騎と雑兵《ぞうひょう》どもなれば、兵力千五百余騎によって城に攻め寄せ、一気にこれを落とすべし、とのことに候」

武田家の伝令が百足の旗指物を用いるのは、足が百本ある虫のように素速く動いて主命を伝える必要があるからである。

「主命、たしかにうけたまわったぞ」

幸隆は悠然《ゆうぜん》と答えながら、晴信の気持を見通していた。

（お屋形さまは、山本勘介殿が大手柄を立てたのだから今度はお前の番だ、とおっしゃりたいのであろう）

後世に「攻者三倍の法則」ということばが生まれるように、籠城《ろうじょう》した敵を攻め破るには約三倍の兵力が必要だとされている。晴信は小田井城の五百余騎に幸隆の千五百余騎をぶつけて、その手並のほどを見るつもりになったものと思われた。

「貝を吹け、太鼓を打て」

幸隆の命令によって、法螺《ほら》貝《がい》が吹き鳴らされた。ぼうぼうと長く吹かれるのは押し貝といい、進撃の合図である。

陣太鼓がドーン、ドーンと間遠に打ち出されるのは序《じょ》破急《はきゅう》の序を意味し、この調子がつづく間、騎馬武者たちは馬を常歩《なみあし》で歩かせてゆく。それがドン、ドン、ドンと破に変われば馬は速歩《はやあし》になり、ドドドドと狂おしいような急調子になれば駆歩《かけあし》発進して吶喊《とっかん》となる。

しかし、一面の冬景色のなかを小田井城の大手道に差しかかるまで、ついに真田勢の陣太鼓は序から破へ変わることなくおわった。

爪先《つまさき》あがりの大手道の高みには左右を石垣造りにした大手門が据えられ、その石垣上には板塀《いたべい》が建てまわされて種々の家紋の描かれた旗印が寒風にはためいていた。板塀に切られた矢狭間《やざま》からは、すでに弓につがえられた矢の鏃《やじり》が覗《のぞ》いていて、城内の決死の気配がよく伝わってくる。

というのに幸隆は下馬して床几に腰を据えてしまい、吶喊の命令を出そうともしなかった。二度、三度と百足の旗指物を立てた男たちがその姿に馬を寄せたのは、

「早う攻め寄せぬか」

という晴信の催促のことばを伝えるためである。

「その方ども、待てば海路の日和《ひより》あり、ということばを知らぬようだな」

兜の眉庇《まびさし》の下に巨眼を光らせて幸隆が応じる間に、城内からはどよめきが伝わってきた。矢狭間から覗いていた鏃も消えて、そのどよめきには悲痛な叫びが混じりはじめる。

やがて大手門は軋《きし》みながらふたつに割れ、その奥からは三人の男が歩み出てきた。大手道に面頰《めんぽお》をつけた顔をむけた男はなにかを左手につかんでおり、ほかのふたりはその男と背中合わせになって城内に鉄砲の銃口をむけている。

「よし、うまくいったぞ」

大手門へ六十間（一〇九・一メートル）の距離にあった幸隆が鎧の草摺を鳴らして立ちあがると、面頬に顔のなかばを隠して桶側胴《おけがわどう》を着けている男は、その幸隆にむかって呼びかけた。

「真田家の臣別府治左衛門、城将小田井次郎左衛門を討ち取ったり！」

そして高々と掲げた左手がつかんでいたのは、まだ血の滴《したた》る次郎左衛門の生首であった。

この日の緒戦を戦った小田井方の五百余騎が城の方角へ引いてゆくのに気づいた幸隆は、別府治左衛門と徒武者ふたりを呼んで命じた。

「小田井勢のふりをしてあれを追尾し、城へ入りこんで守将を刺し殺せ」

騎馬武者は面頬に顔を隠して戦うものなので、六連銭の旗を捨てて敵の騎馬武者たちに混じってしまえば、このようなことも可能なのである。

別府治左衛門と背中合わせになったその家来ふたりは、なおも鉄砲を構えながらじわじわともどってきた。城内に潜入していた敵に守将を討たれたと知った城兵たちはすでに戦意喪失していたため、ここに幸隆は一兵も失うことなく小田井城を陥落させることに成功したのである。

幸隆は別府治左衛門を従えてただちに本陣におもむき、その前に小田井次郎左衛門の生首を差し出した。

武田菱の家紋を打った前立てつきの兜を着用して床几に腰かけていた晴信は、まだ詳しい事情を知らされていない。

「これはまた、いかなる謀計をもってやすやすと城を乗っ取りしや」

身を乗り出してたずねると、

「さん候《ぞうろう》」

と、幸隆は片膝づきの礼を取り、にっこり笑って答えた。

「いくさは敵の不意を討つに利ありと申す。緒戦のはじまるうちにこれなる者に命じ、城に潜入させておいたのでござる」

これには晴信の左右に控えた板垣信形や甘利虎泰も、感服に堪《た》えぬという顔をした。

「真田弾正は鬼謀《きぼう》の人なり」

という評価は、この一瞬に定まったのであった。

三

こうしていったん甲斐府中の屋敷にもどった真田幸隆は、信濃先方《さきがた》衆のひとりとしてつぎなる策を練りはじめた。

信濃先方衆の最終目標は、信濃府中（のちの松本）の林城主小笠原長時《ながとき》と北信埴《はに》科《しな》郡の葛尾《かつらお》城に拠《よ》る村上義清《よしきよ》を討ち、信州一円を武田家の所領に組み入れることにある。

特に村上義清はかつて諏訪氏および武田信虎《のぶとら》とむすんで幸隆の兄海野《うんの》幸義《ゆきよし》を討った憎むべき敵であったから、佐久郡の領有をめぐって武田晴信と敵対しつつあるこの男に一矢報いることは幸隆の長い間の念願でもあった。

天文十五年（一五四六）がまわってきたころ、ようやく幸隆は、

（これならば、かならず村上義清に痛打をくわえることができる）

という策を講じることができた。

しかし、この策を実行して義清に一泡吹かせるには、なによりも主君武田晴信の協力が必要であった。

そこである日、幸隆は六連銭の紋を散らした大紋烏帽子《えぼし》に太刀を佩《は》いて躑躅ケ崎館を訪ね、晴信に面会を求めた。

躑躅ケ崎館は正門である東門をくぐると番所として用いられている矩形《くけい》の曲輪《くるわ》があり、その左奥の弓番所の玄関式台へあがって左へ左へとすすむと、晴信の公式の接見場所のある主殿にゆくことができる。

南側に池と中の島を配した回遊式庭園を見るその一室に通された幸隆は、武田菱

の大紋と烏帽子をまとって出座した晴信に人払いを乞《こ》うてから、ずばりと切り出した。

「お屋形さまよくご存じのごとく、それがしの本貫の地は信州小県《ちいさがた》郡の真田郷でござります。真田郷の西につらなる山には近ごろ村上左衛門督《さえもんのかみ》（義清）が戸石《といし》城を造営いたしたと聞き及びますが、その戸石城から西にすすんでゆけば、道は村上の本城である埴科郡の葛尾城へとつづいております。もしもお屋形さまがそれがしをいったん本貫の地の松尾城へもどれとお命じ下さるならば、それがしは策によって少なくとも村上勢五、六百を葛尾城よりおびき出し、ことごとく亡き者にいたしてご覧に入れとうござる」

　松尾城は真田家の上州亡命以来あるじなき城と化して荒れ果てつつあるが、村上義清が戸石城を築いた以上は、これに対抗すべき最前線の城として見直されねばならない。

「面白いことを申すな。どのような策を用いる所存か、ありていに申してみよ」

　晴信は、こういった謀りごとが嫌いではない。父信虎ゆずりの炯々《けいけい》たる眼光を浴びせてきたが、

「それはちと、お許しあれ」

　と幸隆は、ひたとその目を見返して答えた。

「ことわざに、敵に味方あり味方に敵ありと申します。もちろんお屋形さまを敵と申すつもりはござりませんが、万一それがしの立てた策がお味方の聞きつけるところになりますと、村上方の乱波《らっぱ》や透波《すっぱ》に伝わって成る策も成らなくなる恐れがござりますので」

晴信は、笑って答えた。

「一理ある答えようではある。では、松尾城へつれてゆく兵はどれほどほしい。一千五百騎か」

「いえ、騎馬武者ではなく徒武者《かち》、それも三百か四百で充分かと存じます。松尾城へ入りますれば、海野平の一戦以来、城のほど近くに土着している旧臣どもも馳せ参じるかと思われますので」

ただしひとつだけ願いを聞き入れていただけませぬか、と幸隆はつづけた。

「このたびの策には、鉄砲を使ってみたいと思っております。できるだけ多数の鉄砲を拝借願えますまいか」

晴信は、うなずいた。

「村上めは、余にとっては目の上のタンコブのようなものだ。それを痛い目に遭わせてくれるというのなら、鉄砲放ちの名人もつけてつかわそうではないか」

この天文十五年に起こった関東最大の政情の変化は、関東管領上杉憲政《のりまさ》（山内上《やまのうち》杉氏）の没落が決定的となったこと、あわせて小田原の北条氏綱《うじつな》・氏康《うじやす》父子の北武蔵《むさし》における優位が確定したことであった。

そのきっかけは、天文六年、それまで上杉朝定《ともさだ》（扇谷上杉氏《おうぎがやつ》）の持ち城だった河越《かわごえ》城を北条氏綱が奪ったことにある。以後、河越城は北条氏にとって武蔵国へ進出するための重要な足掛りの地となったから、上杉憲政にとってこれが面白かろうわけがない。

そこで天文十四年十月、憲政は駿河《するが》の今川義元《よしもと》と手を握り、義元が駿河における北条方の城である長久保城を攻める時期にあわせて河越城奪回を図った。

同城に籠城した守兵三千はよく戦ったものの、上杉方が兵粮攻めをはじめたのを見て、北条氏康は城のあけわたしを条件として和平を提案。上杉方の油断を誘っておいて、十五年四月二十日夜に城外・城内の双方から突出して上杉方に夜襲をかけた。

これが戦史に特筆される「河越の夜戦」であり、上杉朝定をはじめとする上杉方の将士は三千人が討死。上杉憲政は上州平井《ひらい》城へ逃げもどりはしたが、重臣たちがつぎつぎと北条氏に降伏して内部崩壊がはじまったのである。

箕輪《みのわ》城の長野業政《なりまさ》がひとり健在であることをひそかな喜びとした幸隆が、家の子郎党と武田家から与えられた兵力を率いて甲斐府中を去ったのはこの年の五月中のことであった。

四

真田郷にあって別名を真田本城《ほんじょう》、住蓮寺《じゅうれんじ》城ともいう松尾城は、甲斐府中からは直線距離にして北北西へ二十二里半の位置にある。その東側にはさらに東寄りの浅間山（標高二五六八メートル）につづいてゆく湯ノ丸山（二一〇一メートル）と烏帽《えぼ》子《し》岳（二〇六六メートル）の稜線《りょうせん》が迫り、松尾城はその烏帽子岳の尾根の西端に築かれていた。

武田家が平時は躑躅ケ崎館を居館として敵が来襲したときには積翠寺《せきすいじ》山にある要害城に籠《こも》るように、この松尾城もその南西へ八町（八七二メートル）足らずの松林のなかに営まれた真田館と対になっていた。

四囲に土塁をめぐらしている真田館の規模は、メートル法でいうと東西が一五〇～一六〇メートル、南北が一〇〇～一三〇メートルだから、大きく捉《とら》えると五千四百坪程度となり、そう際立ったひろさではない。

ただしこの館は北東の松尾城のほか、東に天白《てんぱく》城、北に横尾城と洗馬《せば》城、西に村上義清方の戸石城を見る好位置にあり、真田家が北の四阿山《あずまやさん》や菅平山麓《すがだいらさんろく》における牧《まき》（牧場）の経営によって実力を貯《たくわ》えることができたのも、このような地形のおかげだといわれている。

対して松尾城は北から南へ約百六十坪の本丸、そこから一間（一・八二メートル）あまりの段差のある二の丸、ついで最大の曲輪である三の丸を張り出しており、本丸に登れば湯ノ丸山の北の鳥居峠《とりいとうげ》から上州へむかう上州街道をも一望することができる。

無住の館と化していた真田館に入った真田幸隆は、殿舎を再建させる一方で松尾城三の丸にも兵たちの寝起きする長屋と角場《かくば》を造らせた。角場とは鉄砲の稽古《けいこ》場のことで、その名は銃手が十五間（二七・三メートル）先の八寸（二四センチ）角の白木の板に描かれた差しわたし二寸（六センチ）の黒星を撃ちぬくよう求められたことに由来する。

火縄銃が日本の種子島《たねがしま》に伝えられたのは、わずか三年前のことでしかない。というのに早くも鉄砲が戦国大名たちの間に普及しつつあったのは、日本にはどの国にも刀鍛冶《かじ》がいて、刀を打つのと銃身を造るのは玉鋼《たまはがね》を平たく鍛えてゆくか筒に丸めるかの違いだけだったからである。

鉄砲伝来当初、その複製造りを命じられた刀鍛冶たちが頭を悩ませたのは、ネジを知らなかったためどうして銃身後端をふさぐかがすぐにはわからなかったことであった。

そのため三人のポルトガル人が種子島に鉄砲を伝えた直後、領主種子島時尭《ときたか》からその製造を命じられた刀工八板金兵衛《やいたきんべえ》は、十七歳の娘若狭《わかさ》をポルトガル人のひとりに与えた。金兵衛は若狭の肉体とひきかえに、銃身後端のふさぎ方を知ろうとしたのだ。

また近江《おうみ》国坂田郡の国友《くにとも》村が鉄砲生産で有名になったのは、次郎助《じろすけ》という者が刃の欠けた刀で大根をくりぬくと大根に欠けた刃先通りの条痕《じょうこん》がつくことからネジの切り方を発見し、ネジブタによって銃身後端をふさぐことを思いついたためであった。

なお近江の国友村とともに鉄砲生産の一大工場になろうとしていたのは、和泉《いずみ》国の堺《さかい》である。堺の橘屋《たちばなや》又三郎、いずれ通称を鉄砲又といわれることになるこの人物が種子島でその製造法を学んできたからだが、武田晴信は領国内の金山の開発に熱心で、「甲州金」と呼ばれた黄金の貨幣はその堺から鉄砲を買いつける軍用金としても使われていた。

そのため晴信は幸隆から鉄砲の貸与を求められると、この新兵器の威力を実戦で試したかったこともあってこれに応じたのである。

幸隆が晴信から提供された鉄砲は、百挺《ちょう》であった。それに晴信は鉄砲放ちの名人もつけてくれたので、松尾城三の丸に角場が築かれるや、連日かれはその名人に兵たちへの鉄砲放ちの稽古《けいこ》を指導させた。

全長四尺五寸（一・三六メートル）の火縄銃から鉛玉を一発発射するには、つぎのような手順を踏む必要がある。

一、銃口から火薬と鉛玉を流しこみ、槊杖《かるか》で数回突き固める。

二、銃身のカラクリ部分右側の火皿に口薬を盛り、やはりカラクリ部分右側にあって引金を引けば火皿にむかって落ちるようにできている火挟《ひばさ》みに火縄を取りつける。

三、その火縄の先に、懐炉のように火を消さずに火縄を携行できる鉄製の胴火から火を移す。

四、銃の台尻《だいじり》を右頰につけて左眼を閉じ、左手で銃身下部を支えて引金を絞れば、火縄の先から火皿に落ちた火が口薬を燃焼させて銃身内部に通じ、火薬を爆発的に燃焼させて鉛玉を発射する。

一から四の手順をくり返せば、鉄砲一挺から何発もの鉛玉を発射することができる。手慣れた者であれば、今日の時間にして三十秒から一分後には二発目を撃ち出すことが可能であった。

初め三百五十人であった真田勢は、やがて周辺に土着していた旧臣百五十人が馳せ集ったため、あわせて五百の兵力となった。幸隆はこの五百人のすべてに鉄砲の稽古をおこなわせ、その技量を見て銃手を百人に絞りこんだ。

撃つ際に左目ばかりか右目も閉じてしまう癖のある者、やはり撃つ際に左手の押さえが利かず銃口をはねあげてしまう者などから外されてゆき、視力がよくて黒星を撃ち抜く率の高かった者百人に鉄砲が一梃ずつ貸与されたのである。

これらの銃手百人には、二発目、三発目を撃ち出す速度をあげることが求められた。しかし、連日この百人に鉄砲放ちの稽古ばかりさせている幸隆に疑問を呈した者がいた。

須野原若狭《すのはらわかさ》、おなじく総左衛門《そうざえもん》の兄弟である。須野原若狭はかつては幸隆の父海野棟綱《むねつな》に家老としてつかえていた者で、幸隆が松尾城へ還《かえ》ってきたと聞くや総左衛門とともに帰参を申し入れたのである。

老いて大月代茶筅髷も小さくなってしまっている須野原若狭は、ある日、幸隆が銃手たちの背後に仁王立ちして鉄砲放ちの稽古を見守っていると苦々しげな目つきをしてあらわれ、その足元に片膝づきの礼を取って談じこんだ。

「連日このように銃手たちの稽古を御覧ずるのは結構なことなれど、御前の目的は村上勢に一泡吹かせることにあるとうけたまわり申した。とは申せ、朝から晩まで轟音《ごうおん》をとどろかせておれば、その音はすでに戸石城の村上勢も聞き咎《とが》めておることでしょう。これではかえって村上勢を身構えさせてしまい、目的を達成しにくくなるのではござりませぬか」

「なんだと」

褐色《かちんいろ》の陣羽織にたっつけ袴《ばかま》を着用して右手に折れ弓をつかんでいた幸隆は、

「その方ごときにさようなことをいわれる筋合はない、こうしてくれるわ」

と叫ぶや否や、その折れ弓を振りあげて若狭の両肩を打ち据えた。

日焼して羊羹《ようかん》色になった古羽織をまとっていた若狭は、五回、十回とつづいたその打擲《ちょうちゃく》に堪えたものの、つぎなる一撃を首筋に浴びるに及んで呻《うめ》き声を洩《も》らした。

そのとき、ふたりの間に割って入ろうとしたのは総左衛門であった。やはり古羽織姿の総左衛門は、

「御前、これはちとあんまりな」

と叫ぶと、幸隆に背をむけて若狭のからだを抱きかかえた。

「おれの上州落ちの供もいたさなんだ者が、なにをぬかすか」

ますます猛り狂った幸隆が今度は総左衛門の背を打ち据えたので、銃手たちも一斉に背後を振り返って身を強張《こわば》らせた。その間に折れ弓の連打は総左衛門の首筋を

襲い、みみず腫《ば》れになった傷口からは血しぶきがあがる。

「御前、もう充分でござりましょう」

近習のひとりが思いきって幸隆を諌《いさ》めると、その声によって我に返った幸隆は、折れ弓をその場に投げ捨てて足早に真田館へもどっていった。

須野原兄弟が松尾城の長屋から姿を消したのは、その夜のうちのことであった。

五

信州埴科郡とは、東南に小県郡、西に千曲《ちくま》川をはさんで更級《さらしな》郡に境を接し、北は高井郡へとつづいてゆく北信の郡名である。葛尾城は真田郷から直線距離にして北西へ三里ほどしか離れていないものの、間を北の鏡台山（一二六九メートル）と南の太郎山（一一六四メートル）の稜線に隔てられた五里ケ峰の支脈葛尾山（八一六メートル）のうちに造営されていた。

頂上にひらかれた本丸は戦国の世に信州にあまた築かれた山城のうちではもっとも高い地点にあり、その周辺には二の丸、三の丸と十以上の段郭《だんかく》がある。その西側を北へ流れる千曲川には古くから渡船場《とせんじょう》があって、このあたりは交通上の要衝であった。

戸石城の村上勢に返り忠を果たした須野原若狭・総左衛門兄弟が、この葛尾城の麓《ふもと》の館にいた村上義清のもとへつれられてきたのは、天文十五年十一月一日のこと。

「近ごろ松尾城には真田弾正忠（幸隆）がもどってきて、兵たちにしきりに鉄砲放ちの稽古をさせており、その銃声は戸石城まで伝わってきたほどでございました。須野原兄弟は弾正忠にとっては譜代の家来筋に当たるそうですが、城内にて満座のなかで弾正忠に赤恥をかかされたのを恨《うら》み、このほど出奔《しゅっぽん》いたして戸石城へ身を投じたのでございます。なんとしても弾正忠への恨みを晴らしたい、その方策はすでに胸中にある、との口上でございましたので、葛尾城へ案内いたした次第に候」

戸石城から須野原兄弟に同行してきた家臣のことばに興味を覚え、村上義清はふたりに会ってみることにした。

一室に通された須野原兄弟の申し立ては戸石城から同行してきた者の口上とほぼおなじであったが、髭《ひげ》武者の村上義清の目に映ったふたりの姿には確かに異様な点が見て取れた。ふたりのまとった古羽織は、両肩が何カ所も破れて襤褸《ぼろ》のようになっていた。そればかりかふたりの首筋の左右にはまだ鮮やかにみみず腫れの痕《あと》が走り、両人がそろって酷《ひど》い目に遭わされたことを、いわず語らずのうちに物語っていた。

「真田弾正忠の父の代には老職まで任されましたこの身が、弟ともどもこのように非道に扱われましては我慢なりませぬ。いささか謀《はか》りごともございますれば、兵五、六百をお貸し下されば松尾城を乗っ取って御覧に入れとうござる」

怒りに顔をどす黒くしている須野原若狭の申し入れに、

「考えておく。しばらくこの館にて養生しておれ」

とだけ、村上義清は答えた。

これは山伏や旅の商人に化けた者たちを真田郷へ送りこみ、兄弟のいうところが真実かどうかを見極めようとしたのである。

すると、真田郷では幸隆から兄弟にくわえられた暴力がなおも話題になっている、との結果が得られた。しかも、戸石城詰めの守将たちがこもごも報じたところによれば、松尾城詰めの真田勢の間では兄弟の出奔以来なにかごたごたがつづいているらしく、その後は鉄砲放ちの稽古もいっさいおこなわれていないという。

ならば村上家としては、ふたたび真田幸隆を追い散らして松尾城を奪う絶好の機会に恵まれたわけである。そうと知ってにんまりした村上義清はふたたび兄弟を呼びつけ、

「起請文《きしょうもん》を書け」

と命じた。

起請文とは誓ったところを通常の白紙に具体的に書き、つづいて熊野《くまの》神社などの

発行する牛王宝印《ごおうほういん》の料紙の裏面に、もしこの旨に違背すれば梵天《ぼんてん》帝釈四天王以下の日本国中の大小の神々からの罰をわが身に引き受ける、と神文を記して花押《かおう》血判を捺《お》すことである。もちろん須野原兄弟の誓ったところは、真田家から松尾城を奪って村上義清に献じる、という内容であった。

神文の末尾に年月日と姓名、花押を記した須野原若狭が筆から持ち替えたのは、一種の馬鍼《うまばり》であった。これは治療のために馬の血を採るのに用いられる鍼のこと。

つぎに左手を軽く握った若狭は、その馬鍼で薬指の爪の根近くをちょんと突いた。そこに生じた小さな赤い粒を右手拇指《おやゆび》の腹に押しつけ、それによって血判を捺すというのが記名血判の作法である。

つづいて総左衛門も若狭の名の左側に記名血判し、その起請文をうやうやしく義清の前に差し出した。

「それではその方らには、当家の誇る剛勇無双の将をふたりと兵五百をつけてつかわす」

機嫌よく応じた村上義清は、小姓たちに命じて意外な品をふたりの前に運ばせた。

松尾城乗っ取りに成功した暁には、城と旧真田領とを兄弟に与えるという内容の朱印状。それにくわえて義清秘蔵の太刀ふた振りと、馬の鞍。

「馬は当家の厩《うまや》から、好みのものを選んでよい」

とも義清は告げたが、若狭と総左衛門はちらりと目を見交わしあってから答えた。

「ただいまは、太刀のみを頂戴《ちょうだい》いたす」

「朱印状と鞍とは、この謀りごとを首尾よく成しとげたあとに頂戴つかまつる」

「欲のない者かな。ますます頼もしいぞ」

義清が大いに満足するうちに、下座に入室した村上家の将がふたりいた。薬師寺右近進《うこんのしん》と清野六郎二郎《きよのろくろうじろう》。

義清が兄弟につけてくれると約束した者が、このふたりであった。それぞれ名を名乗ったふたりに対し、

「御尊名は海野平の戦いの際より聞き及んでおり申す」

須野原兄弟が深々と頭を下げると、おなじようにぶ厚い胸板をしているふたりは、

「よしなに」

とだけ答えた。


須野原兄弟が薬師寺右近進と清野六郎二郎の率いる騎馬武者五百をともなって戸石城へ入ったのは、十一月十日から翌日にかけてのことであった。すでに粉雪が降りしきって戸石城から松尾城は直視しにくくなっていたが、松尾城の様子をたずねられた守兵たちは口々に答えた。

「十月末から松尾城ではまったく鉄砲放ちの稽古はおこなわれておりません。ひそかに乱波、透波を出して気配をうかがわせても、真田館も人少なになっているようでござるから、あるいは真田弾正は武田大膳大夫《だいぜんのだいぶ》（晴信）の命により、すでに甲斐府中へ呼びもどされたのかも知れませぬ」

「では、われらの手の者を何人か放って、もう少し真田の動きを調べさせましょう」

須野原若狭は薬師寺右近進と清野六郎二郎の了解のもと、家の子郎党たちを真田郷に潜入させた。その復命したところは戸石城の守兵たちの観察に寸分も違《たが》わなかったから、

「ならば五百騎をもって一気に松尾城に突入すれば、容易に城を奪うことができる」

という結論になる。

「駆歩《かけあし》発進！」

馬上采配《さいはい》を打ち振った若狭の合図により、村上方の五百騎は旗指物《はたさしもの》を傾けて松尾城に攻め寄せていった。時に十一月十三日早朝のことで、頭上には粉雪が霏々《ひひ》として降りしきっていた。

まず五百騎は三の丸へ入りこんだが、無人の角場には雪が降り積んでいるばかり

で、人馬の足跡もない。

「長屋のなかは、われらが改める。御一同は二の丸から本丸へむかわれよ」

村上義清から与えられた兜と具足をまとっている若狭のことばにうなずき返し、薬師寺右近進と清野六郎二郎の率いる五百騎は一斉に爪先あがりの斜面を二の丸めがけて駆けていった。

角場をコの字形にかこんで建てられていた三棟の長屋から、わらわらと人影が湧《わ》いて出たのはこのときのこと。粉雪に身を隠すようにして二の丸をめざしたその一部は、五百騎が駆けこんだ二の丸の城門を鎖《とざ》してしまうと、その城門に閂《かんぬき》を掛けた。普通の城門は内側から閂を掛けるものなのに、この日のために特に造られた二の丸入口の門は三の丸側から鎖すことができるように造られていたのである。

二の丸から一間以上の高みにある本丸を占領しようとした五百騎は、無残な運命をたどった。

本丸に息を殺してこのときを待っていた真田の銃手五十人は、高みの城壁上に上体をあらわして一斉射撃を開始。三十秒ないし一分後には第二弾を発射する手練の技に、五百騎はまたたくうちに半数しかいなくなっていた。

しかも、二百五十騎が三の丸へ逃げもどろうとすると、なぜか門がひらかない。

堪まらず馬を捨てて左右にのびる堤から三の丸へ跳び下りようとした者たちは、長屋から出て折り敷いていた銃手五十人の連射を浴び、悲鳴絶叫を噴きあげてつぎつぎに倒れた。

　こうしてわずか半刻（一時間）もたたないうちに、村上方の五百騎とそれを率いた薬師寺・清野の両将は、降りしきる雪を血に染めて全滅したのである。

　それと見定めた須野原兄弟は、馬首を返して松林のなかにある真田館へ疾駆。留守居の番人を装って囲炉裏を前にしていた幸隆に、作戦成功を報じた。

　幸隆はかねてから須野原兄弟に村上勢の一部を松尾城におびき寄せて一網打尽にする策を授けており、満座のなかで兄弟を打擲してみせたのもその策の一環だったのだ。

　二日後、釣り台に納められて甲斐府中へ届けられたその五百騎の首実検をおこなった晴信は、幸隆から謀りごとの全容を聞き取るや呻くようにいった。

「恐るべし、真田弾正。まことに鬼謀の人とは、その方のような者のことであろう」

鬼謀ふたたび

一

股肱《ここう》の臣薬師寺右近進、清野六郎二郎と騎馬武者五百騎を一気に失って、村上義清が怒髪天《どはってん》を衝《つ》いたのはいうまでもない。

その村上義清が重臣二名——楽岩寺《がくがんじ》右馬之助《うまのすけ》と佐栗《さぐり》三河之助《みかわのすけ》を主将とする兵力七千あまりを葛尾《かつらお》城から出動させたのは、真田幸隆《ゆきたか》の鬼謀が大成功におわってから九カ月後の天文《てんぶん》十六年（一五四七）七月下旬のことであった。なぜこんなに間《ま》があいてしまったのかを考えるには、武田・村上両家の事情を見ておく必要がある。

武田晴信《はるのぶ》は幸隆ら信濃先方衆《しなのさきがた》の活躍によって勢いづき、つぎのような手順で信州佐久郡《さくごおり》を従えていった。

天文十五年五月二十日、内山城主大井貞清《さだきよ》を降伏させる。

同十六年七月から笠原清繁を城主とする志賀城を攻撃すると、上州から志賀城へは上杉憲政《のりまさ》勢も来援したが、八月六日の激戦の結果、武田勢は敵将十四、五人と雑兵三千を討《う》ち取って大勝利となる。

このように武田勢が活発に動いていたため、村上義清としてはしばらく形勢を眺めざるを得なかったのだ。

しかも、晴信が葛尾城へ潜入させた間者《かんじゃ》からの報告によると、村上方諸将の軍議は意見がふたつに割れていた。

「昨年十一月には真田弾正《だんじょう》めの智略《ちりゃく》にはめられ、武功の士を少なからず失ってしまい申した。さればその弔《とむら》い合戦をなさるのであれば、まずはこれまで武功なき者たちと新規召し抱えの牢人《ろうにん》どもによって一戦なされてはいかがかと存ずる」

というのが、大方の意見。より気弱な者たちは、

「このたび信州を侵せし甲軍はことに大軍なれば、どうか自重して下され」

とまで諫《いさ》めたが、村上義清はこれらの声に耳を貸そうとはしなかった。

そして、義清は主張した。

「いまだ齢《よわい》三十にもならぬ武田晴信が当家と雌雄《しゆう》を決しようとは、よい覚悟ではないか。今度という今度は、この身が晴信の旗本めがけて斬《き》りこむか、遺恨《いこん》ある真田弾正の首を取るか、ふたつにひとつ。敵が大軍かどうかなどは、考えておられぬ」

こうして義清自身が強気な態度に終始したため、白けきったその旗本たちの三分の一は屋敷に引き籠《こも》ってしまって出てこなくなった。本来なら一万以上いるはずの村上勢が七千あまりしか集まらなかったのは、このような意見の相違が災いしたのである。

一方、晴信から村上方の内情を報じられた真田幸隆は、敵将楽岩寺右馬之助と佐栗三河之助の狙《ねら》いは自分の首ひとつ、と思い切っている。松尾城では手狭と見て佐久郡の岩尾《いわお》城に本拠地をうつし、武田家からの援軍を迎え入れながらふたたび策を巡らしはじめた。

岩尾という地名は、南北に細長い佐久平の台地の南西の角が千曲《ちくま》川の断崖《だんがい》によっておわる地点にあたるため、岩のおわりという意味で名づけられたもののようだ。

北に湯川《ゆかわ》が流れ、東に平地のひろがっている岩尾城の規模は、東西三十間（五四・五メートル）、南北六十間。北東の大手に四間幅の空堀と長さ六十間に及ぶ土塁を巡らした内部を台曲輪《だいぐるわ》と称し、ここに入って東側の三ケ月堀ともうひとつの空堀を越え、石塁を上ると十五間四方の二の丸である。その先の本丸は松柏《しょうはく》におおわれていて、伊豆・箱根・三島三社の大明神が祀《まつ》られていた。

埴科《はにしな》郡の葛尾城を出た敵は千曲川の流れに沿って行軍し、北から岩尾城へ迫ってくるしかない。

（それをどこで迎え討つかだな）

その本丸でひとり絵図に見入った幸隆が思ったのは、城に人影なしと見せて敵を誘いこむ方法はもう使えないからである。となれば出撃戦を挑むしかないわけだが、敵は七千あまりとはいえ味方はその半分に満たないため、出撃戦にも工夫を凝らす必要があった。

するとまもなく、幸隆の巨眼は絵図の一点に吸い寄せられた。

そこは佐久平の北端にほど近い、森島《もりしま》という村であった。その手前、岩尾城寄りの南側には鐘《かね》ガ峰《みね》という山がある。この難所を北に越えた高地上に待ち受ければ騎馬武者は逆落としの猛攻を仕掛けられるし、弓・鉄砲《てっぽう》組も低地に敵を見ることができて絶対有利である。

念のため森島村出身の雑兵《ぞうひょう》のひとりを呼んで詳しく地形を聞き取った幸隆は、にんまり笑ってその雑兵に告げた。

「御苦労であった。もはやわれらは、勝ったも同然だ」

「はあ」

敵はお味方よりよほどの大軍でござりますが、とつづけようとしたその雑兵は、ことばを呑《の》みこんで幸隆の部屋を後にした。

二

鉄砲が普及しつつあるとはいえ、この時代の会戦の主力は騎馬武者たちである。横陣《おうじん》にかまえた彼我の騎馬武者たちがともに駆歩《かけあし》発進して戦うには、まず互いの間に、

「馬の駆け場」

と呼ばれる空間のひらけていることが条件とされていた。

陣太鼓《じんだいこ》の音が序破急と次第に急調子になるにつれて、馬は常歩《なみあし》から速歩《はやあし》を経て駆歩に変わる。速度が最高潮に達したときの駆歩は襲歩《しゅうほ》といわれ、文字通り敵に襲いかかろうとする態勢である。

騎馬武者たちは乗馬を襲歩に導いてから敵と激突するためにも、前もって馬を常歩、速歩、駆歩と速度を上げさせるに足るひろさを前方に必要とするものなのだ。

事情は敵にとってもおなじことだから、この日、馬の駆け場とみなされた森島村の一角にはすでに火が放たれ、点在していた民家はすべて焼け落ちていた。黒いその焼け跡のまわりには、丈《たけ》高い夏草が繁《しげ》るばかりである。

北からあらわれた村上勢の先鋒《せんぽう》は、佐栗三河之助率いる千七百余騎。縦横ともに

ぶ厚くかまえたこの軍勢と馬の駆け場を挟んで対峙《たいじ》した真田勢は、海野六郎《うんのろくろう》と筧《かけい》十兵衛《じゅうべえ》を将とする五百余騎であった。

本来ならば騎馬武者たちは、やはり横陣を組んで前進させた弓足軽、鉄砲足軽たちにまず遠いくさをはじめさせ、つぎに槍《やり》足軽がすすみ出て接近戦に移行してから発進する。しかし、この時代にはまだ源平合戦の時代以来伝統の一騎打ちを好む者もあり、海野六郎もそのひとりだった。

椎《しい》の実形の筋兜《すじかぶと》に錆色漆塗《さびいろうるしぬ》りの桶側《おけがわ》胴具足を着用し、槍穂《やりほ》が三尺（〇・九一メートル）もある大身《おおみ》槍を右脇《わき》にかいこんだ海野六郎が単騎馬腹を蹴《け》って馬の駆け場にすすみ出たのは、

「だれか、それがしと一騎打ちをする者はおらんか」

という気持を示したのである。

すると、真田方に馬首をむけていた村上方からは、

「さればお相手つかまつる。わが名は保田《やすだ》多兵衛《たひょうえ》とこそ申し候え」

と古風に名乗った騎馬武者が、やはり大身槍を右脇にかいこんで馬を寄せてきた。

保田多兵衛は、水牛の角の脇立をつけた兜に段替え胴具足姿。手綱を左手一本にまとめている多兵衛は大身槍を頭上に水車のように回転させながら海野六郎のまわりを輪乗りしはじめ、隙《すき》を見てはさっと右手を伸ばして槍穂で筋兜を打ち割ろうと

する。

海野六郎も負けじと槍を頭上に風音鋭く振りまわし、保田多兵衛の背後に馬をまわりこませようとしたため、二頭の乗馬は土ぼこりを蹴立てて巴《ともえ》の字を描きはじめた。

だが、槍術《そうじゅつ》は保田多兵衛の方がより巧みであった。海野六郎が首尾よく背後にまわりこみ、騎座《きざ》（両膝《りょうひざ》の内側）のみで馬を操りながら槍をくり出すより一瞬早く、鞍壺《くらつぼ》の上で上体をひねってその姿を捉《とら》えた多兵衛は、槍の柄《え》をつかみ直してその石突きの部分を突き出してきた。

この一撃に激しく胸板を突かれた海野六郎は、上体をのけぞらせて真っ逆様に落馬してしまう。

してやったり、と見た保田多兵衛は槍をふたたび右脇にかいこみ、馬首を立て直して目の下でもがいている海野六郎に迫った。むろんこれは、大身槍によって六郎を刺突しようとしたのである。

ところがこのとき、馬蹄《ばてい》の音を響かせて弾丸のような勢いで多兵衛に馬を寄せてきた真田方の騎馬武者がいた。

頭頂の尖《とが》った突盔《とっぱい》形の兜に緋縅《ひおどし》の丸胴具足を着けているこの騎馬武者が、怪力をあらわにしたのはその直後のこと。多兵衛の馬体左側に馬首を交錯させたこの大男は、槍の死角に身を置いたのを幸い多兵衛の左腕に猿臂《えんぴ》を伸ばしたつぎの瞬間、そのからだを鞍の上から大根でも掘るように抜き取っていた。

　思わず大身槍から手を離してしまった多兵衛は、大男の乗馬の鞍壺に俯《うつぶ》せに押さえつけられてしまい、籠手《こて》と臑当《すねあ》てにつつんだ手足をばたばたさせる。それにもかまわず大男が右手に抜き取ったのは、

「右手指《めてざし》」

と呼ばれる両刃《もろは》の小刀であった。上帯の右腰に縦に差しておくことから右手指と名づけられた鋭利なこの武器は、抜いた形が逆手《さかて》になるため、敵の首に突っ立てればいったん引き抜くことなくその首を斬り落とすことができる。

　首を失った多兵衛の胴体は地面に投げ出され、大男はまだ血の水脈《みお》を引いているその生首を高々と村上方の者たちにむかって掲げてみせた。

　するとその村上方から馬腹を蹴って大男に馬を寄せたのは、六十四間の星兜に紺糸縅《こんいとおどし》の具足を着用した巨漢であった。こちらは膂力《りょりょく》すぐれているのが自慢らしく、一丈（三・〇三メートル）あまりの太い樫《かし》の棒に鉄の筋金を打ったものを頭上に振りまわして呼ばわった。

「ただいまのおふるまい、天晴《あっぱれ》と見受けて候。村上家のうちにて人に大剛の者と呼ばれたる、増尾新蔵《ますおしんぞう》とはわが事なり。いささか手並のほどを見給え」

すでに多兵衛の首を首袋に納めて鞍に結びつけていた真田方の大男は、からからと笑って答えた。

「汝《なんじ》、知らざるや。われは漢土《もろこし》の樊噲《はんかい》、わが朝《ちょう》の朝比奈義秀《あさひなよしひで》とも力を争う筧十兵衛虎秀《とらひで》なるぞ。いざ、汝の首も捻《ね》じ切ってくれるわ」

樊噲とは、漢の高祖劉邦《りゅうほう》の功臣のこと。紀元前二百六年、劉邦が楚王項羽《そおうこうう》と鴻門《こうもん》の会《かい》に臨んだとき、かれは謀殺《ぼうさつ》されそうになった劉邦を機転をもって脱出させたことによって知られる。

朝比奈義秀は、鎌倉武将和田義盛《わだよしもり》のせがれである。希代の大力者《だいりきもの》として知られた義秀は敵将の鎧《よろい》の袖《そで》を引き千切ったことがあり、ことに地獄の門も叩《たた》き破ったという「朝比奈地獄破り」の伝説は有名であった。

「やっ」

と叫んだ増尾新蔵は、樫の棒をぶんと振って筧十兵衛の突盔形の兜を打ち砕こうとする。その棒をかざした両手で捕らえた十兵衛が、

「えいや」

と棒を引けば、新蔵も怪力にものをいわせて引きもどした。ふたりの膂力は甲乙つけがたく、事は樫の棒の奪いあいの様相を呈する。

押しても引いても埒《らち》が明かないならば、つぎは棒の捻じりあいである。十兵衛が

棒を右に捻じって新蔵の手を離させようとすると、負けじと新蔵も逆に捻じって十兵衛から棒を取り返そうとする。

そのうちに樫の棒はみしみしと音を立てはじめ、何本も埋めこまれていた鉄の筋金はつぎつぎに弾《はじ》け飛んだ。ついにその棒はささらになった竹のようなありさまと化し、武器としては役立たなくなる。

それを見た新蔵は互いの馬首を交叉《こうさ》させ、十兵衛に組みついてきた。上体だけで揉《も》みあううちに馬と馬との間隔がひらき、両者のからだはその中間に落下した。

なおしばらく組み打ちをつづけるうちに、上になって相手を押さえつけたのは十兵衛であった。こうなったからにはふたたび右手指を抜き、相手の首を掻《か》き切るのは造作もない。

しかし十兵衛は、組み勝っただけで充分に満足していた。かれは郎党数名を呼び、新蔵に縄を打たせて意気揚々と引き揚げていった。

保田多兵衛の討死と、増尾新蔵の生け捕り。これに意気を挫《くじ》かれた村上勢はじわじわと後退しはじめたので、いくさは明日に持ち越されることになった。

三

その夜、鐘ガ峰の頂上近くに六連銭《ろくれんせん》の紋を打った陣幕を引きまわして野陣を張った真田幸隆は、

(明日こそは、なんとしても楽岩寺右馬之助と佐栗三河之助を討ち取らねばならぬ)

と考え、陣幕のうちに野畳を敷きつめて軍評定《いくさひょうじょう》をひらいた。

かがり火が音を立てて爆《は》ぜるなか、鎧《よろい》の袖《そで》をはずした小具足姿で集まってきたのはつぎのような面々であった。

かつて小田井《おたい》城主小田井又六郎の首を取った相木森之助、又六郎の弟小田井次郎左衛門を討ち止めた別府治左衛門、海野六郎、筧十兵衛、穴山小左衛門《あなやまこざえもん》、望月玄蕃《もちづきげんば》。

やはり小具足姿になり、大月代茶筅髷《おおさかやきちゃせんまげ》を解いて月代惣髪《そうはつ》にした頭に揉《もみ》烏帽子を乗せている幸隆は、床几《しょうぎ》に腰を据《す》えたまま一同の前にひらいた絵図のあちこちを折れ弓の先で示しながら簡潔に命じた。

「この山が、いまわれらのおる鐘ガ峰だ。明日、相木森之助はこの峰の右側の窪地《くぼち》に潜《ひそ》み、火攻めのための火薬、焼き草、油などを多く用意しておけ。敵がそちらへ

むかうまで、決して気取《けど》られてはならぬぞ」

「御意《ぎょい》」

と森之助がうなずくと、幸隆は燭台《しょくだい》の灯を巨眼に映して海野六郎と別府治左衛門に伝えた。

「その方どもには兵五百を与えようから、この峰の左側の木立の間に折り敷いておれ。鉄砲多数を用意しておけよ」

「御意」

とふたりが異口同音に応じると、幸隆はさらに折れ弓の先で鐘ガ峰の前方と背後を示しながら告げた。

「穴山小左衛門と望月玄蕃にもそれぞれ兵五百を預けるから、夜明けまでに森島へ押し出しておれ。敵の大軍があらわれたなら、無理攻めいたさず一戦しては引き、また一戦してはこの地へもどってまいれ。筧十兵衛の手の者五百は、この峰の背後に潜み、機を見て討って出よ。その機とは、村上勢がかような策にはまったときと心得よ」

つづけて幸隆が策略を初めて打ちあけると、一同は武者震いを禁じ得なかった。

翌朝の日が昇ったころ、望月玄蕃勢五百と穴山小左衛門勢五百は昨日の戦いに馬の駆け場となった焼け跡に二段備えの陣を布《し》き、木の盾《たて》を前方にならべていた。

そこへ北からあらわれたのは、村上方の先鋒佐栗三河之助の一千騎。前方に蠢《うごめ》く敵に騎馬武者少なしと見たこの一千騎は、昨日の恥を雪《そそ》ぐのはこのときと一斉に馬腹を蹴った。

望月玄蕃勢の主力は、弓足軽と槍足軽であった。弓足軽たちは、頭上の空にカーンと拍子木を鳴らすような音を響かせて矢を雨のように降らせた。

だが、突進してくる騎馬武者たちは錏《しころ》を傾けて的を小さくしている上、その前方には馬の長い顔が突き出されているので命中率は低い。弓足軽たちがふたつに割れて逃げ去ると、今度は槍足軽たちが盾の背後に張りつき、その盾の列を飛び越えようとする馬の腹めがけて槍を突きあげた。

それでも多勢に無勢、一千騎は怒濤《どとう》のように盾の列を押し倒し、二段目の穴山小左衛門勢五百に迫ってきた。その鯨波《とき》の声には馬の嘶《いなな》きと馬蹄の響きが重なりあい、朝日も土煙におおわれんばかりとなる。

穴山小左衛門勢ももろくも敗れ、背後の鐘ガ峰へむかって雪崩《なだれ》を打った。

ただし、望月・穴山の両勢はしゃにむに逃げ走ったのではなかった。佐栗勢の馬が疲れて勢いが鈍ったと見ると引き返し、鉄砲放ちの名手に騎馬武者数騎を狙撃《そげき》させてはまた引いてゆく。

これに苛立《いらだ》った佐栗勢はつい深追いする形となり、気がついたときには前方に鐘ガ峰の深い森の迫る登り口に近づいていた。

軍法には、

「陽攻」

ということばがあり、これは攻めるぞ攻めるぞと見せかけて敵を術中に陥れることをいう。佐栗勢にあって、

（これは陽攻なのではないか）

と感じたのは佐栗三河之助当人であった。

楽岩寺右馬之助が第二陣の騎馬武者五百騎を率いて駆けつけてくると、三河之助は逸《はや》り立って四肢《しし》の付け根と口角《こうかく》に真っ白な汗玉を吹き出している馬を輪乗りしながら右馬之助に告げた。

「御用心召されよ。敵の動きには、怪しいところがいくつかあり申す」

「申してみよ」

手綱を控えて応じた右馬之助に、三河之助は兜の眉庇《まびさし》をむけて答えた。

「これまでに蹴散らした真田勢は一千ばかりにて、あまりに少数でござるし、六連銭の旗印も見えませぬ。これは真田の主力が近くに潜んでいることを示すものと思われますし、御覧のごとくこの道は二筋道《ふたすじみち》。正面の鐘ガ峰を迂回《うかい》する道こそ岩尾城

への近い道でござるのに、本日あらわれた敵はことごとく鐘ガ峰へ逃れようとしておるような。これは、われらを鐘ガ峰へ誘いこもうとしているのではござらぬか」

「なるほど」

と右馬之助は答えはしたが、いまや騎虎《きこ》の勢いと化しつつある先鋒の一千騎を自重させることはむずかしかった。

しかも、敵の陣将の位置を示す五色の幟《のぼり》が動かなくなったことに気づいた望月・穴山の兵たちは、また引き返してきて先鋒の佐栗勢を罵《のの》しりはじめていた。

「どうした、どうした。昨日生け捕られた増尾新蔵を見殺しにするのか。この卑《ひ》怯者《きょうもの》どもめが！」

「われらを追ううちに人馬ともに疲れ果てるとは、世も末だのう。お前らには矢玉を、馬には大豆を馳走《ちそう》してくれようぞ。口惜しかったら、早う馬に鞭《むち》を入れてみよ！」

このように敵に罵声《ばせい》を浴びせ、怒らせて前後の見境のないよう仕向けるのも戦術のひとつだ。

これを聞いて逆上したのは、楽岩寺右馬之助であった。佐栗三河之助の諫言《かんげん》もたちどころに忘れ去った右馬之助は、五百騎にふたたび駆歩発進するよう命じてその先頭に立った。

これが先鋒の一千騎に合流して次第に爪先上《つまさき》がりになる道へ突進してゆくと、望月・穴山勢はわらわらと逃げ散って木の下闇《こしたやみ》のなかへ消えていった。

しかし、馬が歩度を落とすとカーンと弓弦《ゆづる》が鳴って、矢が襲ってくる。弓矢や鉄砲というものは、射手が敵より高地を占め、弓や鉄砲の銃身を支える左手が右手より低くなる、いわゆる、

「拳下《こぶし》がり」

の形から撃ち出した方が絶対に有利である。左右に松柏の繁る狭い上り坂のこととて前後に長く伸びる隊形を取らざるを得なかった楽岩寺・佐栗勢は、算を乱したかに見えた望月・穴山勢に拳下がりの発射が可能な高地を与えてしまっていた。

それでもここで手綱を控えては、望月・穴山勢にとってはますます狙いをつけやすくなるだけだから、楽岩寺・佐栗勢の騎馬武者たちとしてはしゃにむに坂を駆け上がるしかない。

「この坂を登りきれば、きっと真田の本陣がある。一気に駆け登れ！」

金割り切りの采配《さいはい》を打ち振って叫ぶ楽岩寺右馬之助に叱咤《しった》され、一千五百騎は左右の深い森を気にしながらも馬腹を蹴りつづけた。

物見からこの動きを伝えられて、鐘ガ峰の南斜面から北斜面へ進出してきたのは筧十兵衛率いる五百であった。

かねて用意の逆茂木《さかもぎ》を坂の途中まで引き出して道を塞《ふさ》いでしまったこの五百は、楽岩寺・佐栗勢の馬の頭と騎馬武者の兜が目の下に見えてくると、その全身があらわれるのを待って一斉に鉄砲を発射。驚いた馬が竿立《さおだ》ちになって乗り手を振り落とすうちに、筧十兵衛は馬上五尺六寸（一・七メートル）の大野太刀《おおのだち》をかざして斬りこんでいた。

雑兵、徒《かち》武者たちも十兵衛につづき、左右の繁みのなかに散っていた望月・穴山勢もこれと息を合わせて攻めに転じたから堪《たま》らない。楽岩寺・佐栗勢はもろくも斬り崩され、旗をのけぞらせて背後へ逃れようとした。

だが、坂道の左側は小高い丘になっていて、ここには海野六郎と別府治左衛門が鉄砲放ちの名人多数を従えてこのときを待っていた。この銃手たちは、昨年十一月、うかうかと松尾城本丸に踏みこんだ薬師寺右近進、清野六郎二郎と騎馬武者五百騎を連射によって全滅させた者たちである。なおも前後に長く伸びきった隊形のまま坂道を駆け下ろうとした楽岩寺・佐栗勢は、旗は巻き槍には鞘《さや》をして陽光を反射させないよう工夫していた海野・別府勢から不意の側射を浴び、周章狼狽《しゅうしょうろうばい》して右側の木の下闇へ飛びこんだ。

幸隆にとっては、こうなることも読み筋通り。海野・別府勢に与えた銃手たちを先頭に立ててこれを追いまくらせたので、楽岩寺・佐栗勢からは討ち取られる者が続出、騎馬武者たちからは風倒木や大木の梢《こずえ》に邪魔をされて馬を捨てる者が相ついだ。

それでも海野・別府勢が決して肉薄戦を挑まなかったのは、自分たちの役目は敵を追うことだけだ、とよく心得ていたためであった。

一方、木の下闇のなかをひたひたと追われる楽岩寺・佐栗勢にとっては、前後左右そろって視界が見通せないだけに恐怖はいや増しに募る。やみくもに坂の右へ右へとすすんでゆくと、池が干上がったような形の窪地にぶつかった。

それは差しわたし一町（一〇九メートル）はあろうかという草原で、前の晩に真田勢が馬を休ませていた場所なのか藁束《わらたば》があちこちに投げ出されており、その空間をかこむように馬水槽《ばすいそう》も設けられていた。馬水槽とは太い木の幹を丸木舟のように抉《えぐ》り、そこに水を溜《た》めたもののことをいう。

すでに汗まみれになっていた楽岩寺・佐栗の将兵は草地に倒れこんで息を整えたが、なかにはすでに腰の竹筒に仕込んだ水を飲み尽くしてしまって喉《のど》の渇きに堪えかねている者もいる。そのひとりだった鉢金に腹巻姿の雑兵は、ふらふらと馬水槽に近づくと、やおら顔を突っこんだ。

だが、そこに湛《たた》えられていたのは水ではなかった。

「うっ、これは油じゃ！」

と叫んだその雑兵がすとんと尻餅《しりもち》をつくのを合図にしたかのように、四方からは火矢が飛来した。

草地に落下した火矢は、その草地によく撒《ま》かれていた火薬に点火して藁束を燃え上がらせる。馬水槽に落ちた火矢はポンという音とともに火焔《かえん》を吹き上げ、その火焔はたちまち陣幕のように窪地を包みこんだ。

「わあ！」

と悲鳴を挙げた兵たちは、闇雲《やみくも》にこの窪地から脱出しようとした。

しかし、それは叶《かな》わぬ夢であった。

まんまと楽岩寺・佐栗勢を窪地に誘いこんだ相木森之助の率いる五百は、火焔に乗じてこの地を包囲。必死で脱出しようとした者が炎のなかから影のようにあらわれると、容赦なく撃ち殺した。しかも、つぎつぎに火薬の袋や焼き草を投げこんだので、この窪地は断末魔の悲鳴とともに火葬場そのものと化したのである。

真田幸隆のふたたび放ったこの鬼謀によって、村上義清が先鋒軍として送りこんだ千五百騎はほぼ全滅。楽岩寺右馬之助と佐栗三河之助も窪地から出るに出られず焼け死んだものと見られたが、いずれの遺体も損傷激しく、だれと見わけることは不可能であった。

それにしてもこの時代に、一千人以上を一気に焼き殺してしまうとは前代未聞の戦術である。

相木森之助の配下のひとりは、のちに述懐した。

「あの後は、しばらく焼き魚を口にできなかったものよ。魚を焼く煙の臭《にお》いを嗅《か》いだだけで、どうしても炎のなかに倒れる者の姿が思い出されてしまってのう」

四

岩尾城へ帰った真田幸隆が、この大勝利を武田晴信のいる甲斐《かい》府中の躑躅《つつじ》ケ《が》崎館《さきかん》に急使をもって報じたのはいうまでもない。

晴信に呼ばれてその書簡を読んだ飯富《おぶ》虎昌と板垣信形《のぶかた》は、口々にいった。

「村上義清の滅亡、近きにあり。定めてこの仇《あだ》を報ぜんと、義清自身が葛尾城を出馬して岩尾城へむかいましょう」

「そのときは真田弾正いかに智略の者といえど、大軍には敵《かな》いますまい。お屋形さま早々に御出馬あって、村上の本国まで征伐あそばされたし」

そこで八月二日、晴信はみずから出陣と決定し、村上方の動きを眺めつつ信州小県《ちいさがた》郡の海野平《うんのだいら》に布陣した。ここは六年前の天文十年五月、いまは晴信から駿河《するが》に追放されたその父信虎《のぶとら》、村上義清、諏訪頼重《よりしげ》の連合軍が幸隆の父海野棟綱《むねつな》を撃破した戦場でもある。

　そのことにいささかの感慨を催しながらも、幸隆はふたたび阿古陀形《あこだなり》の前立に大鍬形《おおくわがた》を打った筋兜に黒革胴の当世具足を着けて岩尾城を去り、甲軍本軍に追いついて晴信に希望を述べた。

「われら昨年十一月と先日と二度村上勢とのいくさに勝ちを制し、およそ二千騎を討ち取りはいたしましたが、いまだ村上本軍とはわたりあっておりませぬ。さればつぎなるいくさには、ぜひこの真田弾正に先鋒を申しつけられ候え」

　しかし、武田菱《びし》の家紋を打った兜をかぶって本陣にかれを迎えた晴信は、首を横に振って答えた。

「いいや。このたび村上義清自身が出陣して参ったのは、まったくその方を憎み切っておるからに相違ない。その方の旗印を見掛ければ村上勢はこの本陣ではなくその方のもとへ殺到するであろうから、このたびは小荷駄を守っておれ」

　本来、小荷駄とは駄馬の背につけて運ぶ荷物のことだが、戦国乱世を迎えて以来、このことばは戦場に運ぶ兵粮米《ひょうろうまい》、予備の馬や武器・弾薬類、陣幕・野畳その他の設営具のすべてを指すようになっている。小荷駄方を命じられた将は本軍のはるか後方に控える習いだから、信玄は幸隆に今回は前線に出てはならぬと命じたことになる。

やがてはじまった海野平の戦いに、たしかに幸隆の出る幕はなかった。

八月二十四日にはじまったいくさの場にあらわれた村上義清は、金の鍬形の前立てを打った兜に萌葱縅《もえぎおどし》の鎧を着用、村雨《むらさめ》と名づけた鹿毛《かげ》の名馬にまたがり、四尺三寸の正宗《まさむね》の太刀を引き抜いて名のりを挙げた。

「村上天皇の後胤《こういん》、村上左衛門督《さえもんのかみ》義清これにあり。われと思わん者は義清を討って高名にせよ。今日こそ真田弾正の首を見ずんば一歩も引かぬぞ！」

中軍二千に守られた義清は吶喊《とっかん》につぐ吶喊を重ねたものの、ついに幸隆には出会えることなく兵を返さざるを得なくなった。

それはひとつには幸隆ひとりに騎馬武者二千騎を討たれ、村上家の勢力に翳《かげ》りが見えはじめていたためにほかならなかった。


岩尾城へもどった幸隆がその後も葛尾城へ間者を送りこみつづけたのは、こう読んでいたためであった。

（村上義清も、この戦国の世をここまで生き抜いてきた梟雄《きょうゆう》だ。兵力がかなり減少したとはいえ、にわかに臆病風《おくびょうかぜ》に吹かれるとはとても思えぬ）

すると果たして十月末の月のない夜、岩尾城の二の丸に建てられた表御殿の居室で幸隆が書見をしていると、蔀戸《しとみど》の外側にコツンとなにかの当たる音がした。少し間を置いて、またおなじ音が。

　これは潜入先から立ちもどった間者が、

「ひそかにお耳に入れたいことがございます」

と伝える合図であった。間者はあるじにつかえるほかの者たちにも顔を知られない方がよいので、近習《きんじゅう》たちが自室へ去った頃合を見て礫《つぶて》の合図をおこなう。

　手燭を持って立ち上がった幸隆が蔀戸をあけて回廊越しに庭先に目をやると、たしかにその一角には手拭《てぬぐ》いで頰《ほお》かむりをした男がうずくまっていた。

「そこは冷える。回廊へ上がれ」

と命じていったん蔀戸を閉じ、幸隆が回廊へ出かけると、手拭いを外した男は低い声でいった。

「小平次でござります。葛尾城のうちにこれまでにない動きが生じましたので、御注進に参りました」

　手燭の火に上体を浮かび上がらせた小平次は、小袖もたっつけ袴《ばかま》も柿《かき》色のものを着用していた。柿色はもっとも闇に溶けこみやすい色彩とされていて、乱波《らっぱ》、透波《すっぱ》は好んでこの色の衣装をまとう。

「――」

　幸隆が無言で先を促すと、小平次はまことに意外なことを切り出した。

「村上義清はこのままでは一族が立ちゆかなくなると思ってか、このところ何人かの使者を越後《えちご》にむかわせましてござる。来援を乞《こ》うた相手は、栃尾《とちお》城主の長尾《ながお》平三景虎《かげとら》でござります」

「で、長尾景虎はなんと答えた」

と幸隆がたずね返したのは、景虎はまだ若年ながら越後の守護代長尾晴景《はるかげ》の弟としてすでに武名を挙げつつあるためである。

「いえ、返書はまだ届かぬようでござりますが、もしも越後勢が村上方の後押しとなっては一大事と存じ、推参《すいざん》いたした次第でござります」

「うむ、よくぞ思い切った」

と幸隆が答えたのは、すでに越後の守護上杉定実《さだざね》は有名無実の存在と化していて、越後は春日山《かすがやま》城の長尾晴景が掌握しているからであった。村上義清が景虎と結んだならば、その兄晴景も村上家と誼《よしみ》を通じ、そろって武田家の領国をうかがいかねない。

「その方、春日山には行ったことはあるか」

幸隆が問うと、小平次は首を横に振った。

幸隆は、巨眼を光らせてつづけた。

「では、一度潜入して様子を見て参れ。追ってわしもゆくことにするから、またどこかで会うかも知れぬぞ」

五

越後春日山に潜入するに際し、真田幸隆は山伏に化けることにした。幸隆は胸板のぶ厚いがっしりした体格だけに、剃《そ》り上げた額に兜巾《ときん》を着けて柿色の山伏装束の首に粒の大きな苛高《いらたか》の数珠《じゅず》を巻き、錫杖《しゃくじょう》をつかむと偽山伏とはとても思えない。

(お屋形さまに越後のことをお伝えするのは、帰ってからでよかろう)

と考えた幸隆は、錫杖の環を鳴らしながら夜陰に乗じて岩尾城から姿を消した。

信州佐久郡から越後へゆくには、軽井沢に近い追分《おいわけ》で中仙道《なかせんどう》とわかれる北国《ほっこく》街道をひたすら北上してゆけばよい。追分と越後春日山との距離は、三十五里である。

健脚にまかせてこの道をたどった幸隆は、三日目の夕方には越後国頸城《くびき》郡の関山《せきやま》の商人宿に入っていた。関山の西方一里の地点には、早くも雪を冠した妙高山《みょうこうさん》(標高二四五四メートル)が夕日に輝いている。

「おい、婆《ばあ》さん。ここから春日山の城下へは何里ぐらいだ」

風呂《ふろ》で汗を流した幸隆がたずねると、夕餉《ゆうげ》の膳《ぜん》を運んできた老婆は怯《おび》えたような顔をして、いいにくそうに告げた。

「ここからは五里半ほどしかありませんけれど、御坊《ごぼう》はどこから来なされた」

「信州の善光寺《ぜんこうじ》からだ」

けろりとして答えると、部屋の入口へ退いた老婆は妙なことをいった。

「ならば、善光寺へ帰りなされ。春日山の御城下へゆかれると、もう帰ってこられなくなるかも知れん」

「どういうことだね」

剃り上げた頭をぬっと近づけた幸隆に、老婆はおずおずと答えた。

「いえ、昨日の暮れ方にも春日山の御城下へゆく道をたずねたお方がおりましたけど、今朝ほどそのお方は、この先で斬られて溝《どぶ》のなかに落ちているのが見つかりましての。御坊はそんなことにならないように、ここから信州へもどりなされ」

「その斬られた男は、柿色の衣装をまとっていたのではないか」

濃い眉《まゆ》をぴくりと動かして幸隆が問うと、

「なんでそんなことを知っていらっしゃる」

と反問して老婆は目を瞬《またた》かせた。

幸隆より一日早く春日山城下への潜入をこころみた小平次は、挙動を怪しまれたものか、長尾家の者の手に掛ってしまったらしかった。

しかし、幸隆としては小平次ひとりを死なしめておいて、尻尾《しっぽ》を巻いて逃げ出すことはできない。

翌朝、早立ちをした幸隆は関山―片貝《かたかい》―松崎―荒井と北上し、ちょうど昼には春日山城下への入口である荒町《あらまち》の茶店の縁台に腰掛けて握り飯で腹ごしらえしていた。

すると、騎乗してその茶店の前を通りかかった若侍がいる。幸隆の山伏姿を目にした若侍は馬体を停止させ、作法通りその馬体の右側に下りると、馬の口取りの小者に手綱を預けて幸隆に近づいてきた。

髷を大ぶりな大月代茶筅髷に結って緋色《ひいろ》の陣羽織とたっつけ袴を着用していることの若侍は、なかなかの武者振りであった。まだ十代らしいが六尺（一・八二メートル）以上の背丈があり、筋骨がよく張って左の腰の環には長大な太刀を吊《つ》っている。眉は濃く太く、大きな瞳《ひとみ》には輝きがあって鼻筋はたくましく、口髭《くちひげ》をたくわえていた。

「これは、これは」

茶店の親父が小腰を屈《かが》めて挨拶《あいさつ》しても、若侍は見ようとしない。太刀に左手を掛けて右足を踏み出し、「和僧《わそう》」ということばを使って幸隆を訊問《じんもん》しはじめた。

「和僧、いずこより参っていずこへゆくのだ」

握り飯を食べおわって茶を喫した幸隆は、縁台に腰掛けたまま答えた。

「それがしは信州善光寺の門前に住まう修験者《しゅげんじゃ》にて、音に聞く春日山の毘沙門天《びしゃもんてん》へ参詣《さんけい》しようと思って出掛けてきたところでござる。長尾家御家中《かちゅう》の者ならば、どうゆけばよいか教えて下さらぬか」

だが、若侍は厳しい口調で反問した。

「さようなことを口では申しても、その実、和僧は甲州武田の間諜《かんちょう》であろうが。命はふたつなきものぞ。正直に答えればよし、逃れようといたしたならばここが死場所になると思え」

「いま申したように、それがしは春日山の毘沙門天を拝さんとしておる旅の修験者でござる」

かたわらの錫杖にさりげなく右手を伸ばしながら、幸隆は目を見返した。

(どうやら小平次は、こやつの手に掛ったようだな)

と思いながら。すると若侍は、ふたたび詰問した。

「本当に春日山にゆくつもりなら、毘沙門天に供える供物を用意してあるはずだ。それを出して見せよ」

「当然、用意してござるとも」

うっそり笑った幸隆は、懐中から封印をした紙包みを出して若侍に手わたした。その紙包みの重さから、かなりの金銀の入っていることが瞬時にわかるはずである。

「ふむ」

一瞬重さを計る目つきをした若侍は、その包みを幸隆に返しながらいった。

「しからば、和僧を武田の間者と疑った償いに春日山に案内して進ぜる。ついて参れ」

騎乗して先に立った若侍は、町並を越えて北にむかった。その先には蜂ヶ峰《はちがみね》という山があり、越後の府城でもある春日山城はその頂上付近を本丸としてまわりを百六十町以上の山林にかこまれている。

武家屋敷町を抜けてその大手門を入った幸隆が奇妙に感じたのは、門番たちが若侍を誰何《すいか》しようとはせず、慌てて頭を下げることだった。とすればこの若侍は、よほど名のある者なのだろう。

まもなく下馬して先に立った若侍は、山裾の三の丸と中腹の二の丸を越えて本丸のうちにある毘沙門堂へ幸隆をつれていってくれた。

幸隆としては武家屋敷町と春日山城内の様子をあらかた頭に入れられたわけだから、文句はない。

「ところで北信の葛尾城の村上義清と長尾家とは、手を組むおつもりか」

などとたずねて若侍を怒らせては城を出られなくなるのを肌に感じ、幸隆はそろそろ退散することにした。

それでも眼光鋭い若侍は、一分の隙も見せずに大手門まで見送りにきた。

「いや、本日は望みのままに毘沙門堂に詣《もう》でることができ、思い残すこともございませぬ。それがしは出羽《でわ》の羽黒山《はぐろさん》にて年を越す所存なれば、これより柿崎、鉢崎《はっさき》にむかいましょう」

といって幸隆が頭を下げたのは、実際の帰路とは反対方向へ行ったと思わせ、万一追手が放たれたとしても後を追えなくしておくためである。

するとと若侍はにわかに眉根を寄せ、幸隆を睨《にら》みつけた。

「たわけたことをまだ申されるか。越後は瞽女《ごぜ》の多い国なれど、武士は盲人ばかりではなきものぞ」

「いや、お見それいたした」

平然と答えた幸隆は、出羽へむかうと見せて途中から大まわりして信州へむかった。

無事に岩尾城へ帰った幸隆を待っていたのは、文箱《ふばこ》に収められた一通の書状であった。近習によると、その書状は昨日「越後からの使い」と称する者が運んできたもので、名は名のらなかったという。

「ふむ」

幸隆が手に取ったその書状には、「真田弾正忠殿」と上書きされていたものの、差し出し人の名前は記されていなかった。

その文面は、つぎのようなものであった。

「先に山伏の姿に似せて越後見物にお越し候ひしかば、われもまた春日山城にて、毘沙門堂に似たる堂宇を見せて候。されば毘沙門天への供物は、返し参らするなり」

幸隆がもう一度文箱のなかを見ると、たしかに金銀を封印した包みが入っていた。

(山伏に化けたわしの正体を見破った眼力といい、身の丈豊かなからだつきといい、あの若侍は長尾晴景の弟景虎だったに違いない)

まさか景虎が栃尾城から春日山城に来ているとは思わなかった幸隆は、それでもこのままでは景虎に一本取られたことになると考え、景虎を少しからかってやることにした。

それから五日後の関山宿——。

幸隆に信州へ帰るようすすめて止《や》まなかった宿の婆さんは、

「また町外れで、人が斬られて死んでいる」

と聞いて唇を震わせていた。

長尾家の役人が検視にあらわれて、その死体が身につけていた文袋《ふぶくろ》を春日山城へ運んでいった。

そうと報じられて、幸隆はにんまりとした。

関山宿で斬られたのは、岩尾城下にあって死罪に相当する罪を犯した科人《とがにん》であった。この科人に文袋を春日山城の長尾景虎に届けるよう命じた幸隆は、腕の立つ別の者にその科人を追わせ、関山近くで斬り殺させたのである。

こうすれば文袋だけが景虎のもとへ届けられ、景虎としては突き返すこともできない、という読みであった。

その文袋には真田弾正忠幸隆の家臣なにがし発、長尾平三景虎宛《あて》の書状と例の金銀を封じた包みが収められており、書状にはこう書かれていた。

「弾正忠いまだ越後にありて、岩尾城には帰り候はず。そこもとの館に参り候はんころ、お届けたまはり候へ」

このとぼけた内容に景虎が激怒した、という噂《うわさ》が岩尾城に伝わってきたのは、それから半月後のこと。

いずれ何度も戦場で見《まみ》えることになる長尾景虎――のちの上杉謙信《けんしん》と幸隆は、こうして智略を競いはじめたのである。

塩尻まで

一

のちに江戸時代となってから将軍を輔佐《ほさ》して国を治めたのは、譜代大名から選ばれた老中《ろうじゅう》たちである。甲州武田家においては、この老中に匹敵《ひってき》する重臣たちを、

「両職《りょうしき》」

と呼んでいた。

なぜこのように呼ぶのかといえば、これが重臣二名のみ指名される格別な役職だったからである。そのふたりとは、小田井城攻めにも参加していた板垣駿河守信形《いたがきするがのかみのぶかた》と甘利備前守虎泰《あまりびぜんのかみとらやす》。

ともに先代の武田信虎・当主晴信の二代につかえつづけているふたりのうち、甘利虎泰のいくさぶりのすさまじさが、

「猛《たけ》り狂う野牛を野に放つがごとし」

と形容されたことについてはすでに触れた。

一方の板垣信形は天文十年（一五四一）三月に晴信が父信虎を追放しようとしたとき、その意を体して信虎の今川義元《よしもと》訪問の旅に同行、信虎を駿河に置き去りにして帰国したことによって知られる。このとき信虎は気に入らないせがれ晴信を追い出そうとして今川義元に相談しに行ったのだが、木乃伊《ミイラ》取りが木乃伊になって自分が追放される羽目になったのだ。

——その後の晴信の領国経営策を十とすると、六か七までは両職の考えによるものであった。

右のように書いている史料があることからも、武田家における両職という立場の重さは充分に察せられる。

しかし、板垣信形と甘利虎泰を較《くら》べた場合、より重みのあるのは信形の方であった。

たとえば晴信は、信虎追放に成功してしばらくすると、気がゆるんだのか遊興が目にあまるようになった。朝は昼ごろまで寝ていて夜は鶏鳴の時刻を過ぎるまで夜更かしし、若衆・女房たちと遊びに興じたり、僧たちを招いて詩作に熱中したりするようになったのである。

　これを憂えた信形は、仮病を使って一カ月間も自分の屋敷に引きこもってしまった。その間に信形がひそかにこころみたのは、友夢居士《ゆうむこじ》と称する詩文の才ある僧を招き、詩の作り方を学ぶことであった。

　すると天文十二年十一月一日、晴信は躑躅ケ崎館において詩文の会をひらくことにした。この会に信形が招かれなかったのは、しばらく出仕していないばかりか、もともと文字などろくに読めない武辺一途《いちず》の男と見られていたためにほかならない。

　しかし、信形はこの会に三日月の家紋を打った大紋烏帽子《だいもんえぼし》を着けてあらわれ、目《め》尻《じり》の切れ上がった両眼と鷲鼻《わしばな》を晴信にむけて申し入れた。

「それがしもこころみましょうほどに、ひとつ題をたまわりたし」

「少しばかり物を読みたるほどにては、詩や連句は作れるものではないぞ」

　武田菱《びし》の大紋烏帽子姿の晴信が答えたのは、信形と詩文は水と油のような関係だ、と思いこんでいたからである。

「それはもとより承知。ともかく題をたまわりたし」

　信形にしつこく所望されて晴信が致し方なく題を与えると、信形はたちどころに一首作った。不審に感じた晴信が、

「もう一首作れ」

　と命じると、

「かしこまって候」

と応じた信形は、ふたたびすらりと一首作ってみせた。

いよいよ怪しんだ晴信は、にわかに疑い深い目つきをしてたずねた。

「板垣駿河、予がどのような題を出すかを調べさせてからあらわれたのではあるまいな」

「さようなことにては候わず。怪しく思《おぼ》し召さば、さらに別題をたまわれ」

と答えた信形に晴信が三つの題を出したところ、信形はこれも訳なくこなすことができた。

すっかり感心して、晴信はさらに問うた。

「即座に詩を五首まで作りたること、驚き入ったぞ。とは申せ、その方が詩文に長じておるとは聞いたことがない。いつの間に習ったのだ」

「この一カ月ほどの間に稽古《けいこ》つかまつりました」

「さように精を出してにわかに詩を作ることを習ったとは、なにゆえだ」

というやりとりがあり、信形はぴくりと八の字形の口髭《くちひげ》を動かしてから答えた。

「お屋形さまの好みたもうことなれば、両職につらなるこの身がつかまつらざるはいかがかと存じ、作り習いたるものにて候」

「板垣駿河がわがためを思うこと、これにてわかったぞ」

晴信が大いに機嫌を良くしたのを見て、今度は信形がたずねた。

「さらに良き詩文を作れるようになるには、あと何年ぐらいかかりましょうや」

「ここまで作れるのであれば、さほど苦労はいたすまい」

そのにこやかな答えように接したとき、信形は思わずはらはらと涙を流していた。晴信に褒められてうれしかったからではない。信形はようやく主君を諫《いさ》めるべきときがきたことを知って、万感胸に迫ってしまったのである。

「されば、申し上げたき儀がござる」

いったん大紋の両袖《りょうそで》を蝶《ちょう》の羽根のようにひらいてから手をついた信形は、面を伏せて懇々と告げた。

「恐れながらお屋形さまには、詩文をおたしなみになること、もはやお止《や》め下さりませぬか。お屋形さまはかたじけなくも清和天皇の御末孫《ばっそん》、新羅《しんら》三郎義光朝臣《よしみつあそん》より十五代目に当たらせたまい、甲州武田家の棟梁《とうりょう》として当国の太守にましませば、国中の者どもみなお屋形さまをもって父母のごとくに仰ぎ見ております。お屋形さまもまた民たちをもって子のごとくに撫育《ぶいく》したもうて、御政道に私なく、賞罰をあきらかになされてこそ、御父君信虎君を廃したてまつりしも理《ことわり》なれといわれましょう。と申すに、お屋形さまには武田家をお継ぎあそばされていまだ三年も過ぎざるに、好みにまかせたもうて美女をもって昼夜の友となされ、御遊興にあたら月日を送りたまい、僧を召すかと思えば道を問うのではなく詩歌の友人となさるのみ。なるほど艶《えん》なる心のおもむくままに詩歌を好みたもうも和漢の風俗にして、国を治めるのになにか役立つことがないとは申せますまい。さりながら詩歌にのみ耽溺《たんでき》なされて累代の旧功ある家臣らを疎《うと》んじたもうなら、まして新参の者どもは軽んじられるばかりとなりましょう。かかる御行跡にては、甲斐一国を永くお治めになることなどできましょうや。悪事千里を走るということばもござるように、お屋形さまの近ごろのあそばされよう隣国にも隠れなく、村上義清らが武田家を滅ぼさんといたしおるのもこのことより起こり申した」

そこで大きく息を吸った信形は、さらにことばを継いだ。

「かく申す信形を悪しと思し召さるるならば、速かに首を刎《はね》られ候え。元よりお屋形さまに捧《ささ》げし命なれば、戦場に死するも、いま諫言《かんげん》して死するもおなじことなり。御行跡をお改め下さるならば、たとい泉下にまかりあるとも何の喜びかこれに過ぎん」

いいたいだけのことをいった信形は、一堂に会した者たちが寂《せき》として静まり返るなか、少し気がゆるんだのかおんおんと声をあげて泣きはじめた。歴戦の勇将、しかも両職の地位にある者があたりもはばからず泣き出すとは、前代未聞のことである。

下座にずらりと居流れていた者たちが固唾《かたず》を飲むうちに、

「本日の会合はこれまでといたす」

と晴信は一同に宣言し、席を立って信形に命じた。

「その方のみは、予についてまいれ」

晴信が信形を誘《いざな》った先は、自分の御座所であった。手討ちにされる覚悟で数歩遅れて入った信形に、晴信は神妙な口調で語りかけた。

「われ若年にして前後のわきまえなく、図らずも酒色に耽《ふけ》る日々を送りしこと、まことに恥ずかしい限りだ。汝の諫めほど、かつて肺肝《はいかん》に徹したことばはなかった。汝が忠臣の道を守り、一命をなげうつ覚悟で予を諫言いたせしところは、氏神さまが汝の口を借りて告げたる神託と思うぞ。向後《きょうこう》は前非を悔いて汝が忠言を守ることにいたすから、まずはこの場で誓紙を入れよう」

誓紙とは誓いのことばを記した文書のことで、起請文《きしょうもん》ともいう。一般に主君と家臣の間で誓紙を入れる必要が起こった場合、忠節を誓うことばを書いてわたすのは家臣の方だというのに、晴信はあえて自分から信形に誓紙を入れることにしたのである。

その誓紙を押しいただいた信形は、ふたたび落涙《らくるい》しながら退出していった。

二

こうして武田晴信が淫《みだ》らな暮らしから立ち直ったのに対し、板垣信形のその後の人生はにわかに迷走しはじめた。

天文十四年（一五四五）といえば、真田幸隆が武田家に出仕してから二年目のこと。この年の五月に信濃府中の小笠原長時《ながとき》が伊那《いな》衆を率いて塩尻《しおじり》まで進出してきたとき、これを迎撃したのが信形であった。

信形は合戦に際しては眉庇《まびさし》つきの阿古陀形兜《あこだなりかぶと》と燕頰《えんぽお》といわれる黒うるし塗り鉄製の頰当《ほおあ》てで頭部と顔面を守り、大きな軍配をつかんで指揮をとるのをつねとする。

だが、このときの伊那衆は信形が追撃を命じればあっさりと引き、追撃を中止させると逆襲に転じるという巧みないくさぶりであった。これを不審に感じた荻原という姓の兄弟が、

「なにか策があるのかも知れませぬ。御用心を」

といっても、信形は聞く耳を持たなかった。かれの最大の欠点は、部下の意見に耳を傾けようとはしないことだったのだ。

しかし、荻原兄弟の読みは当たっていた。伊那衆は日暮れとともに三手にわかれ

て攻撃を開始、板垣勢は騎馬武者四十一騎と雑兵百五十三人を失ってしまった。

「あれは、板垣駿河殿一代の怪我《けが》というものよ」

という声すら起こったほどだから、これによって信形は武名を汚《けが》してしまったわけである。

さらに天文十五年十月、上杉憲政《のりまさ》が上州から碓氷峠《うすいとうげ》を越えて攻めこんできたときのこと。折悪《おりあ》しく晴信は瘧《おこり》(マラリア)を病んで寝《ね》こんでいたため、信形がその名代として出動することになった。

兵八千を率いて簡単に上杉勢を撃破したところまではよかったが、軽井沢まで兵を引いて仮館《かりやかた》を建ててからの信形の行動には首をかしげた者が少なくなかった。

かれは武功を挙げた者を上・中・下にわけて饗応《きょうおう》し、食事にもそれぞれ差をつけた。上の手柄の者には、赤椀《わん》に盛った飯を三膳《ぜん》、中の手柄の者にはおなじく二膳、下の手柄の者にはおなじく一膳。武功を挙げられなかった者には、黒椀に盛った精進飯だけが供された。

このように待遇に差をつけ、功のなかった者につぎのいくさでの発奮をうながすというのは、源義家《よしいえ》以来の武門の伝統である。

しかし、このことが奇異の目で見られたのは、このような仕方は晴信のみがおこなえることとされていたためであった。信形は、自分は晴信の名代なのだから饗応の仕方もおなじようにする、と発想したのだが、日ごろから信形の頑固さにうんざりしている者から見れば、あやつ、おのれをお屋形さまと同格と思っているのではないか、ということになる。

しかも晴信には、このときの上杉勢に箕輪城《みのわじょう》の長野業政《なりまさ》勢がひとりも参加していないことが心配の種になっていた。業政が別の道筋から攻めこんできたらどうするか、という問題を考えておく必要に迫られたためである。

晴信が信形の分不相応な饗応の仕方を知ったのは、それからまもなくのこと。晴信は信形に、

「長野勢の動きを見つつ十二月一日まで軽井沢に在陣し、その後に諏訪《すわ》へ兵を返すべし」

と命じた。このころ信形は、信州諏訪郡の郡代に任じられていたのである。

それればかりではなかった。瘧の発作の治まった晴信は十一月下旬に諏訪へゆき、郡代屋敷に一泊。信形のせがれ弥次郎《やじろう》と四方山話《よもやまばなし》をし、扇を一本与えてから躑躅ケ崎館へもどって行った。

信形が諏訪の郡代屋敷に帰ったのは、それから十日後のこと。弥次郎たちと戦勝の祝盃《しゅくはい》をあげようとして書院の間へ入った信形は、床の間に金塗り紙を使った五本骨のみごとな舞扇が飾られていることに気づいた。よく見るとその扇面には、なに

か和歌のようなものが書かれている。

その舞扇を手にし、床の間を背にして胡座《あぐら》をかいた信形は、鷲鼻を弥次郎にむけてたしなめた。

「扇にものを書くのは、高僧か公家《くげ》かお屋形さまのすることだ。尋常の者は、書かぬものよ」

信形は、弥次郎が扇面になにか書いたものと思いこんでいたのである。

「いいえ、これは十日ほど前においで下さったお屋形さまからいただいたもので、文字もお屋形さまがお書きになりました。わたくしにはどう読むのかもわかりませんが」

弥次郎の答えに、

「ふむ」

と応じた信形が扇面の文字をたどってゆくと、これは一首の和歌であった。

たれも見よ満つればやがて欠く月のいざよふ空や人の世の中

月は満ちれば欠ける定めであり、人生もそれとおなじように空をたゆたってゆくものに過ぎない。そういう歌意ではあるが、その背後には全盛期を迎えて増上慢になった信形への厳しい批判が隠されている。

そうと気づいて舞扇を取り落とした信形は、さっと顔を青ざめさせていた。

三

それから一年少々の月日が流れて天文十七年を迎えると、武田晴信はいよいよ村上義清に対して攻勢に転じることにした。松尾城における薬師寺右近進、清野六郎二郎以下五百騎の殲滅《せんめつ》戦、鐘《かね》ガ峰《みね》における楽岩寺右馬之助、佐栗三河之助以下一千五百騎の焼殺戦と真田幸隆が二度までも村上勢に大打撃を与えたため、晴信はようやくみずから出馬して義清と雌雄《しゆう》を決する覚悟を固めたのである。

晴信率いる甲軍は、二月一日に村上勢の本拠地である信州埴科《はにしな》郡の葛尾《かつらお》城をめざして甲斐府中を出発。佐久《さく》、小諸《こもろ》と深い雪におおわれた千曲《ちくま》川《がわ》沿いの街道を北上して行った。

対して村上勢に越後の長尾晴景・景虎兄弟からの援軍はこなかったものの、義清は、

「今度のいくさは領土の奪い合いではない、真田弾正《だんじょう》か晴信の首を得んことを欲するのみ」

と腹を固めているから逡巡《しゅんじゅん》はしない。葛尾城から兵力七千余騎を従えて出動すると、上田原《うえだはら》めざして南進してきた。

信州小県郡《ちいさがたごおり》の上田原とは、今日の上田市の西方一里にひらけた平原である。やがて甲軍はこの上田原に進出して野陣を張り、村上勢は上田原の北を南東から北西へ流れる千曲川を挟んでこれと対峙《たいじ》する構えとなった。

このときの甲軍の陣の立て方は、つぎのようなものであった。

〈先陣〉板垣信形
〈二陣〉飯富虎昌《おぶとらまさ》、小山田信有《のぶあり》、武田信繁《のぶしげ》
〈中軍〉武田晴信
〈中軍右翼〉山本勘介《かんすけ》、甘利虎泰
〈中軍左翼〉馬場信春、内藤昌豊
〈後陣〉真田幸隆・信綱《のぶつな》父子

甲軍総兵力は、一万四千あまり。板垣勢は三千五百余人、初陣の信綱十二歳をふくむ真田勢は八百余人である。

これらの陣立てがおわるまでに、村上勢は渡河して上田原の北方へ進出。千曲川の悠然《ゆうぜん》たる流れを背にし、文字通り背水の陣の構えを取った。

戦機が熟したのは、二月十四日の朝ぼらけのこと。陣太鼓を合図に動き出した三日月の旗印の板垣勢は、兵力三千五百余人を五段にわけて順次発進させたのである。馬を襲歩《しゅうほ》に誘《いざな》って村上勢の先鋒《せんぽう》めざして突入したのは、信形の郎党のなかで一騎当千の士として知られた曲淵小左衛門《まがりぶちこざえもん》、三科肥後守《みしなひごのかみ》、広瀬郷右衛門《ごうえもん》の三人であった。村上勢からも原田十郎左衛門、八木惣六《やぎそうろく》、相野一斎《あいのいっさい》ら名のある者があらわれてこれと槍《やり》を合わせたが、馬上に槍穂の煌《きらめ》きを交錯させて戦ううちにこれら三人はことごとく討ち取られてしまう。

勢いに乗った板垣勢が旗印を前に傾けて突撃にうつると、村上勢の先鋒はまくり立てられて背後へ崩れた。これでは村上勢の第二陣も、前に出るに出られない。陣形を乱すうちに斬《き》り立てられて、ついに潰走《かいそう》していった。

この緒戦に板垣勢が奪った首は、百五十あまり。本来ならこれらの首は、板垣信形のもとに集められたのち晴信の本陣へ送られ、晴信の首実検を受けねばならない。ところがこのとき、信形はまたしても奇怪な行動に及んだ。かれはこれらの首を晴信のもとへは送らず、下馬してみずから首実検をはじめたのだ。

板垣勢のほとんどは追撃戦にうつっていたから、軍配を手にして後方の床几《しょうぎ》に腰を下ろした信形の左右には騎馬武者百騎ほどしか残っておらず、甲軍第二陣はまだ動き出してはいない。いわば信形は、戦場のただなかにあって離れ小島のような形になっていた。

いち早くそれに気づいたのは、村上勢の物見役をつとめていた安中一藤太《あんなかいちとうた》。ほくそ笑んで馬首を返した一藤太は、村上義清にこれを報告、兵力五百を与えられて戦場へもどっていった。

千曲川の流れに面した上田原には、あちこちに喬木《きょうぼく》や竹、薄《すすき》の藪《やぶ》がある。兵五百を二手にわけ、旗や指物《さしもの》は巻いてその藪陰からつぎの藪陰へと移動したこの奇襲隊は、信形と騎馬武者百騎の背後へまわりこむや一斉に立ち上がって鯨波《とき》の声を挙げた。

（しまった）

と思ったであろう信形は、すぐに騎乗して腰の太刀《たち》を引き抜いた。

しかし、その騎馬武者ひとりひとりを五人ずつで囲みこんだ奇襲隊はつぎつぎに槍を繰り出し、騎馬武者たちを槍穂に刺し貫いた。前後左右から槍を受けた者のからだは、その槍の遣い手たちが穂先を持ち上げるにつれて鞍《くら》から浮き、「槍玉に上げられる」状態となって地面に叩《たた》きつけられるのだ。

眉庇つき阿古陀形の兜と燕頰をつけて槍衾《やりぶすま》を斬りはらっていた信形も、ついに数本の槍を受けておわった。年齢の定かではない信形は、明応《めいおう》三年（一四九四）の生まれとすれば享年五十五。かれは老いるにつれて、いささか判断力が鈍くなっていたのであろう。

　これによって村上勢は息を吹き返し、動き出した甲軍第二陣、飯富兵部《ひょうぶ》（虎昌）、小山田信有、武田信繁の軍勢三千余騎と交錯しはじめた。

　平原会戦における村上勢の特徴は、弓足軽百五十人と鉄砲足軽五十人、計二百人を一単位として戦場に投入することにある。これらの兵は、旗印や旗指物を持ってはいない。一尺五寸（四五センチメートル）に切った白練《しろねり》（白い練絹）に「一」と描いたものを袖印として着用しているだけである。

　弓足軽はひとりにつき矢五本を、鉄砲足軽はおなじく弾丸三発を発射するよう定められていたが、村上勢が強大化した理由としてはこのあとの戦術の巧みさがあげられる。

　中世的な戦術では、弓足軽と鉄砲足軽は自分たちの遠いくさがおわるとふたつに割れて退き、あとのいくさを槍足軽、騎馬武者、徒武者《かち》たちにゆだねてしまう。しかし、村上勢の弓足軽、鉄砲足軽は違った。規定の量を発射したならばかれらは得物を捨てて抜刀し、ただちに斬りこみにうつるのだ。

　そのあとに動き出す槍足軽と騎馬武者、その従者たちとの連携にも村上義清は歴戦の勇者らしい工夫を凝らしていた。槍足軽は百人が一組となり、すべて長柄長身《ながえながみ》の槍を与えられていた。さらに騎馬武者二百騎には若くて足の速い足軽が槍を持って従っており、騎馬武者たちは敵が迫ったところでこれを受け取って勝負をこころみる。

なぜ騎馬武者たちは、敵と交錯する直前まで槍を持たずに馬を駆るのか。この点を解説した史料はないようだが、この問題を考えるには馬の頭部と槍穂の位置を考えればよい。

騎馬武者が槍を右脇《わき》にかいこみ、左手一本に手綱をまとめて疾駆する場合、乗り手のかいこむ槍の穂先は馬の右目近くにくる。馬はその先が気になって左へ左へと斜行してしまうし、右目を槍の刃で切られて片目になってしまうことも珍しくはない。義清はそういうことにまで気を遣う大将であったのだ。

これに立ちむかった中軍第二陣、赤備えの飯富虎昌勢の旗印は月に星、小山田信有勢のそれは沢瀉紋《おもだか》、武田信繁勢のそれは黒地日の丸である。

陣太鼓、法螺《ほら》の音、カーンと拍子木を打つような弓弦《ゆづる》の響きと焙烙《ほうろく》で豆を煎《い》るのに似た銃声に馬蹄《ばてい》の響きと怒声が混じり合ううちに、甲軍第二陣は村上方の軍勢を押しもどしはじめた。

しかし、その第二陣をふたつに割って突破し、晴信のいる中軍に迫った二千騎がいた。この手の主将は、金の鍬形《くわがた》の前立てを打った兜に萌葱縅《もえぎおどし》の鎧《よろい》を着用し、四尺三寸の正宗《まさむね》の太刀をかざして名馬村雨にまたがった村上義清その人である。

晴信危うしと見て中軍左右からは山本勘介勢、甘利虎泰勢、馬場信春勢、内藤昌豊勢の四千余騎がその前方に立ちはだかったが、村上勢は騎虎《きこ》の勢い。才間《さいま》河内守《かわちのかみ》、初鹿野《はじかの》伝右衛門ら名のある者のほかに、甘利虎泰を討つことに成功した。なんと武田家は、この日一日の戦いで板垣信形、甘利虎泰の両職をそろって失ってしまったのだ。

そうともまだ気づかず真田幸隆が後陣の高みから戦況を見つめているうちに、甲軍の旗印は次第に後方へのけぞりはじめた。勝ちつつある軍勢の旗は勢いに乗って前進するから前に傾き、負けつつある軍勢のそれは正面からまくり立てられるので後方へのけぞる。

「旗色が悪い」

とは本来このことを指すことばであり、幸隆は大鍬形を打った筋兜を着けた頭部をうしろへまわして呼びかけていた。

「相木森之助《あいきもりのすけ》はおらぬか。おったらお屋形さまをお守りいたせ」

その間に村上義清は、晴信の本陣であることを示す孫子の旗と赤字に白く、

「諏方《すわ》南宮上下大明神」

と書いてその四囲に梵字《ぼんじ》を入れた梵字諏訪明神の旗、そして武田家の家宝ゆえに

御旗《みはた》と呼ばれる白地日の丸を直視できる地点にまで駒《こま》をすすめていた。

この時代のいくさは敵の大将首を挙げることを目的とするから、もしも村上義清が武田晴信を討ち留めたならすべてはおわりである。義清が猛然と馬腹を蹴《け》ると、めざす甲軍本陣からは晴信の馬廻《うままわ》りたちが走り出てこれを押し止めようとした。

だが、正宗の太刀ほど刃味《はあじ》の良い武器はない。義清がこの太刀を一閃《いっせん》するたび馬廻りたちのからだは鎧ぐるみ瓜《うり》の実のように断ち割られ、いつか義清の前方には馬の駆け場がひらけていた。

その正面から義清に馬首をむけてきたのは、たくましい黒馬にまたがって諏訪法性《ほっしょう》の兜と卯《う》の花縅の鎧をまとった将であった。馬に紅の厚総《あつぶさ》を掛けていることといい、金覆輪《きんぷくりん》の鞍を置いていることといい、この者こそ晴信と瞬時に判断できる。

さらに馬腹を蹴って血刀をかざした義清は、

「村上左衛門督《さえもんのかみ》、見参《げんざん》！」

と叫んで馬を寄せるや諏訪法性の兜に斬りつけた。

諏訪法性の兜とは諏訪大社でお祓《はら》いを受けたため神の加護を受けることができると信じられている兜のことで、晴信愛用のそれは大鍬形の間に黄金の武田菱を輝かせ、全体に白毛の唐《から》の頭《かしら》（ヤクの尻尾《しっぽ》の毛）を植えこんだものである。

負けじと晴信も太刀を抜いて立ちむかったが、義清の太刀風は激しく、次第に晴信は受け太刀になった。やがて晴信の鎖《くさり》つきの籠手《こて》に守られた腕から出血を見たのは、正宗の太刀が鎖を斬り破ったのだ。

「さあ、その素っ首をもらい受けようぞ」

勝ちを確信した義清がさらに馬体を寄せようとしたときのこと、その馬体右手から弾丸のように突っこんできた騎馬武者がいた。すでに大薙刀《なぎなた》を頭上に水車のように振りまわしていたこの武者は、椎《しい》の実形の筋兜に最上胴《もがみどう》の腹巻姿の相木森之助であった。

いつもは大身槍をつかんで戦う森之助が、特に大薙刀を持ってやってきたのは考えあってのこと。いましも晴信に斬りつけようとしていた義清は、視界の右側から不意に迫った森之助に驚き、思わず騎座（両膝《ひざ》の内側）を締めた。こうすると、馬は肩口を圧迫されて苦しくなり、走るのを止めてしまう。

義清を乗せた村雨が動かなくなったのは、森之助にとっては好都合であった。

「カー！」

と裂帛《れっぱく》の気合を放ったかれは、思わず正宗で攻めを受けようとした義清を無視し、馬首を交叉《こうさ》させた途端に大薙刀の刃を村雨の平首《ひらくび》に送りこんでいた。みごとに首を手綱ぐるみ斬り飛ばされた村雨の馬体は屏風《びょうぶ》が烈風に吹き倒されるようにむこう側へ倒れ、間一髪、地面に跳び下りた義清にむかって森之助は馬首を立て直した。

その間に晴信は本陣の奥深く姿を消していたが、義清危うしと見た村上方の騎馬武者十五騎と雑兵四、五十人が森之助の前に立ちはだかったので、主将同士の一騎討ちは痛み分けにおわった。

それでも村上方の将士としては、義清自身が晴信に手負わせたわけだから意気盛んである。疲れきった義清を収容してからふたたび攻勢に出たものの、このとき真田幸隆は第二の策をこころみた。

（持ち場を離れて、あとで咎《とが》められてはたまらぬ）

と見た幸隆は、召し使っている野良着《のらぎ》姿の乱波、透波たちを中軍に潜入させて、口々にこう呼ばわらせたのである。

「村上勢はことごとく敗軍いたした。義清自身も首を打たれたぞ」

これはむろん流言蜚語《ひご》の類《たぐい》に過ぎない。だが、混戦につぐ混戦となって彼我のいずれが勝っているのか判じようのない戦場にあっては、これがよく利く。甲軍はにわかに旗を立て直し、村上勢は気落ちして北へ引いていったので、ここに上田原の戦いはおわりを告げた。

この日の甲軍戦死者は、九百五十余人。

討たれた村上方の首の数は、二千九百十九級。

当時の武田家はこれを自軍の勝利とみなしたが、今日の歴史家はそうは考えない。

晴信は義清の猛反撃を受けた結果、板垣信形と甘利虎泰の両職をそろって失った上に、その後、信形が郡代をつとめていた諏訪郡は長く混乱に見舞われた。ひいては武田家の信州進出もここに一時停滞せざるを得なくなったから、上田原の戦いは晴信初の敗けいくさと考えるべきなのである。

四

このように武田家の信州攻略が一頓座《いちとんざ》したことを、もっとも喜んだのは信濃府中（のちの松本）の林城主小笠原長時であった。

小笠原家はもともと信濃国の守護に任じられていた名族であり、このころには林城をふくむ筑摩《ちくま》郡と、その北の安曇《あずみ》郡を領有している。筑摩郡の東南にひろがるのが諏訪郡だから、すでにして諏訪郡を奪った武田家こそは小笠原家にとって不倶戴《ふぐたい》天《てん》の敵にほかならない。

だからこそ長時は村上義清に期待するところがあったのだが、その村上勢が板垣信形を討ち取った結果、諏訪郡に反武田勢力が頭をもたげはじめたと知り、長時はこれらの勢力に協力して武田家を打倒しようと考えるに至った。

上田原から岩尾城に帰った真田幸隆は、この年の六月末までにはこの動きを察知していた。かれは信濃府中にも、かねてから乱波、透波の類を潜入させて小笠原家の動向をうかがわせていたのである。

するとと七月初めの新月の夜、二の丸表御殿の蔀戸《しとみど》に礫《つぶて》の合図をした者があった。幸隆が手燭《てしょく》を持ってぬっと回廊に姿をあらわすと、その間者は意外なことを伝えた。

「越後の長尾景虎が、小笠原家と手をむすんだという噂《うわさ》がござります」

というのである。越後の守護代長尾晴景の弟として栃尾城に入っている景虎は、病弱な兄に代わって越後一の実力者にのしあがっている。

(ほほう、あの景虎が)

越後春日山《かすがやま》城に案内してくれたその丈高い姿を思い出した幸隆は、一瞬険しい目つきをした。

村上義清がかねがね景虎に来援を乞《こ》うているという風聞がある以上、小笠原長時も景虎に誼《よしみ》を通じようとしたとしても不思議ではない。

(ならばおれ自身の手で、小笠原家の真意を探ってくれよう)

と幸隆が思い立ったのは、上田原の戦いでは平原会戦に参加する機会がなく、手持ち無沙汰《ぶさた》な気分を引きずっていたためであった。

幸い幸隆は、山伏に化けるために頭を剃《そ》り上げてから一年近く経《た》っているので、すでに髪は大月代茶筅髷《おおさかやきちゃせんまげ》を結えるほど伸びきっている。その髷を小ぶりな町人髷に結い直した幸隆は股引《ももひき》に手甲・脚絆《きゃはん》を着用し、小間物を入れた風呂敷《ふろしき》包みを背負って旅の商人に変装することにした。

そのめざした先は、更級《さらしな》郡の川中島《かわなかじま》であった。上田原の北五里にひらけた川中島は村上家の領土だから油断は禁物だが、その北に西から東へ流れる犀川《さいがわ》、おなじく東に北東へ流れる千曲川を見ることから川中島と呼ばれるこの地は交通の要地。北にゆけば越後、南へすすめば信濃府中、東にむかえば小県郡を経て上州に達することができるから、

（もしも長尾景虎が小笠原家に密使を送っているのなら、そやつは川中島を通るに違いない）

と幸隆は踏んだのである。

しかも越後街道は犀川をまたいでいるから、この街道から信濃府中をめざす者はかならず犀川の渡しを越えねばならない。

「爺《じい》さん。二、三日泊めてくれぬか、待ち人がおるので」

幸隆から行商人には似つかわしくない金をわたされた渡し守《もり》の老人はふたつ返事でうなずき、犀川南岸の小屋へとかれを案内してくれた。

その渡し守が水棹《みさお》を操る渡し舟から、怪しい男が下り立ったのは三日目の昼過ぎ

のことであった。

男は饅頭笠《まんじゅうがさ》をかぶって墨染めの衣をまとった僧侶姿《そうりょ》であったが、よく見るとわらじ掛けの左足の方が右足よりも心もち大きかった。侍は常時左の腰に大小を佩用《はいよう》しているので、右より左の蹠《あしうら》の方が大きくなるものなのだ。

「御坊はどこからおいでになられました」

麻小袖を尻はしょりしている幸隆がにこやかに問うと、首に掛けた頭陀袋《ずだぶくろ》を左手で守った僧は、右手につかんだ錫杖《しゃくじょう》の環を鳴らして答えた。

「うむ、越後の者でごじゃるが、これより信濃府中、木曾《きそ》、伊那の檀家《だんか》をめぐろうと存ずる」

そこで幸隆は、腰を屈《かが》めて申し入れた。

「手前も信濃府中へ行商にゆく途中でございますが、腹痛を起こして渡し守の小屋を借りますうちに、路銀を使い果たしてしまいました。どうか信濃府中まで御一緒させていただけませんか」

「いや、檀家をめぐる僧に供はいらぬ」

「そこをなんとかお願い申し上げます。これ、この通りで」

と幸隆が土下座して頼みこむと、僧に化けている男はやむなく同行することを許してくれた。

川中島と信濃府中の距離は、十一里ほどである。東に姨捨山《おばすてやま》（標高一二五二メートル）、西に聖山《ひじりやま》（一四四七メートル）を見る峠を西南へ越えたふたりは、この日は信濃府中の四里手前の会田《あいだ》の商人宿に泊ることにした。

「ちょっと近くを商いしてまわって、路銀をこしらえてまいります。御坊は、先に風呂へ入って下され」

幸隆がいうと、うむ、そういたそうか、と僧は武家ことばで答えた。

この宿の風呂は庭から下駄《げた》を突っ掛けてゆく風呂屋形のなかにあったので、人が入っているかどうかは格子窓から漏れる湯気によって知ることができる。都合よく相客はいなかったので、僧が入浴したことに気づいた幸隆は、

「いや、忘れ物をしてしまって」

と帳場に声を掛けると素速く二階へ上がった。

用のあるのは、僧が壁の折れ釘《くぎ》に掛けていった頭陀袋であった。そのなかを改めると、案の定密書が油紙に封じられて納められていた。

それは長尾景虎から小笠原長時に宛《あ》てたもので、幸隆の巨眼にはつぎのような文字が飛びこんできた。

「されば七月二十一日、塩尻にて加勢つかまつる」

長時はこの日を期して信濃府中と諏訪の中間の塩尻まで出兵し、景虎の援軍とともに諏訪へ侵攻しようというのである。もはやその七月だから、幸隆としてはなんとしても両軍の合流するのを遅らせねばならない。

腰帯に挟んだ矢立《やたて》から細筆を取り出した幸隆は、「二十一日」の「一」の字に横線二本を書き足して「二十三日」とし、ほくそ笑みながらその密書を頭陀袋にもどして行商に出た。

しかし、旅の僧に化けた景虎の密使も、幸隆の不敵な面構えと隙《すき》のない態度から、

(こやつ、ただものではない)

と感じはじめたらしかった。

翌日、信濃府中の宿に入って休息するうちに不意に僧は姿を消し、まもなく外の通りが騒がしくなった。幸隆が二階の窓からうかがうと、小具足姿の雑兵たちが三階菱の旗印を押し立てて宿を囲もうとしている。

三階菱は小笠原家の家紋だから、僧に化けていた密使が密書を長時に届けるかたわら、

「同行の者が、どうも怪しい」

と伝えたに違いない。

とはいえ、小笠原家の雑兵たちが捕らえようとしているのは行商人の出立《いでた》ちの者

のはずだから、肩透かしを食らわせてやるのはそうむずかしいことではない。

やがて陣羽織とたっつけ袴《ばかま》を着けてその宿の階段を下りてきた旅の武芸者風の男は、雑兵たちが誰何《すいか》しようとすると笠の下から巨眼を剝《む》いて叱咤《しった》した。

「無礼者め、小間物屋ならまだ二階におるわ」

幸隆は、小間物を包んだ風呂敷のなかにこれらの衣装をひそませておいたのである。幸隆が旭日を描いた扇をさっとひらいて左右に打ち振ると、雑兵たちは気を吞《の》まれて道をあけた。

五

こうして首尾よく岩尾城へもどることのできた真田幸隆が、早馬を放って事の次第を武田晴信に報じたのはいうまでもない。

それからの甲軍の動きは、まことに迅速《じんそく》であった。七月十八日まで甲州のうちにあった甲軍は、十九日早朝、すでに塩尻峠に着陣してはいてもまだ開戦は先のことと思いこみ、甲軍の接近に気づいていなかった小笠原長時勢五千を急襲。その将兵一千あまりを討ち取り、長時はほうほうの体《てい》で林城へ逃げ帰った。

その後、小笠原家は諸将の信頼を失って急激に衰え、信濃府中周辺はことごとく武田家の領有するところとなった。

小笠原長時には、大きな欠点があった。いざ、いくさとなると逸《はや》りに逸って前後の見境を失ってしまうこと、あまりに思いこみが激し過ぎることなどである。

この塩尻の合戦の場合も、幸隆が筆をくわえた密書とはいえ景虎が七月二十三日に来援するのであれば、二十三日を期して塩尻で景虎と合流すればよかった。というのに気早くも十九日の早朝以前に着陣してしまったものだから、いくさは景虎の合流する二十三日以降にはじまるものと見て油断しているうちに晴信に撃破されてしまい、歴史の表舞台から退場させられる羽目になったのである。

『漢書』にいう、

「謀《はかりごと》を帷幄《いあく》のうちに運《めぐ》らし、勝つことを千里の外《ほか》に決す」

と。名軍師は陣営において作戦を立て、遠く離れた戦場で勝ちを制する、という意味だが、合戦の開始は景虎が塩尻に到着する二十三日以降のことと長時に思いこませておいて、一気に小笠原勢を叩くよう晴信に献策した幸隆には、まことにこの表現がよく似合う。もしも長時が景虎は二十一日に来援すると知っていたら、なんとか当日まで保ちこたえていようと考えて林城へ逃げ帰ったりはしなかっただろう。

ちなみに塩尻の合戦に間に合わなかった景虎については、つぎのような伝説がある。

なぜ小笠原勢は逸り立って塩尻へ急いだあげく、自分の到着を待つことなく潰走してしまったのか、と不思議に思った景虎は、僧に変装して林城へ密使に立ってもどってきていた者を問い詰めた。

するとその家臣は、

「たしかに来会するのは七月二十三日、と指定しておられたと小笠原信濃守さま（長時）にうかがいましたが」

と答えた。そこから何者かが二十一日を二十三日と改竄《かいざん》したことに気づいた景虎は、

「その方、余の託せし密書を一時とはいえ肌身から離したであろう」

と決めつけた。

「そういえば、会田の宿にて一度だけ」

景虎はへどもどしながら答えたその家臣に激怒し、刀架から太刀を取ったかと思うと抜き放って、したたかな峰打ちを食わせたという。

しかし、景虎が密書を改竄したのが幸隆だったと気づいていたかどうかは、いまとなっては知りようもない。

戸石城乗っ取り

一

塩尻における対小笠原長時戦に勝ちを制した武田晴信が、信州筑摩郡に村井城《むらい》を造営しはじめたのは十月四日のことであった。

村井城の位置は、おなじ筑摩郡のうちにある小笠原家の本城である林城の南方二里。晴信は村井城を甲軍の前線基地として、いよいよ小笠原家を滅ぼすべく画策しはじめたのだ。

それにしてもなぜ晴信はすみやかに林城へ攻め寄せなかったのかというと、その理由は三つある。

ひとつは前章で述べたように、越後の長尾景虎が小笠原家とむすんでいて、同家来援のためやってくる可能性があったこと。

ふたつは林城のまわりには林小城、イヌイ城、桐原《きりはら》城、深志《ふかし》城、岡田城、山家《やまべ》城、埴原《はいばら》城などの支城があって一種の城郭網を形成しており、まっすぐ林城に突入戦をこころみるのは困難であったこと。

そして三つ目は、伊那《いな》郡にまだ小笠原方の武将藤沢頼親《よりちか》がいて、村上義清とおなじく晴信に対抗しようとしていたことであった。

しかし、伊那の箕輪城を持っていた藤沢頼親は、塩尻の合戦の結果を見て小笠原長時を見限り、武田家への臣従を申し入れてきた。

ついで天文十八年（一五四九）九月には当人が甲斐《かい》府中の躑躅ケ崎《つつじがさき》館へ出仕したので、晴信はいながらにして箕輪城を手に入れた形となった。

なおも長尾景虎に動く気配は見られなかったから、ここにおいてようやく晴信は、小笠原家を叩《たた》くことに戦力を集中できるようになったわけである。

ところが天文十九年六月二日、駿河の今川義元に嫁いでいた晴信の姉が死亡し、その葬儀に名代を送らねばならないことになった。そのため出陣を遅らせた晴信は、七月三日に甲斐府中から出動、十日に前線基地である村井城に入った。

信濃先方衆《しなのさきがた》とは晴信の信州侵入にあたって先鋒《せんぽう》をつとめるべき役目という意味だから、真田幸隆がこのとき晴信に同行したのはいうまでもない。

およそ多くの支城に守られた城を攻めるには、攻めやすい支城からひとつひとつつぶしていって、最後に残った敵の本拠地をとりあえず裸城《はだかじろ》にしてしまうことをもって上策とする。こうしてしまえば短兵急に突入戦をこころみるのも、ゆるゆると包囲して兵粮《ひょうろう》攻めにするのも好みのままである。

十五日に西の空が夕焼に赤く染まったころ、孫子の旗、梵字《ぼんじ》諏訪《すわ》明神の旗と白地日の丸の御旗《みはた》をかざして村井城から出撃した甲軍は、林城に近いイヌイ城をやすやすと攻略。信玄はその場で全軍に勝鬨《かちどき》を挙げさせ、戌《いぬ》の刻《こく》(午後八時)に村井城へもどった。

イヌイ城をあらたな足懸りの地としてほかの支城をうかがわなかったのは、小笠原家の兵たちが夜陰に乗じてイヌイ城を逆包囲するのを恐れてのことであった。

とはいえ、すでに示した、

「謀《はかりごと》を帷幄《いあく》のうちに運《めぐ》らし、勝つことを千里の外《ほか》に決す」(『漢書』)

という文句もあるように、いくさとは戦場で命のやりとりをするだけのものではない。乱波や透波を使い、敵の陣中に流言蜚語《ひご》の類《たぐい》を流して動揺させること、密使を放って敵の有力武将に寝返りを誘うことなども、戦略のうちである。

このような行動は、この時代には、

「調略《ちょうりゃく》」

と呼ばれていた。武田家にあって調略の得意な者といえば真田幸隆であり、幸隆

は村井城へもどるとすぐ、

「お屋形さま、ここはそれがしに調略をこころみることをお許し候《そうら》え」

と晴信に申し出て許されていた。

もとより真田家の本家は海野《うんの》家であり、この海野氏と祢津《ねづ》氏、望月氏は滋野幸恒《しげのゆきつね》にさかのぼることができることから「滋野三家」と総称されている。滋野家の末裔《まつえい》は小笠原家の家中《かちゅう》にも少なくないことから、幸隆はその伝手《つて》を頼って調略をおこなうことにしたのである。

「果報は寝て待て」

とは、この夜の幸隆のためにあるようなものであった。

それからわずか二刻《ふたとき》（四時間）の間に、小笠原方の支城からは逃亡する者あいついで空《から》になる城が続出。帰順を願って大紋烏帽子《だいもんえぼし》の正装で村井城に出頭してきた小笠原家の有力武将は六人に達し、晴信はほとんど戦わずして小笠原勢を瓦解《がかい》させることに成功したのである。

空城となった結果、武田家の得るところとなった支城は深志城、岡田城、桐原城、山家城。小笠原長時自身もいずこかへ逃亡したため、本城である林城も武田家の手に落ちた。

また、これらの支城にはふくまれないが、島立《しまだち》城主島立右近《うこん》、浅間《あさま》城主赤沢左衛《あかざわさえ》門《もん》も帰順を申し入れたので、晴信は一夜のうちに信濃府中とその周辺を手に入れた形となっていた。

そこで晴信は、翌日から林城の破却を開始。深志城を拡大・整備してここを信州統治の拠点とすることに決め、馬場信春《ばばのぶはる》を城代に指名した。

それにしても塩尻の合戦が起こったのは、天文十七年七月十九日のこと。それから二年後の天文十九年七月十五日、小笠原家は湿気を吸いこみすぎた砂糖菓子のように自然崩壊してしまったことになる。

なぜそうなったか、という問題を研究した元山梨大学教授磯貝正義《いそがいまさよし》氏は、まことに興味深い説を立てている。

そのキーワードとなるのは、「寄親《よりおや》・寄子《よりこ》」の制度。これは戦国大名が配下の有力武将たちを寄親、土豪・地侍《じざむらい》・他国からの帰順者を寄子として家臣団を編成していたことを指す用語だが、磯貝氏は労作『定本　武田信玄』につぎのように書いている。

「武田の軍は寄親・寄子制によって家臣団の統制も一応取れていたが、小笠原方にはそうした組織がなく、長時直属の旗本のほかは、安曇《あずみ》・筑摩二郡の諸豪族がそれぞれ自分の城と領地・領民とをもち、戦争にはおのおの手兵を率いて長時のもとに馳《は》せ参ずるという古い形態をとっていた。したがって、長時とそれら豪族との紐帯《ちゅうたい》は必ずしも強固ではなく、長時の統制力や支配力は十分内部に浸透していなかった。（略）小笠原勢が塩尻峠の合戦後わずか二年で解体したのは、もちろん晴信の用兵のうまさに待つところが大きいが、家臣団の組織そのものに弱点があり、そこを謀略《ぼうりゃく》に巧みな晴信につけこまれてしまったのである」

ここにいう「謀略」すなわち調略を担当した者こそ、真田幸隆なのであった。

二

その後も真田幸隆は乱波、透波を使い、小笠原長時の行方を追った。

いったん敗亡して領地を失い、牢人《ろうにん》暮らしを余儀《よぎ》なくされた者が、その流浪《るろう》の生活に満足することなどはあり得ない。かつての幸隆自身のようにかならず帰国を夢見るものだから、かれは長時も兵力を再結集して安曇・筑摩二郡の再奪取をもくろむと考え、注意を怠らなかったのである。

岩尾城へ帰っていた幸隆が、

「小笠原信濃守（長時）は、村上左衛門督《さえもんのかみ》（義清）を頼って葛尾城に入ったようでございます」

と帰参した間者から報じられたのは、およそ一カ月後のこと。まだ深志城にあって幸隆からそうと伝えられた武田晴信は、ただちに対村上戦を再開することにした。

二年前の天文十七年二月十四日、村上勢と信州小県郡の上田原で戦って板垣信形、甘利虎泰の両職二名を初め兵力九百五十余人を失ったばかりか、自身も義清に斬りかかられて腕に負傷した恨みを晴信は忘れていない。晴信は、

(小笠原家をつぶしたいまなら、村上家もつぶしやすいはずだ)

と読んで、ふたたび村上義清と雌雄《しゆう》を決しようと考えたのである。

そこで晴信がまずめざしたのは、小県郡のうちにある村上方の支城戸石《といし》城を攻め取ることであった。真田郷の西に位置するこの城を屠《ほふ》ってさらに西へすすんでゆけば、道は村上家の本城である埴科《はにしな》郡の葛尾城へつづいている。

その戸石城にもっとも近い武田方の城は、松尾城。幸隆が佐久郡の岩尾城にうつる前に居城としていたところであり、須野原若狭《すのはらわかさ》・総左衛門《そうざえもん》と語らって村上方の五百騎を一網打尽にした舞台でもあるから、当然幸隆も戸石城攻めに参加することになった。

松尾城から西へゆくこと一里あまり、上田盆地の北の壁太郎山(標高一一六四メートル)とは峰つづきの東太郎山(一三〇〇メートル)から東側を流れる神川《かんがわ》に沿って突き出す尾根の上に縄張りされた戸石城は、もはやひとつの山城《やまじろ》ではなかった。神川を見下ろす地点にある米山城から尾根の基部にむかって戸石城―本城―桝形《ますがた》城

とつづく連郭《れんかく》式の大規模な山城群として整備されていた。

深志城から東へすすんだ甲軍が、上田原と千曲《ちくま》川を越えて戸石城を間近に眺められる地点に陣立てしたのは八月二十八日のこと。幸隆は二十日のうちに晴信の本軍に合流していたが、かれが巨眼を瞠《みは》って驚いたのは甲軍があまりに少数だったことであった。その兵力は、幸隆の手勢をふくめても四千百十七人しかいなかった。晴信は甲斐府中に守兵を残し、深志城とその周辺にもかなりの兵力を置いて出陣してきたためこうなってしまったのだが、幸隆の見たところ甲軍の将士にはいささか戸石城詰めの村上勢を見くびりすぎている気配が感じ取れた。

「小笠原家は、すでに立ち枯れになった。ならば村上家にもおなじ道をたどらせてやろうではないか」

「なに、戸石城からも降人《こうじん》が相つぐだろうから、敵の首を取る暇もないかも知れぬ」

などといいあって、どうにも緊張感に欠けているのである。

しかも、行軍の途中には奇怪《きかい》なことがつぎつぎに起こった。

十九日に小県郡のうちの長窪《ながくぼ》というところに着陣したときには、辰巳《たつみ》（東南）の方角にひろがった黒雲のなかから赤雲があらわれ、これらの雲の先は西へなびいた。

このような常ならぬ現象を、この時代の者たちは凶兆《きょうちょう》と考える。

二十七日の未《ひつじ》の刻（午後二時）に海野平の向の原に着陣したときには、鹿《しか》が一頭どこからかやってきて、陣中を突っ切った。こういう滅多にない出来事も、凶兆と考えられる。

さらに晴信がもっとも低地にある米山城の裾野《すその》に近づいて試し矢を射させた二十九日には、酉《とり》の刻（午後六時）に西空に赤黄色の差しわたし五尺（一・五メートル）ほどの雲が出現したかと思うと、紅色に変わってそのままかき消えた。

それでも晴信が意に介さなかったのは、九月一日に本陣を訪ねてきた村上一族の者ふたりが、

「武田家へ出仕させて下さりませぬか」

と願ったためであった。

この二名のうち入道していたのは清野清寿軒《きよのせいじゅけん》、髪を大月代茶筅髷《おおさかやきちゃせんまげ》に結いあげていたのは清野左衛門《さえもん》といい、村上義清から埴科郡のうちに領地を与えられていた者たちである。

（小笠原家とおなじように、いよいよ村上方にも瓦解の兆があらわれた）

と晴信は受け止め、さる天文十七年二月の上田原の戦いに九百五十余人を討たれた屈辱を忘れ去ってしまったのだ。

「お味方いたす証《あか》しとして、村上家の将たちを何人かわれらに同心させて御覧に入

れようと存ずる。なお村上左衛門督は、近く戸石城に後詰《ごづ》めすると聞いており申す」

と告げた清野清寿軒に晴信はうなずき、その後姿を見送ってから三日に陣を米山城の麓《ふもと》へすすめた。

後詰めは「後攻《ごぜ》め」ともいい、敵を背後から攻めること。この場合は戸石城包囲をめざす甲軍を背後から攻めることを意味するから、

（この村上本軍があらわれる前に、戸石城を落としてしまわねば）

と晴信は考え、城攻めを急ぐことにしたのである。

しかし、戸石の城郭群は攻めにくく、守兵たちにとっては守りやすい城であった。甲軍がまず低地の米山城を襲えば、高地上に曲輪《くるわ》をつらねる桝形城、本城、戸石城から援軍が加勢してこれを喰《く》い止めてしまう。そこで甲軍が尾根の中腹からこれらの城郭に接近しようとすると、城郭の帯曲輪から矢と鉄砲の瞰射《かんしゃ》が集中してどうしても接近できない。

しかも戸石城郭群の守兵たちには、気候も味方していた。

東太郎山は高山だけに、頂上近くとその尾根では気温が違う。頂上近くから降りてくる冷気は途中で霧《きり》となり、城郭群を覆い隠した。その東麓を南北に流れる神川からも川霧が立つので、下手《へた》をすると甲軍は味方を敵と誤認して同士討《う》ちを仕出か

す恐れがあった。

そのため甲軍は、これらの城郭群に取りつけないまま九月下旬を迎えることになった。

それでも晴信が城攻めを諦《あきら》めなかったのは、清野清寿軒・左衛門両名の説得工作が功を奏したのか、村上方の将のひとり須田新左衛門《すだしんざえもん》という者が十九日に帰順を申し出たためであった。須田新左衛門は高井《たかい》郡の須田城主須田彦次郎や福島城主須田左衛門の一族だから、新左衛門を受け入れればこれらの二城も芋《いも》づる式に武田家に降《くだ》る可能性があった。

さらに二十二日には、清寿軒の使いの者が晴信の本陣に駆けこんできて報じた。

「村上方の中野城主高梨政頼《たかなしまさより》とは坂木城にて対面いたしましたが、村上左衛門督も葛尾城からこの城にきており、昨日さらに寺尾城へうつりましてござる」

寺尾城は川中島《かわなかじま》の近くにある城だから、村上義清は葛尾城からいったん戸石城に背をむけて北へ移動し、兵力をかき集めている最中であることが知れた。

ならば晴信としては甲軍の一部を寺尾城の近くへ北上させ、村上勢の南下を阻止《そし》しなければならない。

「真田弾正《だんじょう》はおるか」

と晴信に呼ばれた幸隆は、手勢を率いて川中島へむかうよう命じられた。

しかしこの陣替えは、結果だけをいうと空振りにおわった。

真田勢が上田方面へ通じる間道から寺尾城へ接近したころ、すでに村上方の城主である小出大隅《こいでおおすみ》は城から姿を消していた。埴科郡のうちにある雨宮《あめみや》城の様子をうかがわせたところ、やはり村上方に属する雨宮一族も行方が知れなくなっていた。

小出大隅や雨宮一族が村上義清を見限って城を捨てたのであれば都合がよいが、もしそうであるならその使いの者が晴信か幸隆のもとへ出頭してきそうなものである。だが、その気配はまったく見られなかったので、

（これはわれらと行き違いに戸石城に後詰めしたに違いない。となれば、お屋形さまが危い）

と感じた幸隆は、急ぎ甲軍の陣立てした地点へ駆けもどることにした。

真田勢が甲軍と再合流したのは、三十日子《ね》の刻（午前零時）のこと。幸隆は晴信のいる本陣に入ったとたん、自分の推量が正しかったことを知った。

このときすでに村上方の諸将は戸石の城郭群の南方はるかに着陣し、戸石にむかってその南麓に陣立てしていた甲軍先鋒を背後から取り巻く態勢を整えつつあった。

甲軍本陣はその西側に置かれ、北から南へ戸石城郭群―甲軍先鋒―村上方諸将と並んだ線を正面に見ていたものの、この本陣と村上方諸将の布陣した地点との間には丘陵があって旗本たちを直接敵にむかわせることは不可能であった。

ならば甲軍としては、これまで北面して戸石の城郭群に迫ろうとしていた先鋒勢を南面させて村上方後詰めの兵力に当たらせ、その間に本陣の兵力をもって戸石城郭群を落とすという両面作戦をおこなわざるを得ない。

しかも、甲軍の総兵力はわずかに四千百十七人。対して戸石城郭群の守備兵力はおよそ三千と見られる上に、後詰めにあらわれたあらたな兵力はその大かがり火が野火《のび》のように天を焦《こ》がしていることから七千五、六百人はいるようだ、と物見たちは口々に報じた。

敵は一万以上、味方がその半数に満たず、しかも両面作戦を強いられるのであれば開戦したとたんに大苦戦になるのは目に見えている。

「その方、いかに考える」

すでに諏訪法性《ほっしょう》の兜《かぶと》と卯《う》の花威《おどし》の鎧《よろい》をまとって床几《しょうぎ》に腰掛けていた晴信に問われ、幸隆はあっさりと答えた。

「さん候《ぞうろう》(さようでございます)、このたびはいったん兵を引き、他日を期した方がよろしいかと」

黒革胴具足に揉《もみ》烏帽子姿の幸隆が片膝《かたひざ》づきの姿勢のまま頭を下げたとき、降ってきたのは晴信の割れ鐘のような怒声であった。

「なにを吐《ぬ》かす。われらがここで引き下がったりいたしたら、いったんわれらに降《くだ》った者たちはふたたび村上方にまわるであろうが。ここはなんとしても敵を蹴散《けち》らして、村上左衛門督の息の根を止めるしかないのだ」

総大将が決断したならば、もはや反論することは許されない。

「真田勢は川中島へ往復して疲れたであろう。今宵《こよい》はからだを休め、明日は小荷駄を守れ」

と晴信が思い返して声音をやわらげたため、幸隆は一礼して陣幕から外へ出た。

三

十月一日の朝ぼらけのなかではじまったこのいくさに、村上義清を主将とする戸石城後詰めの兵力は四段に構えてその三段目を中軍とした。

対して甲軍は横田備中守《びっちゅうのかみ》、おなじく彦十郎の父子を右先鋒とし、左先鋒は小山田虎満《とらみつ》がつとめた。ほかの甲軍はこれらの左右先鋒が背後の戸石城の守兵たちから攻められないよう城郭群の東側へ進出し、晴信直率の中軍はその左翼にやはり戸石城に東面して陣を立てた。

ただし左右先鋒も中軍も兵力寡少《かしょう》のため、騎馬武者が十騎、二十騎、あるいは三十騎、四十騎ずつがひとかたまりとなる隊形を取り、それぞれの判断によって進退することが求められた。

しかし、左右先鋒の騎馬武者たちは駆歩《かけあし》発進して村上方後詰めの大軍と交錯するうちに、次第に一騎が敵の五、六騎に押しつつまれてしまい、つぎつぎに討ち取られた。

このような敗色濃いいくさの大逆転を図るには、だれかが乱戦をかいくぐって敵の中軍に突入し、主将の首を挙げるしかない。当年二十六歳の横田彦十郎は父が討死するのを間近に見て馬腹を蹴り、長槍《ながやり》を頭上に振りまわしながら敵の中軍に駆け入ろうとした。

主将を守る旗本というものは、このような決死の武者を押し返すのが務めである。村上方の中軍からは小島五郎左衛門《ごろうざえもん》という大剛の者がこれを迎え討ち、両者は互いに組みあったまま馬と馬との間に落下して組み打ちをつづけた。

組み勝った者は組み敷いた者を右手指《めてざし》によって刺殺し、首を取る。二十二歳のときまでに五度も高名を挙げたことのある横田彦十郎は、今度も組み勝って右手指に右手を伸ばした。

だが、今回だけはいささか勝手が違っていた。小島五郎左衛門は組み敷かれながら自分も右手指を抜き、下から彦十郎を刺そうとしたのだ。

瞬時にそれに気づいた彦十郎は、上からその右手を扼《やく》して右手指を奪い取ることに成功。ついに五郎左衛門の首を奪ったものの、すでに槍傷と刀傷を四カ所に受けていて、鎧は朱《あけ》に染まったようになっていた。

　このように武名を挙げた甲軍の将もいはしたが、全体としては甲軍左右先鋒が絶対不利であった。これを見て村上義清自身が中軍を率いて戦場へあらわれたので、晴信も旗本たちを出動させざるを得なくなる。

　その間に米山城へ集結していた戸石城郭群の守兵たちは、城門を押しひらき鯨波《とき》の声を挙げて甲軍の中軍右翼にむかって討って出た。

　この右翼を担当していた栗原左衛門勢が旗と幟《のぼり》をのけぞらせて崩れ立つや、ならんで陣立てしていた兵たちも一気に崩れる。晴信はこちらにも旗本の残りを投入しなければならなくなり、血を吐くようにかたわらの山本勘介《かんすけ》に告げた。

「かくなる上は、村上めに九死に一生のいくさを挑んで戸石の戦場に骸《かばね》をさらすのみのようだな」

　まだ三十歳の晴信には、やや短慮の気味がある。

「御出馬は、暫時《ざんじ》お待ちあれ。それがしに策がござりまするが、ちと真田弾正の意見も聞きたく存じますれば」

　隻眼矮軀《せきがんわいく》の勘介は答え、晴信がうなずくと馬に飛び乗って後方をめざした。

このとき真田幸隆は、殿軍《しんがり》を受け持つ諸角虎光《もろずみとらみつ》とその配下五十騎のさらに後方にあり、すでに八百の兵力に出動態勢を取らせていた。小荷駄を担当するよう命じられていても、いくさが決定的に不利となれば戦場にむかうのが当然である。

すでに兜を着用して馬にまたがっていた幸隆は、かたわらにひるがえる六連銭の旗印を目印にして勘介の乗馬が駆けこんでくると、馬首を交錯させるようにしてうなずいた。

「真田弾正殿、御意見をうけたまわりたい」

頭に大黒頭巾《だいこくずきん》をかぶって白鉢巻《しろはちまき》を締めている勘介は手綱を控え、右目だけを光らせていった。

「御覧のように旗色悪く、なにか策を講じぬ限り大惨敗となるやに見え申す。ともかく村上方の後詰めを南へ下がらせ、戸石城の守兵に合流させてはならぬ」

「その通り。ではそれがしが東へ大きく迂回《うかい》して後詰めのさらに南へまわりこみ、村上左衛門督を驚かせてくれようと存ずる」

幸隆の提案に、勘介は首を振って答えた。

「いや、それではお屋形さまの中軍が手薄になりすぎる。諸角豊後守《ぶんごのかみ》殿（虎光）とその配下の五十騎を南へ迂回させる策はいかに」

「では、諸角殿にわれらの鉄砲をお貸ししよう。盛大に撃ちまくれ、とお命じあれ」

幸隆再度の提案を聞くや、勘介はにっこりして馬首を返した。

村上方後詰めの七千五、六百人を正面から南へ押しもどすことはとてもできない。しかし、そのさらに南方に兵力の一部をまわせば、村上義清は新手の伏兵があらわれたと錯覚して馬首を返し、そちらと戦おうとする。勘介と幸隆はそろってそう考え、たちどころに打開策を立案したのである。

そして、開戦から半日たった酉《とり》の刻（午後六時）、この策は図に当たって村上方後詰めの大軍は一斉に南へ進撃しはじめた。村上方はこれをこの日の第二のいくさと思っていても、勘介と幸隆にとっては大敵を首尾よく撤退させたのとおなじであった。

諸角虎光もあたりが暗くなりはじめたのを巧みに利用し、わずか五十騎と雑兵だけの小人数ながら鉄砲から空玉《からだま》を撃ちつづけて村上方を混乱させたので、甲軍はようやく全滅を免れることができた。

とはいえこの戦いは甲軍の負けであったため、武田家家中にあっては、

「戸石崩れ」

と呼ばれることになる。

夜に入って大雨の降りはじめたなかを諏訪をめざして引いた甲軍のうち、ついに

戦場からもどってこなかった兵数は七百あまり。奪った敵の首は百九十あまりでしかなかった。しかも戸石の城郭群を落とすという目的は達成できなかったのだから、これは武田家としても珍しいほどの失敗にほかならない。

ただし晴信自身はこの敗北を断じて認めず、諏訪まで引いたところで全軍に勝鬨《かちどき》を挙げさせた。この感覚は今日の目から見ると奇怪に感じられるが、弓矢の家には、

「動いても黒豆」

といういいまわしがあったことを頭に入れておきたい。

これは部屋の遠くにある黒いものを、ある者（仮りに甲とする）が「黒豆だ」といったとする。ところが実は黒豆ではなく、まもなく足を出して動き出したので黒い虫だとわかったとする。それでも甲にとっては一度「黒豆だ」と主張した以上、それは黒豆でなければならない。

そのように考えるのが「動いても黒豆」の意味であり、晴信はこういう感覚に従って勝鬨を挙げさせたのである。

だが晴信自身も、山本勘介の敵を南進に転じさせる策が功を奏したからこそ無事に戦場を離脱できたことを認めないわけにはゆかない。そこでかれは、それまで知行三百貫と足軽二十五人を与えていた勘介に、知行五百貫と足軽五十人をあらたに加えることにした。

その後、武田家家中には、

「山本勘介殿は、まことに摩利支天《まりしてん》の生まれ変わりであろう」

と評する者もあった。摩利支天とは災厄を利益に変える神のことだから、勘介は甲軍を全滅の危機から救った軍師として名をあげたわけである。

七日に甲斐府中へもどって幸隆が屋敷へ帰った直後、すでに平装に着更《きが》えた勘介はかれを訪ねてきて、済まなそうにいった。

「戸石の合戦における南方迂回策は、お手前とそれがしの合作であった。と申すにお屋形さまがそれがしにのみ御加増下さったこと、なんとも申し訳なく存ずる」

「いや、さようなことを気にしたもうな」

やはり平装に着更えていた幸隆は、口髭《くちひげ》と顎鬚《あごひげ》をたくわえた男臭い面構えをむけて大真面目《おおまじめ》に答えた。

「それがしが武田家に出仕するきっかけを作って下さったのは、お手前であった。それがしはこのことに対していつか返礼いたさねばならぬと思っており申したが、なかなかその機会がござらなんだ。このたびお手前御発案の南方迂回策を良しといたしたのはさような思いからのことでござって、これによって褒美を得ようなどと思ったことは一度もござらぬ。このたびの手柄の第一は、お手前山本勘介殿。第二は、諸角豊後守殿。それでよろしいではないか。どうか、お気に召さるな」

勘介はすでに大月代茶筅髷に結い直している頭を深々と下げて、玄関へと去っていった。

四

なおも上州箕輪城に健在の長野業政《なりまさ》から、岩尾城へ帰った真田幸隆宛《あて》に書簡が届いたのはそれからまもなくのことであった。長野業政は牢人《ろうにん》中の幸隆とその一族郎党を長く養ってくれたばかりか、幸隆が武田家に出仕すべく箕輪城を去った際には家財道具のすべてを送り届けてくれた人物だから、それを恩に着た幸隆はいまも盆暮には業政に進物を贈ることを欠かしていない。

業政はその巻紙に、流麗な筆遣いであらあらつぎのように書いていた。

「このほど武田大膳大夫《だいぜんのだいぶ》儀、信州戸石にて村上と合戦、敗北して横田備中守も討死の由。これを聞きたる上州、武州在住の上杉家の諸士、会合して評議しけるに、二年前の信州上田原の戦いに板垣・甘利の武田家両職も討死いたせしことなれば、いざや信州佐久郡へ押し出して武田家を滅ぼさんとの声多し。

されど上州、武州はほとんど小田原北条家当主左京大夫（氏康《うじやす》）の奪うところとなりにければ、それがしかく申したり。

近ごろ上杉家は武備末《すえ》になりて、弓矢の道を取り失いたるかと存じ申す。そのゆえんは、関八州の諸士の多くは北条家の幕下に属し、日々強大になりたるに、当家は日々に衰微いたすのみなればなり。さればわれらは、北条家に攻めつぶされぬよう謀《はかりごと》をいたすことこそ肝要なるに、なにゆえ武田家にむかって兵を動かそうなどと益なきいくさを好みたもうや。おのおの方の心に、妖《あや》かしの野狐《やこ》が棲《す》みついたるにあらずや。

もしも上杉家が武田家に対していくさを起こしたもうならば、かならず味方は敗軍とならん。なんとならば武田大膳大夫は十八歳のときより一度も敗軍いたせしことなく、去んぬる戸石合戦に討死三千を出して大敗を喫せりなどという噂《うわさ》は、それがしが調べたるところ戸石合戦に裏崩れして武田の家を追われし腰抜けどもが、この上州に逃れきたって誹《そし》るだけのことなり。深く調べれば、大膳大夫は多数死者を出したりとはいえ勢い猛《たけ》きまま甲州へ帰陣せしこと明々白々たり。その甲州を攻めつぶさんことなどは、思いも寄らず。

おのおの方、まことは武田家と戦って敗北いたせば、かつて村上家の将たりし清野清寿軒や須田新左衛門を真似《まね》て、武田家へ出仕いたさんとの心底《しんてい》にあらずや。かく申すそれがしは、子孫は知らず、命のあらん限り武田家のもとへは降《くだ》るまじ。かく申してそれがし席を蹴りて立ちたれど、一座の者ども忙然《ぼうぜん》といたし、しばし声を発する者もなかりけるこそ哀しけれ」

それにしても長野業政は、なぜわざわざこのようなことを書き送ってきたのか。

幸隆は不思議に思ったが、翌日に甲斐府中からやってきた晴信の使者は、口頭で左のような主命を伝えた。

「これより戸石城のことは、真田弾正にまかせるものなり」

晴信は兵力四千百十七人をもってしても落とすことのできなかった戸石の城郭群を、兵力八百人しか持たない幸隆にぜひとも攻略せよと命じたのである。

（なぜ、お屋形さまはわしを御指名なさったのか）

と思案した幸隆は、晴信の気持がわからないでもなかった。

第一に真田家の本貫の地は信州小県郡の真田郷であり、戸石城に近い松尾城と真田館の周辺にはいまも幸隆と血縁地縁のある者が多数住みついていること。

第二に幸隆は須野原兄弟を使って村上方の騎馬武者五百騎を松尾城におびき寄せ、一網打尽にしてみせたことがあったこと。

第三に幸隆は鐘ガ峰《かねみね》の戦いに火攻めを用い、村上方の先鋒軍千五百騎を焼き殺したこともあったこと。

これらに照らして考えれば、

（真田弾正にまかせれば、なんとかしてくれるのではないか）

と晴信が期待したとしても不思議ではなかった。

しかし、真田勢八百人を総動員して突入戦をこころみたところで、これが無理攻めでしかないのは自明の理である。

では、もう一度守兵たちを松尾城におびき寄せることができるかというと、村上方がおなじ手を二度と食わないであろうことは想像に難くない。さらに火攻めは敵がこちらの注文に乗って罠《わな》にはまったときにだけ功を奏する策だから、戸石の城郭群を出ようとしない守兵たちに対しては使いようがない。

そう考えたときに幸隆が思い出したのは、長野業政からきた書状の一節であった。

「おのおの方、まことは武田家と戦って敗北いたせば、かつて村上家の将たりし清野清寿軒や須田新左衛門を真似て、武田家へ出仕いたさんとの心底にあらずや」

と、業政が上杉家の諸士にむかってその怯懦《きょうだ》を喝破《かっぱ》してみせたというくだりである。

上杉家の諸士にさえ武田家に心を寄せる者がいるのであれば、すでに村上義清が後詰めを解いた今日、武田家の領地にむかって突き出した岬の鼻のような位置にある戸石城の守兵たちが心細い思いをしていても不思議ではない。

そう考えて幸隆が脳裡《のうり》に浮かべたのは、囲碁の勝負であった。自分を白、戸石城の守兵たちを黒に見立て、黒が盤上に躍動している情勢を想定しても、その黒のなかに白が楔《くさび》を打ちこむことに成功すれば石は取られない。しかもその黒のまわりを白がつつみこんでしまえば、局地戦で負けていたとしても大局では白が勝ったことになる。

（よし、この手でゆくことにしようではないか）

にんまりとした幸隆は、如才のない者たちを選んで松尾城と真田館に送りこむことにした。同時に戸石城への登り口には関所を築き、番兵たちが許した者しか城郭群へ通えないようにした。

こうすると村上方のほかの城は戸石城の守兵たちと連絡しにくくなるわけだが、幸隆にとってはありがたいことに村上義清は戸石合戦の勝利に奢《おご》り、このような変化に気づかなかった。

その間に幸隆が松尾城と真田館に送った者たちに命じたのは、これも奇策といってよかった。その指示したところは、つぎのようなものであった。

「器量良しの浮かれ女《め》を選んで物売りに仕立て、赤い衣装を着せて戸石城に送りこめ」

山城とは本来いくさの際に籠城《ろうじょう》する場所だから、妻子をつれて戸石城に詰めているのはごく少数の将だけと考えられる。

（ならば守兵たちは、珍味佳肴《かこう》と女に飢えているはず）

と読んだ幸隆は、その珍味佳肴と酒とを浮かれ女たちに売りにゆかせ、守兵たちの士気をゆるませて里心を起こさせる策を立てたのだ。

しかも幸隆は、関所の番兵たちには、

「寝ずの番などはしなくてよい。夜の通行は勝手次第といたせ」

と申し送った。

男所帯の味気なさにうんざりしている守兵たちは、色っぽい女物売りたちがやってくれば、かならず住居を聞き出して夜這《よば》いをこころみる。そのために城を抜けた者は二度と帰城できない定めだから、

（この策を半年もつづければ、おのずと守兵の数は激減するに違いない）

と幸隆は踏んだのである。

しかもこの策は、かれが予想したよりもはるかに効果を発揮した。

浮かれ女たちとともに戸石城を訪れた男衆はすべて真田家の息のかかった者たちだから、

「真田のお殿さまはお優しいお方でな、わしらにこうして物を売ることをお許し下さった」

「それに較《くら》べてこちらの衆の御大将《おんたいしょう》は冷たいお方だな。もう後詰めすることなどとんと忘れたように別の方面で戦っておって、しかも負けてばかりじゃ」

「武田家に寝返る方々もふえる一方と聞きましたけど、みなさまももういくさには飽きなさったのでは。眉目《みめ》よい村娘もおりますんで、そんな娘と所帯を持って暮らした方がよほど楽しゅうございましょう」

などという話ばかりする。

そこに物売りに化けた浮かれ女たちのお色気攻勢があったために、次第に守兵たちはいくさ仕度に明け暮れる日々を疎ましく思い、骨抜きにされていった。

その間に月日は流れ、天文二十年（一五五一）となった。

このころ信州に起こった最大の変化は、小笠原長時の没落が決定的となったことであった。長時は村上義清と結託して深志城回復をめざしたものの、その義清から手切れされて万事休したのである。

二月五日、晴信は甲州一宮《いちのみや》である浅間《せんげん》神社に信濃府中攻略に成功したことを謝し、このことはやはり幸隆の息のかかった物売りたちから戸石城の守兵たちに伝えられた。

その後、これらの守兵たちは櫛《くし》の歯を挽《ひ》くように姿を消してゆき、その数およそ三千は一気に千を割りこんだ。

そこで幸隆が放った二の矢は、松尾城詰めの家臣団とその一族や上杉家を見限って上州から流れてきた者たちに、

「村上左衛門督さまからこちらへ詰めるよう命じられた」

との口上のもと、戸石城へ堂々と乗りこませることであった。

幸隆はこれらの者たちに村上義清名儀の偽の文書を持たせていたから、守兵たちはいずれもこの口上を信じた。それでなくとも村上家の兵たちは離合集散が激しくなって、互いに顔を知らないことも奇妙とは思わなくなっていた。

こうして戸石城という碁盤の黒石は白に置き換えられつつ数を減らしてゆき、ころあいよしと見て幸隆が六連銭の旗を押し立てて入城した五月二十六日にも、抵抗する者はひとりもいなかった。世にいう幸隆の、

「戸石城乗っ取り」

は、一兵たりと損じることのない無血入城だったのである。

幸隆の使いから戸石城乗っ取り成功を報じられた晴信は、以後は自分の作戦行動はすべて幸隆に伝えることにした。幸隆が領地を与えられるのはこの二年後を待たねばならないが、あきらかに晴信は幸隆の策士ぶりに舌を巻き、このときからかれの待遇をあらためたのである。

若武者と一徳斎

一

真田幸隆《ゆきたか》による戸石《といし》城乗っ取りは、村上義清《よしきよ》に対する武田晴信《はるのぶ》の優勢を決定づけるものでもあった。

天文《てんぶん》二十年（一五五一）七月、すなわち戸石城乗っ取りのわずか二カ月後には、佐久《さく》郡にあって唯一武田家に従わなかった岩尾弾正《いわおだんじょう》が晴信に降伏。翌年夏までには中信地方も武田領にくりこまれたため、武田家としては深志《ふかし》城を拠点としてまっすぐ葛尾《かつらお》城へ北進することが可能となったのである。

その間の天文二十一年二月十日には、上州の平井《ひらい》城主でしかなくなっていた関東管領上杉憲政《のりまさ》が小田原の北条氏康《うじやす》に攻め立てられ、長尾景虎《かげとら》を頼って越後《えちご》へ亡命するという事件も起こった。

しかし、かねてから信州に食指を動かそうとしている景虎は、すぐにその息のかかった武将太田弥助《やすけ》を筑摩《ちくま》郡の苅屋原《かりやはら》城へ入れておいた。この城は西の深志城と東の上田原《うえだはら》をむすぶ街道上にあるから、葛尾城へ北進する甲軍としてはまずこれを屠《ほふ》らねばならない。

そこで天文二十二年の水ぬるむ季節から葛尾城攻略をめざして動き出した甲軍は、三月二十九日に苅屋原城に接近。晴信は真田幸隆とそのせがれ三人に命じ、城を落とさせることにした。

幸隆はすでに四人の男子に恵まれていたが、このいくさに同行した長男から三男までの名前と年齢はつぎのごとし。

長男　源太左衛門信綱《げんたざえもんのぶつな》　十七歳
次男　兵部丞昌輝《ひょうぶのじょうまさてる》　十二歳
三男　源五郎昌幸《まさゆき》　九歳

三千五百騎から成る真田勢に対し、苅屋原城の守兵は約一千と調べはついている。南から苅屋原峠を越えてすすんだ真田勢は、高地上にある城をめざしながら付近の集落に火を放ち、まず敵兵の潜む場所を消してしまった。

つぎには兵を三手に分け、第一陣は街道寄りの大手門へ、第二陣は裏門にあたる搦手《からめて》門へむかわせる。幸隆父子は第三陣にあって第一陣と第二陣の手並を見るつもりであったが、かれが軍配を手にして床几《しょうぎ》に腰を据えたとたん、小姓役として初めて戦場につれてきた源五郎が跳び出してきて申し入れた。

「父上、それがしはこのたびが初陣でございます。されば、なんとしても良き敵の首を挙げてお目にかけとう存じます。どうか、第一陣に加わることを許して下さりませ」

源五郎はまだ九歳ながら父に似て体格がよく、次兄の兵部丞とほぼおなじ背丈《せたけ》に育っている。赤地の錦《にしき》の直垂《ひたたれ》の上に紫 縅《むらさきおどし》の具足を着用し、白星《しらぼし》の兜《かぶと》をかぶったその姿は武者人形が動き出したようであり、ふっくらした頰《ほお》を紅潮させているのが初々《ういうい》しい。

「では許してつかわそうが、無理をしてはならぬぞ」

幸隆が笑ってうなずくと、目を輝かせた源五郎は、

「はい」

と答えたかと思うと、もう父に背をむけて走り出していた。

幸隆が源五郎の申し入れを拒否しなかったのは、まだ前髪立ての少年に初陣の功を挙げさせる場合は、その一族郎党がこれを守って戦い、力尽きようとしている敵にむかわせることによって自信を植えつける、という暗黙の掟《おきて》があるからにほかならない。

だがもとより、源五郎はそんな掟があることなどわかっていない。翌三十日、すでに火の収まった焼野原を踏み越えて真田勢第一陣が爪先上《つまさき》がりの大手道へ殺到してゆくと、かれは騎馬武者たちに負けじと素槍《すやり》の鞘《さや》を払ってそれにつづいた。

この時代の城門は、まだ二階建ての矢倉《やぐら》門ではなく単なる四脚《しきゃく》門にすぎない。番兵たちは四脚門の左右に伸びる土居《どい》の上に散って弓矢と鉄砲で応射するのがつねであり、苅屋原城の守兵たちもおなじ戦法で真田勢を迎え討った。

ところが案に相違して、守兵たちの応射はきわめて精妙であった。一番乗りをめざして大手門に駆け寄ろうとしていた先鋒《せんぽう》はつぎつぎに倒され、硝煙に煙った土居の上からは喚声が湧《わ》き起こる。

ついで大手門の一間幅の扉二枚が内側にむかって八の字形にひらかれると、ドードーンと陣太鼓《じんだいこ》が打ち鳴らされて騎馬武者たちを続々と吐き出した。太田弥助は戸石城がなぜ落ちたかを知っていたのだろう、籠城《ろうじょう》して幸隆の術策にはまるのを嫌い、突出戦を敢行したのである。

大手道の下り坂を発進してくる騎馬武者の馬蹄《ばてい》に掛けられまいとして、第一陣先鋒は旗をのけぞらせて後方へ崩れる。

その流れを遡《さかのぼ》るようにして前に出たのが、真田源五郎であった。白星の兜とは兜に打った鋲《びょう》の頭を銀でつつんだものをいい、夜戦になると星のように輝くことからこの名がある。

しかし、いかに白星の兜をかぶって紫縅の鎧《よろい》を着用しているとはいえ、太田勢から見れば源五郎はただの子供にすぎない。そのかたわらを通過して崩れ立った第一陣先鋒を追おうとすると、源五郎は憤然《ふんぜん》として叫んだ。

「いかに太田衆、真田源五郎昌幸を知らずや」

源五郎は初陣なのだから、太田家の武将たちがその名を知るわけがない。それでも真田といえば攻城軍の主将とおなじ姓であり、

(不憫《ふびん》ながらその細首を斬獲《ざんかく》すれば、敵の出鼻を挫《くじ》くことができる)

と考える者も出てくる。

騎馬武者たちに負けじと刃渡り四尺の大太刀《だち》を振りまわしながらあらわれた黒革縅の鎧姿の徒《かち》武者は、

「引き返して勝負しろ」

といわれて源五郎を振り返り、笑って答えた。

「しおらしき小冠者《こかんじゃ》のふるまいかな。われは坂井名八景国《さかいめいはちかげくに》なり。いざ、この世から暇《いとま》を取らせて進ぜようぞ」

つかつかと歩み寄って大太刀を振りかぶった坂井名八と武者人形のような源五郎の姿は、鬼と戦う桃太郎さながらであった。

しかし、坂井名八の不幸は、源五郎が俊敏きわまる少年とはつゆ知らなかったことにあった。名八が据え物斬《ぎ》りでもするように無造作に拝み打ちをこころみようとしたつぎの瞬間、

「はっ」

と気合を放った源五郎は、左半身の構えから素槍を名八の兜の内側にむかって繰り出していた。槍穂は名八の兜の眉庇《まびさし》の裏側を下から突き上げ、その拍子に兜の緒《お》も切られた。ために名八は「仰兜《のけ》」といわれる姿になった。

これは頭の鉢をすっぽりと覆っていた兜がうしろへずれてしまった格好のことで、慌《あわ》てて首を振ると今度は兜が前に傾きすぎて目を隠してしまう恐れがある。

かろうじて踏み止まった名八が兜を直そうとする隙《すき》に、源五郎はふたたびするとすんで、

「えいや」

と気合を放ち、みごとにその下顎《したあご》から後頭部へかけてを槍穂に貫いていた。

「真田源五郎昌幸、坂井名八景国を討ち取ったり！」

そのからだを蹴《け》倒して血槍を引き抜いた源五郎が古風に叫んだのは、武士の勝ち名のりはこうするものと父に教えられていたからである。

だが、この初陣には第二幕が用意されていた。源五郎が名八の首を打つうちに、

「あっぱれ、若武者かな。されど逃すまいぞ、われは本間《ほんま》九郎と申す者なり」と名のりをあげた徒武者が、大身《おおみ》槍を頭上に水車のように振りまわしながら歩み寄ってきていた。

槍と槍の戦いは長さの勝負なので、長大な両刃《もろは》の大身槍をつかんだ大人と短穂《みじかほ》の素槍を持った少年の攻防は、どうしても後者が不利になる。白星の兜ぐるみ頭を打ち砕かんとする本間九郎の攻めを源五郎が巧みに躱《かわ》しつづけるうちに、かれを助けにきた郎党がいた。

布下弥四郎《ぬのしたやしろう》、十六歳。源五郎の初陣を飾らせる役を命じられていた弥四郎は、ようやく源五郎の居場所に気づいて駆けつけてきたのである。

「お手伝いいたしまする」

鉢金《はちがね》に腹巻姿の弥四郎も本間九郎に槍を合わせると、源五郎は白目を剝《む》いて叱《しか》りつけた。

「この敵はわがものぞ。主《しゅう》の高名を奪ってはならぬ」

これは、とても子供のせりふではない。本間九郎が一瞬驚いて槍を引いたとき、源五郎は咄嗟《とっさ》に槍を繰り出してその胸板を穂先に縫い止めていた。

戦いはまだ四方でつづいていたが、源五郎のまわりには次第におつきの者たちが集まってきたため、かれは無事に父のもとへもどることができた。肩に担いだ素槍の先に、坂井名八と本間九郎の生首が括《くく》りつけられていたのはいうまでもない。

「なんとあっぱれな若大将かな」

布下弥四郎から源五郎のこの日の水際立った若武者ぶりを報じられて、真田家家臣団は喜びに沸き返った。

二

この日の緒戦に戦死した者は、城方の百人あまりに対して真田勢は三百人あまりに上っていた。結果としては、苅屋原城を簡単に抜けると見て、なんの策も用いることなく平攻《ひらぜ》めにしたのが裏目に出た形であった。

しかも真田幸隆が死者たちの致命傷を調べさせたところ、矢傷、槍傷、刀傷よりも圧倒的に鉄砲傷が多かった。

そこで幸隆は、あけて四月一日の再戦には一工夫凝《こ》らすことにして、その夜のうちにある攻城具を造らせた。

「竹束《たけたば》」

といえば、長さ七尺（二・一メートル）ほどの竹を横幅が三尺（〇・九メートル）前後になるよう縦に束ね、縄《なわ》でしっかりと縛り合わせて造った巨大な楯《たて》のこと。

竹は材質が堅い上に断面が円形を呈し、銃弾をよくはじき返すので竹束が考案されたのである。

竹束の目の高さに四角形ないし三角形の矢狭間《やざま》（銃眼）を切っておけば、兵たちはこれを押し出しながら攻城戦をこころみることができる。ただし、この竹束をしゃにむに押し出してゆくだけでは底部を地面に引きずってしまうから、幸隆は、「車仕懸《くるまじかけ》」をこしらえさせることにした。

これは四辺形の台車の長辺のひとつに竹束を壁のように立て、鉄砲・弓足軽がこれに乗ってほかの者たちにうしろから押させてゆくもので、一輌《りょう》、二輌とかぞえられる。いわば車仕懸は、この時代の戦車なのだ。

一日未明、朝靄《あさもや》を割って登場した何輌もの車仕懸は、焙烙《ほうろく》で豆を煎《い》るような音を立てて連射される大手門左右からの銃撃をことごとくはじき返した。台車上、竹束の手前に潜んだ真田勢の鉄砲足軽たちは敵の矢玉・鉄砲玉を浴びる恐れがないから落ちついて応射をつづけ、その陰から跳び出した騎馬武者たちは大手門に群がり寄る。

わずかに守兵一千しかいない小城《こじろ》の場合、大手門を破られたならばたちどころに敵が城内に浸透してしまって、酸鼻きわまる殲滅《せんめつ》戦が展開することも珍しくはない。

それを嫌ったものであろう、守将太田弥助はまだ破られてはいない大手門をふたたび八文字にひらき、一斉に討って出た。

しかし、城籠《ごも》りしていたら真田勢二千七百と対等にわたり合えた太田勢九百も、城から出たとたんにひとりが三人を討たない限り勝ちは見えない勘定である。

紺地《こんじ》白抜きに六連銭の家紋を描いた旗のひるがえる幸隆の本陣をめざした太田勢の騎馬武者たちは、流れをせき止める隊形に布陣した車仕懸からの攻撃を受けてつぎつぎに被弾落馬。負けじと鯨波《とき》の声を挙げて突進してきた徒武者、雑兵たちも、その前方に立ちふさがった真田勢がはっ、とひらいては閉じることを繰り返すうちに、約二百を残すまでに打ちなされていた。

太田弥助自身も落馬したところを捕縛されたから、苅屋原の戦いは真田勢の完勝におわったことになる。これによって苅屋原城は破却され、甲軍は真田父子をふくむ信濃先方《しなのさきがた》衆《しゅう》を先鋒として葛尾城をめざした。

しかも、このころ村上方の諸将は相つぐ敗報に接し、主将村上義清を見限りはじめていた。

たとえば葛尾城の南方には孤落《こらく》城という名の要害があり、村上義清はここに小島兵庫助《ひょうごのすけ》なる者を入れておいた。だが、その配下の大須賀久兵衛尉《きゅうびょうえのじょう》はひそかに甲軍への降伏を決意。小島兵庫助を討ち取ったと武田晴信に報じたため、葛尾城は次第に裸城に近い状態に追いこまれたのである。

こうなっては村上義清には、ふたつの選択肢しか残されていなかった。最後まで甲軍と戦って戦場に屍《かばね》を晒《さら》すか。いったん信州埴科《はにしな》郡を捨てて他国へ亡命し、他日の捲土重来《けんどちょうらい》を期すか。

義清は後者を選んでひそかに越後へ落ちていったので、ここに晴信は長年の宿敵に打ち勝った形となり、四月九日の朝には葛尾城へ無血入城することができた。


こうして武田晴信は甲信二カ国の覇者の座を確定したわけだが、佐久郡の小田井《おたい》城主小田井又六郎と次郎左衛門を討ち取って以来の幸隆の軍功は抜群である。

そこで八月十日、晴信は幸隆を躑躅ケ崎館《つつじがさきかん》の主殿に招き、おごそかに伝えた。

「その方に信州秋和《あきわ》三百五十貫の地を与えるものなり」

秋和とは小県《ちいさがた》郡のうちにあり、往時の真田郷もこの地名にふくまれている。天文十年(一五四一)の海野平《うんのだいら》の戦いに敗れて上州へ逃亡せざるを得なかった幸隆は、それから十二年目に武田家の将のひとりとして本貫《ほんがん》の地へもどることができたのだ。

しかし、この主命にはひとつだけ条件がつけられていた。

「ただし、源五郎昌幸なる小せがれをこの館に出仕させよ」

と晴信はつづけたのである。

もちろんこれは、晴信が苅屋原の戦いにおける源五郎の子供とは思えない奮闘ぶりを聞いて興味を引かれ、自分の小姓として使ってみようとしたことを意味する。

「それでは、源五郎を近々つれてまいりましょう」

と幸隆は答えたが、かれは晴信がなぜそんなことをいい出したかをよく心得ていた。

このころ各地の戦国大名家では、領地や支城を与えた有力武将からはその家族のだれかを証人（人質）に取っておく、という家臣団統制策が一般化しようとしている。その証人を本拠地のうちに置いておけば、領地ないし支城に帰っていた武将が反逆を企《たくら》もうとしても、家族への恩愛の情に引かれて裏切れない、という発想である。

幸隆は晴信から見ても鬼謀《きぼう》ただならぬ才人だったから、幸隆に反旗を翻《ひるがえ》されてはたまらない。晴信はそう考えて、源五郎昌幸を証人として差し出させることにしたのであった。

幸隆の四男は源治郎信尹《のぶただ》といい、源五郎と同い年である。源五郎が年の初めに生まれ、源治郎は暮に誕生したためこうなったのだが、このふたりはまだよちよち歩きのころから仲が良かった。

そこで幸隆は晴信に申し入れ、源五郎とともに源治郎も躑躅ケ崎館へ送ることに

した。これは幸隆が晴信に、

「それがしはお屋形さまに証人をふたりも差し出しますぞ」

と媚《こび》を売ったのではない。敵の首ふたつを挙げたとはいえまだ幼さの残る源五郎に、淋《さび》しい思いをさせては気の毒だ、と考えてのことである。

幸隆のこれらふたりのせがれのうち、晴信の眼鏡《めがね》にかなったのはやはり源五郎昌幸の方であった。

腰替わり振袖《ふりそで》の熨斗目《のしめ》と袴《はかま》、革足袋《かわたび》姿で晴信の小姓として働きはじめた源五郎は、いつ呼ばれてもいいようにいつも廊下に正座している。そして、晴信が手を鳴らしたとたん、

「おん前に」

と応じてすすみ出、前髪立ての頭を深々と下げて主命に耳をそばだてる。

「あやつはいずれ、当家を支える武将となるであろう」

と大いに源五郎を気に入った晴信にとって、やや案じられたのはかれが真田家の三男坊にすぎず、長兄で十七歳の源太左衛門信綱はすでに信濃先方衆のひとりとして幸隆とともに働きはじめていることであった。まだ十二歳の次男兵部丞昌輝にしても、晴信は数年後には信濃先方衆に加えるつもりでいたから、源五郎がいかに麒《き》麟《りん》児《じ》であっても真田家の家督を相続する可能性はまずない。

「しかし、それはちと惜しいとは思わぬか」

また幸隆を躑躅ケ崎館の本殿に請《しょう》じ入れた晴信は、大紋烏帽子《えぼし》姿であらわれたかれにたずねた。

「真田弾正《だんじょう》よ。その方、武藤五郎左衛門尉《むとうごろうざえもんのじょう》のことを覚えておろうな」

「さん候《ぞうろう》。武藤殿は敷島の道と武芸に通じた文武両道の士とお見受けいたしておりましたが、惜しいことをいたしました」

幸隆がそう答えたのは、武藤五郎左衛門尉は天文十九年十月の戸石崩れの際に討死していたためであった。武藤家は武田家譜代の家柄のひとつだが、五郎左衛門には子がいなかったので、目下武藤家は断絶扱いとされている。

「うむ、そのことだ」

やはり侍烏帽子をかぶって武田菱《びし》を散らした大紋をまとっている晴信は、口髭《くちひげ》を撫《な》でながら切り出した。

「その方のせがれ源五郎を見ておると、幼さに似ず気が利いてなかなかの器である。この源五郎によって武藤家を再興させたいと思うのだが、その方はいかに考える」

濃い眉《まゆ》に迫った巨眼をあるじにむけた幸隆は、迷うことなく答えた。

「源五郎はしょせん兄ふたりの控えなれば、生涯を部屋住みでおわることになりましても不思議ではござらぬ者に候。その源五郎に武藤家を相続させて下さるとの御芳志、なじょうそれがしごときがお否《いな》み申し上げましょうや」

「よし、これで話は決まった。それでは今後、源五郎には武藤喜兵衛 尉《きびょうえのじょう》昌幸と名乗らせようぞ。では喜兵衛尉を呼んで、余がみずからこれを伝えて進ぜる」

「いえ、その前にひとつだけお願いいたしたき儀がござり申す」

「なんだ」

手を打とうとしていた晴信に問われて、幸隆は率直に希望を述べた。

「源五郎のこととこれとはまったく関わりありませぬが、山本勘介《かんすけ》殿からお屋形さまにおつかえするよう誘われた当時、それがしは上州箕輪《みのわ》城の食客となっていたことはご存じでございましょう」

「うむ」

「そのころそれがしは後閑《ごかん》の長源寺の僧侶《そうりょ》にて晃運字伝《こううんじでん》と称する者に親しみ、それがしがいずれ本貫の地へ還った暁《あかつき》には寺領を与えて、この者を開山《かいさん》にするとの約定《やくじょう》をむすびました。この者を所領に招くことを、お許しいただければありがたく存じまする」

「よかろう」

と晴信がうなずいたことから、この話も簡単に決まった。

「御坊には飯を馳走《ちそう》になったから、それがしが信州の所領を取りもどした暁にはその一画に寺領を進呈し、御坊を開山にして進ぜよう」

と幸隆が晃運字伝に告げたのは、天文十年のことだからもう十二年の歳月が流れている。あのとき晃運字伝は、

「御辺のように国を棄《す》ててまいった者に、さようなことができますかのう」

と、笑って答えた。

「なァに、いまに見ておれ」

「されば見ておりましょうぞ」

といった会話をしてふたりは高らかに笑い合ったものであったが、幸隆はまだこのやりとりを忘れてはいなかったのだ。

まもなく晃運字伝を招いて真田郷のうちに建立された真田家の菩提寺《ぼだいじ》は、長谷寺《ちょうこくじ》と名づけられた。

三

内陸部を制覇した戦国大名は、例外なく四方の地域を蚕食《さんしょく》しようとする。そうしない限り、武功をあらわした者や続々と臣従を申し入れてくる武将たちに知行地を与えられなくなってしまうからである。

武田晴信の場合は小田原の北条家と婚姻関係をむすんで上州への進出をめざす一方、西は木曾谷《きそ》へ、北は北信への勢力伸張を心掛けた。

遠く美濃国《みののくに》の恵那郡《えなごおり》につながる木曾谷には、源平合戦の世の木曾義仲《よしなか》の末裔《まつえい》と称する木曾義康《よしやす》・義昌《よしまさ》父子があって向背定かならず、北信には越後の長尾景虎に通じる土豪たちがまだ残っていた。やがて木曾義昌は北条家とおなじように武田家と婚姻関係をむすび、両家は一種の豪族連合を形成することになる。

対して長尾景虎がついに北信へ出兵するに至ったのは、ふたつの理由からのことであった。

ひとつは葛尾城を失って越後へ亡命してきた村上義清から旧領回復のために助力してくれるよう嘆願されて、義俠心に駆られたこと。もうひとつは甲軍に北信への展開を許したならば、その甲軍は越後侵入を図るのではないか、と思われたことである。

そこから景虎は、

「先んずればすなわち人を制し、後《おく》るればすなわち人の制するところとなる」(『史記』)

という格言に従って北信へ南下し、甲軍といわゆる川中島《かわなかじま》の合戦を繰り返しはじめるのだ。

かつて村上義清の領有していた川中島という地名は、広義に使用されるときには北信の高井・水内《みずち》・埴科《はにしな》・更級《さらしな》の四郡を指し、これを、

「川中島四郡」

と称した。

対して狭義の川中島とは長野盆地（善光寺平）を示し、北東から南西へ四里ほどひろがるこの細長い盆地のうちでは西から東流してきた犀川《さいがわ》と南から北東へ流れてきた千曲《ちくま》川が合流して信濃川と名前を変える。犀川と千曲川とにかこまれて島のように見える土地、というのが川中島の語源に違いない。

この川中島は甲斐府中から北々西へおよそ三十七里半の位置にあるが、景虎の居城とする越後春日山《かすがやま》城からは南々西へ十七里半たらずの道のりにすぎない。しかも川中島と春日山城下とは越後街道でむすばれているから、景虎にとって同地は信州へ楔《くさび》を打ちこむには願ってもないところなのだ。

以下少々略年表風に記述すると、第一回から第三回に及ぶ川中島の戦いは概略つぎのようなものであった。

〈第一回〉天文二十二年四月から九月にかけて。戦場は川中島の南端。

〈第二回〉天文二十四年（十月二十三日、弘治《こうじ》改元）七月から閏《うるう》十月にかけて。景

虎は川中島北端の善光寺に出陣、晴信は犀川をはさんでその南方に布陣したが、駿河の今川義元の斡旋《あっせん》で両者撤退。

〈第三回〉弘治三年（一五五七）二月から八月にかけて。晴信は、越軍（長尾勢）に奪われていた葛山《かつらやま》城を再奪取。景虎は善光寺に進出し、以後各地で衝突。

これら三度の合戦は、いずれも勝敗の判定を下しにくいものであった。

しかし、大づかみにいうと戦場は次第に川中島の南端から北へ移動。第三回目の戦いの結果、川中島は武田家の占領するところとなり、晴信は北信の拠点となる海《かい》津《づ》城を築いた。全体的に眺めれば、甲軍の優勢勝ちであったといってよい。

越えて永禄《えいろく》二年（一五五九）には、甲州武田家と越後長尾家の双方にある変化が起こった。

まず武田家から見ると、春のうちに晴信が三十九歳にして出家し、信玄《しんげん》と名をあらためたことである。武田家のおもな武将たちもこれにならって出家し、山本勘介は道鬼《どうき》、真田幸隆は一徳斎《いっとくさい》と称することにした。

長尾景虎に起こった変化とは、村上義清同様に越後へ流れてきていた上杉憲政あらため憲当《のりまさ》から、

「関東管領職と上杉家の名跡をおゆずりしたい」

と申しこまれ、勇躍これを受けたことであった。

そこで景虎は、年のあらたまらないうちに上京。室町幕府の第十三代将軍足利義《よし》輝《てる》に会見して関東管領職就任の許しを得、意気揚々として帰国した。

ならば景虎は上杉家相続の儀式をおこなわねばならないから、当分の間川中島方面は安泰のはずである。そう読んだ一徳斎が三男の武藤喜兵衛尉昌幸を介し、信玄に上州行きを願い出て許されたのは永禄三年五月のことであった。

四

真田一徳斎は頭を剃《そ》ったとはいえ、太く長い揉《も》み上げは元のままにしてあった。しかも白い筋のめだつ口髭《くちひげ》と顎鬚《あごひげ》をたくわえている上、眉尻《まゆじり》の撥《は》ね上がった濃い眉の下に巨眼を光らせているので、大入道そのものである。

その一徳斎があるじ武田信玄に申し出たのは、

「かつてそれがしの一族を食客として養いくれたる上州箕輪城の長野信濃守（業《なり》政《まさ》）儀、近ごろ老衰激しとのことなれば見舞にゆくことをお許しあれ」

という内容であった。上州における上杉家の勢力はあらかた北条家に駆逐されてしまっていたが、長野業政だけは頑として箕輪城を守りつづけていた。

（本貫の地へ十二年ぶりに帰国できたのも、元はといえばわしが上杉家の敵につかえると知りながら箕輪城から送り出してくれた信濃守さまのおかげだ）

と感じていた一徳斎は、風の便りに業政病むと知るや、いても立ってもいられなくなったのだ。

五月下旬のある日、坊主頭を頭巾《ずきん》につつんでぶっさき羽織とたっつけ袴《ばかま》を着けた一徳斎の姿は、箕輪城御前曲輪《ぐるわ》の業政の寝所にあった。

「おかげさまにて、せがれどももひとかどの者になろうとしております。これは心ばかりの見舞の品でござります、どうかお納め下され」

一徳斎がその枕頭《ちんとう》に両手をついて深々と頭を下げると、褥《しとね》に上体を起こして小姓から羽織を着せかけられた業政は、差し出された太刀と砂金入りの袋を老いの目で見つめてほろほろと涙を流した。

「御辺《ごへん》が甲州武田家にその人ありといわれる名将となりたまいしこと、それがしもいくたびか耳にしてひそかにうれしゅう思っておった次第での。それにしても、上杉家譜代の面々もあるじの越後亡命とともに恩義を忘却いたして各地へ散ったと申すに、わざわざこの老いぼれを見舞って下さるお志のほど、まことにまことに痛み入る」

しばらく待たれよ、とつづけて侍烏帽子をかぶった業政の風貌《ふうぼう》は、顎と歯茎がこけたために口元が皺《しわ》んで窪《くぼ》み、その分だけ頬骨《ほお》が張り出したように見えた。

何人《なんぴと》も生老病死は免れぬ定めとはいえ、大恩ある業政のこの傷《いた》ましい姿を見ては、謀将一徳斎もさすがに胸に迫るものがあってなにもいえなくなってしまう。

「お疲れのようにお見受けいたしまするにより、ちとお休み下さってからまたお話しいたしましょうぞ」

かろうじて答えた一徳斎に、

「いや、御辺の昔通りの声を聞いたとたんに気分がよくなった。それがしは、もはや年積もりて七十歳。これが御辺との今生の別れになろうから、この際、伝授しておきたいことがござる。よくお聞き候え」

塵紙《ちりがみ》に痰《たん》を吐《は》いた業政が肉の落ちたために尖《とが》った鼻筋をむけて語ったところは、一徳斎にはまことに意外きわまる話であった。

「上杉家の運すでに尽き果てたれば、いずれこの城をふくめて上州は他人の持ちものとなること疑いなし。どうせ他人のものとなるのであれば、知らぬ者より心知りたる御辺のものとしてほしく存じてかくは申すのでござる」

と前置きした業政は、つぎのように切り出したのである。

——よく御承知のようにこの箕輪から東南にかけては歴年争う者たちが多く、いくたびも兵乱の舞台になってきた。それは、攻めやすく守りにくい地形の土地だからだ。ただし、ここから北西の方角をめざすと吾妻《あづま》・勢多《せた》の二郡があり、これを抜けると利根郡《とねぐん》に達する。利根郡は四方に山岳を見る地形ながら北から南へ水量豊かな利根川が貫流しており、その両岸には良田が多い。この地を奪えば、信州小県郡の真田家本領を支えるためにはよき藩屏《はんぺい》（直轄領）になるに違いない。

すでに武田家が上州にも働きかけつつあることを知る業政は、利根郡を奪って真田家の別領としてはどうか、と提案したのである。

「ただいまの利根郡は、なんという者の所領でござるか」

思わず眉を寄せた一徳斎に、業政は声を低めて答えた。

「利根郡の領主は沼田城を本城といたしておるが、いまの領主は沼田上野介景康《こうずけのすけかげやす》と申し、年は四十一歳、それがしの養女の夫でござる」

沼田景康夫妻の間には、景久《かげひさ》という嫡男がいる。だが景康は近ごろ色に溺《おぼ》れはじめ、金子美濃守《みののかみ》なる者の姪《めい》に子を産ませて平八郎景義《かげよし》と名づけた。

すると景康は、平八郎景義可愛《かわい》さに景久を一室に幽閉してしまった。どうも景康は、景久を廃嫡に追いこんで平八郎景義に家督を相続させるつもりのようだ、というのである。

さらに、業政はつづけた。

「かような争いをしておっては、いずれ沼田家が滅びることは火を見るよりもあきらかなこと。それがしが出馬すれば利根郡を奪うことは難事とも思われぬが、御覧のように老いぼれたればもはや力及ばぬ仕儀となり申した。さればこそそれがしは御辺にいずれ沼田城主になっていただきたく存じ、かくは申したのでござる。ほかになんの魂胆もござらねば、ゆめ疑いたもうことなかれ」

一徳斎は、深々と頭を下げて答えた。

「長い間、無沙汰《ぶさた》を重ねしこの身を責めたまわざるのみならず、かえって一大事をお託し下さる御心のひろさに申し上ぐるべきことばもござりませぬ。このこと、きっと胆に銘じて忘れはいたしませぬ」

この会話から四百五十年を経た今日を生きているわれわれは、現代人の特権として、いずれ武藤喜兵衛尉昌幸が沼田城主となることを知っている。

真田幸隆あらため一徳斎に武田家出仕の道をひらいてやった長野業政は、こうして真田家がいずれめざすべき方角を示すという重要な役をも果たしたのであった。

業政はあけて永禄四年八月二日、七十一歳を一期《いちご》として逝去《せいきょ》するが、いよいよ死が迫るやくわっと目をひらき、きりきりと歯軋《はぎし》りしながらこういった、と一徳斎に伝えられた。

「われ身命を顧みず、大敵を四方に引き受けて戦いしは、ぜひお屋形さま（上杉憲当）を関東に帰国させたしと思ってのことなり。しかるにその志を果たさずして世を去る恨み、どこまでも尽くすべからず。われ死せば塚は一里塚同様といたし、塔《とう》婆《ば》も立つべからず。仏事も営むべからず。生き残りし者どもは、敵に降参することなかれ。武運尽きなば敵にむかって潔《いさぎよ》く討死いたせば、それがわがための孝養なるぞ」

こうして真田家の手で沼田城を取れとのことばは、業政の遺言となったのである。

五

弾正少弼《だんじょうのしょうひつ》という受領名《ずりょうめい》を名乗るようになっていた上杉景虎が、鎌倉において上杉家相続の儀式をおこない、政虎《まさとら》と改名したのは永禄四年閏三月のことであった。まもなく政虎が越後春日山城に帰ったことを知った真田一徳斎は、その関東管領職就任を祝って太刀ひとふりを贈るという余裕を見せた。

一徳斎はかつて山伏に化けて越後へ潜入し、政虎から春日山城へ案内されたことがあった。そのためかれは、

(敵将とはいえ、あやつはお屋形さまに負けず劣らずの名将に違いない。ここはひとつ返礼をしておこう)

と思い立ったのである。

これまでに一徳斎が甲軍対越軍の戦いに関与したのは、一度だけであった。天文二十四年に第二回川中島の戦いがおこなわれているさなかに、かれは源太左衛門信綱、兵部丞昌輝の二子を従えてその東方に築かれていた上杉方の出城《でじろ》雨飾《あまかざり》城を落としていた。

それ以前から一徳斎の武名は隠れもなかったが、いつかかれは、

「攻めの弾正」

と渾名《あだな》されるようになっていた。これは、敵の城を攻めればかならず落城させる猛将中の猛将という意味にほかならない。

ちなみに武田家家中《かちゅう》にあって弾正、ないし弾正忠という受領名を用いている者は、ほかにふたりいた。高坂《こうさか》弾正昌信《まさのぶ》と保科弾正忠正俊《まさとし》。

このふたりにもそれぞれ渾名がついていて、いまは海津《かいづ》城を預かっている高坂昌信は、

「逃げの弾正」

信州伊那郡の高遠《たかとお》に配されている保科正俊は、

「槍弾正」

と呼ばれていた。

高坂昌信の「逃げの弾正」とは、逃げ足の速い卑怯者《ひきょうもの》というのではなく、つねに

慎重にして冷静な人物という意味合い。保科正俊の「槍弾正」とは、文字通り槍術を得意とする荒武者であることに由来する。

そして、これら三人の弾正をまとめて呼ぶときには、

「戦国の三弾正」

という表現が用いられることもあった。

このうち「攻めの弾正」こと一徳斎は、永禄四年には四十九歳。今日の感覚ならまだまだ男盛りの年齢ながら、

「人生五十年」

といわれていた戦国の世においては、もはや頽齢《たいれい》に近い。

(長野信濃守さまには済まぬが、おれの代に沼田城を切り取ることはむずかしかろう。そろそろ隠居して家督を源太左衛門にゆずろうか)

と考えはじめていた矢先に、北信のうちを巡回する暮らしを送っていた一徳斎は、海津城の高坂昌信からの檄文《げきぶん》を受け取った。

「越軍またしても川中島へ南下しつつあり。急ぎ海津城へ後詰めいたし、お屋形さま本軍の御到着を待つべし」

上杉政虎は関東管領となった自身の武威を四方に轟《とどろ》かせるための手初めとして、またしても甲軍との対戦を願ったのである。

この年、長男の真田源太左衛門信綱は二十五歳。騎馬武者二百騎を率い、黒地四《し》半《はん》（正方形）の旗印を用いることを許されている。

次男の兵部丞昌輝は二十歳。騎馬武者五十騎を配されて、兄とおなじく信濃先方衆のひとりに取り立てられている。

ふたりは一徳斎の副将格をつとめていたが、さらに躑躅ケ崎館にいる三男の武藤喜兵衛尉昌幸も、信玄の近習のひとりとして出陣すると報じられた。海津城にいる高坂昌信はもちろんのこと、保科正俊も高遠から合流すると伝えられたため、ここに「戦国の三弾正」と真田の三兄弟は、そろって川中島へおもむくことになったのである。

川中島の父子

一

　このとき上杉政虎率いる越軍一万三千が本陣としたのは、川中島南部の妻女山《さいじょさん》（標高五四六メートル）であった。妻女山はその北東にある海津城《かいづじょう》とは一里と離れていないから、政虎がこの城の攻略をめざしていることは充分に察せられた。

　越軍のこの大胆な動きを知った武田信玄は、永禄四年（一五六一）八月十八日に甲斐《かい》府中の躑躅ケ崎館《つつじがさきかん》を出発。途中で合流した兵力をあわせて二万の大軍にふくれあがり、二十四日に妻女山の北西二里の地点にある茶臼山《ちゃうす》（七三〇メートル）に着陣した。茶臼山と妻女山の間の低地には南西から北東へかけて千曲川がゆるやかにうねっていて、茶臼山からはその上流の雨宮の渡しを直視することができる。

　信玄は、越軍がこれまでになく深く南下したのを見て雨宮の渡し舟をことごとくその北岸に引き揚げさせたばかりか、越後街道へも人を出して越後から送られてくる荷駄は通さないことにした。

その上で信玄が、

「妻女山の様子をだれかに探らせよ」

と命じた相手は、真田幸隆あらため一徳斎。一徳斎はかねて召し抱えておいた梁《やな》田《だ》新平を呼んで、越軍本陣へ潜入せよ、と伝えた。

梁田新平は伊賀国《いがのくに》の出身で、忍びの術の名人という触れこみであった。一徳斎にとって信玄の命令は、この触れこみが本当かどうかを見定める好機でもあったのだ。

一流の忍者の条件は、これといって特徴のない顔立ちをしていて、

「さてはあやつに謀《たばか》られたか」

と気づいた相手がその容貌《ようぼう》を思い出そうとしても、どうにも思い出せないことだといわれている。

翌日の夜、一徳斎の使っている海津城内の長屋を訪ねてきた梁田新平は、目鼻立ちがあまりに平凡すぎる顔を見せて報じた。

「越軍の士卒は兵粮《ひょうろう》の道を断たれて大いに驚き、このままでは飢え死にしてしまうと嘆きあっておりました。しかるに主将政虎のみは恐れる気色もなく、かえって喜びの色にあふれ、小姓の松波太之助《たのすけ》、北条《きたじょう》三弥などに謡を歌わせては、みずから鼓

を打って酒宴を楽しんでおります」

(恐るべし上杉政虎)

とこのとき一徳斎が感じたのは、政虎は兵たちを死地に追いやった方が必死のいくさをするものと知っている、と読んだためであった。兵というものは、生きのびる余地がある、と思うと決死の勢いを発揮できなくなってしまうものなのだ。

そこで一徳斎は信玄に申し入れ、いったん越後街道の封鎖を解いてもらうことにした。その上でふたたび梁田新平を妻女山に潜入させると、もどってきた新平は報じた。

「先日と打って変わって士卒は兵粮が届いたことを喜んでおりましたが、ひとり政虎のみは打ちしおれて物思わしき体《てい》でござりました」

一徳斎が思った通り、政虎は食料が手に入ったことによって士卒から決死の覚悟が消えてしまったのを無念と感じていたのである。

一徳斎がこのことを信玄に伝えると、信玄は譜代の重臣飯富《おぶ》虎昌《とらまさ》を呼び、事情を告げてから開戦すべきか否かをたずねた。

「一戦なされませ」

と飯富虎昌は、妙に突き出た額を見せて答えた。

つぎに呼ばれたのは、やはり譜代の重臣馬場信春《のぶはる》。知謀にすぐれ、

「一国一城のあるじたり得る名将」

と家中《かちゅう》の者たちから高く評価されている信春も、

「御一戦あれ」

と答えたため、最後に信玄は山本勘介《かんすけ》あらため道鬼《どうき》を招き入れて軍評定《いくさひょうじょう》（軍議）をおこなうことにした。

剃《そ》りあげた頭を頭巾《ずきん》につつんであらわれた山本道鬼は、入れ違いに長屋へ去ろうとした一徳斎から梁田新平の探索結果を耳打ちされていたので朗々と弁じ立てた。

「このたび上杉弾正少弼《だんじょうのしょうひつ》（政虎）、一万三千の兵力をもって深く死地に入り、戦いの危うきを見て恐れず、安きにつく者を見て憂う。これは必死の相と申すものにて、このたびはまことに大切な合戦に候。さればこれなる海津城の守兵はふくめず、お味方の兵力二万を二手《ふたて》にわけて戦ってはいかがでござりましょう」

兵には「正兵（本軍）」と「奇兵（別働軍）」の二種がある。兵力の多いときの正兵は「大正《たいせい》」と呼ばれ、おなじく奇兵は「大奇」と称する。

この「大正」「大奇」ということばを使いながら、道鬼は自身の考えた作戦を披露した。

「まずは兵力二万のうち一万二千を大正とし、妻女山を攻められたし。ただしお屋形さまはこの大正を率いたもうのではなく、大奇であるところの八千を指揮して下されませ。大正一万二千が妻女山に攻め寄せれば、政虎は勝っても負けても山から川中島へ下ってまいり、北を流れる犀川《さいがわ》の善光寺の渡しより越後へ引き揚げるは必定《ひつじょう》のこと。そのときお屋形さまが旗本衆をふくむ大奇八千によってこれをお討ちになれば、政虎の首を御覧じることもまた必定かと存じ申す」

「まことに妙計なり」

にっこりした信玄が大正、大奇の将をどうするかとたずねると、右目だけを光らせた道鬼はすらりと答えた。すでにできあがっていた道鬼の腹案は、左のようなものであった。

〈大正〉明日九月十日の卯《う》の刻（午前六時）をもって妻女山へむかうべきこと。

一、高坂昌信
一、飯富虎昌
一、馬場信春
一、小山田虎満
一、甘利信忠
一、真田一徳斎　軍師を兼務
一、相木《あいき》昌朝

一、芦田信守
一、小山田信有（病臥中《びょうが》）の寄子衆《よりこ》
一、小幡憲重《おばたのりしげ》
〈大奇〉今夜丑《うし》の刻（午前二時）に出立、海津の北の広瀬の渡しから川中島へ押し出すべきこと。
一、中軍　武田信玄、飯富三郎兵衛（虎昌の弟）
一、中軍左翼　武田信繁、穴山信君
一、中軍右翼　内藤昌豊、諸角《もろずみ》虎光
一、左脇備え　原隼人佐《はやとのすけ》、武田逍遥軒信廉《しょうようけんのぶかど》
一、右脇備え　武田太郎義信（信玄の嫡男）、望月三郎
一、後備え　跡部勝資《あとべかつすけ》、今福虎孝《いまふくとらたか》、浅利信種《あさりのぶたね》

大奇にはこのほかに遊軍が付属し、軍師山本道鬼と「槍《やり》弾正」の異名を持つ保科正俊《まさとし》はこの遊軍のうちに配されることになっていた。

「この陣立てでよし」

信玄がうなずいたので海津城内では四方八方に使い番が走り、まもなく甲軍は大正と大奇にわかれて腹ごしらえに取りかかった。

あちこちに急造の竈《かまど》が作られて、炊事の煙が暮れかかった空へ立ちのぼってゆく。まだ小具足姿のまま長屋を出てそれに気づいた一徳斎は、思わず舌打ちした。それを間近に見た真田源太左衛門信綱《げんたざえもんのぶつな》と兵部丞昌輝《ひょうぶのじょうまさてる》は、

「いかがなさいました」

と異口同音にたずねる。

手にしていた折れ弓の先を上空にむけて、父はせがれふたりに低い声で告げた。

「二万もの軍勢が二手にわかれて出動いたす場合はな、高みから眺めると炊事の煙も二本にわかれて中空にたゆたうものだ。これでは政虎めに、こちらは大正と大奇にわかれて順次出動するぞ、と教えてしまったことになる」

せがれふたりが、

(なるほど、そう考えるものなのか)

という顔をしているうちに、一徳斎は小走りになって信玄の殿舎へむかった。

二

山本道鬼とおなじように坊主頭を頭巾につつんでいる一徳斎は、信玄が上段の間へ鎧直垂《よろいひたたれ》姿で出座するのを待って、

「存じ寄りを申しあげたい」

と怒ったようにいった。

「道鬼殿の差配によって兵を大正と大奇にわけたるは道理なれど、政虎も武勇と智謀とを兼備いたせし大将なれば、この手だてには乗せられますまい。目下、この御城内からは夕餉《ゆうげ》と兵粮作りのために盛大に炊事の煙が吹きあがっておりますれば、すでに政虎は甲軍の出動のとき近し、と気づいたものと思し召《おぼ》されよ。ところで、この城の物見の者からは、妻女山になにか動きありと申しましたか」

「いいや」

信玄が、こやつ、なにをいいたいのか、という目つきをすると同時に一徳斎は告げた。

「それは、妻女山からは炊事の煙も立っておらぬということでござりまするな。越軍においてはつねに士卒に三人前の兵粮を用意させる軍法がござるので、にわかに出動する際にも炊事の煙などは立てぬのでござります」

そのとき、作法通りに襖を引いて入室したのは、一徳斎の三男武藤喜兵衛尉《きびょうえのじょう》であった。いつものように腰替わり振袖《ふりそで》の熨斗目《のしめ》をまとっている喜兵衛尉は、あるじ、ついで父に茶を差し出すと無表情のまま一礼して退出してゆく。

「頂戴《ちょうだい》つかまつる」

茶を喫した一徳斎は、ふたたび元の話題にもどった。

「おそらく政虎は、この城の炊事の煙を遠望いたし、すでにわれらが大正、大奇の備えを立てつつあることに気づいたものと思われます。明日の朝、お屋形さまの中軍は妻女山に迫りし大正のうちになく、川中島に陣張りいたせし大奇のうちにありと知れば、政虎はわれら大正を充分に妻女山に引きつけておいて雨宮の渡しをわたり、不意に中軍にむかって斬《き》りこんでまいりましょう。さすればお味方の大いに難儀いたすこと必定《ひつじょう》なれば、さらに策を立つるべきかと存じ申す」

「一理ある申しようである」

と応じた信玄は手を打って喜兵衛尉を呼び、

「道鬼に用があると伝えい」

と命じた。

まもなく右足を引きずりながら入室した道鬼は、信玄から一徳斎の読み筋を伝えられても動じることなく答えた。

「一徳斎殿の御意見も道理なれど、政虎はおのれの武勇を誇るあまり深慮遠謀に欠ける嫌いなきにしもあらず。あえて川中島の南端まで入りこんで兵一万三千を死地に入れたることこそその証《あか》しでござりましょうから、その政虎に一徳斎殿の仰せのような智計ありとは思われませぬ。敵を侮《あなど》る者は滅ぶ、と申します。お屋形さまを侮りたてまつって妻女山にまで兵をすすめし政虎なれば、その政虎の首を得ることはわが方寸のうちにあり」

道鬼が左胸に手を当てて自信のほどを見せたので、

（わしを武田家に誘ってくれた御仁とお屋形さまの面前で争うのも不本意だ）

と一徳斎は思い、内心納得できないところはありはしたが黙って長屋にもどることにした。

こうして甲軍は山本道鬼の立案通り留守部隊以外の全軍二万を大正一万二千、大奇八千、にわかち、真田勢三百あまりをふくむ十段備えの大正一万二千は十日の子《ね》の刻（午前零時）から海津城を出、千曲川の南岸の道に沿って妻女山をめざした。十二段備えの大奇八千はおなじく丑の刻から城を出、広瀬の渡しを経て川中島へ押し出した。

高坂昌信勢を先鋒《せんぽう》とする大正一万二千は夜明けの卯の刻から妻女山に攻めこむ手はずであったが、この第四回川中島の戦いに採用された道鬼の戦術は、

「キツツキ戦法」

と呼ばれることがある。

キツツキは木の幹をクチバシでつついて穴をあけ、そのなかにいる虫を先端の鉤《かぎ》のある長い舌で捕食する。道鬼は大正一万二千によって妻女山の越軍本陣に穴をあ

けさせ、そこから出てきた越軍を川中島に待ち受けた大奇八千によって殲滅《せんめつ》しようとした。そこから大正・大奇二手の動きがキツツキの行動にたとえられたのである。

しかし、史実はキツツキ戦法が大失敗におわったことを示している。一徳斎が案じたように政虎は九日夕刻から海津城に炊事の煙が立ち昇り、しかもその煙が大きく見ると二手にわかれることに気づいた。そして道鬼の心を鏡に映し出したように、甲軍がキツツキ戦法によって雌雄を決しようとしていることを見破ったのである。

では、甲軍の裏をかくにはどうすべきか。

やがて闇《やみ》のなかに沈みはじめた海津城を望見しながら沈思黙考した政虎の最大の特徴は、みずからを軍神毘沙門天《びしゃもんてん》の化身と信じて疑わなかったことにある。その自信はひとりですべてを決断することにつながるため、政虎は道鬼や一徳斎のような軍師を必要としてはいなかった。

この夜かれが着想したのは、まことに大胆不敵な策であった。

――二手にわかれた甲軍が妻女山の裾《すそ》野付近と川中島へ進出する前に、こちらから千曲川を北へわたってしまって川中島の一角に信玄を待ち受ける。そうすれば妻女山に迫った大正の攻撃は完全な空振りにおわるばかりか、大奇のうちにある信玄の本陣にまっすぐ斬りこめば、その首を挙げることもできる。

そう考えた政虎も政虎ならば、数時間のうちに粛々《しゅくしゅく》と妻女山を陣払いした越軍将士の動きも水際立っていた。

まず越軍は陣払いと決まるとすぐ雇い入れてある乱波《らっぱ》、透波《すっぱ》を放ち、甲軍に雇われて妻女山の様子をうかがっていた間者と物見の者十七人をことごとく討ち取ってしまった。信玄が、越軍の動きを十日の朝まで察知できなかった最大の理由はこれである。

つぎに越軍の採った策は、

「捨てかがり」

といわれるものであった。これはこれまでの陣地に盛大にかがり火を焚《た》いて薪《たきぎ》が翌朝まで保《も》つようにしておき、その炎の輝きを望見した敵が、

（相手はまだ動かぬ）

と思っているうちに遠方へ転陣してしまうことをいう。

しかも政虎はすべての乗馬と駄馬に枚《ばい》をふくませ、嘶《いなな》けないようにしてから妻女山を下っていった。枚は口木《くちき》ともいい、箸《はし》に似た形の木片を馬の口にくわえさせ、その両端につけてある紐《ひも》を馬の頭の上でむすんで落ちないようにすることを「枚をふくませる」と表現する。こうしておけば馬は嘶くに嘶けなくなるから、敵に移動の気配を察知されることはない。

さらに馬の轡《くつわ》の金具を布でつつみ、カチャカチャ音を立てないようにしたのも越

軍独自の工夫であった。それでも蹄鉄《ていてつ》が歩行するごとに岩に当たればカツカツと音を立てるのではないか、と思うむきもあるかも知れないが、馬の蹄《ひづめ》に蹄鉄を着装するという文化は日本にはない。蹄鉄の代わりにわらじをはかせているので、この時代の馬は常歩《なみあし》ならば蹄の音を立てることなく歩行することができる。

さらに政虎は松明《たいまつ》を禁じたので、越軍一万三千は月明りだけを頼りに行軍を開始。海津城に背をむけて千曲川南岸の道を西の上流へすすみ、雨宮の渡しをさらに上流に迂回《うかい》して屋代の渡しから北岸へ渡河した。

「鞭声《べんせい》粛々夜河ヲ過《わた》ル」

とはじまる頼山陽《らいさんよう》のよく知られた七言絶句はこの渡河の光景を詠じたものだが、上杉家史料『北越軍談』にもこの行軍に関して記述がある。

「法令制戒の厳重を以《もっ》て、人馬の音聊《いささか》も響《ひびき》をなさず、行伍《こうご》（行軍隊形）正《ただしゅ》ふして一騎も一卒も途《みち》に迷ふ者なく、子《ね》の后刻《ごこく》（午前一時）に至り悉《ことごと》く川中島に移れり」

ある大名家の史料はその大名家のことを美化しがちなものだが、騎馬武者も雑兵もひとりとして落伍《らくご》することなく千曲川をわたりきったのであれば、みごととしかいいようがない。

川中島は今日の地名でいえば川中島平であり、長野市篠《しの》ノ井《い》地区を中心とする四十五平方キロメートルの平坦《へいたん》な扇状地である。北を千曲川の支流の犀川、南と東を千曲川、西を犀川丘陵、南西を聖川にかこまれている。

まず越軍が千曲川上流（西寄り）から川中島へ進出すると、信玄直率の甲軍大奇は、そのはるか下流（東寄り）から渡河し、半刻（一時間）遅れてやはり川中島に布陣したことになる。

九月九日の天候は宵の口までは空気もさわやかで、空には天の河が美しく輝いていた。だが、夜が更けて月が東にかかるにつれてあたりは霧につつまれ、ついに霧雨となった。川中島は、地形的に霧の湧《わ》きやすいところなのだ。

両軍渡河をおわって互いに陣形をととのえたところ、さらに雨足は強まってあちこちに生えている松や灌木《かんぼく》の枝を騒がせた。そのため両軍ともに、敵が間近にいるとは夢にも思わなかった。

その濃霧が晴れたのは、十日払暁《ふつぎょう》のこと。松や灌木の色が蘇《よみがえ》るにつれて甲軍大奇の将兵たちの目は、越えてきた千曲川の流れのかなたの妻女山に注がれた。

しかし、戦端のひらかれる様子はない。

奇怪に感じた者たちが何気なく川中島の西方を見まわしたとき、かれらは思わずたじろいだ。いまやすっかり明るんだ七、八町（七六三～八七二メートル）先に、越軍が悠然《ゆうぜん》と軍旗を翻《ひるがえ》しているのが初めて視認できたのである。

三

ほぼ同時に甲軍が間近に布陣していることを知った越軍は、甲軍の動揺ぶりをつぎのように感じたといわれている。

「僅《わずか》に其《その》間七八町が程に、芝居（陣地）を固め扣《ひかえ》たれば、敵方興を俙《さま》し、〃是《これ》は抑《そも》何《いつ》の間に逆寄《さかよせ》には進《すすみ》たるぞ〃と仰天する事斜《ななめ》ならず」（『北越軍談』）

対して甲軍側にはあまりよい史料がないが、左のように記述したものがある。

「日出《いで》て霧悉《ことごと》く消《きえ》ければ、輝虎（政虎）一万三千の人数にて、いかにも近々と備《そなえ》たり。謙信（政虎）強敵《ごうてき》の故《ゆえ》、対々《たいたい》の人数にてさへあやうき合戦なるに、まして信玄公は八千、輝虎は一万三千也。勝《かつ》と云共討死《いうともうちじに》あまた可レ在レ之《これあるべし》、と武田の各《おのおの》存ずるは理也《ことわり》」（『甲陽軍鑑』）

ここまでは上杉政虎発案の渡河作戦が、武田信玄の意表を突いた形である。しかも越軍は甲軍大奇よりも五千も多かったから、はじめ動揺した甲軍将士は今日のいくさに死傷者が多数発生することを覚悟しなければならなかった。

――これは真田一徳斎の申した通りになってしまったな。

甲軍大奇の中軍にあった信玄は、そう思っても顔色は変えない。諏訪法性《ほっしょう》の兜《かぶと》をかぶって白糸縅《おどし》の鎧を着用、その上に緋《ひ》の衣《ころも》と錦《にしき》の袈裟《けさ》をまとって右手に南蛮鉄の軍配をつかんでいたかれは、床几《しょうぎ》から立ちあがりもせず信濃先方衆《さきがた》のひとり浦野民《みん》部衛門《ぶえもん》を呼んで命じた。

「政虎の動きを見てまいれ」

「かしこまって候」

と応じて武田菱《びし》の陣幕から走り出た浦野民部衛門は、やがて息を喘《あえ》がせて帰陣すると片膝《かたひざ》づきの礼を取って報じた。

「政虎は、退《の》き候」

「なにを見てきた。政虎ほどの者が宵のうちに川を越し、われらが近くにて夜を明かしたと申すにむなしく越後へ引き揚げることなどあり得ぬわ」

肩を怒らせた信玄に、

「ようお聞き候え」

と浦野民部衛門は答えた。

「越軍は十二段に備え、そこからお味方のまわりへ兵を出しておりまするが、それがしがむかってゆきますと正面に立ちふさがるかと見せて馬首を返してゆき申す。何度もかくのごとくにいたして、全体としては北の犀川へおもむこうとしているのでござる」

「なに、むかうと見せては引いてゆくとな」

さっと顔を紅潮させた信玄は、左右にひかえた旗本たちにも聞こえる大声を出して立ちあがった。

「それは政虎得意の車懸《くるまがか》りの陣だ。山本道鬼を呼べい」

車懸りの陣とは何段にも備えた兵力のうち、一段目と二段目、三段目と四段目など、前後につらなる一対を陰と陽に見立て、互いに協力しあって進退する戦法のこと。一段目が開戦すると見せて半回転して後退すると、代わってあらわれた二段目が攻撃を仕掛ける。これをくり返すうちに陰陽一対は激しく円運動をおこないながら戦うことになるのだが、この戦法の利点は先鋒がつぎつぎに入れ替わるので太刀《たち》打ちしても腕が疲れず、かつ兵の弱点である左半身を敵に見せずに済むことにある。

一見、越軍が北へ引くかに見えたのは、十二段に備えた全軍に車懸りの陣を作りあげさせる布石だったのだ。

まもなくあらわれた道鬼は、すでに自分の策が破れたことを知っている。口惜しさをあらわにしながらも、

「あの車懸りの陣をいかにして防ぐか」

と信玄に問われると、拝跪《はいき》したままありていに答えた。

「この山本道鬼、これまで数度の献策にかかる仕損じなかりしに、このたび真田一

徳斎の意見を聞かずして難儀に及び、面目次第もござりませぬ。たしかに政虎の備えを見るに勢気すぐれて黒雲の湧き出でたるがごとく、必死の気配があらわれてござる。しかし、一工夫いたして政虎の攻めを防ぎ、妻女山にむかいし大正一万二千の来援を待たば、お味方の勝利疑いなし。これは大奇をして大正を待たしむる戦法なれば、味方待ちの備えと唱え候」

「よろしく計らえ」

と信玄が応じたとたん、

「はっ」

と頭を下げた道鬼は、右足を引きずりながら陣幕を出ていった。

道鬼がおこなった「一工夫」とは、一万三千対八千の戦い、しかも越軍は機先を制することに成功して勇み立っていると見て、万一越軍が長駆信玄の本陣に突入してきたとしてもこれを躱《かわ》す方法を考えることであった。

そこでまず道鬼は、かねて用意の諏訪法性の兜によく似た兜と白糸緘の鎧、緋の衣と錦の袈裟を七人の者に着用させ、信玄の影武者に仕立てあげた。

ついで道鬼は信玄の旗本たちの守っていた家宝白地日の丸の御旗《みはた》、梵字《ぼんじ》諏訪明神の旗、赤地に黒の武田菱の幟《のぼり》と黒地金文字の孫子の旗のうち、御旗を右脇備えの武田義信のもとへ移動させた。これは、信玄が中軍から右脇備えのなかへうつったかのように偽装したのである。

これを受けて信玄は、それまで南北に長くのびていた魚鱗《ぎょりん》の陣を西にむけ、鶴《つる》が大きく両翼をひらいた形の鶴翼《かくよく》の陣に変化させた。これは越軍が車懸りの陣形から突入戦をこころみたら、押しつつんで討ち取る構えである。

信玄と旗本一千はその中央背後に控え、その前方左翼には黒地白桔梗《ききょう》紋の旗指物《はたさしもの》を背にした飯富昌景勢が集結。その右へ穴山信君、武田信繁、内藤昌豊らがみごとに陣立てしたのは、歴戦の甲軍ならではの素速さであった。

一方、その前を左から右へ行軍しつつあった越軍は、三筋縦長の陣形に半弧を描かせながら接近してきた。押し立てているのは、無の字の旗と毘《び》の字の旗、それに竜頭吹貫《りゅうずふきぬき》の纏《まとい》の三種のみ。

その中央にあって放生鴇毛《ほうじょうときげ》という名の駿馬にまたがっていた政虎は、六十四間の星兜を脱ぎ捨てて白練《しろねり》の鉢巻を締め、唐綾縅《からあやおどし》の鎧の上に竹に飛雀《ひじゃく》の紋を縫いつけた萌黄緞子《もえぎどんす》の袖なし羽織をまとっていた。

甲軍が視界をふさいだと見た政虎は、これもあまたの戦場往来で鍛えたよく通る声で訓示した。

「上杉弾正少弼が一世の運否《うんぴ》は、ひとえに今日のいくさにあり。諸卒心を専一にし、他の力を頼むことなくおのおの一個の粉骨を励み、死を風塵《ふうじん》に比して名を万天に揚ぐべし」

「おう！」

と応じた越軍は法螺貝《ほらがい》を吹き鳴らしてあらためて鯨波《とき》の声を放ち、三筋にわけた第一段の弓・鉄砲足軽を前進させて遠いくさを開始した。

たちまち混戦となるなかにすすみ出た越軍第一段の将は、上杉家の家老柿崎景家《かきざきかげいえ》。柿崎勢二千の一部は会釈《えしゃく》もなく飯富三郎兵衛勢と内藤昌豊勢にむかって突入し、内藤勢の中黒《なかぐろ》の旗印は崩れ去った。

それでも内藤昌豊は、馬場信春、のちに山県《やまがた》姓となる飯富三郎兵衛昌景《まさかげ》、高坂昌信とともに「武田家四名臣」にかぞえられる勇将である。

「死ねや者ども」

と叫ぶや大身槍を振りかざして馬腹を蹴《け》ったため、兵たちも引き返して柿崎勢を押しもどした。

しかし、車懸りの陣の長所は新手の兵たちがつぎつぎに前線にあらわれることにある。内藤勢は前方左右の硝煙のかなたから迫った北条《きたじょう》高広勢、本庄時長勢に挟み討ちされ、大きく備えを崩して潰走《かいそう》していった。

ほぼ同時に、やはり越軍の三将は三段備えの隊形から鶴翼の陣中央の諸角虎光勢、武田信繁勢をめがけて突進。銃声と喚声、血の臭《にお》いがあたりに満ち満ちるなかでこの両軍を切り崩した。

典厩《てんきゅう》の姓も用いる武田信繁は、信玄の弟だけにおめおめとは引き下がれない。紺糸縅の鎧におなじ色の母衣《ほろ》（和風のマント）をまとっていた信繁は、その母衣を朱鞍の前輪にむすびつけて三間柄《え》の大身槍を右脇にかいこむと、連銭葦毛《れんぜんあしげ》の馬を発進させて単騎越軍に突入をこころみた。

――甲軍副将格の自分がまくり立てられて後方の本陣の方角へ逃れれば、追尾してくる越軍を本陣に近づけてしまう。

武田家はじまって以来の大乱戦のなかで瞬時にそう判断した信繁は、討死する覚悟だったのだ。それに気づいた郎党たち五十騎は、

「大将を討たすな！」

と口々に叫んでそのあとを追った。

その叫び声を耳にした越軍の騎馬武者に、中牧野甚弥《うちまきのじんや》・為蔵《ためぞう》という兄弟がいた。甚弥は口角に汗玉を吹き出した信繁の馬が間近に迫るや、その馬体右側に馬首をぶつけるようにして太刀で斬りつけた。だが、太刀よりも三間柄の大身槍の方がより早く相手を間合のうちに捉《とら》えられる。甚弥は信繁の一撃によって刺殺され、つぎには為蔵が馬首を寄せて大身槍で信繁に立ちむかった。

　このときも、信繁の動きは精妙であった。手綱を左手一本にまとめたかれは、右手につかんだ槍で為蔵の突きを三度まで撥《は》ねあげたと思うと、すでに血流しの溝《みぞ》から鮮血を滴らせている槍の穂先を為蔵の馬の腹へ突っこんでいた。苦痛に嘶いた馬が竿《さお》立ちになった拍子に、為蔵は、

「あっ」

と一声叫んで落馬する。慌てて立ちあがろうとした為蔵は、信繁の閃《ひら》めかせた槍に胸板を貫かれておわった。

　しかし、信繁の動きもここまでであった。

　奮戦するその姿を見つめていた越軍の兵のなかに、藪田《やぶた》善次郎という鉄砲の名手がいた。すでに鉄砲に頰《ほお》づけして信繁の上体がこちらをむく一瞬を待っていた善次郎は、機を見て一弾を発射。この一発は信繁の喉《のど》を貫通し、かれはまっさかさまに落馬したところを善次郎に首を掻《か》き切られた。享年三十七であった。

　これを見た諸角虎光も遅れてはならじと越軍に斬りこみ、十六騎を相手に力戦したものの乱軍のなかに討死してしまう。

　ただしその隙に、信繁の郎党五十騎のひとり山高信親は、あるじの首を引っつかんで引いてゆく藪田善次郎に追いすがっていた。大身槍を揮《ふる》って善次郎の頭骨を兜ぐるみ叩《たた》き割ったかれは、あるじの首を取り返して馬首を返した。

それでも全体として眺めれば、すでに甲軍大奇の鶴翼の陣は無残なまでに崩壊していた。なおも元の位置を死守していたのは、飯富三郎兵衛勢と穴山信君勢のみ。原隼人佐《はやとのすけ》、武田逍遥軒、跡部勝資、今福虎孝らはすでに切り崩され、敗走にうつっていた。

飯富、穴山勢が懸命に踏み止《とど》まっていたのは、山本道鬼が百五十騎を率いてあらわれ、督戦《とくせん》しつづけていたためであった。

枇杷《びわ》の葉の前立てを打った兜と黒革縅の鎧を着用、右手につかんだ山本流の鉤槍《かぎやり》を揮って四方八方を駆けめぐっていた道鬼は、これも本日討死と肚《はら》を決めている。半回転していったん引いた北条高広勢一千がふたたび弾幕を張って突貫してくると、みごとにこれを撃破。しかし後続の二千と乱戦をくりひろげるうちに、残るは七、八十騎となってしまう。

「もはやこれまで。死に狂いせよや、者ども！」

血を吐くように叫んだ道鬼は、越軍十数騎を討ち取りはしたものの、すでに満身創痍《そうい》。生き残りの家臣たちを四方に配して下馬すると、鎧を脱ぎ捨てて腹を切った。これを見た七、八十騎は思い思いに敵中に斬りこんで死出の道をたどったので、ここに鶴翼の陣は完膚《かんぷ》なきまでに蹂躙《じゅうりん》された形となった。

こうなれば壁が消えたも同然だから、馬上の政虎からは硝煙のかなたに信玄の本陣を直視することができる。

――ならば単騎斬りこんで、信玄の首を挙げてくれようか。

そう考えたところに、のちに謙信《けんしん》を名乗るこの人物の剛毅《ごうき》な気性がよくあらわれていた。身の丈六尺（一メートル八二センチ）、眼光鋭く越軍を軍配の一閃《いっせん》によって自在に動かすことのできる政虎は太刀打ちにも独自の工夫を凝らしており、不始末を犯してその場で片手斬りにされた者、喧嘩《けんか》して組みあったところを重ねて四つにされてしまった近習などは数知れない。

その政虎が余裕をもって放生鴇毛を発進させたのは、甲軍大正一万二千にまだ妻女山からもどってくる気配がなかったためであった。

四

上杉政虎のこの日の太刀は、小豆長光《あずきながみつ》三尺六寸。白練の鉢巻のはじを風になびかせてこの太刀を右の肩口にかざした政虎は、まず前方に立ちふさがろうとした武田太郎義信配下の騎馬武者を十騎以上撫で斬りにしてから、風のように駆け抜けて信玄の旗本たちと交錯した。

鬼神に似たその勢いを止められる者はいない。その間にふたたび放生鴇毛の馬腹を蹴った政虎は、信玄の腰掛ける床几へ肉薄していった。

しかし、その目に映し出された諏訪法性の兜に緋の衣、錦の袈裟姿の大将らしき者はひとりではなかった。政虎が雑兵たちを蹴散らして侵入した本陣正面には、信玄と七人の影武者たちが横一列の床几にずらりとならんでいたのである。

とはいえ、信玄と影武者たちとでは眼光が異なる。八人を見較《くら》べた政虎は右から三番目の者こそ信玄その人と察知、馬体を寄せて右片手斬りを送りこんだ。

立つ暇もなかった信玄は、南蛮鉄、団扇《うちわ》形の軍配でこの一撃を受け止めた。政虎はこの片手斬りを三度までこころみたので、さすがの信玄も危うく見えた。それに気づいた武田家旗本一千のうち二百までが政虎をつつみこもうとしたとき、その二百のなかには鹿角《ろっかく》の兜に卯の花縅の鎧をまとい、すでに抜刀した武藤喜兵衛尉《きびょうえのじょう》昌幸の小柄な姿も混じっていた。

それをものともせずに再度信玄に迫ろうとした政虎は、小豆長光を自在に操り、馬体左右に接近した旗本たちを瓜《うり》を割るように両断してしまう。それでも次第に信玄から遠ざけられた政虎は、放生鴇毛が尻《しり》を槍の鐺《こじり》で突かれて竿立ちになるや、まっさかさまに落馬。しかし、得たりと組みついた者を無雑作に投げ捨てるという怪力を発揮した。

それでも、もし政虎がそのまま徒《かち》立ちで戦いつづけていたら、どうなったかわからない。だが、そこに北条高広ら五百余騎が猛進してきたため、政虎は替え馬を与えられて旋風のように去っていった。
すでに一部を引いた頼山陽の七言絶句の全体は、つぎのごとし。
「鞭声粛々夜河ヲ過ル
暁ニ見ル千兵《せんぺい》ノ大牙《たいが》ヲ擁スルヲ
遺恨十年一剣ヲ磨キ
流星光底《こうてい》長蛇ヲ逸ス」
これは政虎の立場から詠じられた作だが、かれと信玄とは互いに長蛇を逸したのである。

政虎をなかにつつみこんだ五百余騎は、いったん信玄の本陣を突き抜けて千曲川北岸近くへ出てから、西の上流寄りに大きく半弧を描いて元の位置をめざした。

その北岸の一角から、小手をかざしてこの動きを遠望していたのは真田源太左衛門信綱。その父一徳斎は甲軍が二手にわかれたことをすでに政虎に読まれたと見て、信綱とその配下の二百騎のみは北岸に残して妻女山をめざしたのである。

黒地四半《しはん》の旗印を押し立てている信綱から見ると、越軍五百余騎は視界を右から左へ通過する形になる。その五百余騎のなかにひとりだけ兜をかぶらず白鉢巻のはじを風になびかせている者がいるのに気づいた信綱は、射芸（弓術）に秀でている。馬上、三人張りの重籐《しげとう》の弓を満月のように引き絞ると、カーンとその弓を鳴らして一矢《いっし》を放った。

その矢はたしかに、政虎の鎧の肩口に突っ立った。だが、からだには通らなかったらしく、そのまま政虎は遠ざかっていった。

そのころ甲軍大正の兵力一万二千は、川中島にただならぬ銃声、喚声と馬蹄の響きが起こったことに気づき、一斉に妻女山から千曲川南岸へもどってきていた。

ところが真田一徳斎ほかは、広瀬の渡しから北岸へ急ぎ渡河しようとして流れに異変が起きていることに気づいた。

この兵力一万二千が甲軍に加われば、越軍は一転して不利になる。そう考えた政虎は渡河してすぐ小荷駄方担当の謀臣直江兼続《なおえかねつぐ》とその配下の二千を下流へ分派し、徹夜で蛇籠《じゃかご》多数を作らせて流れをせき止めさせていた。ためにその上流では半日のうちに水位がにわかに上がって渦を巻き、徒武者、足軽たちはむろんのこと、馬を渡河させることもむずかしくなっていたのである。

（これは越軍のしわざだな）

と思った一徳斎は、逸《はや》る心を抑えて高坂昌信以下と相談し、さらに上流の雨宮の渡しへまわることにした。

しかし、千曲川南岸の道を西へすすむ間に北岸に単騎あらわれた騎馬武者がいた。鹿角の兜に卯の花縅の鎧、その背の合当離《がったり》（環）に赤地白抜きの六連銭の旗指物をつけた姿は武藤喜兵衛尉昌幸。

（あやつ、お屋形さまの本陣を離れてなんとする）

一徳斎が濃い眉《まゆ》を寄せてさらに先を急ぐうち、ようやく雨宮の渡しに着いた。ここもいつもの青々たる流れがいやに幅ひろくなり、ところどころに渦を巻いている。するとと北岸から流れに馬首を向けた昌幸は、父を驚かせる行動に出た。

まだ若々しい声で名乗りをあげた昌幸は、こうつづけたのである。

「これよりお味方のために瀬踏みをつかまつる。ようく御覧あれ」

いうや否や馬腹を蹴った昌幸は、膨満した流れのなかにざんぶと馬を乗り入れていた。馬術得意の昌幸は馬の脚が立たない深みに差しかかっても、巧みに馬を泳がせることができる。それでも急な流れは馬の横腹に当たって白波を立て、馬の平首《ひらくび》と鹿角の兜しか水面《みなも》に見えない一瞬もあった。

「あれを助けよ」

思わず一徳斎が叫ぶと、筧《かけい》十兵衛、梁《やな》田《だ》新平、布下弥四郎らがつぎつぎに馬を流れに乗り入れた。それを見た高坂昌信勢、飯富虎昌勢、馬場信春勢もためらわず渡河を開始。それを見た昌幸は流れのなかで巧みに馬首を返し、先導の役をつとめた。

一万二千もの軍勢が渡河する場合は、先陣を切る騎馬武者勢が対岸へ縄を幾度もわたして、徒立ちの者にはこれをつかんですすむように命じる。その上で後続の騎馬武者多数をより上流から渡河させると、馬体の列が堤の役目を果たして下流の水位が下がりはじめる。泳法不得意の者たちは、その隙に下流をわたるのである。

こうして真田兵部丞《ひょうぶのじょう》昌輝をふくむ甲軍大正の一万二千は、昌幸の励ましを受けて無事北岸に駆けあがることができた。胴に赤うるしで六連銭を描いた具足姿の源太左衛門信綱も合流し、ここに真田家の父子四人は一堂に会した。

五

これら一万二千の目的は、越軍の背後を襲って兵を立て直した大奇と呼応し、越軍を袋の鼠《ねずみ》にしてしまうことにある。

これに気づいて越軍から迎え討った二千の兵力は、二重亀甲花菱《きっこうはなびし》の旗印を押し立てていた。これは上杉家の将直江兼続の家紋である。

小荷駄方を担当する兵力まで戦場に投入したとは、すでに越軍に余力がなくなりつつあることを示してあまりある。

この軍勢めがけて錐《きり》を揉《も》みこむようにすすんだ甲軍大正は、直江勢を潰走《かいそう》させた勢いに乗って、こちらにからだの右側面を見せている越軍のなかへ突貫していった。

時に巳《み》の刻（午前十時）のことで、これを境に戦況は劇的なまでに変化した。それでなくても車懸りの陣は将兵に過度な運動量を強いるので、夜明けから勝ちに乗じて二刻《ふたとき》（四時間）も回転運動をしていた越軍は疲れきっていた。新手の一万二千にまくり立てられるに従って政虎も退陣を決意、丸く備えを立て、再度集結した直江勢を殿軍《しんがり》として北の犀川の方角へ引いていった。

ではこの第四回川中島の戦いは、どちらが勝ったと見ればよいのか。

夜明けから巳の刻までの数波におよぶ戦いは、越軍の一方的勝利。巳の刻からさらに四時間弱つづいた戦いは、大正一万二千の来援した甲軍の勝ち。

いわば一勝一敗、痛みわけであったが、上杉家史料は、

「総《すべ》て当日武田家の手負《ておい》二千八百五十九人、討死三千五百十六人なりと云々《うんぬん》」（『北越軍談』）

と書いている。対して武田家史料には、

「越後衆を討取其数、雑兵共に三千百十七」（『甲陽軍鑑』）

とあり、越軍の負傷者数は不明ながら痛みわけと判定してよいことを裏づけている。

武田家にとっては、信玄の弟武田信繁、諸角虎光、山本道鬼の三将を失ったこと

がなによりの痛手であった。越軍諸将のうち名のある者に戦死者は出なかったが、川中島および妻女山を占領できずに帰国するのは無念だったに違いない。

視線を真田家の父子にもどすならば、兵部丞昌輝も敵ひとりを討ち取るという武功を立てていた。真田勢の挙げた首の数は百以上に達し、道鬼の策の弱点を見抜いた一徳斎とともに、源太左衛門信綱、武藤喜兵衛尉昌幸もそれぞれに名をあらわした。

どうやら真田家にも、世代を交代すべき時期が訪れたようであった。

合従連衡

一

とにもかくにも上杉政虎を川中島から追い返すことのできた武田信玄は、甲斐・信濃二カ国を領国とする支配体制を確立したことになった。

しかし、信玄がそれで満足してしまったわけではない。

戦国武将は、ある国を奪えばさらにその近隣の国への侵攻準備に取りかからねばならない、という宿命を負っていた。あらたな領地を獲得しない限り、武功を挙げた家臣団に恩賞として土地を加増できないからである。

やや時代が下ってからのことだが、天下統一に成功した太閤《たいこう》秀吉が朝鮮を経て明《みん》国へ攻めこもうとしたのも、すでに国内に恩賞としてわかち与えるべき土地が払底《ふってい》してしまったためと考えられる。

そこで信玄がつぎに切り取ろうとしたのは、西上野《こうずけ》方面であった。なぜ西上野へ食指を動かそうとしたのか、という問題を考えるには、武田家の婚姻関係を眺めるのが手っ取り早い。

まず信玄の父信虎《のぶとら》は、娘（信玄の姉）を駿河《するが》の今川義元《よしもと》に嫁がせ、甲駿《こうすん》同盟をむすんだ。この娘は天文十九年（一五五〇）のうちに病死したため同盟関係は自然消滅したものの、同二十年、信玄は義元夫妻の間に生まれていた娘を世子《せいし》義信《よしのぶ》の正室に迎え、同盟を復活させることができた。

ここで今川家に視線をうつすと、義元は天文二十三年七月に伊豆・相模《さがみ》の戦国大名北条氏康《うじやす》の娘を世子氏真《うじざね》の正室に迎えていた。今川家は武田家と甲駿同盟をむすぶ一方、北条家とは相駿《そうすん》同盟を締結していたわけである。

そこで信玄は、おなじ天文二十三年の末に娘のひとりを北条氏康の世子氏政《うじまさ》に輿《こし》入《い》れさせた。これによって武田・北条・今川の三家は互いに婚姻関係でむすばれることになり、甲相駿三国同盟が成立。第四回川中島の戦いの起こる一年前、今川義元は桶狭間《おけはざま》で織田信長に討ち取られてしまったが、今川家の家督は氏真が相続したため、三国同盟はなお継続されていた。

この三国同盟がある限り、甲信二カ国が南から侵略される恐れはない。それを前提として、甲軍は西上野を領国体制にくり入れようとして動き出したのだ。

この出動に参加した真田家の者は、三人いた。真田一徳斎とその嫡男《ちゃくなん》源太左衛門信綱、そして次男の兵部丞昌輝《まさてる》。

いわばこの三人は信濃先方衆《さきがた》の役を解かれ、あらたに上州先方衆に任じられたのである。

三男の武藤喜兵衛尉昌幸と四男の真田源治郎信尹《のぶただ》は真田家から武田家へ差し出された人質であり、近習《きんじゅう》として躑躅ケ崎館に詰める暮らしにもどっていたため、父や兄たちとともに働くことはできなかった。

永禄《えいろく》六年（一五六三）十月、真田家の父子三人は上州の岩櫃《いわびつ》城を奪ったが、その後も三人が上州在番であった永禄七年春、昌幸は妻を娶《めと》った。足軽大将のひとりとして武田家に仕え、騎馬武者十騎と足軽三十人を配されている遠山右馬助《うまのすけ》の娘で、名をお咲《さき》という。

この年、昌幸は十八歳。父に似た切れ長の目と通った鼻筋をもつ美丈夫に育っていたばかりか、わずか九歳にして上杉家に通じる坂井名八景国《めいはちかげくに》を討ち取った若武者ぶり、第四回川中島の戦いに際して千曲川に馬を乗り入れ、味方を先導した姿は、なおも武田家家中で語り草になっていた。

そんなことから遠山右馬助は、

（どうしてもお咲を娶っていただきたいものだ）

と考え、信玄に願い出て許されたのである。

ふたりの兄信綱と昌輝はすでに妻帯していたため、昌幸も、

（おれもそろそろ嫁取りをして、子孫を残さねば）

と考えていた。お咲については、

「黒髪美しく肌の色の白い器量良しで、年は十六歳」

と聞いていたので、心の動かないことはなかった。この時代の美女の条件は、漆黒でまっすぐな髪の毛を持っていること、色白なことのふたつである。

しかし、ひとつだけ問題があった。上州在番の父が、いつ甲斐府中へやって来られるか見当もつかなかったことである。

ある夜、昌幸が躑躅ケ崎館の近くに与えられている屋敷へあらわれた遠山右馬助の使者にその旨《むね》を伝えると、この問題は簡単に解決された。右馬助が一徳斎にお咲輿入れの許しを求め、

「お屋形さまがすでにお認めのことであれば、それがし不在とて挙式を急がれよ」

と一徳斎が答えたため、あとは吉日を選ぶだけとなったのだ。

そして祝言当日の日没時、真田家の冠木《かぶき》門をくぐって玄関へすすんできたのは、次第に濃まやかになる闇《やみ》に明滅する松明《たいまつ》の列であった。法被《はっぴ》姿の遠山家の小者たちが、お咲の嫁入り道具を運んできたのである。

「表道具七品」

と総称されるのは、長柄《ながえ》、薙刀《なぎなた》、女駕籠《かご》、挟箱《はさみ》、お茶弁当、煙草《たばこ》盆、薬用茶碗《ちゃわん》。ほかに長持《ながもち》や鏡台、鉄漿《かね》一式、銭箱なども運び入れられ、小者たちの頭《かしら》はこれらの品々について真田家を代表した源治郎信尹から確認を受けた。

「たしかに、すべてそろっております る」

大紋烏帽子の正装に身を固めて玄関式台上にあらわれた信尹は、あらかじめ手わたされていた目録と品々を見較べてから答えた。

そのころから門外が騒がしくなったのは、提灯《ちょうちん》の列に導かれてお咲を載せた輿が近づいてきたためであった。花嫁を載せた輿を婚家へ入れることこそが、「輿入れ」ということばの本義にほかならない。

その輿が遠山家の家来たちから真田家の者たちにわたされる間に、玄関の式台では、両家から特に選ばれた者の間で貝桶《かいおけ》わたしがおこなわれていた。これは、やはり嫁入り道具のひとつとして別途運ばれてきた貝桶の中味——貝合わせ用の蛤《はまぐり》三百六十個がすべて右貝《うがい》（陰）と左貝《さがい》（陽）の一対になっているかを調べることで、男女のむすびつきを占う重要な儀式とされている。

それも滞りなくおわり、老女に手を取られて式場の広間へ進んだお咲は、上に白《しろ》綾《あや》幸菱《さいわいびし》、下に白無垢《むく》をまとって帯も白いものを着用し、顔はやはり白無垢の角隠しと呼ばれるかむりものに隠していた。

式三献その他の儀式は両家の親族たちのみでおこなうが、その後、夜更けまでつづく披露《ひろう》の宴《うたげ》には武田信玄・義信父子も出席することになっていた。ある大名家の家臣同士が婚姻関係をむすぶにはあるじの承諾がなければならないから、あるじを宴の席に招くのは至って当然のことである。

しかし、この年四十四歳の信玄はついに真田邸にあらわれなかった。二十七歳になるその世子義信も。

（なぜ、お屋形さまはお運び下さらぬのか）

あらためてお咲と別室に退《さが》って固めの杯を交わすまで、昌幸にはそれが気になってならなかった。

二

初め信玄とおなじ通称太郎を用いていた武田義信は、信玄と左大臣三条公頼《きんより》の次女だったことから「三条夫人」と呼ばれるその正室との間に生まれた嫡男である。

天文十九年（一五五〇）十二月、十三歳で元服したのは、この時代には男子は十三歳になると精通がはじまる、と考えられていたことと関係がある。翌年には躑躅

ケ崎館内に殿舎を与えられ、この殿舎は、
「西の御座」
と呼ばれた。
かれが今川義元の娘を娶ったのは前述のように甲駿同盟を強化するためであった
が、二十二年七月に足利十三代将軍義輝《よしてる》の偏諱《へんき》（二字の名前の一方の字）を受けて
義信と名乗り、翌年夏には信州伊那《いな》郡・佐久《さく》郡の攻略に従って、一夜にして九城を
落とすという華々しい初陣を飾った。
第四回川中島の戦いにあっては信玄直率の大奇の中軍を守る右脇備えの将をつと
め、騎馬武者五十騎、雑兵《ぞうひょう》四百あまりとともに戦って武田家の世子の名に恥じない
働きぶりを見せた。その後も信玄・義信父子の間柄は良好であり、永禄六年二月、
父子は北条家の兵力と力を合わせて武蔵《むさし》松山城を奪っている。
しかし、まもなく父子の間には微妙な隙間風《すきまかぜ》が吹くようになっていた。その原因
は、ひとえに今川氏真《うじざね》の器量にあった。
その父今川義元は、三年前に織田信長に討たれる前は、
「東海一の弓取り」
といわれていた大物武将であり、その領国は本領駿河のほか遠江《とおとうみ》・三河《みかわ》にまで拡
大されていた。

義元は勢いに乗って尾張《おわり》をも併呑《へいどん》しようとしたため、その尾張の覇者信長《のぶなが》に逆襲されておわったのである。

しかも、今川家にとってさらに深刻な問題は、その家督を相続した氏真がとても駿《すん》・遠《えん》・三《さん》の三カ国を保有しつづけられるような器ではなかったことであった。暗《あん》愚《ぐ》といってもよい氏真が得意とするのは、蹴鞠《けまり》だけだったのだ。

公家《くげ》好みの蹴鞠の世界では、その上手な者を「上足《じょうそく》」といい、名人のことは「名《めい》足《そく》」という。氏真はたしかに名足ではあったが名将には程遠い人物で、桶狭間《おけはざま》で父が敗死した直後には、それまで今川家の部将にすぎなかった松平元康《まつだいらもとやす》に三河の岡崎《おかざき》城を奪われてしまっていた。

さらに松平元康は、永禄五年二月には信長の本拠地である尾張の清須《きよす》城におもむいて織田《おだ》・松平同盟を締結。その後は家康《いえやす》と改名し、氏真と絶交して東三河と遠江をうかがいはじめていた。

このように東海道筋に大きな変動が起こりつつあるからには、武田家としては弱体化しつつある今川家との同盟関係を廃棄し、信長・家康と手を組んで駿河・遠江への進出をねらった方がよい。

信玄がそう考えるようになったのに対し、今川家出身の正室を持つ義信は、このような発想法を不愉快に感じはじめた。そこから信玄と義信の父子関係はまだ人の気づかぬうちに悪化し、それが互いに顔を合わせるのを嫌って武藤喜兵衛尉昌幸の祝宴にそろって欠席することにつながったのである。

昌幸は信玄の近習のひとりだが、西の御座には義信づきの近習たちがつねに詰めていて、両者は互いに交流がある。

「なぜお屋形さまは、近ごろ太郎さまを避けておいでなのか」

当初それを不思議に思った近習たちは、ひそかに物陰で語り合ううちに問題の種は今川氏真にあると気づくに至った。

これは昌幸にとって、手の打ちようのないことがらであった。すっかりお咲も打ち解けたころ、昌幸はそのやわやわとしたからだを閨《ねや》のうちで抱き締めながら告げた。

「他言は無用だが、近ごろお屋形さまと太郎さまの間には不和が醸《かも》し出されておってな。お屋形さまは気の合わなかった父信虎さまを駿河へ追いやったこともおありだから、同様にして太郎さまを領国外に追おうと思《おぼ》し召されるやも知れぬ。しかし、そうすると太郎さまも猛《たけ》き武将にましますから黙ってはおらず、骨肉の争いがくりひろげられることになるかも知れぬ。もちろんわしは幼いときからお屋形さまに召し使われてきた身だから、万一の場合は、太郎さまには申し訳ないことながらどこまでもお屋形さまをお守りいたす。そなたは女子《おなご》ではあるが、そうなったときには当家の侍女たちを束《たば》ねて出処進退を誤らぬようにするのだぞ」

夜ごと夫に抱かれて快美感にめざめているお咲は、

「あい」

と闇のなかから甘やかな声で答えた。

「夫婦は二世の御縁と申しますから、わらわはどこまでも御前《ごぜん》についてまいりとうございます」


躑躅ケ崎館のような宏大《こうだい》な居館を持つ大名は、自身と近習たちは本殿で暮らし、正室や側室はその本殿とは回廊でむすばれた奥殿に住む。武田家では本殿を「本主殿」、奥殿を「御裏方」と呼び、御裏方に入ってゆける男は信玄と十歳未満の児小《こご》姓《しょう》のみで、そこに住まう女たちは雄犬や雄猫を飼うことすら許されなかった。

真田家の屋敷はこの本主殿と御裏方とを雛形《ひながた》にしたような造りであったが、お咲は御裏方のあるじ三条夫人やその侍女たちとおなじように髪を当世風のおすべらかしにしてその根に白い元結《もとゆい》をむすび、額に茫々眉《ぼうぼうまゆ》を描いていた。これは官女たちの間から流行《はや》りはじめた化粧法で、まず眉毛を剃《そ》り、黛《まゆずみ》で上を濃く、下と両端をぼかした描《か》き眉のこと。三条夫人に従って京からやってきた侍女たちがひろめ、お咲もこの化粧法に従っていたのである。

いつもは下に白い肌着、上に好みの色合いの小袖《こそで》をまとい、二寸幅の女帯のはしをふくよかな腰に垂らして侍女たちと一緒に家事に勤《いそ》しんでいるお咲は、夕風が立つと入浴し、打掛《うちかけ》をまとって昌幸を迎える用意をした。この時代の武家の妻が早目の入浴を心懸けるのは、夫と共寝するための作法である。

昌幸とお咲の仲の良さは人も羨《うらや》むほどであったが、その昌幸はまもなく一大事の発生に立ち合うことになった。

三

このころから武田信玄は、

「御閑所《ごかんじょ》」

と呼ばれる本主殿の厠《かわや》の造りに凝《こ》りはじめていた。造りを京間の六畳敷きにして畳を入れ、縁の下には風呂《ふろ》屋形から落とす下水を樋《とい》で引き入れて、一種の水洗便所を考案したのである。

しかも御閑所のうちには香炉と沈香《じんこう》入りの香箱を置いておき、当番ふたりに朝・昼・晩と三回沈香を焚《た》かせて自分はここで執務することにした。なんとも奇抜なことを発想したものだが、越後《えちご》の上杉家および西上野の上杉方諸城を敵にまわしている信玄は、刺客に潜入されることをここまで用心していたのだ。

昌幸は、この御閑所へ状箱を運ぶ役目を命じられていた。髪を大月代茶筅髷《おおさかやきちゃせんまげ》に結いあげた昌幸が捧《ささ》げ持つ状箱の蓋《ふた》には国名、郡名が書かれていて、そのなかには各国、各郡から届けられた報告書が入っている。御閑所の隅に置かれた文机《ふづくえ》にむかってそれを読んだ信玄は、つぎには返書を認《したた》める。

しかし、永禄七年七月十六日の朝この御閑所を訪ねた昌幸は、状箱は持っていなかった。代わりに、

「お屋形さまに急ぎ御注進いたしたいことがござる」

と深刻な目つきをしてやってきた目付の坂本武兵衛と横目付の荻原豊前《おぎわらぶぜん》を案内していた。

昌幸に太刀《たち》を預けて入室したふたりは、まだかれが退出する前に信玄に告げた。

「昨夜、太郎さまにおかせられては灯籠《とうろう》見物と称して西の御座からお忍びでお出かけになり、供をいたしたのは長坂釣閑《ちょうかん》のせがれ源五郎と曾根周防《そねすおう》のみでございました」

「訪ねた先は飯富兵部少輔《おぶひょうぶしょうゆう》（虎昌）の屋敷でござって、本日の丑《うし》の刻（午前二時）時分に、いかにも隠密の体《てい》にてお帰りになるのを見届けましてござる」

飯富虎昌は二年前から義信の守役《もりやく》をつとめており、曾根周防はその娘婿《むすめむこ》である。

武田家の世子が守役に会いたいなら、西の御座へ呼びつければよい。というのに夜になってからひそかに屋敷を訪ね、丑の刻まで帰館しなかったとは一体なにを密談していたのか。

昌幸が思ううちに坊主頭の信玄は眉間《みけん》に縦皺《たてじわ》を刻み、

「苦労であった。このことは、構えて他言無用にいたせ」

と命じて昌幸にはこう告げた。

「ただちに飯富三郎兵衛《さぶろうびょうえ》を呼んでまいれ」

飯富三郎兵衛昌景《まさかげ》は虎昌の弟であり、侍大将のひとりとして躑躅ケ崎館に詰めている。

「はっ」

と応じた昌幸が坂本武兵衛、荻原豊前に太刀を返して入口の板戸を引くと、外には飯富昌景がすでに片膝《かたひざ》づきの礼を取って控えていた。「甲山の猛虎《もうこ》」といわれる虎昌の弟の特徴は、生まれつき兎唇《としん》（口唇裂）であったため、それを縫《ぬ》い合わせていることであった。

去ったふたりとおなじく昌幸に太刀を預けて入室した飯富昌景は、信玄からもっとも信頼されている重臣でもある。坂本武兵衛、荻原豊前の報じたところを教えられると、思い決したように腰を折り、大月代茶筅髷を垂直に立てて低い声で答えた。

「目付、横目付のふたりがすでに申し上げたることとなれば、それがしもありていに知るところを申し上げたく存ずる。この七月初めより、太郎さまはほぼ毎日、長坂源五郎を兵部少輔の屋敷へ使いさせており申した。源五郎が運んだ文の一通を首尾よく入手いたしておりますので、本日持参いたした次第。よっく御覧じ候え」

紫紺色の小袖をまとっていた昌景は、面を上げるとそのふところから黒革の巾着《きんちゃく》を取り出し、なかから折り畳まれた紙片を抜き取ると、ひらいた白扇に載せて信玄に献じた。

くわっと目を見開いてその文を読みすすめた信玄は、

「たしかに太郎の筆跡だ」

と呟《つぶや》いたかと思うと、紙片を支えた両手と口髭《くちひげ》とを震わせていた。

昌景は、乾いた声で答えた。

「飯富兵部へ、との宛名《あてな》もあり、恐れながらお屋形さまをいずれかの陣中にて討ちたてまつるべし、とも書かれております」

「三郎兵衛よ。兄弟の情もあろうに、よくもかような密書を見せてくれたのう」

喘《あえ》ぐようにいった信玄が、両眼から大粒の涙をこぼしたのに気づいて昌幸は驚愕《きょうがく》した。かれは不撓《ふとう》不屈の闘志の持ち主であるあるじが泣く姿を、初めて目にしたのだ。

「さん候《ぞうろう》。実の兄にかかわることゆえ、それがしもこの文を読んだ当初は、いかがいたすべきかと迷わなんだわけではござりませぬ」

ふたたび上体を折った昌景は、実直そのものの答え方をした。

「とは申せ、兄もそれがしもお屋形さまにおつかえいたす者なれば、お屋形さまを討ちたてまつるなどという逆心を看過いたすことはできませぬ。たしかに、もしもお屋形さまが太郎さまを除《よ》けてほかのお子さまを世子にお立てになったりしたときは、太郎さまや兄が逆心を抱いたとしても少しは道理もあると申せましょう。しかし、お屋形さまは太郎さま初陣のときよりことのほか太郎さまを大切になされ、そのことをそれがしどもはこの目で見てよく存じております。その名将に対したてまつって逆心を抱くような輩《やから》は、わが兄であって兄ではござりませぬ。大敵中の大敵でござる。太郎さまもいささか分別違いをされておられるようでござりますが、いまだお若きことなれば、これは兄ひとりの罪かと存じ申す」

昌景は嫡男に裏切られたと知った信玄の胸中を思い、義信よりも自分の兄虎昌の罪の方がはるかに重いと強調してみせたのである。

（なるほど、このような場合はこう申し上げるべきなのか）

と感じて、昌幸は武士《もののふ》の生き方を初めて教えられたように思っていた。

その後、信玄はますます御閑所に籠《こも》っていることが多くなり、その御閑所のことを、

「山」

というようになった。

「なぜお屋形さまは、御閑所を『山』とおっしゃるのか」

昌幸が近習仲間の曾根与市助《よいちのすけ》にたずねると、つぎのような答えが返ってきた。

「上れば下るということではあるまいか」

御閑所という山に上れば排泄物《はいせつぶつ》が下される、という解釈である。

しかし、義信づきの長坂源五郎はこの話を聞き、

「山には草木が絶えぬ道理だ」

と解した、というもっぱらの噂《うわさ》であった。「草木」は「臭き」との掛詞である。

(やはり源五郎め、お屋形さまを軽んじておるようだな。お屋形さまは、この一件をどう御処断あそばされるおつもりか)

と昌幸が案じるうちにも月日は流れ、永禄八年(一五六五)の入梅の季節から、お咲は食事に焼き魚が出されると袖口で口元を覆うようになった。嗜好《しこう》も変わり、酢のものなど酸味のあるものを無性にほしがるようになった。

お咲は懐妊し、悪阻《つわり》の時期を迎えたのである。御出産は来春、と産婆《さんば》に伝えられ、

「これで親父殿が帰国なされたら、孫の顔をお見せできるな」

「男の子だとよろしゅうございますね」

と昌幸とお咲が語り合っていた八月初め、信玄は不意に動いた。坂本武兵衛と荻原豊前に鉄砲足軽多数をつれて飯富虎昌の屋敷へ乗りこませ、反逆の科《とが》によって有無をいわせずその場で切腹させたのである。虎昌は享年五十三。

同時に信玄は長坂源五郎、曾根周防、土屋惣次郎《そうじろう》、梁田弥太夫の宿舎にも討手を派遣し、この四人を一気に討ち取らせた。土屋惣次郎、梁田弥太夫のふたりも、その後の調べで密謀に加担していたことがあきらかになっていた。

この誅伐《ちゅうばつ》について『武田三代軍記』その他が、

「放討《はなしう》ちにぞ討取《うちとり》けり」

と書いているのは、いったん召し捕った四人を投獄するのではなく、縛《いまし》めを解いてほうり出してから斬殺《ざんさつ》したことを意味する。

こうなっては、太郎義信は両腕をもぎ取られたも同然である。ひしひしと西の御座を取り巻いた兵力によって寝所から引き出された義信は、おなじ躑躅ケ崎館のうちに用意された座敷牢《ろう》へ投じられた。

信玄は密謀を察知してもー年以上義信と飯富虎昌以下を泳がせておき、機を見て疾風迅雷《しっぷうじんらい》のごとく動いたのである。

（孫子の旗にいう「疾《と》きこと風の如《ごと》し」とはこのことか）
と思って、昌幸は信玄の気迫を初めて肌に感じたような気さえした。
しかも信玄の善後策の講じ方は、信賞必罰ということば通りのものであった。

一、義信配下の八十余騎のうち、あらかたは成敗。残りは他国へ追放。
一、飯富虎昌に預けられていた三百騎のうち五十騎をその弟三郎兵衛昌景に与え、昌景の姓は山県《やまがた》と改めさせる。
一、残る二百五十騎のうち百騎は於曾《おそ》信安に、おなじく百騎は跡部勝資《かつすけ》に、あますところの五十騎は弟の武田逍遥軒信廉《しょうようけんのぶかど》に与え、於曾信安には板垣姓を称させる。

信玄は太郎義信と飯富虎昌の逆心の動かぬ証拠を差し出した昌景を内紛を未然に防いだ最大の功臣とみなし、山県姓を与えることにしたのである。かつて信玄の父信虎は山県虎清に諫言《かんげん》されたことを怒り、虎清を手討ちにしてしまった。信玄はこれによって山県家が絶えたことを惜しんでおり、昌景にその名跡を継がせることにしたのだ。

於曾信安に板垣姓を名乗らせた事情も、これに近い。信玄の股肱《ここう》の臣であった板垣信形《のぶかた》は上田原《うえだはら》の戦いに討死、その後の板垣家はその嫡男信憲《のぶのり》が継いだ。ところが信憲は永禄初年に信玄の不興を買い、手討ちにされたため板垣家は断絶扱いされていた。信玄は、その板垣家も復活させることにしたのである。

事が一段落してみれば、飯富家は不忠者として断絶処分とされたものの、あらたに山県・板垣の名門二家が再興されたわけで、

（禍《わざわい》を転じて福となす、とはこのことであろうよ）

と昌幸はすっかり感嘆していた。

四

しかし、武田信玄はまもなくその昌幸が首をかしげる行動に出た。

そのきっかけは、九月九日に織田信長の縁者織田掃部助《かもんのすけ》が使者として躑躅ケ崎館を訪れ、左のような口上を述べたことであった。

「織田上総介《かずさのすけ》（信長）はいまだ拝閲《はいえつ》をたまわってはおりませぬが、武田家御当主の英名はかねてより承知いたしております。上総介においては尾張一国をすでに統一いたして美濃《みの》国を切りしたがえつつあり、いずれは武田家の領国信州の木曾谷《きそだに》と境を接することに相なりますので、この国境《くにざかい》方面では民百姓の往来も盛んになろう

としております。ついては御当主の御曹司《おんぞうし》のおひとり諏訪四郎勝頼《かつより》殿へ織田家の娘を差し上げ、末長く交際いたしたきはやまやまなれど、上総介の嫡男奇妙丸はまだ九歳のことなれば、輿入れさせるべき娘を持ちませぬ。されどここに上総介には妹婿にあたる濃州苗木《なえぎ》城主の遠山勘太郎直廉《なおかど》という者がござって、上総介は遠山夫妻の間に生まれし姫君をかねてから小牧山《こまきやま》城のうちにて養育しております。この姫を四郎勝頼殿にまいらせ、長く交際いたすことができればうれしゅう存じまして、ここに参上いたした次第でござる」

信長は美濃攻めの一環として、居城を清須からより美濃に近い小牧山へうつしていた。

信玄は、この申し入れをひどく喜んで答えた。

「四郎勝頼はわが寵愛《ちょうあい》いたすせがれなれば、どこかに似合いの嫁はおらぬかと思っておったところ。いま、天下に名を挙げたる織田殿の御養女を四郎に頂戴《ちょうだい》できるのであれば、これに過ぐる喜びはなきものに候ぞ」

四郎勝頼は、信玄に切腹を強《し》いられた諏訪頼重《よりしげ》の娘がその信玄の側室とされ、天文十五年（一五四六）に産んだ子である。三年前に諏訪家の名跡を継いで諏訪姓を使いはじめた勝頼は、信州伊那郡の高遠《たかとお》城を与えられていた。

ちなみに信玄には七人の男児があったが、二郎信親《じろうのぶちか》は生まれつき盲《めし》いていたため、別館に住んで半俗半僧の生活を送っている。三郎信之《さぶろうのぶゆき》は夭折《ようせつ》したので、太郎義信に裏切者の烙印《らくいん》が捺《お》された以上、四郎勝頼が信玄の後継者の位置にもっとも近づいていた。

だから武田・織田の両家が勝頼によって縁をむすぶならば、それはすなわち勝頼こそ信玄の世子だと公表するにひとしい。

だが昌幸は、

（織田家と婚姻関係をむすぶのは、武田家のためによろしからず）

と信じて疑わなかった。

なによりも信長は表裏のある男であり、かつては美濃の覇者斎藤道三《どうさん》からその娘濃姫《のうひめ》を正室に迎えたのに、道三がせがれの義龍《よしたつ》と戦って敗死すると美濃への侵入を開始して今日に至っている。ならば信長は、いずれ信玄が死ねば勝頼を滅ぼそうと思い立つのではないか、と考えられ、昌幸はとてもこの縁組をめでたいとは思えなかった。

そこで昌幸が迷ったのは、

（お屋形さまを諫言《かんげん》いたすべきかどうか）

という問題であった。

しかし、昌幸にはその前になすべきことがあった。お咲の腹部が安定期に入ったので、その間に許しを得て岩尾城へつれてゆき、そこで産月《うみづき》を迎えさせてやりたかった。

その前に信玄を諫《いさ》めて叱責《しっせき》されたりするとお咲をつれ出せなくなるかも知れぬ、という思いが生じ、昌幸は迷いながらも信玄に暇乞《いとまご》いをしてお咲を岩尾城へつれてゆくことを優先した。するとまだ昌幸が甲斐府中へもどっていない十一月十三日、信長の養女は高遠城へ輿入れした。これによって昌幸は、信玄を諫言する機会を失ってしまったのであった。

あけて永禄九年（一五六六）三月、お咲は小柄ではあるが泣き声に力のある男児を出産したので、昌幸は源三郎という幼名をつけてやった。

この年も武田家は上州で上杉方の諸城を攻めていたが、昌幸にとって意外だったのは、お咲がまもなくふたたび懐妊したことであった。

城や領地を持つほどの家になると、正室の産んだ子は乳母《めのと》の乳によって育てられる。そのため正室は、出産後まもなく乳房を冷水につけた手拭《てぬぐ》いで冷やすなどして乳を止めてしまう。すると月の障りがふたたびはじまり、妊娠することになって、年子《としご》が生まれやすいのである。

そして永禄十年の初夏、お咲はやはり小柄ではあるが元気のいい次男を出産し、

昌幸は弁丸《べんまる》と名づけた。この子こそのちに、

「日本一《ひのもといち》の兵《つわもの》」

と呼ばれる真田幸村《ゆきむら》にほかならない。二児の父となった昌幸は、まだ二十一歳の若さであった。

昌幸の父一徳斎、長兄信綱、次兄昌輝も上州で活躍しつづけて近頃は信玄が上杉家から奪った箕輪《みのわ》城に入っており、一徳斎はすでに信綱に家督をゆずって後見役に徹していた。信玄は昌幸の弟信尹のことも気に入り、

「いずれは名門の名跡を与えよう」

と本人に伝えていたから、武田家が存続する限り真田家も繁栄を約束されたかに見えた。

五

ついでこの年の後半から、武田信玄はいよいよ駿河攻略の布石を打ちはじめようとした。

いまや四郎勝頼の岳父となった織田信長は、この年の五月に娘の五徳を松平姓から徳川姓に変わった家康の嫡男信康《のぶやす》に嫁がせ、織田・徳川同盟を強化した。永禄六

年から七年にかけて三河一向一揆《いっこういっき》に悩まされていた家康は、すでにこの一揆を鎮圧したばかりか、西三河と東三河を統一することに成功していた。

ここに信玄としては家康に三河から遠江をうかがわせつつ、自分は駿河を切り取るという構想がにわかに現実味を帯びたのである。

しかし、いかに織田・徳川両家との提携なったとはいえ、甲軍を上州と駿河に分派し、甲斐府中には太郎義信を飼い殺しにしておく、という状況はあまりに剣呑《けんのん》であった。義信の元側近たち、あるいは飯富虎昌の旧臣たちが信玄の出動を奇貨として義信を救出したりすれば、武田家はふたつに割れてしまう。

この点を深く憂慮した信玄は、八月のうちに甲斐・信濃・上野の三カ国に散っている甲軍将士三百三十七人からあらためて誓紙《せいし》を差し出させた。誓紙には血判を捺させ、信玄に対して二心ないことを固く誓わせたのである。

こうしておいて信玄は、十月十九日に義信を切腹させた。義信は享年三十であった。つづいてその正室は今川家へ返されたから、ここに甲駿同盟は破棄されたことになった。

かくて信玄は裏切者呼ばわりされることなく駿河侵攻に踏み切れる状況を作り出したわけだが、ここにひとつ誤算を生じた。信長の養女である勝頼夫人は十一月初めに嫡男を産んだので、勝頼は武王丸と名づけた。だが夫人は産後の肥立ちが悪く、とても夫婦生活をつづけることができなくなってしまったのだ。

　これは信玄にとって、由々《ゆゆ》しきことであった。もしも勝頼夫人がこのまま病死してしまうと織田家との同盟関係が形骸《けいがい》化するばかりか、駿河・遠江をめぐる家康との両面作戦も画餅《がべい》に帰す恐れがある。

　一方の信長は、斎藤義龍の病死を受けて斎藤家を相続したそのせがれ龍興《たつおき》の本拠地である美濃の稲葉山《いなばやま》城を陥落させることに成功。その城下を岐阜《ぎふ》、城を岐阜城と改称してこちらに移り、

「天下布武《ふぶ》」

　と刻んだ朱印を使いはじめていた。これは「天下に武を布《し》く」という意味。すなわち武力によって天下統一をめざすという宣言そのものであったが、岐阜から近江《おうみ》を経て京をめざすには、背後を安泰ならしめておかねばならない。

　そのために武田家との同盟関係を継続することは不可欠であったから、信長は十一月のうちにふたたび織田掃部助を躑躅ケ崎館へ派遣し、信玄に申し入れさせた。

「武田家には、今年七歳になりたもう姫君がおいでとうけたまわります。この姫君にいずれ織田家の嫡男奇妙丸にお輿入れをしていただくとの婚を約していただきますれば、さらに両家の紐帯《ちゅうたい》は強まりましょう」

　七歳の姫とは、信玄の側室のひとり油川《あぶらかわ》夫人の産んだ松姫のこと。信玄がふたた

び喜んでこれを承諾すると、気早くも信長は十二月に入ってすぐ結納の品々を送り届けてきた。

虎の皮三枚、大和錦《やまとにしき》三十巻、緞子《どんす》百巻、厚板織《あついたおり》百反、紅梅織百反、金蒔絵《まきえ》の鞍《くら》十背、なめし革二百枚、鳥目一千貫。

この日はちょうど真田信綱が箕輪城から久しぶりにもどってき、信玄に帰国の報告をする日にあたっていた。いったん昌幸の屋敷に入って六連銭の大紋と烏帽子の正装に着更《きが》えた信綱が、昌幸に先導されて主殿にすすんだとき、その広間に飾られていたのがこれらの品々であった。

信綱は丸顔ではあるが鼻が高く、その鼻の下に八の字髭《ひげ》、顎《あご》には顎鬚《ひげ》をたくわえて、揉《も》み上げを長く伸ばしている。出座した信玄は織田家の使者織田掃部助から結納品を受け取ったばかりなので、やはり大紋烏帽子の正装で信綱に応接した。

「これなるは、それがしの長兄真田源太左衛門でござります」

羽織姿の昌幸が取りつぐと、信玄は上機嫌で答えた。

「上州における手並のほどには、予も感服しておる。つぎにはこれなる喜兵衛尉ともども駿河へ出動してもらおう。さらに励むがよい」

「かしこまって候。ところで、広間に飾られている品々はなんでござりましょう」

昌幸から事情を伝えられているにもかかわらず、信綱は素知らぬふりをしてたずねた。

「されば、織田上総介の嫡男奇妙丸とお松とが婚を約したにより、織田家から送ってまいった結納品があれだ。上総介の威勢はいまや四海に震い、朝日の昇るがごとし。その織田家の奇妙丸を婿として交わりをなさば、武田家にとって喜ばしい限りではないか」

満足そうに頬笑《ほほえ》んだ信玄は、昌幸が信綱と打ち合わせ、

「今日こそお屋形さまを諫言いたしましょう」

と決めていたことを知らない。

「お屋形さま、少しばかりお聞き下され」

ちらりと昌幸の横顔を見た信綱は、面《おもて》を伏せて弁じはじめた。

「お屋形さまよく御承知のように、織田上総介は偽り多き大将でござる。斎藤龍興が美濃を奪われて没落いたしたのは愚将なれば止《や》むなきところなれど、聞くところによれば上総介の手口は斎藤家の将たちに龍興を怨《うら》ませ、ついに裏切らせて稲葉山城を乗っ取るというものでござった由。このこと自体が上総介に偽り多き証しなれば、このたびの婚約のことも、戦国大名あまたあるなかにも特にお屋形さまの威勢強大にしてにわかには攻め難しと知り、四郎さま、松姫さまと重縁をむすんでおいて大望《たいもう》を遂げようとの策かと思われます。大望を遂げなば、ただちに兵を起こして

武田家を討とうという謀計でありましょうから、ともかくも織田家との約定を破棄なさって越後上杉家と和解され、上総介の上洛《じょうらく》の大望を妨げてこそ、お屋形さまが四海を併呑あそばされる道がひらけるものと存じたてまつる次第に候」

「まことにその方の申しようには一理ある」

信玄は一応うなずきながらも、反論をこころみた。

「しかし、上総介は当家と重縁をむすんだことにより、長く当家を慕うであろう。なにゆえさよう思われるかというと、上総介が毎度当家へ贈ってくる品を見るに、唐櫃《からびつ》は黒塗りにして武田菱を蒔絵《まきえ》にしてあり、金銀をもちりばめた実に造りの細密なものだからだ。その唐櫃を削らせてみたところ、無類に固い木を使っておることも知れた。しかも、当家から織田家へは二年に一度しか使者を送っておらぬのに、織田家からは年に七、八度ずつ音物《いんもつ》（贈答品）を贈ってまいる。このような念の入れようこそ上総介の真実の心であろうから、とても当家を欺こうとしておるとは思われぬ」

やはりお屋形さまは、たぶらかされておられる。そう感じた昌幸は、思い切って口をはさんだ。

「狐《きつね》が人を化かすとき、化かすと見せてから化かしましょうか。すべては上総介の計略でございましょう、どうか察したまえ」

じろりと昌幸を見て、信玄は叱《しか》りつけた。

「織田家とのことは、すでに決まっておるのだ。口出しいたすな」

「いえ、もうひとこと申し上げとう存じます」

意を決して膝をすすめた昌幸は、手討ちされることを覚悟して答えた。

「盛んなるときは人を制し、衰えれば人に制せらる、と申します。油断大敵、是非もなき次第と存じ申す」

近習であり人質でもある昌幸が、ここまで信玄にことばを返したのは初めてである。

しかし、信玄はこんなやりとりに怒って太刀を引きつけたりする小さな器ではなかった。かれは、からからと笑って応じた。

「その方、そこまで上総介を恐れるか」

ふたたび昌幸がことばを返そうとしたとき、信綱がその袴《はかま》の裾《すそ》を引いて後を引き取った。

「お屋形さまの御明察のほどをうけたまわり、われらも安堵《あんど》つかまつりました。このたびのお姫《ひい》さまの御婚約のこと、まことにおめでとうございます」

思わず昌幸も頭を下げたので、信玄と真田家の兄弟の不和はすんでのところで回避される結果となった。

とはいえ、武田家が甲相駿三国同盟を破棄して駿河に攻めこめば、北条氏康・氏政父子が今川氏真を支援して武田家と敵対するかも知れない。信玄が首尾よく駿河を切り取り、今川家を滅ぼすことができたとしても、そのときは家康も三河と遠江を併合しているであろうから武田家と国境《くにざかい》を接することになり、互いに牙《きば》を剝《む》きあう関係に陥っても不思議ではない。

（戦国の世を武士として生きてゆくのは、身内の敵に気を配り、さまざまな合従連衡《がっしょうれんこう》を講じつつ勝者への道を探し求めるということなのだな）

と痛感しながら、昌幸はすでに岩尾城からお咲と源三郎・弁丸母子がうつってきている自分の屋敷へもどっていった。

三増峠《みませとうげ》の一番槍

一

——織田上総介（信長）は偽り多き大将でござる。

真田源太左衛門信綱、武藤喜兵衛尉昌幸の諫言を聞き入れなかった武田信玄が、甲斐《かい》府中から駿河国《するがのくに》めざして出動したのは永禄十一年（一五六八）十二月六日のことであった。

甲軍の総兵力は、甲斐・信濃《しなの》・上野《こうずけ》三カ国から集められた六万騎あまり。先鋒《せんぽう》は黒地に白の桔梗《ききょう》紋の旗印を林立させた山県昌景《やまがたまさかげ》勢がつとめ、真田信綱・武藤昌幸兄弟は第二陣のうちにあった。

甲斐府中から駿河国をめざすのはなんとも大遠征のようだが、「身延山《みのぶさん》みち」といわれる街道を富士山を東の空に仰ぎながら一路南下してゆけば、東海道上、富士川西岸の岩淵《いわぶち》に出ることができる。岩淵はすでに駿河のうちであるが、甲斐府中から四里八町すすんで鰍沢《かじかざわ》に出さえすれば、小荷駄《こにだ》、足軽、徒《かち》武者などは富士川を下る早舟に乗って十八里の流れを一気に下ることができた。

出動六日目の十二月十二日、その岩淵の南西の由井《ゆい》に布陣した信玄は、昌幸を呼んで命じた。

「その方、高みに駆け上って敵の備えを見届けてまいれ」

この日も昌幸は、鹿角《ろっかく》の兜《かぶと》に卯《う》の花縅《おどし》の鎧《よろい》を着用。その背の合当離《がったり》（環）には、兄信綱とおなじ赤地白抜きの六連銭の旗指物を差しこんでいた。

「かしこまって候」

と答えた昌幸は、騎馬武者三人のみを引きつれて東海道へむかって駆け下っていった。

すると途中に、内府山という名の手頃な山がある。その山頂近くから鈍く輝く駿河湾の手前を東西に貫く東海道を見下ろすと、迎撃戦をこころみようとしている今川勢の動きを隈《くま》なく捉《とら》えることができた。

街道上の薩埵峠《さったとうげ》に庵原忠胤《いはらただたね》勢およそ千五百。

その北、八幡平《はちまんだいら》に岡部忠兵衛《おかべちゅうべえ》と今川家の家老のひとり小倉内蔵介《くらのすけ》。

薩埵峠からその西の奥津（興津《おきつ》）までは兵でびっしりと埋まっており、奥津の清《せい》見寺《けんじ》に今川家の白地に二つ引両紋を打った旗と幟《のぼり》が多数ひるがえっていることから、この寺が今川氏真《うじざね》の本陣と察せられた。どの戦国大名も近国を領有する者やその有力武将の紋所や旗印はよく調べあげてあるので、このように物見を命じられたときの用意にこれらを描いた冊子を持参するのも武将の心懸けるべきことのひとつなのだ。

昌幸から今川勢の布陣を報じられた信玄は、

「それでは平攻《ひらぜ》めにしてくれよう」

と自信たっぷりにいった。「平攻め」とはひたすら攻め立てることだから、信玄は薩埵峠から奥津の清見寺までの間に今川勢二万が充満しているというのに、それを意に介していないのだった。

昌幸はまだ知らなかったが、信玄は出陣以前から今川家のおもだった者たちのもとへ密使を派遣し、寝返り工作をおこなっていた。今川家重臣たちの反応にはかなりの手応《てごた》えがあったので、信玄は開戦する前から勝利を確信していたのである。

かといって信玄は、敵をあなどりすぎると手痛い反撃を喫することがあることもよくわきまえている。念のため先鋒を山県昌景と甘利信忠《あまりのぶただ》のふたりにふやし、第二陣以降につぎのような面々を指名して進撃させることにした。

馬場信春《のぶはる》、小山田信茂《のぶしげ》、小幡信定《おばたのぶさだ》、真田源太左衛門信綱と遅れてやってきたその弟兵部丞昌輝《ひょうぶのじょうまさてる》、内藤昌豊。あらたに先鋒に指名された甘利信忠は、上田原《うえだはら》の戦いに散った虎泰《とらやす》のせがれである。

そして昌幸には騎馬武者五百騎が与えられ、ふたたび内府山へもどって奇兵として働くよう命じられた。ひそかに奥津川の上流へまわりこみ、東海道一の名伽藍《がらん》として知られた清見寺へ背後から突入せよ、というのである。

昌幸にとって敵の本陣へ突入する役目は初めてのことだから、武者震いして内府山をめざした。

その間に薩埵峠から清見寺にかけて布陣している今川勢のうちでは、歴史上きわめて珍しい意見が大勢を占めようとしていた。

薩埵峠に迫ってきた甲軍のうちに、山県勢の黒地白桔梗紋、小山田勢の沢瀉《おもだか》紋、真田勢の六連銭の旗印などを認めた家老衆・親類衆二十一人は、

「亡き義元《よしもと》公の敵《かたき》織田上総介に駿河を取られるよりも、信玄に取られる方がはるかにましじゃ」

と意見一致し、持ち場を捨てて駿府まで兵を引くことにしたのである。

こうなっては清見寺の本陣は味方から見捨てられたも同然だから、今川氏真の旗本たちにも動揺が走る。昌幸と騎馬武者五百騎が清見寺の裏山へ散開し、一斉に鯨《と》

波《き》の声をあげて突入戦にうつったのはそのときのこと。仰天した氏真と旗本たちは、武具を捨て、馬に乗ることも忘れてわらわらと逃げ走りはじめた。

氏真はまったく線の細い人物だから、敵前逃亡などしては家名の恥、などとは考えない。旗本六、七十騎に守られて辛《から》くも清見寺を脱出すると、

「われを助けよ、われを助けよ」

と叫びながら駿府の館へ逃走。甲軍先鋒が迫るとこの館も捨て、土岐《とき》の山中へひそんだ。

奥津―駿府間は三里三十二町、駿府―土岐間は八里の道のりであり、さらに西進すれば駿河・遠江《とおとうみ》両国の国境《くにざかい》である大井川に近づく。今川氏真はまことに情ないことに、一日に十四里近く逃げ走るという醜態をさらして没落したのである。

ために甲軍は途中で昌幸と合流し、無人の荒野をゆくようにすすんで駿河湾に夕日が落ちたころには駿府の手前の宇《う》八《は》原《はら》に到着していた。甲斐府中を出立してから六日目に由井に着き、わずか一日にして駿府に迫るとは、甲軍の孫子の旗にある、

「疾《と》きこと風の如く」

ということばそのものである。

「明朝は駿府に乱入いたすにより、乱取りいたしてかまわぬ。今川の館と武家屋敷は、ことごとく焼き払え」

というのが、信玄の出したこの日最後の命令であった。

「乱取り」とはなんでも見境なく掠奪《りゃくだつ》してよいという意味で、女性もその対象にふくまれる。乱取りにされた女は遊女屋に売られるのが定めになっていたため、高貴な女房衆を指す「上臈《じょうろう》」ということばが「女郎」ということばを生み出したのだ。

駿府は正しくは駿河府中であり、甲斐府中が甲府と略称されるのにひとしい。駿府の今川氏の館は躑躅ケ崎《つつじがさき》館によく似た重厚な造りで、堀にかこまれていること、その周辺に重臣たちの武家屋敷が配置されていることもおなじであった。

あけて十三日の早朝、昌幸が松明《たいまつ》を手にした五百騎とともにその武家屋敷を虱《しらみ》つぶしに調べてゆくと、ある屋敷の門前に葵《あおい》の紋を打った大紋《だいもん》に烏帽子《えぼし》姿の若武者がたたずんでいた。

（おや）

と思った昌幸は、手綱を控えてたずねた。

「すでに今川家の者は四散いたしたと申すに、なにゆえ居残っているのか」

すると太刀を佩《は》いているその若武者は、苦笑して答えた。

「それがしは名を松平源次郎家乗《いえのり》と申し、徳川三河《みかわ》守（家康）の親族として今川家に質に取られていた者でござる。今川家の面々があるじをふくめて煙のように消えてしまい申したので、はて、どうしたものか、と思いましての」

今川氏真は、家康が差し出した人質である松平家乗をつれ出すことも忘れて逃げ走ったのだ。

「されば供の者に案内いたさせようから、お屋形さま（信玄）のもとへ出頭されよ。決して悪くはなさるまい」

信長は家康と同盟をむすぶ一方で、せがれ奇妙丸を武田松姫と婚約させている。いわば家康と信玄も同盟関係にあるわけだから、信玄が家康に松平家乗を返してやれば、その同盟関係を強化することができる、と昌幸は踏んだのである。

「よろしく頼み入る」

と頭を下げた家乗は騎馬武者一騎に先導されて後方へ去り、まもなく道の左右にならぶ武家屋敷からは乱取りにされた豪奢《ごうしゃ》な衣装や武具甲冑《かっちゅう》の類《たぐい》が運び出されたかと思うと、松明《たいまつ》を投げこまれて軒下から黒煙を吹き出しはじめた。

中空にたゆたうその黒煙をかいくぐるようにして今川氏の館に近づくと、その正門と堀のこちら側をむすぶ太鼓橋に華やかな衣装をまとった女たちが悲鳴をあげながらまろび出てきた。すでに館内でも甲軍の乱取りがはじまっているらしく、女たちを守る小具足姿の男たち数名は抜刀して四方に目配りしている。

「その女子《おなご》衆は何者だ」

男たちの殺気を感じながら昌幸がまたたずねると、ひとりが白刃を背に隠し、片《かた》膝《ひざ》づきの礼を取って答えた。

「これなるは御正室北条夫人とその侍女たちでござる。輿《こし》も見当たらず徒立《かち》ちにて退去あそばされるところなれば、なにとぞお見逃し下されたく」

今川氏真の正室は北条家の出身なので、「北条夫人」と呼ばれていたのである。

(氏真め、人質の松平家乗ばかりか正室をも置いて逃げ出したのか。武士の風上にも置けぬやつとはこのことだ)

と呆《あき》れながらも、昌幸は正門から女子衆を追いかけてきた味方の兵たちに大声で呼びかけていた。

「女たちに手を触れてはならぬ。それが厭《いや》なら、この武藤喜兵衛尉昌幸が相手をしてつかわす」

このひとことによって北条夫人とその侍女たちは、乱取りの対象にされることなく館から落ちてゆくことができた。

二

今川家の旧領駿河・遠江・三河の三カ国は、東海道に団子のようにならんでいる。すでに三河は徳川家康が切り取り、いままた武田信玄がわずか二日間で駿河を奪ったわけだから、北条夫人一行は遠江に逃れるしかなかった。駿府を西へ去ること十里二町、遠州掛川《かけがわ》には掛川城があり、今川家の筆頭家老朝比奈泰朝《あさひなやすとも》が城主をつとめている。

「今川氏真も掛川城に入ろうとしているのではないか。さらに探索せよ」

駿府の籠ケ花《かごがはな》という地点に野陣《やじん》を築いた信玄が命じるうちに、武田菱《びし》の陣幕にかこまれたその本陣には今川家を見限った武将たちがつぎつぎと出頭してきた。

瀬名信輝《せなのぶてる》、朝比奈政貞《まささだ》ら四人はすでに武田家への返り忠（裏切り）を誓っていた者たち。家老衆・親類衆二十一人のうちにも臣従を申し入れた者は少なくなかったが、信玄が即座に召し抱えることにしたのは庵原弥兵衛《いはらやへえ》という者であった。

庵原弥兵衛はさほどの禄《ろく》は受けていなかったものの、いまは亡き山本勘介《かんすけ》が諸国を巡ってから駿府に父の友人朝比奈兵衛《ひょうえ》を訪ねたことがあった。弥兵衛は、

「そのころ山本勘介さまによろずのことを習い申し候」

と書いた身上書を差し出したので、この点について信玄は降将たちにたしかめた。

すると、

「たしかに庵原弥兵衛はかつて山本勘介殿を師としておった者にて、なかなかの武辺者《ぶへんしゃ》でござる」

という答えが返ってきたため信玄は興味を覚え、弥兵衛を呼び出してたずねた。

「知っての通り駿府の今川館と武家屋敷は焼き払ったので、あらたな山城がほしい。小人数で充分に守れ、多人数に攻められても容易に落ちぬ地形の土地はこの辺にないか」

小柄でこれといった特徴のない顔だちの弥兵衛は、信玄の腰掛ける床几《しょうぎ》にむかって一揖《いちゆう》すると、思いのほかはきはきと答えた。

「おたずねの件につきましては、久能《くのう》と申す山がよろしかろうと存じます。山本勘介さまはこの駿府におられましたころ、たびたびこうおっしゃったことでございました。『久能の山に強弓《ごうきゅう》を引く者十人と鉄砲の名手十人を入れておけば、日本中の兵が攻めてきたところで簡単には落ちまい』と」

「ほほう、勘介がそこまで申したか」

大きくうなずいた信玄は、さっそく駿府の東側、駿河湾の有度浜《うどはま》に近い久能山（標高二一六メートル）に城を築き、弓、鉄砲、玉薬と三年分の兵粮米《ひょうろう》を入れて今福浄閑斎《じょうかんさい》・丹波《たんば》父子と騎馬武者四十騎に守備を命じることにした。

また、奥津に近い横山という土地にも城を築き、信玄の姉の子である穴山信君《あなやまのぶきみ》を城主とすることにした。信玄は現代風にいえば、駿河国を甲州、信州、西上野につづく第四の領国とするため、東海道に城郭ネットワークを張り巡らしはじめたのである。

そのころ徳川家康は、信玄に呼応して遠江国を切り取るべく、三河の岡崎《おかざき》城から動きはじめていた。駿府在住の今川家家臣団にすでに武田家に通じていた者があったように、家康も遠州に住む今川家家臣たちの一部に内通をすすめることを忘れなかった。

遠州浜名湖の北東にひろがるその支湾引佐細江《いなさほそえ》には、北からのびてきた井谷川《いのやがわ》が流れこんでいる。その河口に近い気賀《きが》から北へ一里、井伊谷《いのや》に所領を与えられているため、

「井伊谷三人衆」

と呼ばれていた菅沼忠久、近藤康用《やすもち》、鈴木重時《しげとき》の三人が、この誘いに応じた者たち。家康がそれぞれの知行安堵《ちぎょうあんど》を約束する起請文を与え、

「たとえ信玄がどのようなことをいおうとも、見殺しにはいたさぬ」

と誓ったため、井伊谷三人衆は徳川軍の案内役をつとめることになった。

徳川軍七千がその井伊谷口から遠州に侵入したのは、今川氏の館が炎上していた十二月十三日のこと。つぎつぎに小城《こじろ》を落として東進した家康は、十八日には浜松の曳馬《ひくま》城を攻略。ここに重臣酒井忠次《ただつぐ》を入れて八里二町をさらに東進し、掛川城をかこみながら信玄へ使者を送った。

その口上は、つぎのようなものであった。

「今川氏真は、掛川城に入りしこと明白なり。この城はわが軍にて攻め滅ぼすべく候。信玄公が駿州をお治めなされ候えば、遠州は大井川を境としてわが軍にて切り従え申すべく候」

信玄は返事を保留し、使者を休息させておいて諸将にどう答えるべきかを諮《はか》ることにした。

陣幕のうちに敷かれた五十枚の野畳の上に縦二列、互いに顔をむけあって居流れた諸将のうち、まず発言を求めたのは烏帽子小具足姿の真田源太左衛門信綱であった。父一徳斎《いっとくさい》に似て鼻筋が太く、漆黒《しっこく》の口髭《くちひげ》と顎鬚《あごひげ》をたくわえている信綱は、はじめから激した口調でまくし立てた。

「なにゆえ徳川三河守は、かように無礼なことを申すのでござるか。われらが粉骨砕身いたしたればこそ、今川氏真は羽根を抜かれた鳥のようになって掛川城へ駆けこんだのでござるぞ。その掛川城を落とすだけのことで、遠州一国をもらいたいとは言語道断。かくなる上は使者の首を刎《は》ね、人質となっておった松平家乗とやらも斬《き》って捨てるべきではござらぬか」

上座に座って坊主頭を見せていた信玄は、落ちついて答えた。

「その方の申すところはもっともながら、余はまだ駿遠《すんえん》両国を切り従えたわけではない。今川の残党もまだあちこちにいることゆえ、このたびは三河守に遠州を取らせておいて、のちにこれを滅ぼすこともさほどの難事とは思われぬ」

　このやりとりの間、やはり小具足姿で末席に控えていた昌幸は、時に笑い出したくなるのをこらえていた。だが、上座に顔をむけている信綱は気づかない。にわかに喜色を浮かべて、こういった。

「おお、お屋形さまはやはり、いずれ徳川を討つおつもりでおられましたか。まことに甲軍の御威勢は破竹のごとし、三河守に遠州を取らせておいて、のちにこれを討つもいとたやすいことでござりましょう」

　ほかの諸将もうなずいたので、信玄は家康の申し入れを受諾し、松平家乗は使者に添えて家康のもとへ返してやることにした。

「では、これにて」

　と諸将が一斉に立ちあがったときのこと、信玄はにわかに厳しい目つきをして昌幸に命じた。

「武藤喜兵衛尉のみは、近う寄れ。ちと問いただしたいことがある」

昌幸はこれまで信玄の近習のひとりだったから、一軍の将として扱われて軍評《いくさひょう》定《じょう》の席につらなったのは初めてであった。なにか将としての心得でも教えてくれるのかと思ってすすみ出たところ、そうではなかった。信玄は先ほど昌幸が笑いを噛《か》み殺したことに気づいており、その点を咎《とが》めるつもりだったのである。

三

信玄は、怒りの口調で告げた。

「その方の兄が徳川の申しようを怒り、使者と松平家乗を斬るべしと申したのは忠義の心からだ。しかるにその方は、なんの意見もいわずして余を笑いおった。そういえばその方は、余が織田上総介のせがれとお松の婚を約そうとしたときにも反対いたしたな。若輩の身をもって利口ぶること、このたびは許しがたい。覚悟せよ」

「怒りたもうことなかれ。それがしの申すことをとくと聞きたもうてのち、死罪になりとおこないたまえ。大丈夫は、死を恐れるものではござりません」

深々と上体を折って答えた昌幸は、なめらかにつづけた。

「先ほどお屋形さまにおかせられては、『このたびは三河守に遠州を取らせておいて、のちにこれを滅ぼすこともさほどの難事とは思われぬ』とおっしゃいました。

これはまことに三河守さまを軽んじたもうおことばでござりますが、お屋形さまはどこまで三河守さまのお心を知っておいででございましょうか」

「あやつは松平広忠《ひろただ》の嫡男なれば、余にとっては塵芥《ちりあくた》も同然じゃ」

信玄が身も蓋《ふた》もない答え方をしたのは、松平広忠といえば十九年前の天文十八年（一五四九）三月、岩松八弥《いわまつはちや》という近習に斬りつけられて不甲斐《ふがい》ない最期を遂げた者として知られていたためである。

「されど、敵をあなどる者はかならず滅ぶと申します。三河守家康公は謀《はか》りごともなく智勇もなく見えましょうが、やがては天下に英雄の名をあらわすであろうまことに恐しい大将でござります」

昌幸がなおも面を伏せたまま答えると、信玄は失笑して問い返した。

「その方、なにゆえ徳川の器量を知っておるのだ」

「はい、かつてわが父一徳斎につかえ、いまはそれがしのもとにいる梁田新平《やなだしんぺい》という者がござります。この者は伊賀《いが》に生まれし忍びの術の名人なれば、父は諸国をまわらせて、その国の大将の器はこう、合戦の結末はこうと逐一報じさせておりました。いまはそれがしのもとにあるこの文書類によりますと、三河守家康公は人に褒賞《ほうしょう》を与えることもない代わりに人をすすんで罰することもなく、たとえて申さば漢の高祖劉邦《りゅうほう》のような寛仁《かんじん》の長者だと申します。と申しますのにお屋形さまにおかせられては家康公を並の大将と見下され、遠州を与えておいていずれ滅ぼすなどとおっしゃいましたので、それがしは情なくてつい笑わざるを得なかったのでございます。どうか御油断召さるべからず。さらに申さば、より恐しいのは織田上総介さま。松姫さまの婚を約せしことが武田家の仇《あだ》になることなどなきように、と思いますと、それがしは夜も眠れぬのでござります」

ふたたび信長との同盟の危うさに言及した昌幸に、

「いや、それはもう申すな。しかし、余がおのれの勇《ゆう》を誇って徳川を軽んじておったことはたしかじゃ。この上はきっと慎もう」

と信玄は答え、謎《なぞ》めいたことをつけくわえた。

「いずれにせよ、家康がどれほどの器かは間もなくわかる。その日を楽しみにしておるがよい」

これもまた昌幸の知るところではなかったが、今川家の侍大将で遠州の犬居《いぬい》城を預かっている天野景連《あまのかげつら》は、三年前から信玄に、

「お味方になり申すべし」

と、ひそかにいい送ってきていた。そこで信玄はこの天野景連のもとに別軍を送りこみ、家康には無断で遠州の一部にも食指を動かそうとしていたのである。

信玄の密命を受けて動き出していたのは、伯耆守《ほうきのかみ》の受領名《ずりようめい》を許されている秋山虎《あきやまとら》繁《しげ》。年があらたまって永禄十二年（一五六九）一月になると、秋山虎繁は雪深い信州伊那《いな》郡の兵二千を率いて天竜川沿いに南下。そのまま遠州灘《なだ》にむかってひらいた河口近くまで侵入し、その東岸の要地見付《みつけ》（現、静岡県磐田《いわた》市）に布陣した。

掛川城を攻めている家康にとっては、西の背後に秋山勢を見る形になったわけだから、許しがたいとはこのことである。天野景連に臣従を誓わせたばかりか、井伊谷三人衆の兵力を見付にむかわせ、秋山勢と戦わせることをためらわなかった。

見付は東の掛川と西の浜松の間にあるから、ここに秋山勢に割りこまれては、掛川城を包囲中の徳川本軍と浜松の曳馬城に後詰《ごづ》めする酒井忠次勢は分断されてしまう。それを思えば家康の指令はまことに的確であり、秋山勢は井伊谷三人衆に押しもどされて信州伊那郡に逃げもどった。

しかし、家康が家康らしさを発揮したのはそのあとであった。かれは山岡半左衛《はんざえ》門《もん》という者を使者として信玄の本陣へ派遣し、強硬に抗議した。

――すでに駿州は武田領、大井川より西の遠州はすべて徳川領と決定しているのに、秋山伯耆守以下の信州衆が遠州見付を侵したのは何事ぞ。甲軍には遠州をうかがう野心ありとしか思われず、存念のほどをうけたまわりたい。

三河武士には頑固者が多く、大きく月代《さかやき》を剃《そ》りひろげているため、正面から顔を見ると坊主頭のようにしか見えない。山岡半左衛門もそのひとりであった。

「返答は口頭にていたすにより、そこもとから三河守殿によろしく御伝声されたい」

痛いところを突かれた信玄が逃げを打っても、

「いいや。きちんとした文書にてお答えをいただけなければ、何日でもここにおり申す」

と半左衛門は答え、梃《てこ》でも動かないという態度を貫いた。

そこで信玄は、渋々とながら家康宛《あて》の返書を認《したた》めた。

「このたび使者に預り候いて、祝着に候。聞けば秋山伯耆守以下の信州衆、遠州表に在陣。これによりて当家が遠州を競望せるものと御疑心の由。早々に秋山を当陣に招くべく候。なお、きっと掛川城を落とすべきこと、肝要に候。恐々謹言。

正月八日　信玄〔判〕

徳川殿」

昌幸が案じていた通り、信玄は家康を甘く見すぎていた。そのため、表面では遠州は徳川領と認めておいて裏では秋山勢二千によって遠州の一部も奪おうとし、家康から手ひどくしっぺ返しを食ってしまったのである。

かねてから家康を非凡な器量の持ち主と見ていた昌幸は、皮肉にもこれによって読みの正しさを証明したことになった。

四

家康が信玄に不信感を抱いたのは、「聞けば秋山伯耆守以下」などと返書に書いて、秋山勢の見付進出は主命ではなかったかのように装ったためである。

これと並行して信玄を敵視するようになっていたのは、伊豆・相模《さがみ》二カ国を領有する北条氏康《うじやす》・氏政《うじまさ》父子。信玄が武田・北条・今川三家による甲相駿同盟を勝手に踏みにじって駿河へ乱入したことを怒った氏康は、永禄十一年師走《しわす》のうちに伊豆下田の水軍を掛川城救援のため遠州灘にむかわせる一方、氏政率いる四万五千の兵力を三島から駿府へ進撃させた。

西の掛川城に今川勢、東に北条勢を見る形になってしまった甲軍は、兵力の一部を割《さ》いて北条勢に対峙《たいじ》させざるを得なくなる。北条氏康の期待は、長きにわたって上野国の争奪戦をくりひろげていた越後《えちご》の上杉政虎《まさとら》あらため輝虎《てるとら》との間に和睦《わぼく》の気運が芽生えていたことに乗じ、北条・上杉両家が越相同盟をむすんで甲軍と対抗しようというものであった。

雪深い越後にいる輝虎は永禄十二年の雪解《ゆきげ》時まで身動き取れないが、越軍がまたしても川中島へ南下してくれば信玄は四面楚歌《しめんそか》となってしまう。駿河侵入後二日目に駿府を押さえた甲軍の勢いはすでになく、薩埵峠まで退《さが》って布陣した信玄は沖にあらわれた軍船《いくさぶね》から兵力を補充する北条勢に悩まされつづけた。

しかし、いくさとは外交の一種だから、合従連衡によって戦況を一変させることもできる。そこで信玄が考え出したのは、同盟関係にある信長を介して足利十五代将軍義昭に働きかけ、輝虎に対して甲越融和の御教書《みぎょうしょ》を発してもらおう、というものであった。かれは宿敵輝虎と北条家の父子が提携したら、自分の身が危うくなることをよく承知していた。

輝虎の弱点は、上杉憲政《のりまさ》から関東管領の職と上杉姓をゆずられて喜んだことから知れるように、古い権威を重んじることにある。このときも基本的に越相同盟締結を承諾したにもかかわらず兵を動かすことなくおわったので、信玄は危機を脱することができた。

だが、これで戦況が好転したのかというと、そうではなかった。

家康は三月中に今川氏真と勝手に講和することにし、氏真に対して、

「それがしに遠州を下されば北条家とともに甲軍を挟撃し、これを本国へ追って駿府を返上いたしたい」

とひそかに申し入れていた。家康の信玄に対する不信感は、数カ月後には強い敵《てき》

愾心《がいしん》へと育っていたのである。

もちろん信玄は、掛川へ放った乱波《らっぱ》、透波《すっぱ》から家康の動きを報じられていた。それでも、どうしようもなかった。厳冬期の三カ月以上に及ぶ大遠征に甲軍将兵は疲れ果て、しかも兵粮も底を突こうとしていた。

そこで四月十九日、信玄は穴山信君に奥津に近い江尻《えじり》の浜辺に造営した江尻城の守備を命令。駿府には山県昌景を残して二十四日ににわかに陣払いし、富士川沿いに北上して甲州へ帰国してしまった。

甲軍の去ったあとは、当然のように北条勢が埋めた。なんのことはない、信玄は駿河国のあるじを今川氏真から北条氏康・氏政父子に替えるための露払い役をつとめたようなものであった。

家康も、遠州から駿府へ東進して山県勢を駆逐。北条家の父子と同盟をむすぶ一方、氏真には、

「いずれ駿府城を建てて、こちらにお住みいただく」

と条件を出して掛川城を開城させることに成功し、三河・遠江二カ国を領有する大大名にのしあがった。ここにおいても信玄は、家康が氏真に恩を売るのを手伝っただけの形におわったのである。

躑躅ケ崎館にほど近い屋敷に深々とからだを休めた武藤喜兵衛尉昌幸は、これが口惜しくて仕方なかった。

（もう少し早く徳川三河守さまについて申しあげておけば、こんなことにはならなかったかも知れぬ）

と思うと、あるじ信玄が天下に醜態を晒《さら》したのは自分のせいだ、という気さえした。

しかし、それは正室お咲《さき》にいっても詮《せん》ないことである。そこで昌幸は、

（いや、お屋形さまのことだ。いずれふたたび駿河に乱入し、北条家に一泡吹かせるお覚悟に違いない）

と思い返し、さらに武を練ってその日にそなえておくことにした。

この時代の騎馬武者の主要な武器は、太刀ではなく槍《やり》である。少年のころから短《みじか》穂《ほ》の素槍の使い方に長じていた昌幸は、近ごろは大身《おおみ》槍をたずさえて出動するようになっていた。

大身槍とは、刃渡り二尺（〇・六一メートル）から三尺（〇・九一メートル）あまりもある長大な槍穂に五尺ないし六尺の太い柄《え》をつけたものをいう。あまりに重いため槍穂には大きく深い樋彫《ひぼ》りを入れて重量軽減をはかっているが、戦国の世となってからこの槍が考案されたのは、甲冑を着けた敵のからだを貫いたり斬り割っ

たりすることができるばかりか、その重さゆえに相手にとっては受け止めにくく、払い落としにくいという特徴を持つためである。

馬を駆けさせるとき、騎馬武者は大身槍を右脇《わき》に搔《か》いこみ、左手一本で手綱を繰る。だが、この姿勢で槍穂を揺らすと穂先が馬の右目に当たり、失明させる危険があった。だから騎馬武者は、つねに膂力《りょりょく》をつけるよう工夫しておかねばならなかった。

大身槍を自在に繰るための稽古《けいこ》は、庭に出て朝夕一千回ずつ片手で頭上に振りまわすことであった。はじめは途中で息が上がってしまうが、上体の筋骨が張り出すにつれて、刃風を立てて振りまわせるようになる。

つぎには、長大な槍穂の刃味《はあじ》を見ておかねばならない。これは、

「槍試し」

といわれ、刑死した科人《とがにん》の生首をもらってきておこなうものとされていた。

昌幸は弓術場の安土《あづち》（土盛り）に的の代わりに生首を埋めこみ、左半身に構えてするすると足を送りながら水平に槍を繰り出すと、その穂先によって生首の額から後頭部にかけて貫くこともできるようになった。

さらに身につけておきたいのは、交錯した敵の騎馬武者の胸板か腹を刺し貫いたあとに繰り出す技であった。こちらが鞍《くら》の上に踏んばって一気に槍の柄を持ちあげ

れば、敵のからだはいったんふわりと宙に浮き、つぎの瞬間、地面に叩《たた》きつけられる。

「槍玉に挙げる」

という表現を生んだ技であるが、昌幸はこの呼吸を身につけるためには五斗俵《ごとだわら》を六俵使って稽古をつづけた。

まず五斗俵を一段目に三俵、二段目に二俵、三段目に一俵と、三角形に積みあげる。左半身となってこれに対した昌幸は、

「えっ」

と気合を放ったかと思うと、三段目の俵に槍穂を刺し通し、頭上に縦に半円を描いてその俵を後方へ投げ捨てた。これを連続六回おこなうと、刺子の稽古着は汗まみれになり、顔から胸にかけては朱を浴びたように紅潮する。

倦《う》まず弛《たゆ》まずこの稽古をつづけるうちに、いつか昌幸は五斗俵を後方へ投げ捨てるのではなく、そっと置くこともできるようになっていた。その五斗俵は一段目に三俵、二段目に二俵、三段目に一俵が整然と積みあげられ、一部始終を見届けていた者でない限り、これが槍玉に挙げられた結果とは思えない。

その昌幸に対し、信玄がふたたび駿河への出動を命じたのは永禄十二年六月二日のことであった。

五

このたびの信玄の目的は、かれにとっては漁夫の利を掠《かす》め取ったかに見える北条家を叩き、雪辱を期するにある。

ふたたび身延山みちを下った甲軍は富士の南麓《なんろく》にまわりこみ、六月十八日には三島を焼き打ち。その夜は富士川東岸の河鳴島《かわなりしま》に宿陣した。

ところが、思いがけないことが起こった。大地が鳴動したかと思うと田子浦《たごのうら》の潮が駿河湾の沖合へ引き、つぎには大津波が起こって甲軍を襲ったのである。

海を知らない甲軍に、まして津波がなぜ起こるのかということなどはわからない。幸い溺死《できし》者は出なかったものの、信玄は軍旗と武器兵具多数を引潮に攫《さら》われてしまい、甲州へ引き揚げざるを得なくなった。

だが、信玄はこんなことで引き籠ってしまう男ではない。七月になると諸将を躑躅ケ崎館に招き、歌会をひらいて一首詠《よ》んだ。

清見《きよみ》がた空にも関のあるならば月をとゞめて三保の松原

清見潟《がた》とは奥津の清見寺の前の海のことをいい、三保の松原に接していて古来景勝の地として知られている。その歌意は、

「自分は甲州から、清見潟や三保の松原の方角に輝く月を眺めている。甲州と駿州の間の空に関所があるなら、月も甲州側へ動いてこられぬだろうに」

というもの。その裏の意味は、

「甲・駿二州の間に関所などない。いずれ余は駿州へ出馬する」

ということであり、信玄はこの和歌によって三度駿河へ乱入する意思を表明したことになる。

ただし、ここからが信玄の一筋縄ではゆかないところであった。翌日、昌幸が呼ばれて本主殿の御閑所《ごかんじょ》におもむくと、信玄は駿河ではなく伊豆・相模の絵図に見入っていた。

「なにゆえに」

昌幸が形のよい眉《まゆ》をぴくりと動かして目をまたたかせると、すでに四十九歳になって頬《ほお》の肉がゆるんできている信玄は、にんまりと笑って答えた。

「壁に耳あり障子に目あり。余は昨日の歌が北条方に伝わったころ、郡内《ぐんない》から小田原に攻めこんで驚かせてやるのじゃ」

郡内とは甲州の南東の端にある都留郡《つるごおり》の別名で、ここを相模原へむかって東進し

てゆけば、相模川沿いの道へまわりこんで小田原の北東部へ出ることができる。信玄は西の東海道上から攻めると見せて、こちらの道筋から主力を北条家の本拠地である小田原城へむかわせようとしていたのだ。

「その方を呼んだのは、ほかでもない。相模には北条方の出城《でじろ》が少なくないのでな、甲州引き揚げの際はどの道筋を選ぶのがよいかを聞きたかったのじゃ。例の梁田新平とやら、なにかいってはおらぬか」

と信玄に問われ、昌幸は大月代《おおさかやき》茶筅髷《ちゃせんまげ》を動かして答えた。

「さようなことでありましたら、三増《みませ》峠から御帰国あそばされるのがよろしゅうございましょう。この峠は相模の愛甲《あいこう》郡と津久井《つくい》郡をむすんでおりまして、これを北へ越えれば郡内へもどれますし、この方面の北条方の城は津久井城しかないと聞き及んでおります」

「ふむ、では帰りはその三増峠に道を取ろうか」

信玄は、物見遊山の旅に出かけるような口調でいった。

「ところで、このたび馬場美濃《みの》守（信春）には信州の留守居を命じる。その方は、馬場美濃の副将をつとめておれ」

なんと昌幸は、小田原遠征軍の名簿から外されてしまったのである。

憮然《ぶぜん》とした昌幸は、それでも躑躅ケ崎館の正門の左側二軒目にある馬場信春邸に挨拶《あいさつ》に出むいた。

ぎょろりとした目つきの信春は「武田家四名臣」のひとりにかぞえられるばかりか、これまでのほとんどのいくさに参加したにもかかわらず、身に一カ処も負傷したことのない軍神のような武将である。

昌幸に応対すると、こともなげにいった。

「そういうときにはな、黙ってあとから追いかけていって、お咎めを受けたら『いえ、後学のためいくさ見物にまいりました』と答えればいいのじゃ」

「そういうものでございますか」

昌幸は古参のつわもののことばに、目から鱗《うろこ》が落ちたような気がした。


都留郡の領主小山田信茂の兵力二百騎と雑兵七百を八王子《はちおうじ》へ先行させた信玄が、甲斐府中から出陣したのは八月二十四日のことであった。

八王子は北条氏の領土であり、氏康の三男氏照《うじてる》が二千の兵力とともに滝山城に入っている。その緒戦に沢瀉紋《おもだかもん》の旗印を揚げた小山田勢は、北条勢の騎馬武者三十二をふくむ二百五十一の首級を挙げて気を吐いた。

そして九月、信玄は追いついてきた馬場信春と昌幸ほか五十騎の「いくさ見物」を笑って許し、やはり武州のうちの鉢形《はちがた》城をかこんだ。やはり北条家の支城である鉢形城には、氏康の四男氏邦《うじくに》が入っている。

しかし、意外なことに甲軍は滝山城も鉢形城も落とせなかった。北条家は信玄がみたび駿河方面から侵入するものと見て兵力三万以上をそちらへ派遣し、小田原には八千あまりの将兵しか残していなかった。それでもすでに上杉輝虎と同盟していたため、支城の将兵たちも踏ん張っていれば越軍が甲軍の背後にあらわれる、と考えて意気盛んだったのである。

すでに上杉・北条両家が同盟したという話は、虜囚《りょしゅう》を介して信玄に伝えられていた。そこでかれは鉢形・滝山二城の攻囲戦を中止し、小田原へ急ぐことにした。

その理由はふたつ。ひとつは越軍があらわれる前に帰国したいためであった。もうひとつは、滝山城攻めに参加している四郎勝頼《かつより》の武名に傷をつけたくなかったこと。これ以上滝山城攻めをつづけさせ、なおかつ城を落とせなかった場合、北条方は勝頼を愚将と決めつけて笑い者にする恐れがあった。

そこで甲軍は八王子から南下を開始、相模川の東岸から西岸に渡河して厚木《あつぎ》に入り、翌日には東海道上の平塚《ひらつか》に着陣した。ここまでくれば小田原へは四里二十七町の道のりだが、小田原の手前には酒匂《さかわ》川が流れ、連日の大雨によって逆浪が岸を浸しているという。

しかし甲軍のうちには、将棋の駒《こま》のひとつ「香車」を描いた旗指物を立てている

初鹿野伝右衛門《はじかのでんえもん》という猛者《もさ》がいた。「香車」のように決して後退しないことをおのれに誓っている伝右衛門が、

「それがし、瀬踏みをつかまつる」

と叫んで急流に馬を乗り入れたと見るや、甲軍は流れをせき止めんばかりの勢いで全軍渡河することに成功し、小田原城をうかがいはじめた。

時に十月一日のことであったが、これに気づいた北条方は城下住まいの町人、百姓、女子供までを入城させ、籠城《ろうじょう》戦をこころみた。小田原城はまだ未完成ながら、

「総構え」

と呼ばれる周囲三里あまりの堅固な土塁と堀で外郭をかこみ、そのなかに城下町を取りこんでいた。堀の幅は最大十二間（二二メートル）、土塁はおなじく高さ一丈（三メートル）、幅八間（一四・五メートル）。

しかも、西は箱根の連山、北東は田畑、南は相模湾に面しているため、かつて小田原城を完全に包囲した者は皆無であった。

信玄は箱根湯本の風祭《かざまつり》に本陣を置き、付近の神社仏閣から民家までを焼き払った。それでも北条方は挑発に乗らず、小田原城はさながら蓋を固く鎖した栄螺《さざえ》そのものである。

長期戦を覚悟の上であれば、兵粮攻《ひょうろう》めという手段がないではない。だが甲軍は北

条方の支城をひとつも落としていないから、滞陣が長引くと自分たちが支城および上杉輝虎の援軍に逆包囲されてしまう恐れがある。

やむなく信玄が都留郡へ退却しはじめたのは、十月四日のことであった。

六

しかし、北条方がこれを笑って見送ることなどはあり得ない。北条方は甲軍が酒匂川を東岸へ渡河するまでに四度も討手を放ち、甲軍殿軍《しんがり》の白地に大文字の旗を立てた勝頼勢に追いすがるしぶとさを見せた。

やがて甲軍は相模川もわたって北上に転じたが、また追撃してきた北条家家臣杉《すぎ》屋金太夫《やきんだゆう》という者を勝頼が組み伏せ、三増峠の様子を問うと、つぎのような答えが返ってきた。

「北条陸奥守《むつのかみ》さま（氏照）、おなじく安房守《あわのかみ》さま（氏邦）をはじめとする二万あまりがすでに陣取ったと聞き及びます」

西に丹沢山地につづく志田《しだ》山を見てその南にひろがる三増峠は、五町（五四五メートル）掛ける五町ほどのひろやかな斜面であった。北に都留郡諏訪《すわ》村の山々を望み、道は段々畑の間をうねっている。六日夜、津久井城の押さえとして小幡信定勢千二百を先行させた甲軍は、山県昌景勢を遊軍、浅利信種《あさりのぶたね》勢を殿軍として十六段に備え、七日の払暁に峠口に差しかかった。

その峠口には三つの池があったため、甲軍はこれを迂回《うかい》して雑木林のなかをゆき、本道へ出ようとする。その間に馬場信春と昌幸ら五十騎は、中軍を背後から守る構えの勝頼勢とともにすすむ形になった。

その雑木林のなかに潜んでいた北条家の大軍が、一斉射撃を開始したのは浅利勢が林を抜けようとしたときのこと。峠口に谺《こだま》したこの銃撃によって浅利信種は即死し、浅利勢は算を乱した。

この騒ぎに気づいた昌幸が大身槍の鞘《さや》を払って馬首を返したとき、馬場信春勢の黒地に山道の旗印も勝頼の白地大文字の旗もすでに峠を駆けもどろうとしていた。ほぼ同時に左右と前方高地上から鯨波《とき》の声が湧《わ》き起こったが、それは友軍に対応を任せるしかない。

（今日こそは、敵を槍玉に挙げてくれようぞ）

と決意した昌幸は、いつか勝頼を追い越して風のように先陣を切っていた。勝頼は赤い母衣《ほろ》（和風のマント）を着用して鎌槍《かまやり》をつかんでいるので、位置がわかりやすいのである。

その昌幸をめざして馬首を寄せてきたのは、北条氏照配下の秩父新太郎、成田下《しも》総守《うさのかみ》、富永四郎左衛門、原式部といった面々であった。だが、すでに名のりを挙げている暇はない。左右のひろさ充分と見て頭上に大身槍を水車のように旋回《せんかい》させた昌幸は、最初に交錯しようとした騎馬武者の筋兜を存分に殴りつけていた。

頭部に大身槍の痛打を浴びた者は、兜ぐるみ頭を割られて死に至る。その騎馬武者が血反吐《ちへど》を吐いて後方へ落馬する間に、昌幸は第二の敵の胸を貫き、素早く槍を手元に繰りこんでいた。両刃《もろは》の大身槍の血流しの溝からは血が滴り、その槍穂を第三の敵の腹部に送りこんだ昌幸は、そのからだをふわりと宙に浮かしたかと思うと五斗俵のように後方へ投げ捨ててから名のりを挙げた。

「武藤喜兵衛尉昌幸、三増峠の一番槍なるぞ！」


これをきっかけに甲軍は攻勢に転じ、峠を越えて都留郡へ入ることができた。この日奪われた北条方の首の数は、三千二百六十九。

大遠征の最後を勝利で飾ることのできた信玄が、ますます昌幸を気に入ったのはいうまでもない。時に昌幸は、まだ二十三歳であった。

巨星墜つ

一

武田信玄はその後も駿河《するが》進攻を諦《あきら》めず、合計四回も出動戦に踏み切った。

それを略年表風に記すと、つぎのようになる。


永禄《えいろく》十二年（一五六九）十一月～十二月。北条勢が小田原へ引いた隙《すき》を突き、駿《すん》府《ぷ》城を再占拠。

同十三年（四月二十三日、元亀《げんき》改元）一月。駿府の西南、志太《しだ》郡の花沢《はなざわ》城を攻略。

元亀元年（一五七〇）四月～十月。東駿河と伊豆の韮山《にらやま》城を攻撃し、関東に出陣。

元亀二年（一五七一）一月～二月。興国寺《こうこくじ》城（沼津市）攻めに失敗するも、深沢《ふかざわ》城（御殿場《ごてんば》市）の攻略に成功。

こうして武田家はどうにか北条家から駿河を剝《は》ぎ取ることに成功したのだが、信玄がかくも駿河の再奪取に執念を燃やした理由はふたつあった。

そのひとつは、駿河を領国化しておけば京にむかう通路がひらけること。もうひとつは、駿河は海に面しているため同国を保有することは水軍を育成できることを意味し、北条家の版図《はんと》である伊豆・相模にむかうにも、遠江《とおとうみ》に進出するにも大きな展望がひらけること。

武田家の領国である甲信二カ国と西上野《こうずけ》は、いずれも内陸部の国だけに甲軍も水軍は持たずにきた。だからこそ信玄は、さらに驥足《きそく》を展《の》ばすには水軍の育成が不可欠、と考えていたのである。

その信玄が編成した水軍は、旧今川水軍の岡部忠兵衛《ちゅうべえ》を主将とし、これに伊勢湾《いせ》から招いた海賊衆を加えたものであった。

これらの水軍が駿河湾に集結したのは元亀二年後半のことだが、そのころ武藤喜《き》兵衛尉《びょうえのじょう》昌幸は武田家の奉行に登用されていた。

武田家の家臣団の構成は上から順に親類衆十一人—譜代の家老衆（支城主）十六人—直臣《じきしん》団となっており、直臣団のうち約三十人から成る奉行は行政に関与するばかりか、合戦となった場合は足軽大将として一軍を指揮する。三増峠《みませとうげ》の一番槍として名を挙げた昌幸は、その後も四度に及んだ駿河進攻に武功を積み、後世の軍事用語でいえば将官の地位を与えられたのである。

昌幸のこのころの知行は、約六百三十貫文。出動する際には、騎馬武者十五騎と足軽三十人を率いるものとされた。

いわば昌幸は武田家の駿馬《しゅんめ》であり、曾根《そね》内匠《たくみ》という者とともに、

「信玄の両眼」

といわれるまでになっていた。これは、いったん物見に出れば敵の兵力から地形までを詳しく読み取って、誤ったことがないという意味である。

その昌幸にしても、二十五歳のときまで水軍とはまったく無縁に生きてきたため、軍船《いくさぶね》とはどのようなもので、どのようにして戦うものなのかはとんと知らなかった。だから、ふたたび躑躅《つつじ》ケ《が》崎館《さきかん》に出仕する暮らしにもどって、

「駿河湾にきたれる当家の軍船は、小舟五十二艘《そう》と安宅船《あたけぶね》一艘」

と聞いたときにも、これをどう評価すればよいかよくわからず、千曲川の渡し舟の姿ぐらいしか思い浮かべることができなかった。

しかし、まもなく水軍主将岡部忠兵衛あらため土屋《つちや》豊前守《ぶぜんのかみ》が館に届けた軍船の雛形《ひながた》を見て、すべての疑問は氷解した。赤銅色《しゃくどう》に日焼けした土屋豊前守は、広間に信玄と親類衆、譜代の家老衆、昌幸をふくむ奉行衆ほかが集まってくると、それぞれ

の雛形を高く掲げ、海の男に特有の塩辛声《しおからごえ》でつぎのように説明したのである。

「これこのように、軍船は関船《せきぶね》と呼ばれる形をしているものでござる。関船とは、もともとは海の関所を守る船ということなれど、このかたちは笹の葉形の船体に四角い櫓《やぐら》を載せたものと思って下さればよい。櫓の上には帆柱一本を立て、風のあるときはこの帆に風を受けて帆走いたしますが、風が死んだときには左右の舷側《げんそく》に並んだ櫓《ろ》を漕ぐことによって進退いたします。小船は三十六挺《ちょう》立て、中船は六十挺立て、大船は八十挺立てでございまして、一昔前までは敵の軍船に矢を射かけたり、長柄《ながえ》のもので敵の船体を引き寄せておいて跳び移ったりして戦ったものでござる。関船のほかに射手《いて》船と申す形のものもござって、これは櫓に切られた矢狭間《やざま》からは矢を、舷側からは鉄砲を撃ち出す軍船を申します。しかし、近ごろ考え出されたのはこちらでござる」

　そこで息を継いだ豊前守は、ひときわ大きな雛形を両手に捧《ささ》げ持ってつづけた。

「これは安宅船と申す大型の軍船でござって、小は五百石積み、大は二千五百石積み。櫓の数は五十挺立てから百六十挺立てまでありますが、二重櫓あるいは三重櫓を載せまして、その四方の壁に切った矢狭間から弓鉄砲を間断なく撃ち出せるよう工夫されております。わが水軍にも安宅船が一艘ございますので、日ごろはそれがしがこれに座乗いたし、お屋形さまが御座船を御必要となされる場合はもちろんこの安宅船に御案内つかまつります。申し遅れましたが、軍船は敵か味方か互いに一目でわかるよう帆に旗印とおなじく紋を描くという約束事がござる。すでに駿河湾に集結いたした各船の帆には、白地に武田菱《びし》を描かせましたることをお伝えいたしましょう」

関船五十二艘と安宅船一艘を保有するということは、これまでの甲軍のほかに低く見積もっても兵力五千以上のあらたな軍団を擁するのにひとしかったのである。

これだけでも信玄の水軍創設に賭《か》けた熱意の拠《よ》ってきたるところは知れようが、今日も山梨県の人々に珍重されている「煮貝《にがい》」という保存食がある。これは、大きな鮑《あわび》を煮たもののこと。これまで川魚しか食べる習慣のなかった甲州人の海の幸を入手できるようになった喜びが、このような伝統食となって今日に伝えられている点にも歴史の味わいが感じられるのである。

二

月は満ちれば欠けるものの、欠ければいずれまた満月の日がやってくる。駿河争奪をめぐって苦心惨憺《さんたん》した武田家は、あきらかに元亀二年を境にふたたび上昇気運に乗った。

それには水軍創設につづき、この年の十月三日に五十七歳を一期《いちご》として死亡した北条家の当主氏康が、すでに家督を相続させていたせがれ氏政に左のような遺言を残したことが大きかった。

「その方よく承知いたしておるように、余は武田信玄がわれら及び今川家との甲相駿同盟を勝手に踏みにじりおったので、その不義を怒って越後の上杉輝虎と越相同盟をむすんだのじゃ。しかし、輝虎は当てにならぬ者よな。信玄が駿河に侵入いたすかと思えばこの小田原にまで迫りおったので、再三再四援軍を依頼したと申すに一兵たりと送ってはこなかったではないか。しかも、輝虎めは関東管領という一昔前の権威を笠《かさ》に着おって、われらが切り取りし武州、上州の地を上杉家に返還せよ、などと申しおった。これらのことをよくよく併せ考えるならば、その方は越相同盟を打ち切って、昔のよしみでふたたび信玄と同盟いたした方がよいであろう。余は、これのみを頼み置くぞ」

これは、なかなか説得力のある遺言であった。

この年のうちに出家して不識庵謙信《ふしきあんけんしん》と名のった輝虎は、関東管領とはいえ、その関東には上州の厩橋城《まやばし》（前橋城）を保有しているにすぎない。というのに北条家を家臣のごとく見下して援軍の依頼に返答もせず、したことといえば氏政の弟氏秀を人質として受け取ったことぐらいであった。そのため氏康は、死に臨んで甲相同盟を復活させることこそ北条家の生き延びる道だ、と思い切ったのだ。

結果だけを見ると、氏康の最後の願いは十二月二十七日に叶《かな》えられた。この日、信玄と氏政はふたたび甲相同盟を締結し、誓紙を交換すると同時につぎのような条件を承認しあったのである。

一、関八州は北条領とすること。ただし、以前から武田領となっている西上野は武田領とすること。
一、北条家から上杉家への絶交状の写し、および上杉家からの絶交状は武田家に見せること。
一、上杉家について知ったところは、互いに教えあうこと。
一、北条家は武田家に人質を差し出すこと。
一、北条家は、今川氏真を追放すること。

このころ今川氏真は小田原へ流れてきて北条家の庇護《ひご》を受けていたので、第五条がつけ足されたのである。これによって氏真は浜松へ流浪し、徳川家康の世話を受けることになった。

武田家の家中《かちゅう》には、北条氏政からの和議の申し入れを拒んで小田原へ突入すべし、と主張する者も少なくなかった。信玄がこの意見を採らなかった理由はただひとつ、四十八歳となった永禄十一年（一五六八）から次第に気力が衰え、気分の悪い日がつづくのを自覚したことであった。

いつものように躑躅ケ崎館本主殿の御閑所に籠《こも》って政務を見ていたある日、信玄は妙に胸がドキドキするのを不審に感じ、昌幸に命じて板坂法印《いたさかほういん》を呼ばせた。板坂法印は室町幕府の典医をつとめた板坂三位《さんみ》の子孫で、信玄に招かれて武田家の侍医となっていた者である。

坊主頭の板坂法印は、身を横たえた信玄の脈を取り、顔を曇らせて診断結果を伝えた。

「恐れながら、いずれ大病をなされる兆が見えまする」

それから三年。すでに五十一歳となっていよいよ脈が乱れ、体力気力とも衰える一方であることを悟った信玄は、氏政と誓紙を交換しあってまもなく重臣たちを広間に集めて告げた。

「余も近ごろ老いたるにより、あと十年は生きられぬであろう。しかし、人は一代、名は末代だ。北条家を押しつぶすことはさほどの難事とは思われぬが、余はからだがまだ動くうちに遠江、三河《みかわ》、美濃《みの》、尾張《おわり》へ発向いたし、存命の間に天下を取って都に旗を押し立てたいのだ。かくして諸侍の作法を定め、政事《まつりごと》を正しく執《と》りおこなうことこそが、この信玄の願いと思え」

死ぬ前に、なんとしても都に旗を立てたい。そのためには、これまで友好関係にある徳川家康、織田信長と戦うことも辞さない、と信玄は宣言したのである。

家臣にとって、主命ほど重いものはない。しかも、その主君が遠からぬ死を覚悟の上で遠大な西上作戦をこころみるというのなら、どうにかしてその願いを叶えさせて差しあげたい、と家臣たちが考えるのは人情というもの。

（お屋形さま、少しおやつれのように見えたのは思いすごしではなかったのか）

と考えて目頭を熱くした昌幸は、まもなく当の信玄から西上作戦をおこなうに際しては、ほかの奉行七人とともに旗本組に属するよう命じられた。

長兄の真田源太左衛門《げんたざえもん》信綱はお備え先《さき》衆七人のひとりに選ばれ、次兄の兵部丞《ひょうぶのじょう》昌輝も兄に同行することになったから、ここに真田家の兄弟三人は、信玄にとって今生《こんじょう》の思い出となるであろう戦旅に参加することに決まったのであった。

三

西上作戦を開始するのは稲刈りがおわってからのこととされ、それまでの間に武田信玄は遠江・三河両国の絵図を作成し、両国出身の牢人《ろうにん》たちから詳しく地形を聞き出した。

嶮難《けんなん》の地はどこか、川の流れはどのようか、その渡船場はいくつあるか、深田や溜池はどこにどのようにもうけられているか……。

並行して昌幸ら奉行の者たちには、あらたに雇い入れた小者千五百人を使って新道をひらくことが求められた。

もともと信玄は土木の得意な武将であり、特に信州を併合してからは甲信二州のうちに迅速《じんそく》に出兵するため、上中下三本の棒道《ぼうみち》を開削していた。その道幅が九尺（二・七メートル）と定められたのは、騎馬武者二騎が並走できるように、という考えからのこと。

その要所要所には砦《とりで》、関所、狼煙《のろし》台、牧場などが造られたほか、鍛冶《かじ》屋、細工師などの職人集団が住まわされていた。これは行軍途中に、馬や武具馬具を補給するためである。

そして、信玄の直率する甲軍が甲斐《かい》府中を出発したのは、元亀三年十月三日のことであった。黒地金文字の孫子の旗と赤地に黒の武田菱の幟《のぼり》を先頭に押し立て、中軍には旭日の軍旗と「諏方《すわ》南宮上下大明神」と書かれた朱色地の旗が秋風にひるがえっていた。

その兵力は、二万五千。北条氏政も甲相同盟の誼《よし》みで援軍二千を同行させ、駿河湾には水軍が待機して、指令が届いたときには遠江・三河両国の港を封鎖してしまうことになっていた。

この大軍の進路は、まず信州伊那《いな》郡へ抜けて東に赤石《あかいし》山脈（南アルプス）、西に木曾《きそ》山脈（中央アルプス）の白皚々《はくがいがい》たる稜線《りょうせん》を仰ぎながら秋葉《あきば》街道を南下、信州と遠江の国境《くにざかい》である青崩《あおくずれ》峠をさらに南へ下るというものであった。甲府から仰げば南の空に屹立《きつりつ》する富士山は、青崩峠を越えると東のかなたに眺められる。

ただし信玄は、直率軍の出発に先立つ九月二十九日のうちに山県昌景《やまがたまさかげ》勢五千を遠州へ先行させていた。やがてその山県勢が黒地に桔梗紋《ききょうもん》を白抜きにした旗指物《さしもの》をなびかせて合流したので、甲軍は三万二千の兵力にふくれあがった。

となれば、いまは遠州と三河を切り取って浜松城に入っている家康の出方をうかがいながら西進するばかり。天竜川の流域に散らばる徳川方の小城《こじろ》を屠《ほふ》り、道筋の村々を焼きはらいながら進撃した甲軍は、十二月二十二日の夜明け前には浜松の北四里にある大菩薩《だいぼさつ》山の麓《ふもと》を経て、その西にひろがる三方ケ原《みかたがはら》の台地に踏みこんでいた。

三方ケ原の面積は、南北三里、東西が二里。砂や小石のまじる赤土の原野で、白い穂を揺らす薄《すすき》やひねた黒松しか自生していない。

高さは南の低地で海面から九十五尺（二八・八メートル）、北の高地で二百六十四尺（八〇メートル）。この高地を西北の肩へ抜けて追分から東海道の脇往還《わきおうかん》に出れば、浜名湖の湖北を経て信長の待ち受けているであろう尾張国へ突入することができる。

しかし、家康からすれば、自分の領国へ侵入してきた甲軍がいかに大軍とはいえ、指を咥《くわ》えてその動きを眺めているだけでは武将の面目にかかわる。家康は払暁《ふつぎょう》から八千の兵とともに三方ケ原へ駆けあがり、甲軍に迫った。

西南の低地から三方ケ原へ馬を駆けあがらせて五町（五四五メートル）ほど北東へすすむと、

「犀ケ崖《さいががけ》」

という名の巨大な亀裂が足元に口をひらいている。さしわたし約三十尺（九・一メートル）、深さ約十八尺（五・五メートル）。内壁はほぼ垂直で底には水が湛《たた》えられているため、落ちたら人馬ともに溺死《できし》を免れない。

徳川勢がこの犀ケ崖を巧みに迂回《うかい》して接近してきたので、いつか甲軍は南面して備えを立てながら繰り引きに西北へ引くかたちとなった。

「厭離穢土《おんりえど》

欣求浄土《ごんぐじょうど》」

と書かれた旗印と金扇《きんせん》の馬印を押し立てた家康は、大身槍を右脇に掻《か》いこんだ昌幸が眉庇《まびさし》の下から遠望すると、自軍の中央やや後部に位置した。そして、家康の兵力僅少《きんしょう》なことを案じて信長が送ってきた三千をふくむ八千には、横一重に構えた鶴《かく》翼《よく》の陣を布《し》かせていた。

対して甲軍は、凸の字形、四段備えの魚鱗《ぎょりん》の陣に構えた。これは、いざ開戦となれば、一段目の将兵から順次発進して雌雄《しゆう》を決しようという、信玄好みのぶ厚い陣形である。

この日の甲軍諸将は、つぎのように配置されていた。

〈一段目〉小山田信茂《のぶしげ》（最先鋒《せんぽう》）、山県昌景（右先鋒）、内藤昌豊《まさとよ》（左先鋒）
〈二段目〉武田勝頼《かつより》（右翼）、小幡信定《のぶさだ》（左翼）、馬場信春（中央後部）
〈三段目〉武田信玄（中軍）
〈四段目〉穴山信君《のぶきみ》（殿軍《しんがり》）

左兵衛尉《さひょうえのじょう》の受領名《ずりょうめい》を持つ小山田信茂は、甲州都留《つる》郡（郡内《ぐんない》）の領主であり、山県昌景や内藤昌豊とともに家老職につらなっている。朝の霜が溶ける前から家臣上原能登守《のとのかみ》を犀ケ崖方面に放って徳川勢の兵力と動きを探らせていた小山田信茂は、能登守からの復命を受けるやかれを伴って信玄の中軍に馬を駆り、星甲《ほしかぶと》に段替え胴具足の姿のまま片膝《かたひざ》立ちの姿勢を取って報じた。

「申しあげます。これなる上原能登に敵状をうかがわせましたるところ、全軍を鶴翼の陣に構えてはおりますものの備えは一重、兵数はお味方の四分の一ないし五分の一にすぎぬとのこと。また右翼の三千は見慣れぬ旗印を掲げていることから織田家の援軍と思われますが、この三千は旗を後方へ傾けていて陣形乱れ、戦意に欠けるところあり、とのことに候」

「上原能登、しかとさようか」

具足の上に緋《ひ》ラシャの陣羽織、「愛宕《あたご》山大権現守護」と書かれた札の前立てつき兜《かぶと》をかぶって床几《しょうぎ》に腰を据えていた信玄は、すっかり白くなっている口髭《くちひげ》を動かして信茂の背後に控えた上原能登守にたずねた。

「さん候《ぞうろう》」

とかれが答えたのは、さようでござる、という意味合いの古風な表現である。

ほかの奉行衆とともに信玄の背後に控えていた昌幸にとって、このやりとりを聞くのは面白いことではなかった。曾根内匠とともに「信玄の両眼」といわれるまでになっていた昌幸としては、

（お屋形さま、なぜわしに物見を命じて下さらなんだ）

と思うと心穏やかではなかった。

するとと信玄は昌幸たちを振り返り、

「室賀山城《むろがやましろ》に命ず。再度物見をいたし、徳川の陣立てをあらためてまいれ」

と室賀山城守信俊《のぶとし》に指示した。室賀信俊は元は真田一徳斎《いっとくさい》とおなじ信州小県《ちいさがた》郡の土豪で、一徳斎が戸石《といし》城乗っ取りに成功してまもなく武田家に臣従した人物である。昌幸が物見からもどって復命した場合、信玄がほかの者に再考の物見を命じたことは一度もなかった。というのに信玄が室賀信俊を第二の物見に指名したのは、陪臣上原能登守を信じていないか、家康は兵力寡少《かしょう》ではあっても難敵と見て慎重になっているかのどちらかである。

かつて昌幸は信玄に、こう伝えたことがあった。

「三河守家康公は謀《はか》りごともなく智勇もなく見えましょうが、やがては天下に英雄の名をあらわすであろうまことに恐しい大将でござります」と。

（お屋形さまがわしのことばを覚えていて下さって、慎重を期しておいでならよいのだが）

と昌幸が思ううちに、

「かしこまって候」

と応じた室賀信俊は、馬腹を蹴《け》って中軍から遠ざかっていった。

しばらくしてもどってきたかれが復命した内容は、しかし上原能登守の口上にひとしかった。そこで信玄はようやく戦えば甲軍の勝ちを確信したらしく、全軍の馬首を徳川勢の迫りつつある方角にむけさせて、さらに戦機をうかがうことにした。

視界がひろくひらけた平原での会戦は、相撲《すもう》の立ち合いに似て彼我の気迫が次第に最高潮に達してからようやく兵が交錯しはじめる。徳川方に来援した織田勢三千に戦意なしと見抜いた甲軍が行くぞと見せてじわりと引けば、徳川方がその分だけにじり寄るという睨《にら》み合いが、日が大きく西に傾くまでつづいていった。

四

その間に乗馬した昌幸は、六連銭の旗指物を立てた騎馬武者十五騎とお貸し胴具足に鉄笠姿の足軽三十人を従えて、中軍の前方にすすみ出ていた。これは万一のときに、主将信玄を守る構えである。

この日のために昌幸が新調していたのは、大鍬形《おおくわがた》の前立てつき兜《かぶと》に黒革縅《かわおどし》の具足。黒うるしを塗ったその胴の左胸から右腰にかけては、四段の昇り梯子《ばしご》が金粉で描かれていた。これは、

「昇り梯子の具足」

といわれるもので、信玄は特に武功ある者にのみこの具足の着用を許していた。まだ面頬《めんぽお》は着けずに澄んだ瞳《ひとみ》と通った鼻筋を南にむけていた昌幸の視界の先には、武田勝頼勢の白地大文字の旗、小幡信定勢の笹竜胆《ささりんどう》の旗、そして馬場信春勢の黒地に山道の旗が林立。さらにその先には馬の駆け場をひろく取り、中央に小山田信茂勢の沢瀉紋《おもだか》、右に山県昌景勢の黒地桔梗紋、左に内藤昌豊勢の白地に中赤《なかあか》の旗印が夕日を浴びていた。

山県勢の背後に黒地四半の旗がつづいているのは、真田信綱がお備え先衆のひとりとして出動しているためである。信綱の部将格である昌輝も、騎馬武者五十騎とともに信綱に従っているはずであった。

このうち最初に戦端をひらくことを許されているのは、最先鋒に指名された小山田勢にほかならない。騎馬武者二百騎、徒《かち》武者と足軽・農兵三千三百、あわせて三千五百の兵力をもつ小山田勢からは、まず野良着《のらぎ》に菅笠《すげがさ》、手甲脚半《てっこうきゃはん》姿の農兵三百が徳川方の前方二町（二一八メートル）に散開し、細長い布を勢いよく右の肩口に振りまわしはじめた。

この農兵たちがさらに間合を詰めながら頃合を見て二つ折りにされていたその布の一端を手放すと、なかにつつまれていた礫《つぶて》はうなりをあげて徳川方右翼の頭上に降り注いだ。礫は遠心力を巧みに利用して打ち出せば、一町二十間（一四五メートル）のかなたに届くばかりか、空《くう》を切るうちに大きく曲がることもあって軌道を読みにくいのだ。

ちなみにこの時代の鉄砲の有効射程距離は、わずか十五間（二七・三メートル）程度。矢も二十五、六間（四五・五～四七・三メートル）も飛べば、強弩《きょうど》の末という言葉通りに勢いを失ってしまう。

すなわち彼我の間隔が一町以上ある場合は、弓・鉄砲よりも礫打ちという一見原始的な戦術の方が有効なのである。徳川方右翼からは悲鳴をあげてうずくまる者が続出し、甲軍は緒戦から有利に立った。

これを見た小山田信茂は、采配《さいはい》を打ち振って貝役に法螺貝《ほらがい》を吹かせ、太鼓役の者には陣太鼓を打ち鳴らさせた。

それまで折り敷いていた小山田勢の鉄砲・弓足軽組は、鉄笠を鈍く光らせ、胴に朱色で沢瀉紋を描いたお貸し胴具足の草摺《くさずり》を鳴らして一斉に立ちあがる。ドーン、ドーンと太鼓が間遠に打たれる間は並足ですすんだこの兵力は、太鼓がドン、ドン、ドンと早くなるにつれて早足になり、ドドドドドと連打されたと見るや、ふたつに割れて引く農兵たちに替わって遠いくさを開始していた。

カーンと音を立てて発射される矢は雨の如《ごと》く、轟音《ごうおん》と白い弾幕を吹きあげて撃ち出される銃声は雷鳴に似る。同時にその背後からすすんだ槍足軽組は、右脇に掻いこんでいた長柄の槍を肩口に屹立《きつりつ》させ、穂先を夕日に煌《きらめ》かせた。

遠いくさがおわって槍足軽組同士の打突戦がはじまったころ、甲軍右先鋒山県勢、おなじく左先鋒内藤勢の騎馬武者たちは順次発進。真田勢もこれにつづき、小山田勢を迂回して徳川方左翼へ殺到していった。

しかし、徳川方左翼には不敗の名将本多平八郎忠勝《ただかつ》がいた。幾度もの難戦に加わって身に掠《かす》り傷《きず》ひとつ受けたことのない平八郎がすでに甲軍に名を知られていたのは、この十月十三日にその先鋒が遠州豊田郡の一言坂《ひとことさか》に至ったとき、黒糸縅の鎧と鹿角《ろっかく》の兜を着けて物見にあらわれたためであった。

平八郎は甲軍が追尾すると、単騎馬首を返して七度も八度も槍を合わせ、悠然《ゆうぜん》と浜松へ引いていった。ために甲軍は、その雄姿をつぎのように称《たた》えていた。


家康に過ぎたる物が二つある唐《から》の頭《かしら》と本多平八

「唐の頭」とはヤクの毛を飾った兜のこと。徳川方の将には貴重品である「唐の頭」の兜を着用するものが多かったので、この兜と本多平八郎のような名将は家康には似つかわしくない、と皮肉ったのだ。

その平八郎がいつも馬上右脇に掻いこんでいるのは、「蜻蛉《とんぼ》切り」という名の名槍であった。これは、かれがあるときこの槍を右の肩口に直立させてたたずんでいると、穂先に止まった蜻蛉がおのずとふたつに裂けてしまった、という逸話に由来する。

平八郎が青貝の柄《え》の大身槍である「蜻蛉切り」を風音鋭く頭上に振りまわしながら馬腹を蹴ると、後続していた左翼の小笠原長忠《ながただ》、青木広次《ひろつぐ》、中根正照《まさてる》の軍勢も負けじと発進。山県勢はまくり立てられ、三、四町も後退せざるを得なくなった。

その間に中央から突撃した小山田勢の相手は、徳川軍右翼を構成する佐久間信盛《のぶもり》、水野信元《のぶもと》、平手甚左衛門《ひらてじんざえもん》の兵力計三千。これらはいずれも、織田家からの援軍である。

だが、もっとも家康の本軍に近い位置まで退《さが》っていた佐久間勢一千は、礫打ちの痛打を喫してすでに意気阻喪《そそう》している。戦わずして雪崩《なだれ》を打ったため水野勢もその後を追い、踏み止まった平手勢一千は赤土を蹴散らして突進した小山田勢の前に全軍潰滅《かいめつ》しておわった。

ほぼ同時に、徳川方左翼からすすんだ青木広次、中根正照も討死。酉《とり》の刻（午後六時）までつづいた遠州三方ケ原の戦いは、こうして甲軍の大勝となったのだ。

平原会戦に勝利したならば、潰走した敵の追撃にうつる。敵が城に逃げこんだならばその最後尾につづいて城に乗りこみ、城自体を乗っ取ってしまうのが理想とされる。

全軍躍動した甲軍は、小山田勢に替わった馬場信春勢と兵を返した山県勢を先鋒とし、真田信綱ほかのお備え先衆、中軍からは昌幸とその手勢も加わって浜松城への接近をこころみた。昌幸が馬を歩ませてゆくと、急速にあたりが暗くなり、前をゆく者たちの掲げた松明《たいまつ》と鉄砲足軽組の火縄の火のみが赤々と輝く。

その松明の炎に点々と焙《あぶ》り出される徳川方戦死者の数は少なくなかったが、馬上からその死体を眺めるうちに、

(これは)

と思って昌幸は気を引き締めていた。

というのも徳川方戦死者は、甲軍に頭をむけて仆《たお》れている者と浜松城の方角に頭をむけていても仰《あお》むけに仆れている者ばかりで、甲軍に背をむけて逃げ走る間に討たれたと覚しき者はひとりもいなかったからである。これは討死した者たちが、崩れ立ちながらもなんとしても家康を守ろうとして、必死に返戦したことを示してあまりある。

(恐るべし、徳川三河守)

あらためて痛感した昌幸は、すでに浜松城へ引いたであろう家康がどのように籠城《ろうじょう》するかが気になりはじめた。

五

すでに甲軍の乱波、透波が作成していた浜松城絵図によると、この城には五つの城門のほか、二の丸と飯尾古城といわれるふたつの曲輪《くるわ》があるとされていた。城門の名称と方角は、左のようであった。

玄黙口《げんもくぐち》（城北）、下垂口《しもだれ》（城東）、山手口（城西）、塩町口（城南）、鳴子口（同）。

三方ケ原方面にむかってひらいているのは玄黙口だから、昌幸たちはおのずとこの城門に接近していった。

しかし玄黙口の様子は、半弧を描くようにしてその正面に迫った昌幸たちから見ると、奇怪至極なものであった。一般に籠城策を採る場合、すべての城門は栄螺《さざえ》の蓋《ふた》のように固く鎖《とざ》されるのが常道である。というのに玄黙口はその構えを闇《やみ》に溶けこませてはいるものの、一間幅の門扉二枚は内側へハの字形にひらかれ、奥と周辺には大かがり火がいくつも焚《た》かれていて、玄黙口自体を巨大な竈《かまど》のように見せていた。

これは遅れて逃げもどってくる兵を収容するためかも知れないが、うかうかと踏みこめば術中にはまる、と思わざるを得ない策でもある。

山県昌景、馬場信春、そして昌幸がにわかに集まって相談したとき、

「こちらの備えも乱れているから、全軍が一丸になって突入することはできぬ」

と、昌景はいった。

「本日のいくさにて、徳川勢はおよそ一千以上を喪《うしな》ったはず。しかるに城門をひらいてわれらに突入を誘っているように見えるのは、なにか秘策があるのかも知れませぬ。お屋形さまのこのたびの戦旅は徳川三河守と雌雄を決することにあらず、ただ京へ急ぐことなれば、われらも一《いち》か八《ばち》かの勝負は控えて中軍へもどるべきかと存ずる」

昌幸も述べたため、かれらは浜松城突入策は採らずに兵を引くことにした。

すると城内からは、このときを待っていたかのように鉄砲足軽たちが出動。散発的ではあるが甲軍に銃撃を浴びせ、遅れて帰城しつつあった兵たちのなかからもこれに応じた者たちがいた。あっという間に算を乱した織田家からの援軍と違って、徳川勢は粘り腰なのである。

それと報じられた信玄は、そのときまでに犀ケ崖の付近まで全軍を進出させ、これまで殿軍をつめていた穴山信君勢に正面と左右を守らせていた。

だが、深夜になってから家康は鉄砲足軽十六人をふくむ奇兵百十余人を間道伝いに甲軍の背後にまわりこませ、陣太鼓を激しく打たせながら銃撃をおこなわせた。

真暗闇のなかから突如起こったこのような物音は、兵力を十倍以上に感じさせる効果がある。

大軍に背後にまわりこまれたと思いこんだ甲軍の一部は、闇雲に前方へ逃走。そのうち数十人が鰐《わに》の顎《あぎと》のように闇の底に口をひらいている犀ケ崖に転落し、命を失った。

いくさがまったく不利となった場合、怯《おび》えて萎縮《いしゅく》しているばかりではますます敵を勢いづかせることになる。だから叶わぬまでも一矢を報いよ、というのがこの時代の軍法であり、家康はこの夜襲によって武将の意地を見せたのである。

これによって昌幸の、家康恐るべしとの思いはますます募った。

一夜あけた二十三日の朝、信玄は犀ケ崖付近に引きまわされていた武田菱の陣幕のなかで徳川家将兵の首級およそ千三百の首実検をおこない、つづけて軍評定《いくさひょうじょう》をこころみた。昨夜、浜松城突入中止を決めたのは山県昌景、馬場信春、昌幸らでしかなかったから、あらためて全軍の意思を確認しておく必要があったのだ。

小具足に烏帽子《えぼし》姿の軽装で野畳の上に集まり、順次床几に腰を据えた親類衆や譜代の家老衆には、

「勢いに乗じて浜松城を抜くべし」

と主張する者がほとんどであった。

しかし、無理押しを嫌うことから「逃げの弾正」と渾名《あだな》されている高坂《こうさか》弾正昌信《まさのぶ》は、ひとり堂々と反対を唱えた。

「浜松城を抜かんとすれば、二旬ないし三旬の日にちを要するはあきらかなこと。その間に織田の援軍数万が来援するのも明々白々、これに対陣して日を重ねましたるときは、人馬に糧食をあてがうこともむずかしくなろうかと存ずる。さらに申せば、越後の上杉謙信も徳川に通じたようなれば、上州、信州に出兵してわれらの背後を突く恐れなきにしもあらず。こうなれば北条家も離反いたすかも知れず、もしそうなった場合、われらは甲州へ兵を引かざるを得なくなりましょう。さすれば織田上総介は、われよく甲軍を押し返したりと喧伝《けんでん》いたし、お屋形さまにとっては武門の瑕瑾《かきん》となりかねませぬほどに、ここは浜松城を放置して西進しつづけるのが上策かと存じ申す」

高坂昌信の意見はまことに理路整然としていたし、信玄はふたたび体調が悪化して三方ケ原の戦いに武功を挙げた者たちに与えるべき感状さえ書けなくなってしまっていた。

ならば、お屋形さまに夢を果たしていただくためにも、先を急ぐに如《し》かず。軍評定の結果はそう定まり、甲軍は即日陣払いして西上をつづけることにした。

三方ケ原を北西へ突っ切れば、小松原が視界をおおう祝田《ほうだ》に出る。その坂を下ってゆくと入り組んだ地形がひろがり、浜名湖の支湾引佐細江《いなさほそえ》の手前に刑部《くさかべ》という小さな集落がある。

信玄は、この刑部にある空城《あきじろ》で越年。病小康を得た元亀四年（一五七三）一月七日、ふたたび行軍にうつり、兵を二手にわけておよそ二十里西方にある野田《のだ》城を包囲させた。

三河国設楽《したら》郡の設楽谷入口にある野田城は、兵五百も入れない小城にすぎない。ここには徳川家の部将菅沼定盈《すがぬまさだみつ》が兵三百あまりとともに籠城して抵抗をこころみたが、三の丸、二の丸を順次破られて降伏を申し入れた。

そこで信玄は、山県昌景に菅沼定盈の監視を命令。二月十七日に陣払いして野田の西方二里半、長篠《ながしの》の鳳来寺《ほうらいじ》山へ駒《こま》をすすめはしたが、一代の驍将《ぎょうしょう》の動きはここまでであった。

ふたたび肺肝の病を発し、薬石の効かない症状を呈した信玄は上京を断念。繰り引きに兵を引きはじめ、信州伊那郡の駒場《こまんば》までもどった四月十二日、忽然《こつぜん》と陣没したのである。多年にわたって各地に出動しつづけ、鎧を脱ぐ暇もないような歳月の多かったことが、からだを蝕《むしば》むもととなったのであろう。戦国の世の甲州に出現したこの巨星は、享年五十三であった。

その跡継ぎに指名されていた武田四郎勝頼から昌幸のように長く近習としてつか

えていた者たちまで、甲軍の愁嘆《しゅうたん》には限りもなかった。だが、茫然《ぼうぜん》として哀《かな》しみに沈んでばかりもいられなかった。

「三年、わが死を秘せ」

との遺命があったため、昌幸たちは沿道の者たちに凶事発生に気づかれないよう用心しながら、遺体を甲斐府中へ運ぶ必要に迫られたのだ。

とはいえ主将の死を悟られることなく全軍が無事帰国するのは、戦場を疾駆するよりはるかにむずかしい。重臣たちも旗本たちもどうすればよいかわからずにいると、漢籍に詳しい小山田信茂が提案した。

「『史記』によると、秦《しん》の始皇《しこう》は沙丘《さきゅう》の平台《へいだい》というところで息を引き取る前に、棺を咸陽《かんよう》の都に運んで葬儀をせよ、と遺言したとか。丞相李斯《りし》はこの遺言に従い、轀輬車《おんりょうしゃ》と申す窓を閉めれば暖かく、ひらけば涼しくなる車に棺を載せて運ぶことにしたと申します。李斯は始皇がまだ生きているかのように食事を供し、百官の奏上もおこなわせたので、その死は数人にしか知られなかったとも申します」

ところが盛夏にむかう季節のことだったので、まもなく轀輬車からは死臭が漂い出した。そこで李斯は従者たちに塩漬の魚を大量に集めさせて車内に納め、臭《にお》いを紛らわせることに成功した。

この故事を引いた信茂は、最後に提案した。

「伊那から甲州にかけて、駿河や小田原産の鮑が煮貝として珍重されていることは面々も知っておられよう。煮貝があるなら煮る前の塩鮑もあろうから、これを大量に買いつけて丞相李斯の顰《ひそ》みに倣《なら》うのがよろしかろうと存ずる」

信玄の死臭を隠すためにこの方法が採られることになったが、昌幸は無念やるかたなかった。

（お屋形さまの武田水軍創設とともに甲信二州にひろまった鮑が、ほかならぬお屋形さまの死を秘匿するために使われる日があろうとは）

と思うと、悪い夢を見ているような気分であった。

しかし、人の口に戸は閉《た》てられない。そんな昌幸の思いをよそに巨星墜《お》つとの飛報は四月のうちに諸国に伝えられ、上杉謙信は北条氏政の使者山中兵部という者から事情を報じられた。

そのとき春日山《かすがやま》城にあって機嫌よく湯漬を喫していた謙信は、箸《はし》を投げ捨て、口から湯漬を吐き出して長嘆息した。

「さても残念なこととなり、名大将が死んだとは。英雄人傑とは、あの信玄のためにあることばだった。これで、関東の武門の柱はなくなってしまった。まことに惜しいことよな」

そして謙信ははらはらと涙をこぼし、家中の者たちに三日間の歌舞音曲の停止《ちょうじ》を命じた。信玄の最大の好敵手だった謙信は、その好敵手の死を知ったとたん、おのれを弦の切れた弓のように感じ、張りあいを失ってしまったのである。

徳川家康もやはり四月中にそれと知り、左のように述懐した。

「およそ近き世に、信玄のような弓矢の道に熟した者はいなかった。余は若き日から、かれがごとくならんと思って励み、益を得たことが少なくなかった。信玄の死を聞いて、喜ぶべきにあらず。すべて隣国に強将あるときは、自国にもよろず油断なく心を用いるゆえ、おのずから国政も治まり、武備もたゆむことがない。これはなにゆえかというと、隣国をはばかる心が生じるために、かえって自国安定の基《もとい》をひらくことになるからだ。そのようなことから考えるに、いま信玄が死せしは味方の不幸にして、いささかも喜ぶべきことではないということだ」

三方ケ原の戦いで惨敗を喫した家康にこういわせるほど、信玄は不世出の武将だったのである。

武田家を相続した四郎勝頼もよき若武者ではあるが、強気一点張りの性格で信玄の器の大きさには及ぶべくもない。それを思うと昌幸は、

(われら、いかになりゆくのか)

という気分に襲われ、一抹の不安を禁じ得なかった。

不甲斐なし勝頼

一

二十八歳にして武田家の家督を相続した四郎勝頼《かつより》は、目は鈴を張ったようにつぶらで鼻筋通り、口髭《くちひげ》さえなければ女武者と見紛《みまが》う美貌《びぼう》の持ち主であった。だがかれは、あまりに血気に逸《はや》りすぎる性分でもあった。

ちょうど十年前の永禄《えいろく》六年（一五六三）二月、信玄が上杉家の上州の持ち城を攻めたときのこと、その上杉勢から物見にあらわれた五十騎の騎馬武者たちがいた。このときが初陣だった勝頼は、三町（三二七メートル）の距離を隔ててこれに気づくや単騎迎撃。先頭の騎馬武者と組み打ちにおよび、みごとにその首を掻《か》き切ってみせた。

「鳳凰《ほうおう》は、卵のうちよりその声諸鳥にまさるとか。御曹子《おんぞうし》はまさしく鳳凰の雛《ひな》にまします」

と甲軍からは感嘆の声が洩《も》れたほどだったが、そのあとが悪かった。追ってきたのはわずか一騎のみと知った四十九騎が勝頼に迫ったため、危うくかれは敵中に取りこまれそうになったのである。

これを遠望していた飯富虎昌《おぶとらまさ》が赤備えの自軍を率いて救援に駆けつけたので、大事には至らなかった。しかし、八百の兵力をもって八千の敵を破ったこともある虎昌は、のちに家老衆や武藤喜兵衛尉昌幸《きびょうえのじょうまさゆき》をふくむ奉行たちの前でこう嘆いた。

「四郎殿、年若にましましてかようの挙動をなしたもうこと、ひとえに血気の勇にして主将の器にあらず」

この見解に同意する家老たちが少なくなかったことから、昌幸はようやく勝頼の人望のなさに気づいたのであった。

その勝頼は、しばらくの間は対外積極策を用いなかった。新規に家督を相続した者のつねとして、領国経営に専念する一方、親類衆十一人、家老衆十六人を中心とする直臣《じきしん》たちを結束させねばならなかったためである。

だが、奔流《ほんりゅう》のごとくであった甲軍の動きが止まれば、これまで死んだふりをしていた好敵手が巻き返しを図る。この元亀《げんき》四年（一五七三）の七月二十日、徳川家康は武田家の北三河における拠点だった設楽郡《したらごおり》の長篠《ながしの》城を奪取。遠江《とおとうみ》の二俣《ふたまた》城の周辺にも多数の付け城を築き、城兵たちの動きを封じこんだ。対して西上野《にしこうずけ》方面では、真田一徳斎が上杉方の城をつぎつぎと落としていたため、このような事態には至らなかった。この方面における一徳斎の動きは、要約すると左のようになる。

永禄四年（一五六一）十一月。吾妻《あがつま》郡の土豪で真田氏と同族の鎌原《かんばら》氏と羽尾《はお》氏の境界争いに介入し、吾妻郡へ侵攻。

同六年（一五六三）六月。両家の争いが再燃し、羽尾氏が上杉家に属する岩櫃《いわびつ》城主斎藤憲広《のりひろ》の援軍を受け入れると、十月十三日、一徳斎は同城を急襲して陥落させる。

同七年（一五六四）五月。武田信玄、真田衆に西上野在番を命令。

同八年（一五六五）十一月。斎藤憲広のうつっていた吾妻郡の嶽山《たけやま》城を攻略。

同九年（一五六六）九月。群馬郡の箕輪《みのわ》城を攻略。

同十年（一五六七）三月。同郡の白井城を攻略。

信州小県《ちいさがた》郡のうちに所領を与えられていた一徳斎は、毎年のように西上野へ出動し、かつて長野業政《なりまさ》から取れといわれた利根《とね》郡の沼田《ぬまた》城の近くに着々と兵威を張っていったのである。

永禄十年に白井城を奪った時点で、一徳斎は五十五歳。その一徳斎は信玄の死を知ったころからにわかに病みつき、天正二年（一五七四）五月十九日に眼を閉ざした。享年六十二であった。

真田家の家督は、すでに三十八歳になっている嫡男の源太左衛門信綱《のぶつな》が相続し、一徳斎の遺体を曹洞宗の真田山長谷寺《ちょうこくじ》に葬った。真田郷——今日の長野県上田市のうちにある長谷寺は、一徳斎が晃運字伝《こううんじでん》にひらかせた寺院である。

戒名は、一徳斎殿月峯良心大庵主《だいあんじゅ》という。

二

父の葬儀をおえた昌幸が甲斐《かい》府中の屋敷へもどったころ、すでに武田勝頼からは殊勝さが消え、しきりに兵を動かしはじめていた。

「この六月中には、織田上総介《かずさのすけ》（信長）から東美濃《みの》を切り取ってくれよう」

とまで言い出したので、なんの相談も受けていなかった家老衆の小山田信茂《のぶしげ》、馬場信春《のぶはる》、内藤昌豊《まさとよ》、山県昌景《やまがたまさかげ》、高坂昌信《まさのぶ》らは大紋烏帽子《だいもんえぼし》の正装で躑躅ケ崎館《つつじがさきかん》を訪れ、強い口調で勝頼に申し入れた。

「きたる天正四年には先代お屋形さま御逝去のことを公にいたし、御葬儀を営まねばなりませぬ。敵国に攻めこむのは、そのあとでも遅くはござりますまい。いましばらく、お待ち候え」

ところが勝頼は、いつのまにか長坂釣閑《ちょうかん》と跡部《あとべ》大炊助《おおいのすけ》のみを重用し、骨っぽい者だらけの家老衆を疎んじるようになっていた。それは、ひとつには家老衆が勝頼を主将の器にあらずと評していることに気づいたためであり、右のふたりのみが耳に快いことばかりを告げたためでもある。

入道頭の長坂釣閑は侍隊将、跡部大炊助は三百騎持ちの家老のひとり。そろって勝頼からすれば父親のような年齢だが、このふたりは勝頼に阿諛追従《あゆついしょう》することをためらわない性格であった。

このときもなぜか本主殿書院の間に出座した勝頼の左右を固め、居流れた家老衆の上役のような態度だったふたりは、かねてから口裏をあわせていたかのように発言した。

「お屋形さまの御意《ぎょい》と家老衆の分別にはいささか違いがあるようでござれば、その間を取った策を定めるのがよろしかろうと存じ申す」

「されば今年は甲州以外の兵は動かさず、これから申すように攻め口の将を定めてはいかがかと存ずる」

そして、ふたりがこもごも口にした陣立てはつぎのようなものであった。

——遠江へは山県昌景を先鋒の将とし、親類衆の穴山信君《のぶきみ》、一条信竜《のぶたつ》、武田逍遥軒信廉《しょうようけんのぶかど》を大将として攻めこむこと。

——三河へは馬場信春を先鋒の将、小山田信茂と親類衆の典厩信豊《てんきゅうのぶとよ》を大将としてむかわせ、長篠城を奪い返すこと。

これを受けて勝頼が、

「異存はあるまいな」

と耳を紅潮させて一同に同意を求めたという話は、啞然《あぜん》とした家老衆の口から昌幸ら奉行衆に伝えられた。

跡部大炊助はともかく、長坂釣閑はただの侍隊将にすぎない。それが親類衆や家老衆と相談せず、それぞれの攻め口を決定するとは前代未聞のことであった。

とはいえ、信玄が手塩にかけて育てた甲軍はなお強力であった。

昌幸が一徳斎を見舞うため甲斐府中を離れていた二月なかばから四月上旬までに、勝頼を主将とする甲軍は信長から東美濃の明智《あけち》城その他を奪ったかと思うと、六月には遠江に侵入。掛川の南方約二里にある高天神《たかてんじん》城の攻略に成功し、一時は三方ケ原の戦いにつづいて浜松城をうかがうほどの勢威を示した。

ではこのころの昌幸と勝頼の関係はどうだったかというと、勝頼は家臣団に知行をあてがうときには昌幸から文書を発給させるほど、かれを信頼していた。ために一徳斎の没後十日目の五月二十八日には、まだその死を知らぬまま高天神城攻囲の陣中から昌幸に見舞状を送ってきた。

その文章は、およそ左のようなものであった。

「当城は油断なく諸口を固めているものの、すでに本丸、二の丸、三の丸の曲輪《くるわ》の塀際《へいぎわ》まで攻め寄せ候。落去《らっきょ》（落城）させるまでに十日はかからず候。昨今、城内からは種々懇望《こんもう》ありといえど、許容いたさず候。一徳斎の煩《わずら》い、少々元気を得らるるの由、大慶に候」

高天神城は、

「高天神を制する者は、遠江を制す」

といわれた要害であり、信玄もこの城だけは抜くことができなかった。

しかし、勝頼は昌幸に告げた通りに高天神城を落として大満足し、七月に帰国するや躑躅ケ崎館の大広間に諸将を招いて祝勝の宴《うたげ》を張った。

このような宴においては、大紋烏帽子姿で居流れた家臣たちのうち、上座近くに座った歴戦の武功の者にまず朱塗りの大盃が与えられ、長柄《ながえ》の銚子《ちょうし》を持った小姓たちがなみなみと酌《しゃく》をする。大盃に口をつけた者は、順次その大盃を下座の者へ回してゆく、というのが武家の作法とされていた。

とは、本来この大盃が上座から下座へ手わたされてゆく光景を川の流れに見立てたことばであり、その夜、大盃が何度流れたかが宴の盛んなるさまを示す尺度となる。

だがこの夜、蔀戸《しとみど》を釣りあげて風を入れ、その風が燭台《しょくだい》に林立する百目蠟燭《ろうそく》の炎を揺らしつづけた宴席に、大盃はかぞえるほどしか流れなかった。まず大盃に酒を受けた高坂昌信がよく張った顎《あご》骨を見せてやにわに立ちあがり、長坂釣閑を眼光鋭く睨《にら》みつけて大音声《だいおんじょう》を張りあげたからである。

「やよ、いかに釣閑。これぞまさしく、武田のお家滅亡と定められたるお盃なり」

一座は静まり返り、奉行衆の席につらなっていた昌幸も息を呑《の》んだ。

「高坂弾正《だんじょう》殿、お屋形さまのおん前にて、なんたる御挨拶《ごあいさつ》か」

目が細く血色の悪い長坂釣閑は、一瞬たじろぎながらも高坂昌信をたしなめた。

しかし、昌信は答えない。左隣りの内藤昌豊に大盃を差し出すと、昌豊も立ちあがってこれを受け取り、吠《ほ》えるようにいった。

「ただいま高坂弾正殿の申したごとく、三年のうちに当家は滅却と定まり申した」

信玄の生前から、

「武田家の真の副将これなり」

と称《たた》えられていた老将内藤昌豊は、通称を修理亮《しゅりのすけ》という。獅子《しし》のようにいかつい
その顔が高坂昌信とともにあたりを睥睨《へいげい》する姿は百目蠟燭の光を四方から浴びて、
さながら不動明王のごとくであった。

「その心はいかに」

上座に沈黙している勝頼を一瞥《いちべつ》した釣閑は、気を取り直したようにたずねた。

内藤昌豊は、大盃に口をつけようともせずに答えた。

「恐れながらお屋形さまにはわれら家老どもの申すことをお取りあげなく、長坂釣閑、跡部大炊助の考えのみによって万事を定められ候。しかるに東美濃なる織田方の城をいくつか落とし、かつ徳川方の高天神城までお手に入ったるは一見めでたきことながら、さにあらず」

するど、高坂昌信があとを引き取った。

「内藤修理殿のいわんとするところは、それがしから申しあげる。われら家老どもの意見とは別に、たまさかの勝ち運に恵まれたからには、いずれお屋形さまは織田・徳川の両軍をそろって相手になされ、ついには無理なる御一戦に及ぶことに相成る。さすれば面々そろって討死いたし、武田のお家は滅亡いたすこと疑いなし、
ということでござる」

「さればこの修理亮、お屋形さまには織田・徳川両家と人質を交換いたし、和議を

むすぶよう願いたてまつる」

内藤昌豊は、勝頼にむかって深々と一礼してから着座した。もはや昌幸にせよだれにせよ、勝利を祝うような気分ではなかった。

三

高坂昌信や内藤昌豊が勝頼にずけずけとものをいったのは、信玄がつぎのような遺言を残していたためでもあった。

「跡目の儀は、四郎勝頼のむすこ太郎信勝《のぶかつ》、当年七歳なるが、十六歳になりたるときに相続させせよ。それまでの間は、四郎勝頼に陣代を申しつけ候」

陣代とは陣将（総大将）の代理という意味合いであり、いわば勝頼は信玄の孫にあたるその長男太郎信勝が十六歳となって武田家の家督を相続するまでの「つなぎ」のお屋形さまにすぎなかったのだ。

それを前提として信玄は、諏訪法性《すわほっしょう》の兜《かぶと》は勝頼に与えるが、武田家重代の御旗《みはた》（日の丸の旗）や孫子の旗、そして「諏方《すわ》南宮上下大明神」と書かれた、いわゆる「諏訪明神旗」は使わせない、これまで通り大文字の旗を用いさせよ、とも遺命していた。このように信玄自体が勝頼に万全の信頼を寄せてはいなかったため、信玄亡きあとの武田家家臣団は勝頼派と反勝頼派に割れる結果となったのである。

祝賀の宴が無茶苦茶になったあとも奉行として文書発給に余念のなかった昌幸は、勝頼が内藤昌豊の提案した織田・徳川との和平策にどう反応するかを見守りつづけた。

しかし、親類衆や家老衆を召しての評定《ひょうじょう》は一向にひらかれなかった。高坂昌信、内藤昌豊、長坂釣閑、跡部大炊助らの屋敷も躑躅ケ崎館をかこんでいるから、釣閑や大炊助が家老衆とのこじれかけた仲を繕おうとするなら往来するのはわけのないことだというのに。

しかも、蟬時雨《せみしぐれ》の降りしきるころには高坂昌信の家人《けにん》のひとりが夜陰に乗じ、昌幸の屋敷へひそかに書状を届けにきた。

そこには、こう書かれていた。

「長坂釣閑儀、お屋形さまに対して内藤修理殿のことばを分別違いとし、差しむかう敵を大事にして都を望まざるは下世話に申す猫《ねこ》に鰹節の類、とまで申したる由に候。これにてわれらの申しあげたる儀は、お取りあげなきなり。よって件《くだん》の如《ごと》し」

これまで昌幸は勝頼にひれ伏したこともなければ、高坂昌信や内藤昌豊のように公然と勝頼の非を鳴らしたこともなかった。それでも昌幸は勝頼の側《そば》近くにある身だけに、高坂昌信はかれが釣閑や大炊助に取りこまれることを恐れているのかも知れなかった。

馬とは癇《かん》の強い生きもので、乗り手を気に入らないとその手綱の指示に従わず、勝手に暴走することがある。勝頼が奔馬《ほんば》のごとく出動し、信州を越えて三河をめざしたのは、あけて天正三年（一五七五）五月のことであった。

名目上の目的は、三方ケ原の戦いの際には武田家に味方した三河の山家三方衆《やまがさんぼうしゅう》のひとり奥平貞能《さだよし》が徳川方にまわって長篠城を与えられていたため、その不義を咎《とが》めようというのである。しかし、武田家の家中《かちゅう》にあっては特に長坂釣閑と内藤昌豊の仲が険悪なものとなり、ふたりは互いにののしりあいながら満座のなかで太刀《たち》を抜こうとしたことすらあった。

このように家中が治まらなくなった場合、新聞記事風にいえば「ガス抜き」のため外征をこころみる、という手法は古今東西よく見られることである。勝頼は「ガス抜き」をすると同時に信玄に替わって京に旗を立てるという野望に駆られ、長篠めざして突出したのだ。

その甲軍一万五千のうちには真田源太左衛門信綱、おなじく兵部丞昌輝《ひょうぶのじょうまさてる》の姿があり、勝頼直率の中軍には昌幸が奉行のひとりとして混じっていた。

しかし、甲軍には出陣して間もなく不吉なことが相ついだ。

まず戦勝祈願のため信州諏訪盆地の諏訪大明神に参詣《さんけい》したときには、勝頼が鳥居をくぐろうとすると信玄以来の持ち槍が柄巻《つかまき》の下からポキリと折れた。

諏訪盆地に背をむけて伊那谷《いなだに》の手前の高遠《たかとお》まで行ったときには、勝頼のわたりつつあった堅固な造りの橋がにわかにまんなか辺から割れ落ち、三人の兵が溺死《できし》した。

勝頼は乗馬得意であり、馬も逸物《いちもつ》であったからその割れ目をみごとに跳躍して大事には至らなかったが、

「今度のいくさはどうなるものやら」

と私語しあう雑兵たちも少なくはなかった。

それでも勝頼は、これらのことを悪い前兆と見て自重する性格ではない。平山越《ごえ》を経て信州から三河に入り、五月六日に吉田城（豊橋市）で徳川軍と小ぜりあいをしたかと思うと、不意に北上して十一日に長篠城をかこんだのである。

奥平家の使者からそうと伝えられた家康は、当初は独力で長篠城を救援しようとした。

しかし、籠城《ろうじょう》中の奥平貞能《さだよし》のせがれ信昌《のぶまさ》は冷静沈着に答えた。

——甲軍大勢にて、なかなか一手（徳川軍）ばかりにては御合戦危うし。織田信長公を引き出して、早々後詰《ごづ》め下さるべく候。

家康がこの希望を容《い》れて信長に出馬を乞《こ》うたことから、やがて起こるであろう長

篠の合戦は甲軍対織田・徳川連合軍の一大激突戦となることを運命づけられたのだ。
おりから信長は、天正元年（一五七三）には越前《えちぜん》の朝倉義景《よしかげ》と近江《おうみ》小谷《おだに》城主浅井《あざい》長政《ながまさ》を滅ぼし、同二年には伊勢《いせ》長島《ながしま》の一向一揆《いっこういっき》を壊滅に追いこんで兵力にゆとりがある。

五月十三日、三万の大軍を率いて岐阜城を発進した信長は、十四日は三河の岡崎城泊まり。翌日は休息、十六日に約七里東進して同国宝飯《ほい》郡の牛窪《うしくぼ》城に入り、十七日には北東にひろがる設楽郡の山中に分け入って野田原《のだのはら》に野陣した。

ここには、藪《やぶ》のなかに野田城という名の小城がある。信玄は三方ケ原に織田・徳川連合軍を打ち破ったあと長篠をかすめてここまで西進したとき、病に倒れて上洛《じょうらく》の夢を絶たれたのであった。

そして十八日、東に浜名湖を隠す遠江との境の青い山並、北東から北西にかけて奥三河の深山の突兀《とっこつ》たる稜線《りょうせん》を見て二里ほど谷をすすんだ織田軍は、やっと設楽ケ原に出た。ここは甲軍の攻めつけている長篠城からは、甲軍の付け城のある鳶《とび》ノ巣山と川二筋を隔てて西側にひろがる南北に細長い低地である。

その山裾《やますそ》を北から西へうねる寒狭川《かんさがわ》の川幅は、四間（七・三メートル）前後。ほぼ並行してその東側を流れる連子川《れんごがわ》は、幅二間もない。その西側の極楽寺山という高地を本陣とした信長は、兵約八千を率いて半里長篠城寄りの高松山に先着していた家康の挨拶を受けてすぐ、これらの地形を巡見しはじめた。

四

むろんこのような織田・徳川軍の動きは、甲軍の放った乱波《らっぱ》、透波《すっぱ》たちによって勝頼の本陣に報じられている。

甲軍一万五千に対し、長篠城に後詰めしつつある敵は三万八千。十四日の時点でそれと知った馬場信春、内藤昌豊、山県昌景、穴山信君らは、順次武田菱《びし》の陣幕にかこまれた本陣に勝頼を訪ね、その床几《しょうぎ》の背後に控える昌幸たちにも聞こえる声で異口同音に献策して止《や》まなかった。

「敵は思いも寄らぬ大軍なれば、このたびはいったん退却いたし、織田上総介《かずさのすけ》が帰国したなら秋を待ってふたたび御出陣なさるべし。その際、諸所に放火いたし、すべての田の稲刈りをしてしまえば、おのずと三河国は立ち枯れとなりましょうほどに」

胴に大きく武田菱を描いた鎧《よろい》の上に緋《ひ》の陣羽織を着用し、朱房の采《さい》を右手につかんでいた勝頼は、この意見を聞き入れない。

「むしろ後詰めの大軍が近づく前に、長篠城を落として上総介の鼻を明かしてくれようではないか」

と主張したため、甲軍はその十四日から城攻めを開始。南の門へは竹束を楯《たて》代わりとした車仕懸《くるまじかけ》を何輛《りょう》も押し出し、西南の方面からは金掘りたちに穴を掘り抜かせて城を掘り崩させようとした。

しかし、これらの策は十六日になっても思うようにゆかなかった。すると織田・徳川軍が設楽ケ原に接近してきたため、攻囲には二千の兵力だけを残して主力をこれにむかわせたのである。

白地大文字の旗をもっとも後方にひるがえした勝頼直率の兵は三千、大鍬形《おおくわがた》の前立てつき兜に黒革縅《おどし》の具足をまとった昌幸はそのなかにあり、信綱・昌輝の兄ふたりは、いずれ右翼となって敵に当たるべき三千のうちにふくまれていた。

だが、このときの甲軍には、内部の不統一のほかに大きな問題があった。それは、信長がどのようないくさを好むかをまったく知らなかったことである。

敵の城を包囲したとき、信長は四方からしゃにむに攻め寄せるのではなく、城兵が城から脱出できないようある工夫をしてから攻略にとりかかるのをつねとした。

以下しばらくその例を見ておくと、第一に永禄二年（一五五九）三月にはじまった岩倉《いわくら》合戦をあげることができる。

このころ信長がまだ尾張《おわり》の清須《きよす》城にいたのに対し、一里足らずしか離れていない岩倉城は別流の織田信安の持ち城であった。平城《ひらじろ》だった岩倉城の規模は、南北九十四間（一七〇・九メートル）掛ける東西五十間（九〇・九メートル）の四千七百七坪半。

野戦で岩倉勢を散々に叩《たた》いてからこの城をかこんだ信長は、四方に頑丈《がんじょう》な鹿垣《ししがき》を二重、三重に結いまわさせ、火矢と鉄砲を撃ちこませつづけた。その結果、織田信安は降伏。尾張一国は信長の領有するところとなったのであった。

第二の例は、永禄十二年（一五六九）八月二十八日、すでに尾張・美濃両国のほかに北伊勢をも切り取っていた信長が、南伊勢の大河内《おおかわち》城に籠《こも》った北畠具教《とものり》・具房《ともふさ》父子を攻めたときのこと。織田軍は八万、北畠軍は一万五千と兵力に大差があったものの、南北朝時代の南朝の名臣北畠親房《ちかふさ》を祖とする具教・具房父子は、巧みに籠城戦を指揮して織田軍を寄せつけなかった。

付近の田畑からの比高二十二間（四〇メートル）、総面積三千数百坪のこの城をかこんだ信長は、狩り出した農民たちを使役して三重、ところによっては四重の丈高い鹿垣を構築。馬廻りから選んだ二十四人を四手、一組六人にわけて東西南北を巡回させ、北畠軍がほかと連絡をつけることを不可能にした。

その結果、干し殺しにされることを恐れた具教・具房父子は十月四日に開城降伏。信長は伊勢一国を平定したことになった。

第三の例は、昨天正二年九月におこなわれた伊勢長島の一向一揆討伐の最終戦である。なおも中江城と屋長島《やながしま》城の二カ処に男女二万人あまりが籠っているのを知った信長は、これらの城の周辺に幾重にも柵《さく》を立てまわし、四方から火を放って全員を焼き殺してしまった。生きながら焼かれる者たちの臭いを間近に嗅いだ織田軍の将兵は、その後しばらく焼魚を食べられなかったという。

これら三つの実戦例に共通するのは、敵軍を鹿垣ないし柵の内に取りこんで殲滅《せんめつ》戦をこころみる、という非情きわまる手法である。そして四角形に立てまわされる柵は、場合によっては一直線に伸ばしていって、敵軍が自陣に侵入できないようにすることもできる。

このように柵を立てる戦いを好んだ信長にとって、甲軍の猛々《たけだけ》しさはすなわち騎馬武者たちの猛々しさであった。しかし、彼我両軍の間に長大な柵を立ててしまえば甲軍騎馬武者たちの突入を防ぐことができるし、織田・徳川軍としてはその柵の横木に銃身を預けて鉄砲を連射することもできる。

そう読んでいた信長は、岐阜城を出立するときから将兵たちそれぞれに差しわたし一寸（三・〇三センチメートル）あまりの柵木と縄一把《わ》を持たせ、ほかに鉄砲を三千挺《ちょう》も用意していた。

五月十八日、長篠設楽ケ原に南北に長く立てられた馬防柵は、およそ二十三町

（二五〇〇メートル）の長さに達した。その柵は二重、ところによっては三重とし、三十間（五四・五メートル）ないし五十間（九〇・九メートル）置きに虎口《ここう》（出入口）も設けられた。

長篠とは、篠竹《しのだけ》が丈高く繁茂していることに由来する地名である。葉末のそよぐ一面の篠竹の原のうちに忽然《こつぜん》と出現した馬防柵の威力を、勝頼をふくめて甲軍はまだまったく理解していなかった。

五

長篠設楽ケ原の東寄りに、連子川と寒狭川を挟んで西面した甲軍の陣立てはつぎのようなものであった。

〈右翼（北）〉穴山信君、馬場信春、真田信綱・昌輝兄弟、土屋昌続《まさつぐ》、一条信竜、計三千。

〈中央〉武田逍遥軒《てんきゅう》信廉、内藤昌豊、原昌胤ほか三千。

〈左翼（南）〉典厩信豊、山県昌景、小山田信茂、跡部大炊助、甘利信康、小幡信定・信秀兄弟ほか三千。

〈中軍（中央背後の高地上）〉武田勝頼ほか三千。

〈長篠城への寄せ手〉室賀信俊ら二千。


これは鶴翼《かくよく》の陣というよりも、むしろ横一線に近いから横陣というべきであろう。大きな特徴は、それぞれの騎馬武者勢の発進によって雌雄《しゆう》を決しようと思うあまり、いずれの陣にも馬防柵を立てまわしていなかったことである。

対して馬防柵の西側に東面して陣立てした織田・徳川連合軍は、左のように布陣した。


〈左翼（織田軍）〉佐久間信盛《のぶもり》、水野信元ほか。予備として織田信長の嫡男信忠《のぶただ》。

〈中央（同）〉滝川一益《かずます》、羽柴秀吉《ひでよし》、丹羽長秀《にわながひで》。その背後に信長本軍。

〈右翼（徳川軍）〉大久保忠世《ただよ》、大須賀康高《やすたか》、榊原康政《さかきばらやすまさ》、本多平八郎忠勝《ただかつ》、石川数《かず》正《まさ》、鳥居元忠《もとただ》、その背後に家康の本陣。


こちらは前述のように三万八千の兵力だから、戦う前から優勢であることはわかっていたに違いない。しかし、信長と家康は念には念を入れ、家康の家老酒井忠次《ただつぐ》に兵力四千をつけ、二十日の夜に鳶ノ巣山の甲軍の陣営へむかわせることにした。

これは兵学書にいうところの、

「陽攻」

というもので、派手に一部の兵力を動かすことによって敵の兵力の一部もそちらにむかうことを余儀なくさせ、結果として正面に対峙《たいじ》する敵軍の兵力を削《そ》いでしまうことを目的とする。

このときの織田・徳川連合軍と馬防柵、そして甲軍との位置関係は「川」の字に似ていた。酒井忠次勢は連合軍を示す左の縦線の南端からさらに南の山中へすすんで甲軍を示す右の縦線の背後にまわりこみ、北上して鳶ノ巣山へむかったのである。

ここで史料の世界を眺めると、勝頼は歴戦のつわものたちに何度退却を進言されても、

「ひとりが敵四人を倒せばよいのだ」

と、うそぶくばかりだったという。

では、家康は甲軍の南北に長く伸びきった陣形をどう見ていたのか。かれは、開戦前にこう語ったという。

「今日の戦《いくさ》味方かならず勝利ならん。敵陣丸く打《うち》かこむ時は攻めがたし。人数を布散して多勢の様《よう》に見するは。衆を頼むの心あればかへりて勝《かち》やすし」(『東照宮御実紀附録』)

最後に信長の言動を追うと、かれは、

「下知なき間に柵の外へ出て戦ふべからず、敵すすみ来《きた》らば鉄炮数千挺打立《うちた》て討取《うちと》るべし」（『改正三河後風土記』）

と指令してあったにもかかわらず、

「足軽鉄炮にては敵を間近く引付《ひきつけ》て打立事覚束《うちたることおぼつか》なし」（同）

と考え直し、佐々《さっさ》成政《なりまさ》、前田利家《としいえ》、塙《はなわ》直政、野々村三十郎ら武功の士をあらたに鉄砲組頭に任じて、

「鉄炮をかはるがはる打《うつ》べし」（同）

と指示する神経のこまかさを見せた。

将たる者たちの器の違いは、このように記録されて今日に伝えられたのである。

戦機が熟したのは、二十一日卯《う》の刻（午前六時）のこと。黒地に桔梗紋《ききょうもん》を白抜きにした旗指物を背に立てた左翼の山県昌景勢三百騎が陣太鼓の音とともに動き出し、徳川軍右翼に挑戦したのだ。

この挑戦に応じた大久保忠世・忠佐《ただすけ》兄弟もただの凡将ではなかった。かれらは山県勢が攻め掛れば引き、引けば掛って巧妙に立ちまわったので、苛立《いらだ》った山県勢は次第に馬防柵に接近。三段に構えた鉄砲組が入れ替わる隙《すき》に柵を破ろうとしたが、昌景は全身に被弾して討死した。

二番手としてすすみ出たのは、中央に武田菱の旗印をひるがえしていた信玄の弟逍遥軒信廉。この軍勢は信廉を討たせはしなかったものの、やはり半数以上を鉄砲に撃たれて引いていった。

そして三番手は、赤備えの軍装で知られた西上野の小幡一党、四番手は黒備えの典厩信豊、五番手は黒地に山道の旗を林立させた馬場信春勢。

その間に勝頼は大文字の旗を押し立てて東寄りの後方高地から寒狭川を越え、横陣ほぼ中央の高台才《さい》ノ神《かみ》に進出してきていた。ここまでくると、彼我の距離はわずか十二、三町（一三〇八～一四一七メートル）。視界を横切る馬防柵の奥から間断なく雲のような白煙と銃声が湧《わ》き起こってあたりに谺《こだま》し、喚声と馬蹄《ばてい》の響き、陣太鼓の音が足元から吹きあがってくる。

昌幸は勝頼の乗馬に馬首をならべて眼下にひろがる戦場を眺めたとき、甲軍が左右中央ことごとく負けていることに気づいて目を疑っていた。戦場には見覚えのある旗印を前に倒して仆《たお》れ伏している兵士が多く、乗り手を失った乗馬は鉄砲三千挺の連続射撃に驚いて丈高い篠竹の間を狂奔しつつある。

やがて小幡一党と典厩信豊勢も崩れ立ち、右翼から織田軍に迫ろうとした馬場信春勢が第一線に躍り出た。昌幸がその動きから目が離せなくなったのは、馬場勢の黒地に山道の旗印には兄信綱・昌輝勢の赤地に六連銭の旗印がつづいていたためである。

信綱は父一徳斎の生前には黒地四半《しはん》の旗印を用いたこともあったが、真田家の家督を相続してからはつねに家紋の旗印を掲げていた。昌幸は武藤姓を称してからもおなじ旗印を用いてきたので、見間違いようがない。

しかし、つぎに昌幸を愕然《がくぜん》とさせたのは、兄ふたりが馬防柵にむかって馬腹を蹴《け》るのとほぼ同時にその柵際から弾幕がひろがり、信綱、ついで昌輝が仰《あお》むけに落馬したことであった。この落ち方は、上体に銃弾を浴びたことを示してあまりある。

「兄上！」

昌幸は血を吐くように叫んだが、勝手に持ち場を離れることは許されない。

（一体、わが真田家はどうなってしまうのだ）

と昌幸が思いながら鐙《あぶみ》を踏みしめるうちに、これまた信じがたいことを報じる声が耳朶《じだ》を打った。

「穴山信君殿、すでに御退去！」

馬場信春勢や真田兄弟とともに右翼を形成していたはずの穴山勢は、この日のいくさがあまりにひどい結果を迎えようとしているのに失望し、勝手に戦場を離脱してしまったのである。

六

これでは、南北に長く伸びきった諸軍をまとめ直すこともできない。勝頼の中軍に動揺が走る間に、戦場はさらに甲軍にとって目も当てられぬことになっていった。

内藤昌豊は、陣中見舞のため家康の陣にきていた今川氏真《うじざね》の家臣朝比奈弥太郎に討ち取られた。すでに仆れていた真田信綱の首は、徳川家の渡辺半十郎が得た。

馬場信春はいったん撤退しはしたが、深沢谷と呼ばれる高地へ馬を駆けあがらせたあと、

「われは馬場美濃守なるぞ、首を取って高名にせよ」

と叫んで敵中に駆け入り、討死する道を選んだ。

十三段に構えた甲軍は、未《ひつじ》の刻（午後二時）までの八時間、なんとか馬防柵を破ろうとして突撃につぐ突撃をかさねたが、三段にそなえた柵の一の柵を破れば二の柵で阻《はば》まれ、二の柵に取りつけば三の柵から狙《ねら》い撃ちされて、ついにこれを抜けなかったのだ。

こうして甲軍のなかば以上が仆れたと見た信長は、馬廻りから技量抜群の者を選んで作った赤母衣《ほろ》衆と黒母衣衆を四方へ放ち、諸軍ごとに勝鬨《かちどき》をあげさせた。

敗北を喫した者たちにとって、戦場の空へ吹きあがる敵の勝鬨の声ほど恐しいものはない。いくさはこれでおわりではなく、ここから残党狩りがはじまるのである。

信綱と昌輝の兄ふたりを一瞬にして失ってしまった昌幸は、なおも才ノ神の高みから織田軍の赤母衣衆と黒母衣衆が自在に戦場を駆ける姿を見つめつづけていた。

それでも、まもなく昌幸も後方高地へ引き揚げざるを得なくなった。勝頼が大文字の旗も捨てて退却していったため、これを追いかける必要を生じたのである。

寒狭川を東へわたって最初の本陣だった高地まで退《さが》ったとき、勝頼と行をともにしていた者たちは思い思いに逃げ散ってしまい、昌幸と土屋昌恒《まさつね》、初鹿野《はじかの》昌久しかいなくなっていた。

（これでは落武者も同然ではないか）

昌幸が茫然《ぼうぜん》とするうちに、勝頼の乗馬が動かなくなってしまった。この日は盛夏同然の暑い一日であったため、疲労の極みに達した乗馬は口角と四肢《しし》の付け根に大きな汗玉を吹き出していた。こうなってしまった馬には鞍《くら》を外してやり、水を与えて休ませるしかないが、その時間がない。

そこで勝頼は、うしろから追いついてきた河西満秀の申し出を受け、互いの馬を交換することにした。河西満秀が主君と馬を取り替えたのは、背後から追尾してくる敵の間へ馬首を返し、自分が斬死《きりじに》する間に少しでも勝頼を遠くへ逃がそうとしてのこと。

こうして河西満秀が自分の死と引き換えに時間を稼いでくれる間に、勝頼一行は北へ走る伊那街道の間道にわけ入り、十里以上すすんでからようやく休息することができた。

ただし、勝頼はその間に馬を交換したのにつづき、ふたたび甲軍の総大将らしからぬふるまいに及んでいた。

兜をかぶっているために頭が暑くてたまらなくなったら、その兜を脱いで背に括《くく》りつければよい。というのに勝頼は、信玄からゆずられた諏訪法性《ほっしょう》の兜を脱ぐと、初鹿野昌久に持たせたのだ。

ところが、初鹿野昌久も疲れきっていて、これを運んでゆくことができない。勝頼にことわってこれを捨ててしまったのに気づいて、昌幸は暗澹《あんたん》たる思いがした。旗印につづき、愛馬も兜も捨てるなどということは、信玄の時代なら考えられないことである。

(兄者ふたりは、こんな御大将のために討死なされたのか)

と思うと、口惜しさがふつふつと湧いてくる。

その思いを察したかのように、やがて三河方面からは狂歌が一首伝わってきた。

勝頼と名のる武田の甲斐なくて戦《いくさ》に負けて信濃《しなの》悪さよ

むろん「信濃」は、「品の」との掛詞《かけことば》である。

武田家滅亡

一

甲斐《かい》・信濃《しなの》両国の境とされるのは、甲武信ケ岳《こぶしがたけ》（標高二四七五メートル）である。その南麓《なんろく》に発する笛吹《ふえふき》川は、雪解《ゆきげ》の水を集めながら南西へ下り、甲斐府中の東郊を貫く。

甲斐府中から甲武信ケ岳へむかえば次第に爪先《つまさき》あがりになる川辺の道を四里ほどすすんだ武田家の者たちが、恵林寺《えりんじ》において信玄《しんげん》の葬儀をおこなったのは、長篠《ながしの》の戦いから十一カ月後、天正《てんしょう》四年（一五七六）四月十六日のことであった。

「乾徳山《けんとくさん》」の扁額《へんがく》を掲げた切妻造り檜皮葺《ひわだぶ》きの中門に勝頼《かつより》をはじめとする烏帽子《えぼし》色衣《しきえ》（法衣）姿の一行を出迎えたのは、黒衣の長老快川紹喜《かいせんじょうき》ら二十人の高僧たち。

武田家の者たちは、つぎのような順序と役割のもとに白絹の敷かれた参道をすすんでいった。

御影《ぎょえい》（肖像画）を持つのは、信玄の五男仁科《にしな》五郎盛信《もりのぶ》。位牌《いはい》を持つのは、おなじく六男葛山《かつらやま》十郎信貞《のぶさだ》。御剣《みつるぎ》は家老の小山田信茂《のぶしげ》、腰の物は秋山惣九郎《そうくろう》と原隼人佐《はやとのすけ》、前棺の者は穴山信君《のぶきみ》と信玄の弟の武田逍遥軒信廉《しょうようけんのぶかど》。

つづいて金銀珠玉をちりばめた棺に稜羅錦繍《りょうらきんしゅう》を飾った天蓋《てんがい》が差しかけられてあらわれ、そのかたわらをゆく勝頼の肩には、紼《ふつ》が掛けられていた。紼とは、棺を引く綱のことである。

そして後棺の者は、信玄の甥《おい》の典厩信豊《てんきゅうのぶとよ》とおなじく武田左衛門佐《さえもんのすけ》。これに兄ふたり——真田源太左衛門信綱《のぶつな》・兵部丞昌輝《まさてる》の死を受けて真田姓に復した昌幸《まさゆき》をふくむ数百名の家臣団と領国内の僧一千名あまりがつづいていた。

一見する限りでは盛大きわまる葬儀であったが、哀悼《あいとう》の意を表するため頭を剃《そ》りあげていた昌幸にとって、これはかつて高坂昌信《まさのぶ》や内藤昌豊が予見してみせたように武田家の滅亡のときが近づいたことを如実に示す葬列にほかならなかった。

仁科五郎盛信、葛山十郎信貞につづいて小山田信茂がすすんだのは、表面的には信茂が筆頭家老に席次をすすめられたことを意味する。しかしこれは、裏を返せば長篠の戦いで山県昌景、馬場信春、内藤昌豊、原昌胤《まさたね》の四家老を一度に失ってしまった結果なのである。

しかも長篠の戦いに大勝して以来、織田信長は武田家の領国へ反攻侵入する気配をあらわにしていた。さる天正三年十一月、武田家から東美濃《みの》の岩村城を奪い、城将として派遣されていた家老のひとり秋山虎繁と信長の叔母《おば》にあたるその正室を岐阜城下で磔刑《たっけい》に処したことなどは、これを象徴する出来事であった。

というのに勝頼は、信玄の四十九日がおわったころからさまざまな愚行に走りはじめていた。

孕石忠弥《はらみいしちゅうや》という大剛の者は、ささいなことから勝頼の怒りを買い、近くの尊躰寺《そんたいじ》に立て籠《こも》ったところを二十人の討手に襲われて斬死《きりじに》。曾根与一助《よいちのすけ》はなんの非もなかったにもかかわらず、小山田信茂の従兄弟《いとこ》の小山田八郎左衛門と初鹿野伝右衛門《はじかのでんえもん》によって、不意に上意討ちされて仆《たお》れた。

「曾根与一助は長坂釣閑《ちょうかん》、跡部大炊助《おおいのすけ》と不仲だったから、あのふたりが裏でお屋形さまを操ったのではないか」

という声がもっぱらであったが、昌幸の案じたのは、

（これではお屋形さまは、あまりに人を手討ちにしすぎた先々代信虎《のぶとら》公とおなじように人望を失ってしまうのではないか）

という一点にあった。天文《てんぶん》十年（一五四一）、信玄によって駿府《すんぷ》へ追われた信虎

は、今川義元《よしもと》が信長に討たれて以降は紀州高野山《こうやさん》や西国を遍歴。二年前の天正二年（一五七四）に信州高遠《たかとお》へもどってまもなく、八十一歳で死亡していた。

また落合市之丞《いちのじょう》という者は、勝頼を見限って出奔《しゅっぽん》。だが人質に差し出していた母を殺すと威《おど》かされて、しぶしぶ帰参したところを足軽たちに捕らえられ、斬首されて果てた。

このように家中《かちゅう》が乱れれば、興醒《ざ》めする者とこれを好機と見て権勢をふるう者とがかならずあらわれる。昌幸が鼻白んでいる間に、国政はますます長坂釣閑と跡部大炊助の壟断《ろうだん》するところとなっていった。

家老衆や昌幸をふくむ奉行衆が知らないうちに法度《はっと》（国法）や軍法が改められ、柳小路や連雀《れんじゃく》町の出入り商人たちだけがなぜかそれをいち早く察知している。調べてみると、その商人たちは釣閑と大炊助に袖《そで》の下を使っていた者ばかりとわかる、といったことがしばしばとなった。

信玄の葬儀は、武田家の家中がいつ分裂するかも知れないなかでおこなわれたのである。

これらの事件にもまして昌幸が愕然《がくぜん》とした出来事は、この葬儀から二年後の天正六年（一五七八）三月十三日、越後《えちご》の上杉謙信《けんしん》が卒中のため四十九歳で急死した直後にはじまった。

　生涯独り身を通した謙信には、ふたりの養子があった。姉の子の景勝《かげかつ》と、北条氏《うじ》康《やす》の七男景虎《かげとら》である。

　一方、武田家と北条家の婚姻関係を眺めると、信玄は二十四年前に長女梅姫を氏康の長男新九郎氏政《うじまさ》に輿入《こしい》れさせ、勝頼も氏康の妹を正室に迎えていた。高坂昌信が病死した同年五月から景勝と景虎が相続争いの内訌《ないこう》をはじめるや、勝頼は北条家との縁によって景虎を支援することに決定。小山田信茂勢をふくむ兵力二万を動かし、越後をめざした。

　むろんこれは、景虎を助けたい北条家にとっては悪くないことである。

　これまで上野国《こうずけのくに》はほぼ二分され、東上野には上杉家の諸将、西上野には北条家の諸将が配備されていたが、甲軍の動きを知った東上野の越軍も景勝方と景虎方に分裂。このころ真田安房守《あわのかみ》と称するようになっていた昌幸は、景勝方となった東上野の諸城の攻略戦に参加した。

　問題はなぜ昌幸が東上野攻略の将に指名されたかだが、これはすでに亡き真田一《いっ》徳斎《とくさい》の晩年の動きから察することができる。

　一徳斎は毎年のように西上野へ出動し、かつて長野業政《なりまさ》から取れといわれた東上野の利根《とね》郡《ごおり》の沼田城付近にまで兵威を張っていた。勝頼は昌幸に、一徳斎の任務を引きつぐよう求めたのだ。

ところがまもなく、昌幸も初めて勝頼の気まぐれに振りまわされることになった。初め景勝・景虎の和解を求めようとした勝頼は、六月にその調停工作が失敗におわると景勝に味方し、甲越同盟をむすんだのである。その条件は、つぎのふたつであった。

一、武田勝頼の妹菊姫は、上杉景勝に輿入れすること。
一、景勝は、勝頼に東上野を進呈すること。

しかし、武田家が景虎を見限るとは北条家との甲相同盟を破棄することを意味する。その煽《あお》りを食って、昌幸は西上野から東上野に進出しつつある北条家の諸将と対戦する羽目になった。

その大筋は利根郡の沼田城をめぐる攻防戦という形を取り、略年表風に記述すると左のような経過をたどった。

天正六年（一五七八）五月。北条氏政、上杉家から沼田城を奪い、猪俣邦憲《いのまたくにのり》を城代として藤田信吉《のぶよし》・金子泰清らを入れ置く。同月中に昌幸はその配下の沼田衆の切り崩し工作を開始、二十三日までに武田家からの恩賞と引き換えに退去することを誓約させる。十二月。菊姫、景勝に入輿《じゅよ》。

天正七年（一五七九）三月二十四日。上杉景虎自刃し、謙信の後継者は景勝と決定。九月。昌幸、矢沢頼綱に沼田城を攻めさせる一方、利根川対岸の名胡桃《なぐるみ》城主鈴木重利と小川城主小川可遊斎《かゆうさい》の勧降に成功するも、北条氏政の弟氏邦《うじくに》が沼田城に来援したため、一時撤退。

天正八年（一五八〇）閏《うるう》三月。昌幸、矢沢頼綱にふたたび沼田城攻撃を命令。四月。昌幸自身も攻撃に参加、城代藤田信吉を投降させることに成功。五月二十三日。昌幸、小川可遊斎に沼田在城を命令。


いくさ好きな勝頼が東上野へ出馬しなかったのは、北条氏政に領国駿河《するが》を奪われ、三河《みかわ》・遠江《とおとうみ》両国を制した徳川家康も北条家と同盟し、武田領をうかがいはじめていたためである。北条軍は四万、徳川軍は一万あまりの兵力だったのに対し、勝頼は人知れず退去する家臣が相ついで一万六千の兵しか動員できなくなっていた。

武田家滅亡の原因を長篠の戦いの惨敗に求める史家は少なくないが、より巨細《こさい》に眺めるとそれ以降も勝頼が戦略的思考に欠け、ついには北条氏政をも敵にまわしてしまったこと、および家臣団の一部からも見限られて兵力激減したことの方が致命傷に近かったのではあるまいか。

二

武田勝頼が一万六千の兵力では甲斐府中を守りきれないと考え、別の土地に巨大な城郭を築くことにしたのは天正九年（一五八一）初春のこと。その城地の選定と築城の普請奉行に任じられた者こそ、真田昌幸であった。

このころの昌幸は、上州沼田領における領主権を確立したほかに、勝頼から信州小県《ちいさがた》郡の戸石《といし》城を預けられていた。戸石城は、信玄の時代に一徳斎が一兵も損ずることなく乗っ取った城郭群である。

その妻子や弟の信尹《のぶただ》は武田家への人質とされ、躑躅ケ崎館《つつじがさきかん》をかこむ屋敷のひとつに住んでいたから、昌幸は甲斐府中―戸石城―沼田領をむすんだ三角形のなかで三重の生活を営んでいたことになる。

沼田領から躑躅ケ崎館へもどった際に勝頼から築城命令を受けた昌幸は、その夜、銘酒を仕込んだ五合徳利を提げて小山田信茂邸を訪ねた。

ふっくらした顔立ちの美男である信茂は、礼法や四書五経に通じるばかりか兵法にも詳しい。だから昌幸は、あらたな城をいずこに造営すべきかという問題について、その意見を聞いておきたかった。

　この年に三十五歳となった昌幸は、沼田城攻略に成功した自信もあって眼光鋭く、濃い眉《まゆ》と切れ長の瞳《ひとみ》と通った鼻筋には男臭さが増している。

　来意を聞いた小山田信茂は、

「韮崎《にらさき》の七里岩といわれる台地上であれば、かなり巨大な城が縄張りできましょうな」

　と答え、その利点を問わず語りに教えてくれた。

「それでは、明日にでもその七里岩を見てまいりましょう」

と応じた昌幸と信茂が酒の献酬をはじめたのは、かたや武田家の奉行のひとり、かたや筆頭家老として胸襟《きょうきん》をひらきあった仲だからである。

「それにしても安房守殿（昌幸）も、東上野を押さえるに当たっては苦労されたようでござるな」

　と綿入れの袷《あわせ》に胴服姿の信茂から水をむけられ、昌幸は大月代茶筅《おおさかやきちゃせん》に結いあげた髷《まげ》を動かして苦笑を浮かべながら答えた。

「お屋形さまが景虎公に加勢するのかと思ったら景勝公に味方なされたので、一時はどの城が景虎公方なのか景勝公方なのかわからず、まことに困《こう》じ果てた次第でござった。出羽守《でわのかみ》さま（信茂）も菊姫さまお輿入れの使者として春日山《かすがやま》城にまでおもむかれたのですから、さぞ御苦労なされたことでござりましょう」

問い返された信茂はこくりとうなずき、

「いささか鼻白んだのは、春日山城からの帰途のことであった」

と前置きして意外な事実を打ちあけた。

信茂一行が菊姫を春日山城の景勝のもとへ送り届けて雪道をもどってくる途中、弓弦《ゆづる》の鳴る音が雪原に谺《こだま》したかと思うと、行く手に矢が突っ立った。その矢に矢文がむすびつけられていることに気づいて前駆の者に拾わせると、そこにはこう書かれていた。

無常やな黄金《こがね》五百鈞《きん》を形代《かたしろ》に三郎さまを売りたる跡部と釣閑

三郎とはその後自刃した景虎の通称だから、この狂歌はつぎのような意味にしか取れない。

——跡部大炊助と長坂釣閑は、景勝から黄金をたっぷりもらったのと引き換えに、勝頼に景虎のことを見限らせた。なんと無常のことやら。

釣閑と大炊助の専横ぶりが越後上杉家にまで知られていたことに、昌幸は遅まきながらこのとき初めて気づいたのであった。

韮崎の七里岩といわれる台地は、甲斐府中の北西四里たらずの山の奥に発達している。翌日、簑笠《みのかさ》姿で騎乗し、釜無《かまなし》川に沿って北西にのびる山道伝いに七里岩をめざした昌幸は、七里岩とはその山道にむかって西側に丈高く突き出した大絶壁のことだ、と道案内に立った韮崎生まれの小者から教えられ、

「なるほど」

と応じた。

たしかに七里岩の下に堀を引きまわせば、よい外堀が造れる。問題は七里岩の背後に打ちつづく高地にどのような懐の深さがあるかだが、昌幸が雪沓《ゆきぐつ》に履き替えて一日中この山を歩きまわったところ、この高地上には、均《なら》せば八万五千坪以上の城域が得られると知れた。

しかも、その位置から案ずるに、韮崎から北西へすすめば信州諏訪《すわ》郡に入り、その先の高遠から南下すれば伊那谷《いなだに》を経て遠江・三河へむかうことができる。釜無川に沿って南下すれば、穴山信君の預かる江尻《えじり》城を経て駿府へ出られる。

勝頼の承諾を受けて普請の開始されたこの城は、赤松の繁《しげ》る山頂に本丸、西の絶壁上に二の丸、南に東三の丸と西三の丸を配置し、そのそれぞれに馬出し曲輪《ぐるわ》や腰曲輪をつける計画であった。まもなくその名が、

「新府城《しんぷ》」と定められたのは、甲斐府中、略して甲府が甲斐国における国衙《こくが》の地という意味だったのに対し、こちらの城には武田領のあらたな政庁となることが期待されたためである。

しかし、城域に縄を打って地均《なら》しがまだつづいていた三月二十五日、遠江における武田家の重要な足掛りの地であった高天神城《たかてんじん》が徳川軍の猛攻の前に落城、守兵七百人近くが討死してしまった。新府城の普請に多人数を動員していた勝頼に、高天神城に援軍を派遣するだけの余力は残されていなかった。

家中の内輪揉《も》めも、まだつづいていた。その大なるものは、江尻城主穴山信君がせがれ勝千代に勝頼の娘の輿入れを願ったものの、長坂釣閑、跡部大炊助のふたりに横槍《よこやり》を入れられて恨《うら》みをふくんだことであった。

そうとも知らず、勝頼は十二月二十四日にはまだ城壁も未完成の新府城本丸へ引きうつり、重臣たちの家族には城内ないしその周辺に建てられた屋敷へ転居するよう命じた。この転居組のなかには、昌幸の正室お咲《さき》、夫妻の嫡男源三郎あらため信幸《のぶ》《ゆき》十六歳、次男の弁丸あらため幸村《ゆきむら》十五歳も混じっていた。

六連銭の家紋を打った黒うるし塗りの陣笠に陣羽織、たっつけ袴《ばかま》姿、手には折れ弓をつかんで一日中普請場に出ている昌幸は、まもなく小山田信茂の家族も転居し

てきたと知り、

（これにて家中がふたたびまとまればよいのだが）

と、切に思った。

しかし、目も当てられぬことになったのは、それからまもなくのことであった。

三

あけて天正十年（一五八二）二月一日、平安末期に旭《あさひ》将軍と呼ばれた木曾義仲《きそよしなか》の子孫であり、信州木曾谷の領主でもある木曾義昌《よしまさ》が信長に通じたのである。

木曾福島《ふくしま》城を本拠地とする義昌は、信玄に降伏してその娘のひとりを正室に迎え、本領を安堵《あんど》されて武田家の親類衆につらなっていた人物だけに、この裏切りが甲軍諸将に与えた衝撃は大きかった。

しかも木曾谷は信州と美濃・尾張《おわり》の間にひろがる咽喉《いんこう》部だけに、これによって信長は武田家の領国へ突入する通路を確保したことになる。その二日後、信長は早くも甲軍を根絶やしにするための陣割りを定めた。

駿河口からは、徳川家康。

関東口からは、北条氏政。

っったのである。

飛騨《ひだ》口からは、金森長近《ながちか》。
木曾口を経て伊那口へむかうのは、信長直率の五万とその嫡男信忠《のぶただ》の兵七万。
都合二十万近い大群が、諸方面から武田の領国へ怒濤《どとう》と化して殺到する形勢とな

ったのである。
　これに気づいた伊那口の甲軍からは、武田逍遥軒信廉の娘を妻とする小笠原信嶺《のぶみね》、
信玄の妹を正室としていた下条信氏《しもじょうのぶうじ》をはじめ三千騎が通敵。信忠軍の先鋒《せんぽう》となって
天竜川西岸の飯田《いいだ》城、おなじく東岸の大島《おおしま》城へ攻め寄せた。
　飯田城の守兵五百は、城外に発生した夜の火事がそこかしこに落ちている馬糞《ばふん》に
燃えうつって赤々と光るのを見て、接近した織田軍鉄砲足軽たちの火縄の火と錯覚。
一斉に逃げ散ってしまい、
「馬糞ニ脅《おどろか》サレ、城ヲアケタリ云事《いうこと》ハ、寔《まこと》ニ珍《めずらし》キ敗軍也」（『甲乱記』）
　と史書に特筆されることになる。
　大島城には逍遥軒信廉が兵力一千を率いて立て籠っていたが、その信廉が真っ先
に風を喰《く》らって逃亡したため、ここもいくさにならなかった。
　こうして内ぶところを喰い破られた勝頼は、兵八千を率いて諏訪まで出動した。
　諏訪からは八ケ岳《やつがたけ》を背にして雪深い杖突《つえつき》峠（標高一二四七メートル）を越えれば、
仁科《にしな》五郎盛信《もりのぶ》の守る伊那郡最後の拠点高遠城へゆくことができる。

しかし、このとき勝頼に従った甲軍にすでに往時の気迫は消え失《う》せていた。そのことは、同行した小山田信茂とその義兄にあたる御宿監物入道《みしゅくけんもつ》がやりとりした詩文から読み取ることができる。

信茂が監物に与えた七言絶句と和歌一首は、つぎのような作であった。

汗馬悤々《そうそう》兵革の辰《とき》
東西戦鼓辺垠《へんぎん》（国境）に轟《とどろ》く
世上の乱逆《らんげき》何に拠《よ》りてか起こる
只是《ただこれ》黄金五百鈞

すな金《がね》を一朱もとらぬ我らさへ薄恥をかく数に入《い》るかな

監物入道も思いは信茂とおなじであり、左のような返歌をこころみた。

甲越和親堅約の辰
黄金の媒介神垠《しんぎん》に訟《うった》ふ（神の裁きを待つべきことだ）
佞臣《ねいしん》屠《ほふ》り尽くす平安の国

　惜しむべし家名を万金に換ふるを

　薄恥をかくはものかはなべて世の寂滅《じゃくめつ》するも金の所行よ

　監物入道も、長坂釣閑、跡部大炊助の表裏ある動きが亡国の事態を招いたと見ることで、信茂と一致していたのである。

　すると二月二十七日には、甲斐府中からの使いが勝頼の本陣へ駆けこんできて注進した。

「さる二十五日、江尻城より穴山家の兵四、五百が押しかけ、穴山梅雪《ばいせつ》殿御簾中《ごれんちゅう》（正室）と勝千代殿をつれて逃げ出しまして候。留守居の兵二、三百がこれを押し止《とど》めようといたしましたが、二、三十人を討たれてそのままになり申し候」

　近ごろ入道して梅雪斎と号した穴山信君は、信玄の姉の子であると同時に信玄の次女を正室とする親類衆の重鎮である。信玄の葬儀に前棺の役をつとめ、いまは駿河の江尻城にあって北条・徳川両軍の攻勢に備えているはずの梅雪が裏切り、しかも甲斐府中まで決死の兵を送ったとあっては、諏訪の陣営さえ孤立しかねない。

　勝頼は翌朝早く新府城めざして兵を返したが、出発時に八千だった兵力は途中の林に吸いこまれるように消えてゆき、着いたときには小山田信茂配下の二百騎をふくめても一千に足りない人数しか残っていなかった。もはや勝頼への不信感は、重臣層ばかりか雑兵たちの間にまで浸透していたのである。

この一千たらずを出迎えた昌幸たちにとって、激震はさらにつづいた。

三月二日には、仁科五郎盛信と兵力三千の守る高遠城が落城。盛信は切腹し、城兵たちは最後の抵抗をこころみてから思い思いに死出の道をたどった。これは、身をもって逃れた十人の兵がその日のうちに新府城に走りこみ、そうと伝えたのである。

伊那谷の最奥部にある高遠城はよくできた城であり、織田の大軍にかこまれたところで一カ月間は保《も》つ、とだれしもが考えていた。それがわずか一日にして抜かれたとあっては、まだ櫓《やぐら》も建てられず、城壁の土台となるべき土盛りしかされていない新府城ではとても決戦できない。

信州佐久《さく》郡の小諸《こもろ》城を預かる典厩信豊も病と称して姿を見せなかったから、こうなると勝頼の相談相手になれるのは、長坂釣閑、跡部大炊助を除くと小山田信茂と昌幸しかいない。

その勝頼が木の香も新しい本丸表御殿書院の間に昌幸を招いたので、烏帽子素襖《すおう》姿で膝行《しっこう》した昌幸は献策した。

「亡き父一徳斎が先代お屋形さまの命によって切り取りました上州の城のひとつに、

吾妻郡の岩櫃城がございます。岩櫃城は要害堅固な造りの上に兵粮米もたっぷりございますから、三千の兵であれば三、四年間は養なうことができましょう。ここはひとまず岩櫃城に落ちたまい、天下の形勢を眺めつつ武田のお家再興をお図りになってはいかがかと存じ申す」

信玄が一本の大木だったとすれば、もはや勝頼はその枝から落ちた病葉《わくらば》のような存在になりつつある。

「うむ、上州であれば箕輪《みのわ》城には内藤修理（昌月《まさあき》）を入れてあるし、籠城《ろうじょう》いたすにはよいところかも知れぬ。では安房守は岩櫃城へ先行いたし、用意をいたせ」

藁《わら》をつかむように答えたので、昌幸はいったん戸石城に立ち寄って兵をまとめてから上州をめざすことにした。

しかし、勝頼には一度決断したことを中止するという悪い癖がある。半刻（一時間）後、今度は小山田信茂があらわれ、

「わが小山田家伝来の土地都留《つる》郡は渓谷険阻にして、大月《おおつき》の近くに岩殿《いわどの》城と申す難攻不落の城を有しております。幸いこの城には御当家の番兵数百が入っておりますから、まずはここへお引きあそばされて幼老婦女を奥地に隠し、機を見て討って出られれば一度散った兵たちもおいおい馳《は》せ参じましょう」

と述べると、めっきりやつれていた勝頼は大きくうなずいていた。

つづいて入室した坊主頭の長坂釣閑、目つき卑しい跡部大炊助も信茂の意見に賛成したので、岩櫃城をめざしつつある昌幸は糸の切れた凧《たこ》のような立場に置かれてしまった。

しかも、信茂はそれも気にならぬかのように勝頼に申し入れた。

「さればそれがしはこれより妻子ともども谷村《やむら》の館へ立ちもどり、万端手はずを整えて明日途中までお出迎えいたしましょう。都留郡は関所堅固にして領民は強悍《きょうかん》、容易に敵を近づけはいたしませぬから、ゆめゆめ案じたもうな」

勝負勘を曇らせていた勝頼は、このときまったく見抜けなかった。信茂が「それがしはこれより妻子ともども谷村の館へ立ちもどり」とあえていったのは、穴山梅雪にならい、人質を奪い返してから裏切りに及ぶ肚《はら》だったということを。

信茂が老母と正室、長男を輿に乗せ、騎馬武者二百騎を従えて新府城を去ったのは、その日のうちのことであった。

四

つづいて勝頼は、夜になってから城内の者たちに廻状《かいじょう》を出した。

「明日巳《み》の刻（午前十時）を期してこの城を焼き払い、岩殿城へむかうので、身のまわりのもののみを持って出立する用意をしておけ」

という内容であった。

この廻状は昌幸の正室お咲のもとにもまわされてきて、お咲は信幸・幸村兄弟にもこれを読ませて意見をたずねた。

すでに元服して月代を剃っている兄弟は、ほとんど異口同音に答えた。

「父上がにわかに上州へ旅立たれたのは、このお城からお屋形さまを岩櫃城におうつしするためだと聞きました。と申しますのに、われらに岩殿城へ供をせよ、と仰せあるのはいささか奇妙に存じます」

「わたくしも、兄上とおなじ気持です。織田の大軍が迫りつつあるというのにわたくしたち家族が岩殿城へ移動いたしたら、そのまま父上に会えなくなってしまうかも知れませぬ」

髪をおすべらかしにして小袖の上に打掛《うちかけ》をまとっているお咲は、きちんと正座している兄弟に色白ふくよかな顔をむけて答えた。

「わらわもさように思いますが、弓矢の家に生まれた者は戦乱によって互いに相逢《あいあ》うことができなくなるのもよくあること。もしもさようなことになったときは互いに戸石城をめざそう、と御前（昌幸）はかねてからおっしゃっておいででしたから、そなたたちもこのことをよく覚えておいて下さいね」

「はい」

と口をそろえて応じた兄弟は、旅仕度に取りかかった。

目の細い信幸、目はつぶらながらからだの小さい幸村はそろって賢く、からだの動かし方も父に似て俊敏である。つづいて家来たちと侍女たちに事情を伝えたお咲にも、その戸石城へいつむかうことになるかということまではまだ見当もつかなかった。

おなじ夜のうちに、勝頼は家臣たちに対してもう一通の廻状を与えていた。

「明朝出立するに際しては、荷駄と兵粮、女たちの乗る輿を運ぶため馬三百匹、小者五百人を用意せよ」

という内容であった。

しかし、いざ一夜あけてみると馬一匹、小者ひとりさえ姿を見せなかった。武田家に敗亡のとき近しと肌で感じた小者たちは、夜のうちに馬ともども煙のようにかき消えたのである。

そのため巳の刻に火を放たれた新府城から出立した甲軍は、騎馬武者二十騎と徒《かち》武者六百のみという少なさであった。信玄が上杉謙信率いる越軍と信州川中島《かわなかじま》で激突したときの兵力二万、駿河へ侵攻したときの六万に較《くら》べると、いかに兵力が激減したかがよくわかる。

　同時に城を出た北条家出身の勝頼夫人と上臈《じょうろう》たち数百からは、慣れないわらじのために白足袋《たび》に血を滲《にじ》ませ、途中で道ばたへ倒れ伏す者が続出。甲斐府中の東郊、信玄が信濃善光寺《ぜんこうじ》を模して建立した甲斐善光寺の門前町にさしかかったときには、自分たちの運命の儚《はかな》さを悟り、

「南無阿弥陀仏」

　と金堂にむかって合掌する上臈たちもいた。

　この門前町には見送りにやってきた出入りの商人たちも少なくなかったが、その混雑にまぎれて供たちの約半数が消えてしまった。お咲と信幸・幸村兄弟も、消えた半数のなかにふくまれていた。


　都留郡の者が甲斐府中からくる者を出迎えるのは、甲州街道上の柏尾《かしお》とされている。甲斐府中から三里あまりの柏尾は南北に深い沢がつづき、日川《ひかわ》という渓流に一本の橋が架かっているばかり。

　勝頼は柏尾までゆけば小山田信茂が出迎えてくれるものと信じていたが、信茂は柏尾より岩殿城寄りの鶴瀬《つるぜ》に関所を造らせ、杣道《そまみち》にも雑兵を出して都留郡へ通じる道をことごとく封じてしまっていた。

柏尾方面からその鶴瀬の関所に近づいた甲軍二、三百が、番兵たちの礫《つぶて》打ちと銃撃を浴びて驚愕したのは、山の端《は》に日が落ちてあたりが一気に暗くなったころのこと。ようやく小山田勢の裏切りに気づいた甲軍は、一戦に及ぶこともなく逃げていった。

またしても離脱する者相ついで士分の者四十一人、上臈衆五十人のみとなってしまった一行は、鶴瀬から南東にのびる山里がちの間道を一里ほどゆき、田野《たの》に入った。東西に連山を見る田野は、炭焼きしか住んでいない奥地である。まだ冬枯れの雑木林のなかに仮小屋を建てた一行は、まわりに柵《さく》を引きまわして息をひそめた。

だが、それから四日後の三月七日、織田信忠軍は高遠から諏訪を経て甲斐府中に入り、躑躅ケ崎館の東南、旧一条信竜《のぶたつ》邸を本陣とした。この瞬間、武田家はその領国体制を支えてきた政庁と城下町をなすすべもなく織田家に奪われたことになる。

こうなっては信忠としては、武田家の一門、親類衆、家老衆を探し出して成敗するばかりである。

その副将滝川一益《たきがわかずます》は、鶴瀬まで勝頼に同行していた近習のひとり秋山摂津守《せっつのかみ》が頭を丸めて出頭してくると、この秋山に勝頼追撃の道案内を命令。十一日早朝に田野の仮小屋を発見して数千の兵力に包囲させたところ、秋山自身がかつて同僚だった見張りの甲軍兵士に鉄砲を撃ちかけてみせた。

そこから、あまりに一方的な突入戦と斬獲《ざんかく》がはじまった。

滝川勢がいよいよ肉薄してくると、まず勝頼夫人がみずから守り刀を口にふくんで自決、上臈たちもつぎつぎにこれに殉じた。

それでも死にきれずにいる女たちの胸を刺してから斬《き》って出た勝頼は、機を見て仮小屋へ引き返すと奥近習衆としてなおもつき従っていた土屋昌恒以下の土屋三兄弟に敷皮を敷かせ、昌恒に介錯《かいしゃく》を命じて十文字腹を切って果てた。享年三十七、辞世が一首伝わっている。


朧《おぼろ》なる月もほのかに雲かすみ晴《はれ》て行衛《ゆくえ》の西の山の端

つづけて昌恒の弟に介錯されたその嫡子信勝《のぶかつ》は、まだ十六歳の若さであった。滝川勢が挙げた四十一の首には、長坂釣閑、跡部大炊助のそれもふくまれていた。

有力部将たちに愛想をつかされ、最後の一戦に華々しく散ることもできなかった勝頼の死に方を、『甲乱記』の筆者は左のように慨嘆している。

「只《ただ》戦フベキ処ニテ戦ハズ、死スベキ所ニテ死ナヌヲ弓矢ノ家ノ瑕瑾《かきん》トハ申《もうし》候へ」

五

では、この武田家滅亡に際し、真田昌幸はどのように動いたのであろうか。

岩櫃城に入って勝頼の御座所の普請を急がせていた昌幸は、信幸・幸村づきの者たちから勝頼一行は岩殿城をめざしたと報じられ、高遠落城から二日後の三月四日、兵二千五百を率いて戸石城にもどった。

昌幸から見れば、勝頼が身をもって岩殿城に逃れることができたにしても、もはや甲州武田家は自滅したも同然である。

（ならばわしはこの戸石城に拠り、小県郡を領有する大名として自立する道を探ろう）

というのが、昌幸の考え方であった。

真田家は、父一徳斎以来武田家につかえてきたが、武田家譜代の家筋ではない。もとはといえば信玄に敗れ、武田家に従属する道を選んだ一族だけに、昌幸は武田家と存亡をともにしようとは思わなかった。

すると勝頼が切腹した十一日のうちに、供侍たちに守られたお咲と信幸・幸村兄弟が戸石城へやってきた。お咲たちは落武者狩りをはじめた百姓たちを振り切りながら旅をつづけ、ようやく昌幸に再会することができたのだ。

しかし昌幸にとっては、妻子と再会できた喜びよりも翌日に真田家お雇いの乱波《らっぱ》、透波《すっぱ》たちの口から勝頼の死を報じられた衝撃の方が大きかった。少なくとも勝頼が昌幸の奉行としての才覚を愛《め》で、文書発給をまかせるなど深く信頼してくれていたことだけは事実である。

昌幸は信玄の葬儀の日にまとった烏帽子と色衣をまとい、家臣たち及び一戦を願って集まってきた武田家遺臣たちを広間に集めて告げた。

「甲斐府中より来《きた》る者あり、昨十一日、勝頼公父子は小山田出羽守が反逆により、甲州田野の里にて御生害《ごしょうがい》あそばされ候とのことなり」

頬《ほお》に光る筋を伝わらせた昌幸は、顔を歪《ゆが》めてつづけた。

「かくあるべしとも知らず、御最期に立ちあわざりしことこそ口惜しけれ。われ、もし御側《おそば》近くにあらば、いかで出羽守らの謀計に落としたてまつらんや。御運の末とはいいながら、おのおのの忠義空《むな》しくなりしこと、まことに本意《ほい》なき次第なり。かくなる上は出羽守と一戦を遂げ、亡君の仇を討たずばなるまい。面々、いかに存ずるか」

するとひとりが立ちあがって意見を述べた。

「仰せごもっともなれど、織田の大軍が甲州入りいたした今日、小山田出羽守と御一戦あそばされることは思いも寄らず。それがし思いまするに信長は出羽守の不義を責め、いずれ斬り捨てましょうから、出羽守と戦うべく出動すれば織田軍とも合戦せざるべからず。小をもって大にむかうはなかなか難しきことなれば、ここは御出兵を取りやめたまえ」

これは一理も二理もある論理であったから、昌幸は納得。以後は真田家存続のため上杉・北条の両家に加勢を乞《こ》い、小県郡の本領安堵と引き換えに臣従してもよい、という内容の密書を送る工作をこころみた。

織田家対武田家という対立軸が消えたとたん、昌幸は織田家対上杉・真田家、あるいは織田家対北条・真田家というあらたな対立軸を作り出すことによって真田家の存続を願ったのである。

しかし、上杉家はともかく北条家は徳川家との同盟関係によって、間接的に織田家につながっている。昌幸の動きを知った織田信忠は、重臣菅谷九右衛門尉《くえもんのじょう》から戸石城へ書状を送らせた。

その一節にいう。

「今度勝頼公没落、信州一国残らず降参せしめ候ところに、貴方籠城、実にもって神妙の至り。信忠公をはじめ御感《ぎょかん》に入り、たのもしき御心底にて候。(略) 向後《きょうこう》幕下に属し、万事、当国・関 (信州と関東) の御先をも頼み入りたしとの上意に候。

(略)猶《なお》御同意候えば、篤《とく》と信忠公へ申し上ぐべし」

信忠は真田勢が信州・関東を平定する先兵となることを条件として、昌幸を織田家へ出仕させようとしたのである。

この誘いを拒否すれば、戸石城は高遠城の二の舞になること必至だが、これを受け入れれば織田の大軍と一戦も交えることなく真田家存亡の危機を乗り越えることができる。

ためらいなくこの注文に応じることにした昌幸は、大紋烏帽子の正装をまとって十八日に高遠城へ出頭。飯田城からこちらへうつったばかりの信長に挨拶《あいさつ》することを許され、信長が四月三日に甲斐府中に入ってからは、黒葦毛《くろあしげ》の馬を贈って礼状を受け取った。

「馬一匹、黒葦毛到来、懇志の至り、特にもって馬形(馬格)、乗心(乗り心地)以下比類なく、別して自愛斜めならず候。(略)猶、滝川申すべきなり。

四月八日　　信長黒印

佐那田弾正殿　」

「滝川申すべきなり」とは「滝川一益から今後のことについて指示させる」という意味。

ただし、この礼状は「真田安房守昌幸殿」とすべき宛名《あてな》を誤っていて、まだ信長が真田家とはどういう一族なのかよくわかっていなかったことを言外に示している。

いずれにしてもこのときまでに武田逍遥軒信廉、典厩信豊、一条信竜らの武田一族と筆頭家老小山田信茂は斬首されていたから、ひとり昌幸のみは武田家の奉行から織田家の家臣に転身することに成功した珍しい例となったのであった。

上田城の密謀

一

織田信長が真田昌幸に伝えた「滝川申すべきなり」ということばには、昌幸が受け止めた以上に深い意味があった。

昌幸はまだ知らなかったが、信長は三月二十三日のうちに部将のひとり滝川一益《かずます》に対し、

「上野国《こうずけのくに》ならびに信州のうち二郡を下され候」

と告げていた。この信州二郡とは小県《ちいさがた》郡と佐久《さく》郡のことであり、昌幸の領地である小県郡と領主権を確立済みの上州沼田《ぬまた》領とは、そろって滝川一益の分国に組みこまれてしまったのである。

いわば昌幸は信長に出仕する直臣ではなく、滝川一益の命令によって動く陪臣《ばいしん》と

して扱われることになったのだ。

しかも、信長は滝川一益を関東管領《かんれい》に任じ、上州の厩橋城《まやばしじょう》（前橋城）を与えたばかりか、沼田領をもその直轄領にくりこんだ。昌幸としては一方的に沼田の領主権を取りあげられた形だけに、苦々しく感じることこの上なかった。

昌幸からすれば信長・信忠父子が自分に信州・関東平定の先兵となることを望み、こちらがそれを受け入れたからには、信州小県郡のみならず上州沼田領も本領として安堵《あんど》されるべきだ、という思いがある。

しかし、歴史はときに思いがけない軌跡を描く。四月八日に昌幸宛の黒印状を発送した信長と信忠の父子は、六月二日にはもうこの世にはいなかった。

四月二十一日に安土《あづち》城へもどった信長は、五月二十九日に上京して本能寺《ほんのうじ》に宿泊。六月二日払暁に明智光秀《あけちみつひで》勢に襲われて炎のなかに自刃し、二条御所に入っていた信忠もつづいて襲撃されて切腹したのである。いわゆる本能寺の変。

「京で大変な凶事が起こったらしい」

という噂《うわさ》は、十日すぎには戸石《といし》城の昌幸のもとにも伝えられた。

だが、それが信長・信忠父子の死を意味することまではっきりしなかったため、雌伏を余儀なくされていた昌幸は諸方に乱波《らっぱ》、透波《すっぱ》を放って噂の真偽を確認しようとした。

昌幸とおなじように動いた者としては、北条氏政を挙げることができる。十一日、厩橋在城の滝川一益に真否を問いあわせた氏政は、まもなく別の筋から信長・信忠の死の確報を得、滝川勢に勝負を挑むことにした。ついこの前まで沼田の領主権を持っていた昌幸とおなじように西上野の各地に部将たちを配していた氏政は、信長の死を奇貨《きか》として上州への再進出を企《たくら》んだのだ。

滝川一益は近江《おうみ》の甲賀《こうが》郡の出身であり、上州には地縁も血縁もない。配下の上野衆にはまったく戦意が欠けていたため、一益は旗本のみを率いて北条軍に立ちむかわざるを得なくなる。結果は当然ながら大敗におわり、かれは箕輪《みのわ》から信州小諸《こもろ》、木曾谷《きそだに》を経て伊勢長島《いせながしま》へ逃げ走った。これは長島をふくむ北伊勢五郡が、武田家滅亡以前のかれの分国だったためである。

こうして上州と信州二郡が無主の地と化したからには、周辺に領国を持つ戦国大名たちが食指を動かそうとするのは自然な発想というもの。期せずして織田家の支配を脱した昌幸は、とりあえず実力を貯えるべく旧武田家遺臣団の採用と息のかかった吾妻衆《あがつましゅう》——上州吾妻郡の土豪たちの家臣団化を押しすすめた。吾妻衆とは、昌幸の父一徳斎が西上野在番だった時代から、信玄の指示によってその寄騎《よりき》を命じられていた者たちをいう。

しかし、諸大名の動きは昌幸の予想以上に迅速であった。七月上旬までの間に、滝川一益の分国だった地域とその周辺はつぎのように分割されていた。

上州厩橋城　北条氏邦（氏政の弟）

信州川中島四郡　上杉景勝

甲州一円　徳川家康

これらのなかで、昌幸がもっとも気にしていたのは北条軍の動きであった。北条氏邦は敗れて逃げる滝川一益勢を追撃するという名目で信州へ侵入、小県・佐久の両郡のうちに逼塞《ひっそく》している旧武田家家臣たちにも帰属するよう呼びかけてきた。まだ武藤姓だった時代の昌幸が一番槍《やり》を果たした三増《みませ》峠の合戦は、対北条戦であった。それを思うとかつて大勝利を挙げた相手に帰属するのも面白くないように感じられ、昌幸は珍しく迷いを生じた。

だが武田家、ついで織田家の後ろ楯《だて》を失った今日、真田家は戸石城を持つとはいえ小県郡の土豪のようなもので、とても大名とはいえない。対して北条家は伊豆・相模の二カ国を領有するばかりか上州のうちにも版図を持つ有力大名であって、これに武力で対抗しようというのは、故事にいう蟷螂《とうろう》の斧《おの》でしかない。

念のため、かつてともに信濃先方衆《しなのさきがた》をつとめた旧武田家家臣たちを訪ねてみても、

「わしは北条家の呼びかけに応じようと思う」

という答えしか返ってこなかった。

こうなっては、昌幸がひとり我《が》を張ってもどうにもならない。昌幸は、口惜しさを圧《お》し殺して北条家への臣従を決意。七月中に家臣のひとり日置五左衛門尉《ひおきござえもんのじょう》を北条氏直《うじなお》（氏政の嫡男）の陣営へ送り、沼田城攻めに功のあった矢沢頼綱らに命じてそのせがれたちを証人（人質）として差し出させた。

しかし、北条家と真田家はこれによって友好関係を築いたわけではない。昌幸が北条家に臣従した場合、沼田領の領主権がどうなるのか、という問題までは協議されなかった。それが祟《たた》って、まもなく両家の関係は急速に険悪化した。

滝川一益が三月から六月にかけて関東管領として厩橋城に入っていた間、沼田城主に指名されていたのはその甥《おい》の滝川益重《ますしげ》であった。このふたりが西へ去ったのを受けて厩橋城を占拠したのは北条氏邦だったが、沼田城は沼田衆と呼ばれる土豪たちの持ちものとされていた。

そこで北条氏邦は沼田領を攻める一方、吾妻郡にも兵を送り、やはり真田家を支援する吾妻衆と戦わせた。

これらの形勢を戸石城から眺めていた昌幸は、八月中旬、すでに十七歳になった嫡男信幸《のぶゆき》に矢沢頼綱を添えて岩櫃《いわびつ》城へ派遣。まもなく矢沢頼綱は沼田城に入ったも

の沼田衆には北条家に心を寄せる者もめだち、北条・真田の両家の間には緊迫した空気が漂いはじめた。北条家から見れば昌幸は、

「面従腹背をこととする輩《やから》」

にほかならない。

しかもこれと並行して、信州もにわかに騒がしくなっていた。

その原因は、北条軍と徳川軍がともに信州を奪おうとして一触即発の状態となったことにある。すでに小県・佐久の二郡を押さえた北条軍は、つづけて諏訪《すわ》郡も切り取って甲州をうかがいはじめた。対して徳川軍も甲州から信州への進出をもくろみ、武田家遺臣のひとり依田信蕃《のぶしげ》に佐久郡を与えることを約束して信濃先方衆に任命していた。

徳川家康は小県・佐久二郡の武士たちにもひろく出仕を呼びかけ、その対象にはむろん昌幸もふくまれていた。昌幸の見るところ家康は将に将たる器量をそなえており、かれはかつて信玄に対し、

「三河守《みかわのかみ》家康公は謀《はか》りごともなく智勇もなく見えましょうが、やがては天下に英雄の名をあらわすであろうまことに恐しい大将でござります」

と評したことさえある。

その家康から出仕の誘いを受けるや昌幸がその気になったのは、上州で北条家と

の関係が緊迫しつつあることもさりながら、家康が破格の待遇を提示したことが大きかった。

「信州小県郡と上州沼田領は真田家のものとし、ほかに信州諏訪郡と甲州において二千貫文の土地を与える」

と、家康は太っ腹なところを見せたのである。これは信長の後ろ楯を失いながら甲信二州へ進出して北条家と敵対した家康にとって、小県郡最大の武将真田昌幸がいかに大きな存在と映っていたかを物語る。

(よし、それではわしをより高く買ってくれる徳川家に出仕しようか)

と昌幸が考えたことには、弟の信尹《のぶただ》の意見も大きく与《あずか》っていた。

武田勝頼につかえて槍奉行となり、騎馬武者十五騎と足軽十人を与えられていた信尹は、武田家滅亡の混乱のなかで武田家遺臣八百九十四人とともに家康に臣従。真田隠岐守《おきのかみ》と称し、家康に命じられて昌幸の説得役をつとめていたのである。

九月二十八日、昌幸は家康と起請文《きしょうもん》を取り交わし、その家臣となった。

二

それにしても、この天正十年(一五八二)における真田昌幸の身の処し方は、まことにめまぐるしいものであった。

三月十八日、高遠城に出頭して織田家に臣従。

七月、信長の死を受けて北条家に臣従。

九月二十八日、徳川家に臣従。

三月に勝頼が敗北するまでは武田家の家臣だったことを思えば、昌幸は一年のうちになんと四回も主家を変えたことになる。

のちに石田三成《みつなり》は昌幸のこのような行動について、

「表裏比興《ひきょう》の者」

という厳しい評を下した。これは表裏のある卑怯《ひきょう》者という意味だが、注意しておきたいのは、

「武士は二君につかえず」

といった武家道徳はまだ育っていなかったことである。

戦国の武士はおのれを高く評価してくれる者につかえ、主君が将たる器にあらずと感じたときにはためらいなく主家を変えた。勝頼が滅びの道をたどったのも家臣団に愛想を尽かされたためだったが、藤堂高虎《たかとら》などは浅井《あざい》長政、阿閉《あつじ》政家、磯野員昌《かずまさ》、織田信澄《のぶずみ》、羽柴秀長《はしばひでなが》、豊臣秀吉《ひでよし》、徳川家康と七度も主家を変え、

「主家を七度変えねば真の武将にあらず」

と豪語したほど。

昌幸の場合、武田家滅亡後の戸石城にあって初めは織田家、つぎには上杉・北条・徳川の三家の信州切り取り合戦のなかで真田家の存続を策したのだから、はたから見れば「表裏比興の者」と感じられたとしても致し方なかった。

「真田逆心」

と知った北条軍は、沼田領の諸城を激しく攻めつける一方、佐久郡にも兵力五千を進撃させ、昌幸を圧迫しようとした。

しかし、沼田城代矢沢頼綱は激戦のあげく北条軍を撤退させることに成功。昌幸自身は戸石城から碓氷峠《うすい》に出動し、甲州巨摩郡《こま》の若神子《わかみこ》（北杜市《ほくと》）にあって徳川軍と対陣している北条氏直勢の食糧搬入を妨げた。

昌幸は徳川家新参の武将として働きはじめたわけだが、十月二十九日になるとまたしても昌幸をめぐる情勢に大きな変化があった。

北条・徳川両軍の若神子の対陣が三カ月以上に及んでいるのを知った信長の次男信雄《のぶかつ》と三男信孝《のぶたか》が調停役を買って出たため、両軍は条件を出しあって和議をむすんだのである。

その条件とは、つぎの三点であった。

一、北条家は、信州佐久郡と甲州都留《つる》郡を徳川家にゆずる。
二、徳川家はその代わりに、上州沼田・吾妻領を北条家にゆずる。
三、両家は徳川家康の娘を北条氏直の正室とすることにより、婚姻関係をむすぶ。

もちろん、昌幸にかかわるのは第二条である。真田家は徳川家に臣従した結果、徳斎と昌幸、信幸の三代にわたって経営に腐心してきた沼田・吾妻領を取りあげられてしまうことになったのだ。

それと知った当日、まだ十六歳の幸村《ゆきむら》は戸石城の昌幸の居室へ顔を紅潮させて走りこみ、形の良い眉を寄せてたずねた。

「父上、上州の領土を召しあげられるという噂はまことでございますか。われらはなすすべもなく、かような上意に従わねばならぬのでございますか」

幸村が家康を憎みはじめたのは、この一瞬であった。

ひとりで碁《ご》を打っていた昌幸は、口を尖《とが》らせている綿入れの袷《あわせ》に小袴《こばかま》姿の幸村を碁盤の前に座らせ、盤上の局面を指差しながら答えた。

「囲碁とは面白いもので、一方が小さな局面を押さえるうちに相手がほかを押さえてしまうことが往々にしてある。打ち手が打った石のある部分を見捨てることによって、ほかに打った石を生かすことも実によくある。そういうことだ」

三十六歳になって男臭さを増してきている昌幸は、正座した幸村の切れ長の瞳を見つめながら、わかったか、というようにうなずいてみせた。

「それは、上州の領土を手放すときには別領を要求すればよい、ということでございますか」

幸村が頭の回転の良さを見せたので、

「よくわかったではないか」

と、昌幸はにっこりして応じた。

「しかも京都・大坂方面では、織田家の諸将につぎの天下人の座を争う動きが見える。われらとしては高みの見物をいたしながら地歩を固めることに専念しておれば、いずれ大名として自立できるときもそう遠くはあるまい」

乱波や透波は、静かな夜よりも嵐の夜に行動することを好む。その方が人々の目が集中してこないからだが、昌幸も謀将一徳斎の血を受け、長く武田家に仕えていただけに乱世を好む体質の持ち主なのである。

この天正十年の六月十三日、山城国山崎《やましろのくにやまざき》でおこなわれた合戦に明智光秀勢を撃破し、天下人の座に大きく近づいた織田家の部将は羽柴秀吉であった。同月二十七日、清須《きよす》城でひらかれた織田家の家督相続者を定めるための評定《ひょうじょう》――いわゆる清須会議においては織田信忠の嫡男でまだ三歳の三法師《さんぼうし》が相続人と決定され、秀吉はその後見役に就任した。

だが秀吉は足軽あがりの者であり、信長から近江長浜《ながはま》に封じられて初めて城持ちの部将に出世したのはわずか九年前のこと。当然、古参の重臣たちには秀吉を白眼視する者が少なくなく、織田家の家老として越前《えちぜん》北ノ庄に封じられている柴田勝家《かついえ》については、

「来春、越前の雪が消えたら南下して秀吉と雌雄を決する覚悟だそうだ」

という噂が戸石城に初雪が降ったころには昌幸の耳にも入っていた。

家康は信長の盟友だっただけに、織田家の諸将たちの間に内紛が起これば介入せざるを得なくなる。そう読んだ昌幸は、

（いずれ徳川軍は西上してゆくだろうから、それを待って漁夫の利を占めるまでだ）

と胸算用していたのだった。

あけて天正十一年（一五八三）四月二十一日、果たして柴田勝家勢四万四千あまりは近江賤ケ岳《しずがたけ》において羽柴秀吉勢六万六千あまりと激突。前田利家《としいえ》勢一万二千が柴田側から羽柴側にまわったこともあり、秀吉は大勝利をあげることができた。

まもなく秀吉は大坂城の普請に取りかかったから、これによって信長の安土政権

が秀吉の大坂政権に引きつがれたことが鮮明になった。

しかし、三法師のことなど忘れたような秀吉の動きを舌打ちしながら見つめていた者がいた。信長の次男、織田信雄《のぶかつ》である。

信雄は家康と同盟をむすんで秀吉に対抗したため、天正十二年（一五八四）三月からは尾張《おわり》のうちで小牧《こまき》・長久手《ながくて》の戦いがはじまった。徳川軍はそれより前から一斉に尾張へ急ぎ、しかも家康は真田家には出兵を求めなかった。

ために昌幸はかねてからの読み筋通り、なかば徳川家から離れて信州小県郡に自立した形になった。その昌幸にとって、小牧・長久手の戦いがつづいている間になすべきことは三つあった。

第一に、小県郡のうちにあって反抗的な態度を取る土豪たちを押さえ、同郡を完全に掌握すること。

第二にあらたな城を築き、小県郡支配の拠点とすること。

第三に沼田・吾妻領の支配を強化し、北条家の兵力を追いはらうこと。

このうちの第二点、新城の普請は、これまで山岳上に難攻不落の城を築くことをもってよしとしてきた城郭思想が、それでは交易に不便すぎるとする考え方に取って代わられつつあることに由来した。時代は山城《やまじろ》を不可として平城《ひらじろ》を可とし、その城の周辺に市と商店のならぶ城下町を建設するという方向にすすみつつある。

そこで昌幸は天正十一年の春先に家康から新城普請の許可を取りつけ、戸石城の南にひろがる上田盆地のほぼ中央に候補地を見つけ出していた。

北に太郎山（標高一一六四メートル）を仰ぐ上田盆地は、東南から北西へ流れる千曲川の中流右岸の段丘上にある。その支流のひとつは盆地のほぼ中央に深い淵《ふち》を造っていて、

「尼ケ淵」

と呼ばれていた。

その淵の北側の岸は切り立った崖《がけ》になっていて新府《しんぷ》城の七里岩に似ていたため、昌幸はこの崖と尼ケ淵を一方の防備とした城と城下町を築くことにしたのである。

やはり尼ケ淵と呼ばれていたその一帯は、西から北にかけては千曲川の支流のひとつ矢出沢《やでさわ》川にかこまれている。この流れも外堀に見立てて東側に大手門を置くことにした昌幸は、領民たちを総動員して昼夜兼行で普請をすすめていった。

大手門から見て最奥部の西寄りの地に本丸、その手前に半円形の二の丸を据えた上田城の特徴は、

「総構え」

と呼ばれる町作りをめざしていた点にある。これは城下町を城域内に取りこんだ構造のことで、たとえば北条家の本城小田原城は、その周辺に発達した城下町を延

べ三里に及ぶ土塁と堀でかこんでいることで知られていた。昌幸は信玄とともに小田原城の総構えを見たことがあったから、この手法を上田城に取り入れることにしたのだ。

ついで昌幸はひろく領民たちに上田城下への移住を呼びかけたため、大手門の外側に並ぶ武家屋敷のさらに外側（東側）には、商人町である海野《うんの》町、原町、職人町である鍛冶《かじ》町、紺屋《こんや》町が誕生。さらにこれらの町並は横町、田町、本町、柳町などにつながって、今日の上田市の発展の基礎を固めた。上田は中仙道の追分《おいわけ》から流れ出た北国《ほっこく》脇往還（善光寺道《ぜんこうじ》）の宿場でもあったから、ここに上州の所領を入れてほぼ十万石の真田家の城下町ができると知って移住してくる者は引きもきらなかったのである。

ところが、まだ上田城が完成していなかった天正十二年十一月から十二月にかけて、尾張では昌幸の期待に反する事態が生じていた。

「どうしようもない愚鈍な人物」

と来日した宣教師たちから決めつけられていた織田信雄は、十一月十五日、なにを思ったか家康に相談することなく秀吉に会見し、勝手に和議をむすんでしまった。

戦いを有利に進めていた家康としては、二階に昇ったところで梯子《はしご》をはずされたようなものである。しかし十二月十四日、信雄は浜松城へ兵を引いた家康を訪問、援軍してくれたことに感謝の意を表したので、家康も致し方なく秀吉と和議をむすぶことにした。

こうして家康は、ふたたび昌幸に目をむける余裕を得たのであった。

三

天正十三年（一五八五）四月、今では古府中と呼ばれている甲府まで北上してきた徳川家康は、使者を介して真田昌幸に命じた。

「北条家からは、早く上州の沼田・吾妻領を受け取りたしとの催促しきりなり。されば同地を早々に北条家へわたすべし。その方へは、いずれ替え地を与える」

家康は昌幸が沼田・吾妻領を黙って北条家にあけわたす気はないと考え、追って別領を与えるとつけくわえたのである。

これも昌幸の読みのうちであったが、すでにあらかた上田城も完成し、かれは自信を深めている。そこで、あえてけんもほろろな答え方をすることにした。

「上州の所領はそれがしの武功によって切り取りたる土地にて、徳川家より賜りしものにあらず。しかもさる天正十年、徳川・北条両軍が甲州若神子《わかみこ》に対陣いたせしとき、それがし徳川家にお味方いたし、軍忠を尽くしたるにもかかわらず、恩賞薄きをいぶかる。しかるに今、なんの罪ありて上州の所領を北条家に奪われるべきや。さらに覚悟に及ばざるところなり」

最後の一文は、とても納得できない、という意味あいである。

すると家康は、ふたたび使者を介して申し入れた。

「その方への替え地は、信州伊那《いな》郡といたす。まず上州の所領を差し出すべし」

沼田・吾妻領は約三万石であり、たしかに伊那郡の石高に匹敵する。

しかし、あきらかにこれは空手形であった。家康は伊那郡と高遠城をすでに武田家の旧臣保科正直《ほしなまさなお》に与えていて、その保科家が家康にすんなりと伊那郡を差し出すとは思われない。

そこで昌幸は上田城本丸の一室に重臣たちを招き、岩櫃城から新城の見学にやってきていた嫡男信幸と次男幸村も交えて意見を求めた。木の香も新しい城に大紋烏《だいもんえ》帽子《ぼし》の正装で集まってきた者たちの間では、つぎのような意見が大勢を占めた。

「家康公の武威を見るに、日に日に勢いが募るようでござる。御前はすでに家康公にお味方なされておいでのことなれば、上州の所領をおわたしになれば伊那郡ではなくともすみやかに替え地をいただけるのではござらぬか」

紺地白抜きに六連銭の家紋を浮かびあがらせた衣装をまとって上段の間に腰を据えていた昌幸は、首を振って答えた。

「いや、家康ともあろう者が、与えられるはずもない伊那郡を替え地として持ち出したりいたしたのは、いずれ余が徳川家にとっては邪魔者になると見て、まず上州の所領を削り、小身《しょうしん》に落としておいていずれは真田家を滅ぼそうという深慮遠謀かも知れぬぞ。上州をわたして替え地の沙汰もなく、その上この城もわたせといわれたときにはなんとする」

そこまで考えていなかった重臣たちは、口々にいった。

「さように理不尽なことは、まずございますまい」

「とはいえ、もしさように相なりましたるときは、われら一同命を捨てて籠城つかまつる」

昌幸は、笑って応じた。

「それはすなわち家康と手切れをいたすということだが、手切れをいたすならば上州の所領を差し出して小身となった後よりも、まだその所領を手放しておらぬ今のうちの方がよい、という理屈にならぬか」

これには、

（なるほど）

という顔をした者が多く、真田家は徳川家と手切れいたすべし、という結論になった。

それを受けて昌幸は、家康に書状を送りつけた。その一節にいう。

「御味方いたし、忠節を尽くしても益なき事なり。なかなか沼田・吾妻をわたすこと、思いも寄らず」

こう書きつけたときこそ、昌幸がようやく大名として自立した一瞬であった。

それはいずれあらわれるであろう徳川軍との一戦を覚悟した一瞬でもあったが、昌幸には家康と戦う前に処理しておかねばならないことがふたつあった。

ひとつは、小県郡のうちにあってなにかと反抗的な態度をとる武田家の旧臣室賀《むろが》正俊をどうするか、という問題。もうひとつは川中島四郡を奪い、海津《かいづ》城に兵を入れている上杉景勝にどう対応するか、という問題である。

昌幸がまず室賀正俊に狙いを定めたのは、武田勝頼が滅亡したとき戸石城にいた昌幸に対し、正俊が物見の兵を差しむけるという不穏な動きを見せたことがあったためであった。

しかも朱具足を着用し、騎乗してやってきた松沢五左衛門という名の物見は、真田家の足軽ひとりが三尺の刀を抜いて勝負を挑むと、抜刀して応戦。足軽の攻めを右手の刀で受け止めながら、左手を伸ばして相手の髻《まげ》をつかみ、鞍《くら》の上に引きずりあげて首を掻《か》き落としてみせた。

室賀正俊と昌幸とは、その後、正俊の叔父《おじ》の室賀文左衛門が仲介の労を取ったことによって和睦したのだが、正俊はいずれ徳川軍が接近すれば小県郡の支配を交換条件として家康に味方するかも知れない。そこで昌幸は、

「上田城を御覧に入れる」

と称して正俊を招待し、かれを成敗して禍根を断とうと思い立った。

やがて指定した招待日の前日になると、昌幸はこれと見こんだ究竟《くっきょう》の者たちを集めて策を授けた。

「室賀兵部（正俊）は供侍を多数従えてくるであろうから、そのすべてを広間へ請《しょう》じ入れて種々馳走《ちそう》いたす。それがおわりかけたころ、せがれ信幸が坂巻夕庵《せきあん》を相手に書院の間の縁側で将棋をはじめた、と申して兵部にこれを見物させる。このとき兵部と供侍たちを切り離してしまうことが肝要だが、本丸は大熊五郎左衛門がかこむべし。玄関は矢沢但馬《たじま》、奥の台所は根津介右衛門《すけえもん》が固め、兵部への初太刀は北能《きた》登がつかまつれ。たとえ討ち損じたとしても、太刀を斬りこんだならそのまま奥へ駆け通って廊下を塞ぐのだ」

「御意《ぎょい》」

と名指された者たちが大月代茶筅髷《おおさかやきちゃせん》を立ててうなずくと、さらに昌幸はつづけた。

「二の太刀は木村五兵衛、白倉武兵衛、長野舎人《とねり》がつかまつれ。その間に広間は鉄砲足軽たちにかこませてしまうから、まず兵部に助太刀いたす者はないものと思

え」

四

当日の昼下がり、大紋烏帽子の左腰に太刀を吊《つ》ってあらわれた室賀正俊とその家臣たちは、あわせて二十余名であった。二の丸、本丸の殿舎を巡った後は予定通り下にも置かぬ饗応《きょうおう》がはじまり、美少年から選んだ小姓たちに矢継ぎ早に酌をされて、二十余名はしたたかに酔った。

それと見た昌幸は、揉《も》み上げの毛と口髭《くちひげ》、顎鬚《あごひげ》とがひとつながりになっている巨漢の正俊にいった。

「お手前は、将棋が得意とうかがったことがござる。わが嫡男も将棋好きにて、家来のひとりと指しているところを御覧いただいて指し手の良し悪しを教えてほしいとのこと。よろしければ、ちと書院の間へ」

やはり大紋烏帽子をまとっている昌幸は、腰には脇差しか差していない。

「ほう、それは」

と室賀正俊が腰を浮かしたのを見た昌幸は、小姓たちがその家臣たちに立ちあがる隙も与えず酌をつづけているのを確かめ、書院の間へむかった。

書院の間の縁側における信幸と坂巻夕庵の対局は、すでに双方の陣形が乱れた熱戦となっていた。両人から会釈された正俊は太刀を身の右側に置いて立会人のように盤側に座り、次第に局面に引きこまれて敷居に左手を突いた。

やがて局面は終盤に入り、王手と逆王手が連続しはじめる。

（王手を掛けられているのは、お前の方だ）

とふくみ笑いをした昌幸は、正俊に気づかれぬよう奥の間へうつって刀架の太刀をつかんだ。

その間に足音を殺して室賀正俊の背後に迫ったのは、北能登であった。やおら脇差を引き抜いた能登は、正俊を背割りに斬り下げようとした。

だが、正俊も乱世を生きぬいてきた剛の者、はっと振り返りながら上体を引いたので、能登の一撃は大紋の胸紐《ひも》を切断しただけにおわる。身をひるがえした能登が部屋から廊下へ駆け出すうちに、正俊は太刀を手にして立ちあがり、なにか叫ぼうとした。

広間の家臣たちに急を告げようとしたものと見えたが、その暇はなかった。能登と入れ違いに入室した二の太刀のひとり白倉武兵衛がするすると足を送り、頭骨を唐竹割りにしようとしていた。

しかし、正俊はこの攻めも巧みに躱《かわ》した。太刀を右手から左手に持ち替えていたかれは、その太刀を鞘《さや》ごと頭上にかざして白刃を受け止めると、そのまま右手で抜刀して武兵衛の胴を薙《な》ごうとした。それを見た木村五兵衛、長野舎人が同時に斬りつけたため、正俊は、

「あっ」

と叫びながらからだを半回転させ、なにごともないように将棋を指しつづけている信幸と坂巻夕庵に顔をむけた。

その正俊が信幸にむかって太刀を構え直そうとしたのは、どうせ斬死するなら昌幸のせがれを道づれにしてくれよう、と咄嗟《とっさ》に胆《はら》を決めたためであろう。

その気配を察した木村五兵衛は、刀を投げ捨てて正俊の背に組みついた。それでもまだ正俊は諦めない。書院のなかを五兵衛の上になったり下になったりしながら組み打ちをつづけたが、まもなく一声獣のように吠《ほ》えて動かなくなった。五兵衛が上になったとたんに白倉武兵衛と長野舎人がさらにその上からのしかかり、正俊の自由を奪うと同時にその脇腹を貫いたのである。

信幸は両耳が大きくて眉が三日月形を呈し、口許《くちもと》の引き締った若武者である。唐《から》冠《かんむり》の兜《かぶと》に萌《もえ》黄《ぎ》緘《おどし》の鎧《よろい》をまとって上州の戦場をたびたび疾駆したことのある信幸は、間近で人が成敗されるのを見ても眉ひとつ動かさないほど胆が据わっていた。昌幸が入室したとき、なおも本榧《ほんかや》五寸の将棋盤にむかっていたかれは、

「王手」

といってまた一手指し、

「これにて投了いたします」

と坂巻夕庵が白髪髷《しらが》を下げると、からからと笑ってみせた。

この日の最大の手柄は、室賀正俊に組みついた木村五兵衛である。昌幸はまわりに黒い血溜《ちだま》りをひろげつつある正俊の遺体をあらためると、つと腰を屈《かが》めてその腰帯から脇差を抜き取り、

「五兵衛よ、これへ」

と呼びかけた。

「室賀兵部は信玄公の御生前から、青江吉次《あおえよしつぐ》の脇差を自慢していたものだ。これがそれに違いないから、褒美としてその方に与えよう」

「ははっ」

と木村五兵衛が感激してその脇差を受け取ったのは、理由のないことではなかった。

備中《びっちゅう》の青江鍛冶といえば名匠を輩出した系譜として知られ、青江吉次は鎌倉中期から南北朝の時代にかけて気品ある刀を打った刀工として名がある。無位無官の者にはとても買えない作だけに、これは宝刀を下賜されたも同然であった。

ついで昌幸は信幸を従えて広間へもどり、酔いの醒《さ》めきっている室賀家家臣たちに正俊の死を伝えてから問いかけた。

「このなかに松沢五左衛門と申し、いくさに際しては朱具足をまとう者がおろう」

「それは、それがしに候」

と応じて立ちあがった五左衛門は、かつて真田家の足軽の首を掻き切ったことを咎《とが》められると思ったのか、左手を脇差に伸ばして身構えようとした。

しかし、昌幸は激することなくつづけた。

「そうか、その方が勝頼公の滅亡直後に戸石城を物見いたしたあのつわものか。あっぱれ勇士のふるまいをまた見たいものだ。気の合う者らとともに当家に仕える気はないか、悪いようには決していたさぬ」

驚いた五左衛門がその場で真田家への臣従を誓うと、そのやりとりを見ていた堀田久兵衛ほかも仕官を申し入れた。これによって昌幸は、小県郡のうちに残った最後の敵を始末すると同時に、名のある武者たちを召し抱えた形になった。

一石二鳥とはこのことだが、これで一件落着となったわけではない。次男秀康《ひでやす》を秀吉のもとへ証人として送った家康は、このころまでに上田城襲撃を考えはじめていた。

第一次上田合戦

一

　徳川家康が真田昌幸追討を決定した原因は、むろん昌幸が天正十三年（一五八五）四月、上州の沼田・吾妻領を北条家にあけわたす気はない、と返答したことにある。

　対して家康は、これをまったく不届きなことと見て諸将に語った。

「真田安房守《あわのかみ》（昌幸）の申しようには理《ことわり》あるに似たりといえど、余はすでに、信州伊那郡において沼田・吾妻領の替え地を与えると伝えてある。すなわち、安房守の所領の一部を一方的に召しあげるなどとはいっておらぬ。沼田・吾妻領を北条家へわたすことが迷惑なのであれば、余にその旨を訴えればよいものを、そうはいたさずわが家中《かちゅう》から離れて敵対いたさんとは言語に絶する不届き者なり。急ぎ退治せざるべからず」

つづいて家康が上田城攻めを命じた部将は、鳥居元忠《もとただ》、大久保忠世《ただよ》、平岩親吉《ちかよし》。その兵力は七千あまりであった。

その一方で家康は伊那郡の諸士にも書状を送り、右の三将のもとに馳《は》せ参じよ、と伝えたばかりか、

「敵を巧みに引き出して全滅させよ」

とまで命じた。

しかし、当然このような動きは真田家雇いの乱波、透波たちから昌幸に報じられる。

そこで昌幸は、対抗策を講じることにした。

「関白《かんぱく》羽柴秀吉公に臣従つかまつりたし」

と上杉景勝《かげかつ》の家臣島津又兵衛、おなじく海津城を預かっている須田満親《みつちか》に申し入れると同時に秀吉のもとにも使者を送り、同様の口上を伝えさせたのである。

秀吉はすでに家康と和議をむすんではいたものの、家康が挨拶のため上京してこないことから、かれを憎みつづけている。その秀吉は景勝に対し、

「真田を救うべし」

と命じたので、昌幸は家康に対し、外交戦によって一本取った形になった。

この年の八月二十六日は、今日の暦なら九月十九日である。上田盆地で早目に稲刈りのはじまっていたこの日に昌幸の使者として海津城を訪ねた矢沢《やざわ》三十郎と海野《うんの》喜兵衛は、須田満親と会見して景勝が秀吉の意向に従うつもりであることを伝えられた。

これによって真田家は、北の上杉家と南の徳川家から挟撃されるという最悪の事態だけは回避できたことになる。

上田城へ帰ってきた矢沢三十郎と海野喜兵衛から吉報を伝えられた昌幸は、

（ならばこちらから上杉家に証人を出さねばなるまい）

と考え、十九歳の次男坊幸村を呼んで命じた。

「その方はこれより海津城を経て越後の春日山城へおもむき、しばらく上杉家の飯を食うてまいれ」

「はい、それではただちにその仕度をいたします」

いつも通りにこやかに答えた幸村は、静かに一礼すると自室へ去っていった。

「えっ、わたくしが人質に取られるのですか。それはまた、なにゆえに」

などと反問して顔面蒼白《そうはく》になったりしないのが、真田家の士風なのである。特に幸村は、かつては父も真田家から武田家に差し出された証人となったことを知っているだけに、

（これも武門の定め）

　と考えている節があった。

　昌幸が秀吉に臣従を申し入れたことにより、幸村が上杉家への証人として差し出される。秀吉はこの年の九月に羽柴姓から豊臣姓に変わるのだが、幸村と豊臣家とのかかわりはこの時点で初めて生じたのであった。

　全体としてみれば秀吉政権の下に越後上杉家があり、さらにその下に真田家があるという形だから、昌幸はこの前後から上杉家の属将となったとみなしてもよい。

　これらの動きを知った家康は、信州佐久《さく》郡の小諸《こもろ》城主松平康国《やすくに》とその配下の千五百に真田領の矢沢を試し攻めさせてみた。矢沢には矢沢城があり、その位置は上田盆地の東方を北から南へ流れて千曲《ちくま》川に入る神川《かんがわ》の東岸である。

　その城主は矢沢但馬《たじま》、兵力は八百あまりにすぎなかった。だが、矢沢勢が巧みに出撃戦を展開したのに対し、松平勢はどうにも覇気に欠けていた。

　というのも松平康国の父は依田信蕃《よだのぶしげ》といい、三方ケ原合戦では武田信玄の旗本をつとめた者だったからである。信蕃の死後、そのせがれ源十郎が家康から小諸を本領安堵《あんど》されて松平姓と康の一字を与えられたのだが、康国はまだ十六歳。しかも、その一族の依田信守《のぶもり》は昌幸とともに佐久郡の平定に努めたばかりか、北条軍の同地進出を阻止したことがあった。

いわば真田家と旧依田家はそろって武田の旧臣だけに、松平勢は戦えといわれても意気があがらなかったのだ。

とはいえ真田軍は、総勢七千あまりの徳川軍に較べると兵力寡少であった。矢沢頼綱らは沼田城を動けないため、上田城を守るのは騎馬武者二百騎をふくめても二千足らずなのである。

そこで昌幸は上田盆地をひとつの円と考え、そのなかに三重の円陣を構築することにした。

もっとも外側の円陣を構成するのは、郷村から集められた三千あまりの農兵たち。この者たちには紙で作った旗を持たせて盆地の四方の山や谷にひそませ、伏兵とすることにした。地元農民にはかつて武田家につかえながら勝頼の敗亡によって土着した一族が多く、いまも鉄砲を所有している者たちが珍しくない。

さらに昌幸は北の戸石城、東の矢沢城、神川を合わせて東南から西北へうねる千曲川の南岸にある丸子《まるこ》城をむすぶ線を第二の円陣と想定し、信幸に兵力三百を与えて戸石城へ派遣した。

第三の、もっとも内側の円陣はいうまでもなく上田城とその城下町である。上田城を攻めようとする者は、城東に据えられた大手門のさらに東側に張り出す総構えのなかに発達した町屋と武家屋敷町を越えねばならない。

自身は兵力五百を率いて籠城することにした昌幸は、その町屋の通りにかねてから独特の仕掛けをほどこしていた。

一般に平城《ひらじろ》のまわりに同心円状に縄張りされることの多い城下町の通りには、鉤《かぎ》の手、食い違い、袋小路などが設けられていて、もし敵が侵入してきたとしても城へは容易に直進できないようになっている。

上田城の総構えのうちもその例外ではなかったが、昌幸はさらに工夫を凝らし、

「千鳥掛け」

と呼ばれる柵を城下を南北に走る道に築かせていた。これは長さ三間（五・五メートル）ないし五間（九・一メートル）ごとに食い違いが稲妻形を呈する柵のことで、この仕掛けの間を縫うようにすすむ者は、斜めに右折、左折をくり返すうちにどの方角をめざせばよいのかわからなくなる。

しかも、天はどうやら昌幸に味方するつもりのようであった。

八月十七日、上田城には上杉軍六千五百あまりが川中島から援軍としてやってきたのである。これによってそれまで真田軍二千弱と徳川軍七千あまりの間ではじまると見られていた上田城の戦いは、一気に真田軍が有利に立った。

それでなくとも昌幸がうれしかったのは、上杉軍が幸村を同行しており、昌幸のもとへ返してくれたことであった。昌幸は信頼の証《あかし》として上杉軍を本丸に迎え入

れ、自分は二の丸にうつっていくさ仕度に取りかかった。

上杉軍は謙信の時代からよく兵が練れていることで知られていたが、このたびも昌幸を感心させるほど状況によく目配りしていた。

小県郡の西には飛驒《ひだ》山脈（北アルプス）の手前に筑摩《ちくま》郡がひろがり、糸魚川《いといがわ》街道の重要な宿場でもある深志《ふかし》（松本市）には小笠原貞慶《さだよし》が家康の助けを受けて自立している。上杉景勝は川中島が手薄になったと見て小笠原貞慶が海津城に押し寄せる危険を考え、上田へむかわせた軍勢とは別に藤田信吉《のぶよし》に兵千三百を与えて猿ヶ馬場《ばんば》を守らせていた。猿ヶ馬場とは、筑摩郡から川中島へ出る道の峠のことである。

上田盆地の千曲川北岸には、信濃《しなの》国分寺の伽藍《がらん》がある。寺域およそ一万六千七百坪、金堂《こんどう》、講堂、中門、回廊、塔、僧房などから成るこの古刹《こさつ》に徳川軍七千あまりが着陣したのは、閏《うるう》八月一日のことであった。

二

真田昌幸は徳川軍の接近を報じられるや、ただちに諸将を二の丸の板敷きの広間に招いて軍評定《いくさひょうじょう》をひらいた。

（できることなら上杉軍の手を借りず、われらの力だけで徳川軍を踏みつぶしたい

ものだ）

と、三十九歳の昌幸は考えていた。

萎烏帽子《もみえぼし》を着け、袖口と袴口《はかま》を括り緒《くくお》で括った紺地の鎧直垂《よろいひたたれ》をまとって上座に胡座《あぐら》をかいた昌幸は、折れ弓の先で城下絵図のあちこちを示しながら見通しを述べた。

「知っての通りこの城は西から北にかけては内堀と矢出沢川《やでさわ》にかこまれておって、南には尼ケ淵があるから敵は東からしかやって来れぬ。されば敵が国分寺の北、神川東岸にまわりこんで染谷台《そめやだい》を越えてから総構えへの侵入をこころみるのは火を見るよりもあきらかだ。この城から神川西岸までは行程一里、われらがそこまで出動いたしさえすれば、矢沢城を攻めていた松平勢も戦いを挑んでこよう。われらは松平勢が神川を途中まで渡河いたすのを待って、一気に撃滅を図るという策はいかに」

そのかたわらに赤地錦の鎧直垂姿で正座した幸村は、矢立《やたて》から取り出した細筆により、父のことばを懐紙に書きつけるのに余念がない。

しかし、一呼吸置いて昌幸に堂々と反対意見を語りはじめた髭《ひげ》武者がいた。板垣修理といい、かつて武田家につかえて勝頼滅亡後に真田家に身を寄せた者である。

修理は、理路整然と述べた。

「敵の陣中には、それがしとおなじように武田家の遺臣ゆえに武田の軍法に通じた者が多いことをお忘れあるな。渡河なかばの松平勢を攻めてその戦いに勝利を得たとて、すでに神川西岸に進出している敵の主力がお味方衆の乱れ立ったるところに鉄砲攻めをくわえたなら敗軍歴然となりましょう。それよりもむしろ松平勢に神川を渡河させてから兵を動かしはじめ、この兵たちにはあらかじめ弱々しく戦って偽り逃れるよう命じておくのがよろしかろうと存ずる。この兵を総構えから大手門へ引き入れようとすれば、敵はその動きにつけ入り、全軍合体してこの城に乗りこもうといたすはずでござる。その際に、もし敵が火を放てばもっけの幸いと申すもの。その煙の下よりわれらが突出戦を挑めば敵は狼狽《ろうばい》し、敗北いたすこと掌《たなごころ》を指すがごとくとなりましょうぞ」

先鋒《せんぽう》が偽り逃れることによって敵を強兵たちの待ち受ける陣の近くへ誘いこむというのは、謙信の好んだ戦術である。

「ふむ、それは面白い。では、渡河なかばでの攻撃は止めることにいたそうか」

素直にうなずいた昌幸は、ふたたび折れ弓の先で城下絵図の要所を示しながらつづけた。

「染谷台から北上して神川西岸にあらわれた敵にも、しばらく応戦は控えることにしようではないか。すると、まっすぐ西へ進撃してきた敵はかならず総構えのうちへ突入してまいるが、知っての通り総構えの入口は三つしかない。この房山《ぼうやま》口、海《うん》野《の》口と常田《ときた》口だ。まずはこの三口から敵を引き入れて弱々しく戦ってみせ、それからどっと討って出て敵の全軍を突き崩してくれよう。戸石城と矢沢城、丸子城の兵には敵の背後に後詰《ごづ》めするよう命じておけば、崩れ立った敵は前後から挟撃されていかんともいたしがたいであろう」

『太平記』は、南北朝時代の南朝の忠臣楠木正成《まさしげ》の巧みないくさぶりを高く評価し、「正成は元来策《はかりごと》を帷幄《いあく》（陣屋）の中に運《めぐら》し、勝事《かつこと》を千里の外に決せんと」と書いている。

昌幸は信玄につかえていた時代に読んだこの文章をひさしぶりに思い出し、（すでに勝ったも同然）と考えて会心の笑顔を見せた。

いよいよ徳川軍が神川西岸に集結したのは、あけて二日の巳《み》の刻（午前十時）のことであった。

真田方にあってあまたの旗幟《きし》が風にひるがえるのを最初に認めたのは、城から三十町（三二七〇メートル）の地点まで出張ってきていた信幸・幸村兄弟の率いる兵三百である。

この日、信幸は唐冠《からかんむり》の兜《かぶと》に萌黄縅《もえぎおどし》の鎧をまとって赤漆《あかうるし》の地に六連銭を描いた団扇《うちわ》型の軍配をつかみ、幸村は黒漆塗り、頭形《ずなり》の兜と鉄地の二枚胴具足を着用して右脇に大身槍《おおみやり》をかいこんでいた。戸石城の守備を命じられていた信幸は、徳川軍が神川西岸に集結と物見から報じられていたたまれなくなり、夜明け前に上田城へ駆けもどって父から先鋒の将に任じられたのだ。

松平勢が渡河を開始する前から、

「敵が神川を越えて主力と合流しようとしたら、軽く攻めあって城へ偽り逃れよう」

「はい、父上もそう仰せでした」

と申しあわせていた真田兄弟は、敵が神川西岸の黒坪村へ馬を駆けあがらせたところで弓・鉄砲による遠いくさをはじめさせた。

ところが、この攻めが思いがけない効果を発揮し、松平勢との合流を急いだ徳川軍の先鋒はばたばたと倒れる。にわかに勝ちを信じた兄弟は、ともに馬腹を蹴って前線に躍り出ようとした。

しかし、このとき兄弟の動きをいち早く察し、乗馬の脇から跳び出してそれぞれの馬の口を抑えた者がふたりいた。軍目付《いくさ》として同行していた板垣修理と、いつもは昌幸の碁の相手をしている僧の東福寺である。

「御大将の秘策を忘れたまいしか」

ふたりが異口同音に叫んだので兄弟は冷静さを取りもどし、偽り逃れることにして総構えへ馬首を返した。

兄弟と兵三百は総構えを西に駆け抜け、三の丸にひらいた大手門の右側にある横曲輪《ぐるわ》のうちに身をひそめた。これも昌幸の指示に従った動きだが、徳川方はその動きの意味を推し測ろうともしない。勢いこんでその跡を追い、一歩遅れて房山口、海野口、常田口から総構えへ入りこんだ。

昌幸はすでに城下の住民たちをすべて避難させていたため、侵入した徳川軍の目に映ったのは戸閉めされた商店と野良猫、野良犬の類のみであった。

ところが、東西にのびる三本の通りに散開して城へ近づいてゆくと、それらの通りをむすぶ横小路には千鳥掛けが設けられ、その柵にはなぜか赤い簾《すだれ》が掛けられていた。

徳川方の将兵には、それがどういう意味か察知できない。ちらりと横目を遣《つか》っては前方にひろがる武家屋敷町に視線をもどすと、その簾の陰からは焙烙《ほうろく》で豆を煎るような銃声が連続し、兵たちはからだの側面を撃たれてつぎつぎと仆《たお》れた。

昌幸は、

（総構えにすんなりと入ることのできた敵は、城への接近を急ぐあまり横小路には

さほど気配りいたさぬはずだ）

　と踏み、千鳥掛けの柵に簾を掛けさせて死角を多く作らせ、その死角に鉄笠にお貸し胴具足姿の鉄砲足軽多数をひそませて不意を突かせたのである。

　逆上した徳川方の鉄砲足軽たちは応射しようとしたが、横小路でむすばれているもう一方の通りにも徳川方の将兵が充満しており、撃てば同士討ちが起こりかねないので撃つに撃てない。

「ならば、町並に火を放て」

　と叫んだ声は、

「たわけ、火を放ちながらすすんで城兵たちが突出してきたら、引くに引けなくなってしまうではないか」

　という別の声によって打ち消された。

　これらの動きは、千鳥掛けにひそんだ鉄砲足軽同様物陰に隠れていた物見たちにより、逐一昌幸に報じられている。

「敵、すでに間近まで押し寄せましてござる」

　とそのひとりが報じたとき、まだ鎧も着けずに三重櫓《やぐら》の最上階で祢津長右衛門《ねづちょうえもん》という者を相手に碁を打っていた昌幸は、

「敵がきたなら斬ればよい」

と顔も動かさずに答え、石を持ってトンと置いただけであった。

その間に徳川軍はこれも無人の武家屋敷町を越えて、大手門に接近。ひしひしと門外を取り巻くや、すでに勝ったかのごとく鯨波《とき》の声を張りあげた。

それを聞いた昌幸は囲碁を中止し、湯漬をさらさらとかきこんでから鎧兜を着用した。鎧は胴に昇り梯子《ばしご》を描いた革包みの二枚胴具足、兜には天衝《てんつき》といって、鍬《くわ》形の縦棒を直立させた前立てがあしらわれていた。

その昌幸が二の丸の前庭にあらわれて悍馬《かんば》にまたがり、大身槍を右脇にかいこんだとき、すでに徳川軍は幅一間あまりの太鼓橋をわたって三の丸に突入していた。三の丸を横曲輪には目もくれずに直進すれば二の丸だから、昌幸の直率する兵五百は二の丸の正門を隔てて徳川軍七千あまりとむかいあったわけである。

その門内に鉄砲足軽、弓足軽、槍足軽各百をこの順にならばせた昌幸は、まだ祢津長右衛門の残っている三重櫓にむかい、大きく槍を振ってみせた。

その槍穂の輝きを見た長右衛門は、四方の蔀戸《しとみど》をあけはなって赤地六連銭の巨大な軍旗を振りまわしはじめる。

「よし、時刻だ。開門せよ」

と命じた昌幸とその左右に馬首をならべた騎馬武者二百騎は、両足で馬腹を圧迫しながら手綱を引きつけた。こうしておくと、その手綱をゆるめたとたんに馬は駆《かけ》歩《あし》発進するものなのだ。

前列は右足を折って低く構え、後列は立ち撃ちの構えをとっていた真田家鉄砲足軽衆が一斉射撃をおこなったのは、門扉が八の字形にひらいた瞬間であった。昌幸の視界は濃霧のような弾幕にふさがれたが、門のかなたからは悲鳴絶叫と馬の嘶《いなな》き声が吹きあがり、充分な手応えが感じられた。

鉄砲足軽衆がふたつに割れて引いたなら、弓足軽衆の出番である。左一重身《ひとえみ》の構えから弓弦《ゆづる》を鳴らしはじめた弓足軽衆は、巧みな連携を見せた。

前列の者たちが一の矢を放つと、後列の者たちはその背後にうずくまった姿勢から、射手の右膝のうしろに二の矢を差し出す。こうすると射手は右手を動かすだけで構えを解かずに二の矢、三の矢を連射することができるのだ。

上空に拍子木を打ったような弓弦《ゆづる》の音が響きわたる間に門外からはふたたび悲鳴絶叫が伝わり、

「よし、槍を入れよ」

と昌幸は命じた。これは槍足軽衆を投入せよという意味で、いくさはここで弓鉄砲による遠いくさから白兵戦に切り換わるのだ。

槍足軽衆が鯨波の声を挙げながら一斉に突いて出ても、押しもどされる気配はまったくない。

（よし）

と思った昌幸は、

「ゆくぞ！」

と叫んで手綱をゆるめた。同時に発進した二百騎は、槍足軽衆の攻めをかいくぐって太刀《たち》打ちをこころみる徳川方の雑兵たちをつぎつぎに槍玉に挙げてゆく。

しかし、なおも戦おうとする徳川方先鋒は数少なで、真田家の猛攻に怯《ひる》んだその多くは逃げ足になっていた。遅れて三の門へ入ってきた者たちは前方から逃れてきた者とぶつかりあい、大混雑して戦うどころではなくなってしまう。

三の丸の横曲輪にひそんでこの様子をうかがっていた信幸・幸村兄弟以下の三百は、これを見るや一斉に討って出た。三重櫓の最上階から振られた軍旗は、

「これから開戦する」

と伏兵たちに告げる合図だったのである。

三の丸の横曲輪が二の丸の正門にむかって右側に建てられていたのも、昌幸の深慮遠謀であった。

三の丸に侵入して二の丸、本丸の守兵たちからの逆襲を喫した敵は、崩れ立って背後の大手門から城外へ逃げ走ろうとする。その場合、敵兵たちは横曲輪に身の左側をむけることになるのだが、兵というものは武器を持つ手のある右側よりも左側

が弱い。

昌幸がそれを見越して築いた横曲輪から徳川軍の左側面に突入した信幸・幸村兄弟以下の前に徳川軍は死屍《しし》累々となり、大手門外へ潰走《かいそう》していった。

だが町屋に差しかかる前に、その町屋からは紅蓮《ぐれん》の炎が天を焦がしはじめていた。伏兵たちが、徳川軍の逃走路を遮断すべく町屋に火薬を振りまいた上で火を放ったのだ。

房山口、海野口、常田口に通じる三本の通りは炎の通り道となり、徳川軍の顔面に火の粉と熱風を吹きつけてくる。それを避けようとして横小路に跳びこんだ兵たちは、いつか赤い簾を取り外されていた千鳥掛けに入ってしまって迷ったところを、なおもその千鳥掛けの近くにひそんでいた者たちにつぎつぎと狙撃されて仆れた。

さらに、辛うじて三口から総構えの外へ逃れ出た徳川軍も無事では済まなかった。三重櫓からの軍旗の合図は、城外にあってこれを見た者たちの手で狼煙《のろし》の合図に変わって四方へ伝えられていた。ちなみに「狼煙」ということばに狼《おおかみ》の字が入っているのは、狼の糞《ふん》は濃くて遠方からでもよく見える煙を立てるため、発煙剤として使われるからである。

狼煙は戸石城、矢沢城、丸子城に伝えられ、さらにその外側の山や谷にひそんだ農兵三千あまりもこれを見て円陣を一気に縮めていた。いわば敗兵たちは、三口を大きくかこんだ真田方城外勢の網のなかに飛びこんだ形になったのである。

特に多くの兵を討たれた徳川方の将は、鳥居元忠であった。これに戦意喪失した元忠はなんとか網を脱出し、神川をわたった。

だが、鳥居勢にとって不幸だったのは、上流に降った豪雨のため、昌幸が逆襲に転じたころから神川がにわかに増水していたことであった。松平勢が西岸へ渡河したこの日巳の刻とはまったく様変わりして濁流と化した流れに切り立った岸から飛びこんだ兵たちは、鎧の重さが仇《あだ》となってつぎつぎにその濁流に呑《の》みこまれた。

三

対して、あくまでも神川西岸に踏み止《とど》まろうとした徳川方の将兵もいるにはいた。代表は大久保平助、諱《いみな》を忠教《ただたか》二十六歳。のちに通称を平助から彦左衛門《ひこざえもん》と改め、「天下の御意見番」と渾名《あだな》されて『三河《みかわ》物語』を書き残すことになる、古武士を絵に描いたような木強漢《ぼっきょうかん》である。

すっかり色の褪《あ》せた色々縅《いろいろおどし》の腹巻に水牛の角を脇立てとした兜を着用、右脇に大身槍をかいこんでいた平助は下馬して後方から土煙を上げて追ってくる真田軍を振り返ると、りゅうりゅうとその大身槍をしごきながら叫んだ。

「われこそは三河の住人大久保平助忠教なるぞ。ここは断じて通さぬ、通りたくば素っ首を置いてゆけ」

家康の旗印にある、

「厭離穢土《おんりえど》／欣求浄土《ごんぐじょうど》」

という文句は、早くこの汚れた現世を去って極楽浄土に往生しよう、という意味合いである。死を恐れぬ、という点では真田家の六連銭の家紋とおなじだが、一徹者でもある平助は、敵にうしろを見せるくらいなら屍《しかばね》を戦場に晒《さら》した方がましだ、と頑《かたく》なに信じていた。

その姿にむかって突進した真田方の騎馬武者は、十五騎いた。真先に迫った黒鎧の騎馬は、馬首の右側に身を躱《かわ》した平助の槍を脇腹に受けてもろくも落馬する。

しかし、平助はその首を取ろうとはせず、ふたたび槍を水平に構えてつぎの騎馬武者を待ち受けた。

神川をめざすうちにそれに気づいたのは、徳川家の家老大久保忠世であった。平助の腹違いの兄でもある忠世は、やはり黒鎧を着用。長さ九尺（二・七メートル）、金の揚羽蝶《ちょう》を描いた旗指物《はたさしもの》をひるがえして平助のもとへ駆けつけ、ともに戦う意思をみなぎらせた。

これを見たその配下の兵およそ百も馳せ参じたため、真田方騎馬武者たちは十間（一八・二メートル）の距離を隔てて馬体を停止させ、睨《にら》みあいとなる。

並行して忠世の動きに気づかなかったその兵たちは、追尾してきた真田軍および農兵たちと乱戦をくりひろげていた。すでに鉄砲足軽たちが潰走してしまったため、大久保勢は集団戦法を採ることができず、思い思いに戦うしかなかったのだ。

そのひとり乙部藤吉は弓矢、おなじく黒柳孫左衛門は鉄砲を構えながら、じわじわと神川西岸へと引こうとした。

ふたりに迫った真田軍に藤吉は一の矢を放ったが、中《あた》らない。二の矢をつがえるうちに肉薄した真田兵がそのからだを斬り下げたつぎの瞬間、孫左衛門はその真田兵を撃ち殺していた。

平岩親吉勢も、大苦戦であった。配下の尾崎左衛門とその弟は、農兵たちに包囲されて討死。徳川軍全体としては、五、六町（五四五〜六五四メートル）東へ走るうちに兵三百あまりを失っていた。

われに有利な戦況を見て、大久保忠世・平助兄弟にあえて近づいていった真田の士もいた。栗林弥十郎という度胸のある騎馬武者で、かれは徳川方の者のふりをして大久保勢の間に入りこみ、機を見て忠世を討ち取ろうとしたのである。

騎馬武者は顔面に頰当てを着けて戦うものなので、いったん頰当てを着用して旗指物を捨ててしまうと、敵か味方か判じにくくなる。

だが、首尾よく大久保勢のうちにまぎれこんだ栗林弥十郎は、目を爛々《らんらん》と光らせていた平助に見咎《みとが》められた。平助は見慣れぬ鎧兜の騎馬武者が手近にいることに気づき、胴間声を張りあげたのだ。

「萌黄の鎧に筋兜を着けた者は敵兵だ！」

たまたま弥十郎の脇にいた大河内善一郎は、急ぎ槍を取り直してそのからだを貫こうとした。この一撃は、鞍《くら》の後輪《しずわ》に当たって弾《はじ》かれてしまう。

そのとき、弥十郎危しと見て駆けこんできた真田方の騎馬武者は、竹内新蔵。大河内善一郎を馬から突き落とそうとして槍穂を煌《きらめ》かせた新蔵は、間に割って入った平助の槍に縫い止められて万事休した。ただしその隙に、弥十郎は馬腹を蹴って自陣に逃げこむことに成功していた。

このころには昌幸も、すでに総構えを越えて戦場にあらわれている。なおも大久保勢は神川西岸に踏み止まっていたが、すでに平岩勢も鳥居勢を追って東岸へ逃れつつあった。

こちらが渡河して深追いすれば、窮鼠《きゅうそ》猫を噛《か》む事態が起こらないとも限らない。そこで昌幸は、全軍停止を命令。つづいて兵を城へ返そうとすると、頬当てを外した信幸・幸村兄弟が血相を変えて馬首を寄せ、口々に主張した。

「もう一息馬を駆けさせれば、徳川軍を全滅させることもできましょうに」

「ここまで致したからには、どこまでも追討すべきではありませぬか」

昌幸は、落ちついて答えた。

「空を見あげてみよ」

兄弟が顔を仰《あお》むけると、すでに夕日の時刻となって空には夕焼がひろがろうとしていた。

そして昌幸は、さらにいった。

「味方は少数、しかも終日入れ替わる兵力なきまま戦いつづけて疲れきっているであろう。いくさは今日でおわりではない。いまは城に兵を引き、負傷した者たちをいたわるべきときだ」

無我夢中で戦っていて時刻のうつろいも負傷者のことも忘れていた兄弟は、父の冷静さに感服して、

「かしこまって候」

と答えた。

四

上田城二の丸にもどった真田昌幸が、床几《しょうぎ》の左右に信幸・幸村兄弟をひかえさせておこなったのは首実検であった。

前庭に続々と運びこまれた釣り台に所狭しとならべられていた首の数は、千三百あまり。神川で溺死した兵数までは不明ながら、まず徳川軍は兵力七千あまりのうち二千以上を失ったものと考えられた。

対して真田軍の戦死者は、騎馬武者二十一騎と雑兵四十余人のみ。あえて上杉方援軍の手を借りなかった昌幸は、まことに劇的な大勝利を挙げたのである。

「神川の合戦」

と名づけられたこの戦いは、のちには、

「第一次上田合戦」

とも呼ばれるようになってゆく。

これは、はじめは「欧州大戦」と呼ばれた大戦争が、「第二次世界大戦」の勃発《ぼっぱつ》とともに「第一次世界大戦」と呼ばれることになったのに似ている。「第二次上田合戦」については後述にゆだねるが、神川東岸に兵を引いた徳川軍としては、このままおめおめと帰国するわけにもゆかなかった。

そこで翌日、せめて丸子城を落として鬱憤を晴らそうとした。それと知った真田家の父子三人は、丸子城近くまで出動。鉄砲を撃ちこませてから白兵戦をこころみると、徳川方でよく応戦するのは大久保忠世勢のみで、鳥居元忠勢、平岩親吉勢にはどうにも覇気が見られなかった。

のちに伝わってきた風聞によると、

「真田父子のうち、少なくともひとりは討ち取らねば」

と主張したのは忠世だけで、鳥居・平岩両人は前日の惨敗に懲りて闘志を失っていたのだという。

前線に出てその気配を察した昌幸は、

「あやつらに、もはや再度の城攻めを企《たくら》む気力は残っておらぬようだな」

と一笑して兵を返すことにした。

ただし、大久保忠世としては、面白くもなんともないとはこのことである。恥を忍んで家康に援軍の派遣を乞うたところ、上田城から上杉家援軍も去った九月十三日、井伊直政《なおまさ》勢と松平康重《やすしげ》勢あわせて五千があらわれた。井伊直政勢は武田家の滅亡以来、小幡《おばた》一党がつねに武具から馬具、旗印までを赤一色に統一した赤備えの姿で戦ったのを受けつぎ、

「井伊の赤備え」

といわれる軍装で知られている。

この五千は上田城の総構えを包囲したが、昌幸は平然と籠城をつづけ、その日数は二十日間に及んだ。

その間に昌幸が立てた策は、流言蜚語《ひご》を飛ばして井伊、松平勢に疑心暗鬼を生じさせることであった。

――真田安房守（昌幸）は、ふたたび上杉家に援軍を送るよう依頼したそうだ。

――武田信玄の次男の二郎信親、出家して龍芳《りゅうほう》には顕了《けんりょう》というせがれがおった。真田は出家しておる顕了を御家人とすることにより、武田家遺臣たちを集めて大反攻に出るつもりだというぞ。

それでなくとも徳川方諸将は、昌幸の策士ぶりを痛いほど思い知らされている。ついにこれらの噂《うわさ》は家康の耳に入り、全軍に帰国が命じられたため、ふたたび昌幸は武名を轟《とどろ》かせることになった。

「真田家には、安房守によく似た食えぬせがれがふたりいると申すではないか」

という話が徳川家の家中にひろまったのは、これ以降のことであった。

秀吉と家康の間で

一

このときまだ真田昌幸《まさゆき》は知らなかったが、徳川家康《いえやす》が井伊直政《なおまさ》勢、松平康重《やすしげ》勢を遠江《とおとうみ》へ帰国させた背景には、ある徳川家家臣の思いがけない行動が絡んでいた。

その家臣とは、石川数正《かずまさ》。幼少の時代を家康とともに駿府《すんぷ》ですごし、家老として徳川家の内政と外交を取り仕切っていた数正は、家康と関白羽柴秀吉《ひでよし》を秤《はかり》にかけて秀吉を選択。まだ昌幸が籠城戦をつづけていた九月十三日、預かっていた岡崎城を出奔して大坂城へ駆けこんだのである。

その理由としては、このころ秀吉と家康が互いにあらたな人質を交換することになっていたにもかかわらず、数正以外の家康の家老たちがこれに応じなかったことを挙げることができる。これによって外交担当の数正は苦境に立たされ、家康を見限ることにしたのだ。

　これは現代にたとえればロシアの外務大臣がアメリカへ亡命したようなものだから、家康にとっては大変な打撃であった。それでなくても人質の交換が円満におこなわれなければ両家の関係が悪化するというのに、数正の口から徳川家の内情——軍法、民政、城と城下町の構造その他が秀吉に伝われば、いざというとき徳川家は圧倒的に不利になってしまう。

　そんなこともあって、家康は上田城へ兵力を割《さ》く余裕はなくなったのだ。

　第一次上田合戦の勝利を秀吉に報じた昌幸が事件の概容を知ったのは、この天正《てんしょう》十三年（一五八五）十一月十九日付の秀吉の書状によってであった。その書状には、つぎのような条目もふくまれていた。

——この上は人数を出し、家康を成敗する。ただし、出馬するのは来年一月なかばのこととする。仕度をしておくように。

——信州・甲州については、深志《ふかし》城主小笠原貞慶《さだよし》、木曾《きそ》福島《ふくしま》城主木曾義昌《よしまさ》とよく相談し、越度《おちど》なきよう才覚すること。

——その方より依頼があれば、希望通りの兵力を派遣する。

　秀吉がこのような書状を送ったのは、昌幸を大名のひとりとして認知したことを示すものでもあった。

まもなく秀吉は羽柴姓を捨てて豊臣姓に変わるので、秀吉に臣従する大名たちは、

「豊臣大名」

と呼ばれはじめる。

天正十三年冬の時点で、昌幸は豊臣大名。その昌幸と敵対する家康は、秀吉に反抗的な大名たちの代表格であった。

ところがこのような関係は、天正十四年に入るとがらりと変わる。家康をみずから出馬して成敗すると宣言した秀吉が方針を強硬策から懐柔策へ切り換えた結果、昌幸は豊臣・徳川の両家にとって共通の敵とみなされてしまうのである。

段階を追ってその過程を見てゆくと、まず秀吉が従来からすすめようとしていた家康との人質交換政策に立ちもどり、天正十四年一月中に異父妹の旭姫《あさひひめ》を家康に嫁がせると決めたことが挙げられる。もちろんこれは政略結婚だが、五月に実行にうつされた。

それでも家康は、なおも秀吉に対して恭順の意を示そうとはしなかった。いまは亡き織田信長《のぶなが》と長く盟友関係にあった家康は、その織田家の足軽あがりである秀吉の前に膝を屈する気にはなれなかったのだ。

秀吉は、人の心を読むことに長じている。家康懐柔策をより徹底することにした秀吉は、自分の生母大政所《おおまんどころ》を最後の切り札として使うことにした。大政所を人質と

して岡崎城に送る、と家康に伝えたのである。

　このように態度を豹変《ひょうへん》させた以上、もし家康がふたたび上田城攻めをこころみたとしても、秀吉としては家康を制止することは出来ない。それを見越した家康が昌幸討伐のため浜松城から出陣し、金の開扇《かいせん》の馬印を夏の日射《ひざし》に輝かせて駿府城に移動したのは七月十九日のことであった。

　それにしても、王者とは気まぐれなものである。徳川軍が駿府から甲州へ進撃中の八月三日、秀吉は奉行ふたり——石田三成《みつなり》と増田長盛《ましたながもり》から越後《えちご》の上杉景勝《かげかつ》に伝えさせた。

「真田安房守《あわのかみ》（昌幸）は表裏比興《ひょうりひきょう》（卑怯）の者なれば、成敗を加えられるべきである。よって徳川三河守《みかわのかみ》（家康）が出兵するであろうが、上杉家は真田家をいっさい支援いたすべからず」

　一年とたたないうちに、秀吉は成敗されるべき対象をあっさりと家康から昌幸に切り換えてしまったのである。

　さらに八月九日、秀吉は家康の家臣水野忠重《ただしげ》宛の書状に書いた。

「真田成敗《せいばい》は当然のこと。たとえ家康の上洛《じょうらく》が遅れようと、苦しくない。家康みずからが働き、真田の首を刎《はね》られること専一なり」

昌幸にとってはまことに迷惑な話だが、秀吉はまだ本願としている天下統一を果たしていない。そのため、この最終目標を達成するためには人質政策以外にも家康の歓心を買っておかなければ、と考えて昌幸をだしにしたのだ。

しかし、すでに臣従を誓っている昌幸は秀吉に対して悪さを働いたことはない。それを考えて気が咎《とが》めるところのあった秀吉は、八月下旬には家康に進撃を中止して帰国するよう命令。あわせて上杉景勝には、九月二十五日に左のように伝えた。

「前述のように真田は表裏比興の者であり、家康はこれを成敗するとのことではあるが、このたびはまずもって取り止《や》めといたすものなり」

上杉家からこのことを教えられた昌幸が、

「どうなっていることやら」

と信幸《のぶゆき》・幸村《ゆきむら》兄弟の前で破顔一笑したのはいうまでもない。

二

しかし、秀吉にとって真田昌幸をだしにした家康懐柔策は大成功であった。

十月十八日、大政所が徳川家への人質として岡崎城に到着すると、家康は入れ違いに上京。二十七日、大坂城の謁見の間でようやく秀吉に対して臣従の礼をとった。

秀吉としては、これによって最大の仮想敵を体制内に取りこむことに成功したわけである。

一方、家康にとってもこの取引は充分に旨味《うまみ》のあるものであった。秀吉は家康を豊臣大名とする代償として、つぎの二項を確約したからである。

――関東の儀は、家康に諸事を任せる。

――信州の真田昌幸、小笠原貞慶、木曾義昌は、家康の与力衆《よりき》とする。

この場合の「与力衆」とは大大名の支配を受ける小大名たちのことで、古くは織田信長から越前《えちぜん》八郡の分国大名に封じられた柴田勝家《かついえ》が、三人あわせて十万石の前田利家《としいえ》、佐々成政《さっさなりまさ》、不破光治《ふわみつはる》を、

「越前府中三人衆」

として従属させた例がある。

これまでの昌幸は、越後《えちご》の大大名上杉景勝に従う小大名として秀吉に仕えていた。それが秀吉の右二項の確約により、昌幸は上杉家のもとを離れ、家康に従属する立場に置かれることになってしまったのだ。

「面白くもなんともない」

という表現は、まさにこのことを上杉景勝から報じられたときの昌幸の気持をいいあらわすことばでもある。

だが、昌幸にとって真田家を存続させるためには、この条件を呑《の》むしかなかった。しかも秀吉は、また昌幸が表裏ある態度をとるのではないかと考えたためか、右筆《ゆうひつ》に書かせたつぎのような朱印状を上田城に送ってきた。

「その方こと、家康と存分これありといえども、この方において直に仰せ聞かれ候。殿下（秀吉）も曲事《くせごと》に思《おぼ》し召し候といえども、このたびの儀は相免じられ候の条、その意を成し、早々まかり上るべく候。（以下略）

十一月二十一日　朱印

真田安房守どのへ　」

これは、こういう意味である。

――その方が家康と敵対していることは、こちらでも聞いている。殿下もけしからぬこととお思いだが、今度は赦免するから早々に上洛いたせ。

上洛して大坂城に登城することは、

「殿下の御意向に従います」

と誓うことでもある。

昌幸が渋々とながら上洛の仕度に取りかかるうちに、また秀吉の気が変わった。

「上洛途中に駿府城に立ち寄り、家康に会見いたすべきこと」

といってきたため、昌幸はまず家康のもとへ出仕せざるを得なくなってしまったのだ。

秀吉が駿府城を指定してきたのは、このころ家康が本拠地を浜松城からこちらへうつしていたことによる。

昌幸は天正十年（一五八二）九月末から十二年三月まで、家康に臣従していた。だから今度ふたたび徳川家に出仕すれば、昌幸は徳川家の部将たちから、

「返り新参」

と呼ばれることになる。

ただしこのことばは、決して蔑称ではなかった。すでに述べたように、この時代には主家を替えることは武士にあるまじき行為とは思われていない。

あけて天正十五年三月十八日、六連銭の家紋を浮かびあがらせた大紋烏帽子《だいもんえぼし》の正装で駿府城におもむいた昌幸は、家康に会見して正式にその与力衆のひとりとなった。

このとき、昌幸は四十一歳、家康は四十六歳。胸中憮然《ぶぜん》たるもののある昌幸は、儀礼的なことばしか口にする気になれなかった。

対して書院の間に昌幸を迎えた家康は至って機嫌がよく、頃合を見て茶菓子が出されるとにこやかに口をひらいた。

「これで真田家は、兄の安房守殿と弟の隠岐守《おきのかみ》がそろって当家につかえてくれるこ

とになった。まことにありがたいことじゃ」

「弟の隠岐守」とは、武田家滅亡の直後から家康の家臣となっている信尹《のぶただ》のこと。かつて昌幸が家康に臣従したのも、信尹に説得されてのことであった。

「隠岐はいま、いずこにおりましょうか」

昌幸が初めて家康の目を見つめてたずねたのは、

（わしが徳川軍を打ち破ったことによって、信尹が徳川家の家中で面倒な立場に立たされているのではないか）

と、かねがね危惧《きぐ》していたためである。

しかし、どうやらそこまで案じなくてもよいようであった。

「うむ、隠岐守はなかなか見どころのある者なので、いまは使い番として上京させている」

と答えた家康は、つづいて昌幸の長男信幸についてさりげなくたずねた。

「ところでそこもとには、なかなかいくさ巧者のせがれがふたりいると聞いた。これはまことか」

「まことでござります。上は源三郎信幸と申し、当年二十二歳。下は源次郎幸村と申し、当年二十一歳に相なりました」

昌幸は、

「上田の合戦でわれらが勝ちを制することのできたのは、せがれたちがよく働いたからでござる」

といいたくなるのを懸命に抑えた。

すると、侍烏帽子の下によく肥えた顔を見せていた家康は、またたずねた。

「ふむ。そのせがれたちは、すでに妻子持ちか」

「いえ、そろってまだ独り身でござる」

と応じた昌幸は、軽い気持でことばを添えた。

「どこぞに良縁がありましたら、よろしくお頼みまいらせる」

そのときの家康の反応は、昌幸の意表を突くものであった。

「そういえば、わが家中《かちゅう》の本多平八郎に眉目《みめ》よき娘がおって、そろそろどこぞへ嫁がせるべき齢《とし》だと聞いた。信幸をこの城に出仕させるなら、この縁談を取りもってつかわしてもよいぞ」

「これは、これは」

昌幸がつい目を瞠《みは》ったのは、本多平八郎、諱《いみな》を忠勝《ただかつ》といえば、

「徳川四天王」

のひとりにかぞえられる名将だからである。しかも昌幸は平八郎と直接槍《やり》を合わせたことこそなかったものの、おなじ戦場へ駒をすすめたことが一度あった。十五

年前の元亀《げんき》三年（一五七二）十二月、武田信玄の率いる甲軍三万二千が浜松城の北に迫ったことから織田・徳川連合軍八千とぶつかりあった遠州三方ケ原《みかたがはら》の合戦の際である。

それ以前から本多平八郎の名は、幾度もの難戦に加わって身に掠《かす》り傷ひとつ受けたことのない不敗の名将として武田家の家中にも知られていた。平八郎がいつも馬上右脇に掻《か》いこんでいるのは「蜻蛉《とんぼ》切り」という名の名槍であり、かれがあるときこの槍を右の肩口に直立させてたたずんでいると、穂先に止まった蜻蛉がおのずとふたつに裂けてしまった、という逸話とともに。

同年十月十三日、三方ケ原をめざしつつあった甲軍の先鋒《せんぽう》が遠州豊田郡の一言坂《ひとことさか》に至ったとき、黒糸縅《おどし》と鹿角《ろっかく》の兜《かぶと》を着けて物見にやってきた平八郎は、甲軍が追尾すると単騎馬首を返して七度も八度も槍を合わせ、悠然と浜松へ引いていった。ために甲軍は、その雄姿をつぎのように称《たた》えたものであった。

家康に過ぎたる物が二つある唐《から》の頭《かしら》と本多平八

つづいて十二月二十二日に甲軍が三方ケ原に踏みこみ、昌幸がその中軍にあって信玄を守っていたときにも、平八郎はその先鋒の山県昌景勢にむかって突進してきた。

平八郎が青貝の柄の大身槍《おおみ》である「蜻蛉切り」を風音鋭く頭上に振りまわしながら馬腹を蹴ると、山県勢五千は黒地桔梗《ききょう》紋の旗指物《はたさしもの》をのけぞらせて三、四町も後退してしまったほど。家康も平八郎の武神のように水際立ったいくさぶりに感心し、

「まことにわが家の名将なり」

と讃辞を贈ってやまなかったといわれていた。

昌幸の位置からその奮闘する姿を直視することはできなかったが、その後もことあるにつけ、平八郎の不惜身命《ふしゃくしんみょう》の武者ぶりは世間の評判になった。

三

徳川家康・本多平八郎主従にとって最大の危機は、天正十年（一五八二）六月二日、信長が明智光秀《みつひで》勢に襲われて自刃した本能寺《ほんのうじ》の変の直後にやってきた。当時、家康は信長に招待されて和泉国《いずみのくに》の堺《さかい》を旅行中。信長の横死を知って各地に土豪たちが蜂起した結果、武田勝頼《かつより》を見限って武田家から徳川家へ寝返り、家康とともに旅を楽しんでいた穴山梅雪《ばいせつ》も殺されてしまった。

平八郎は、そのとき使者として堺から大坂へむかう途中であった。凶変発生と知

って急ぎ家康のもとへ引き返すと、旅先のこととて少数の兵しかつれていなかった家康は絶望に顔を翳《かげ》らせていて、

「かくなる上は追腹《おいばら》を切って、上さま（信長）の御跡《みあと》を慕いたてまつる」

と口走る。

対して、平八郎は取り乱すことなく進言した。

「ひそかに本国三河へお帰りになり、義兵を挙げて明智を討つことこそ上さまへの最大の御供養かと存じ申す」

「それは上策ではあるが、どうすれば三河へもどれるか道もわからぬではないか」

家康が反問すると、平八郎はすらりと答えた。

「殿がもし本国に帰りたまわんとなさるのであれば、それがしがわからぬ道をわかるようにして御覧に入れたく存ずる」

こうして先導役を買って出た平八郎は、手近の村に入ってゆくや古老に面談。より三河に近い村までの案内を命じ、

「従わぬのであれば、この場で死んでもらおう」

と刀の柄《つか》に手を掛けて脅しつけた。

いざ隣村までゆくとその古老を帰し、あらたに見つけ出した古老を案内役に立てる。それをくり返して淀川《よどがわ》の支流木津《きづ》川の岸辺までもどったものの、渡し舟がなか

った。

たまたま柴《しば》を積んだ舟が二艘《そう》近づいてきたので平八郎が差し招くと、船頭は答えた。

「これは柴舟でして、渡し舟ではござりませぬ」

怒った平八郎が別の者に鉄砲を撃ちかけさせると、船頭はようやく舟を寄せてきた。ところが、

「柴を捨てよ」

と命じても、柴を惜しんでいうことを聞かない。

「汝《なんじ》、命が惜しくはないと申すか」

平八郎はふたたび恫喝《どうかつ》し、柴の代わりに家康一行を乗せてようやく対岸へわたることができた。つづいて平八郎が「蜻蛉切り」の石突きで舟二艘の船底を打ち破り、二艘とも沈めてしまったのは、明智勢もしくは土豪たちに追尾されないための用心であった。

このように平八郎がつねに沈着に行動したため、家康一行は無事に伊賀《いが》へ逃避。そこから先は伊賀出身の忍者服部半蔵《はんぞう》に四日市《よっかいち》まで案内させ、四日市から船を仕立てて三河の岡崎城へもどることができたのである。

「われ、汝をもって、八幡大菩薩《はちまんだいぼさつ》がわれを助けたまいしと思うなり」

と家康が平八郎に最大限の謝辞を与えたのは、平八郎がいなければとても伊賀にたどりつけなかったことをよく知っていたためにほかならない。

平八郎の名が秀吉にも知られたきっかけは、その二年後の天正十二年（一五八四）四月、秀吉と家康が尾張《おわり》の小牧《こまき》・長久手《ながくて》に戦ったときの行動によってであった。

秀吉が八万の大軍を十六段に備えて長久手へ出動させると、小牧でそれと知った平八郎は、鍾馗《しょうき》像を描いた巨大な旗印を掲げ、わずか五百の兵を率いてこれに接近。さらに兵を三手にわけ、秀吉軍へ四、五町（四四〇～五五〇メートル）の距離まで迫ると、ひたすら雁行《がんこう》しはじめた。

秀吉軍八万が開戦したならば、平八郎と五百の兵は一気にもみつぶされたことであろう。

しかし平八郎は、それでもよいと思っていた。かれは自分たちが討たれる間に家康が迎撃の用意をおえてくれればうまくゆく、と信じて疑わず、兵たちには出陣前に覚悟のほどを伝えていた。

「忠臣の死すべきときが、いよいよ迫った。潔《いさぎよ》く一戦を遂げて骸《むくろ》を戦場に晒《さら》し、名を千載《せんざい》ののちに伝えようではないか」

そのことばに、嘘《うそ》はなかった。秀吉軍に雁行した平八郎は、秀吉を挑発すべくその大軍に鉄砲を撃ちかけさせた。それでも相手にされないと見ると夕日を浴びながら乗馬を川岸へ導き、悠々と馬に水を飲ませてわざと隙を見せさえした。

その姿を遠望しながらも、秀吉は攻撃命令を下さなかった。それどころか秀吉は、

「あれはだれか」

と近習のひとりにたずね、本多平八郎と報じられると、はらはらと涙を流して語った。

「そうか、音に聞く本多平八郎とはあの武者のことか。わずか五百の兵をもってわが八万の大軍と戦えば、千死に一生もないものを。しかるにその五百をもってわが軍を手間取らせ、おのれのあるじに勝ちをもたらそうとの平八郎の志は、勇といい忠といい、まことに比類なきものぞ。われに運あれば、平八郎を討たずともこのいくさに勝つことができよう。皆の者に、平八郎を討ってはならぬと伝えい」

名将は名将の心を知る。

これら平八郎にまつわる逸話の数々は、めぐりめぐって昌幸の耳にも入っていた。だからこそ昌幸は、家康が長男信幸に平八郎の娘との縁談を取りもってもよいといわれた瞬間、驚くと同時に、

（これは願ってもない話だ）

と感じたのである。

しかし、注意すべきは家康が、

「信幸をこの城に出仕させるなら」

と条件をつけたことであった。これは信幸が昌幸のような家康の与力衆ではなく、徳川家の直臣となるならば、という意味あいだけに、ここはその是非を慎重に検討しなければならない。

「世に名高い本多平八郎殿に、妙齢の娘御がおわすとは初めてうかがい申した」

と当たりさわりのないことを答えながら、昌幸はちらりと思った。

（あるいはこの男、もしもわしがいずれふたたび敵対したときのため、少しでも兵力を減らしておいた方がよい、などと考えて信幸を所望したのではあるまいな）

ただし、もしそうだとしてもいいではないか、という気分も動いた。

信幸が上田城主真田家を離れて別流の真田家を立て、徳川家直臣になったとしても、弟の幸村がいるから昌幸が家督相続させる対象に困ることはない。のみならず信尹・信幸と真田家出身の者がふたりまで徳川家に奉公することになれば、家康もさらに上田城を攻めようなどとは思わなくなるかも知れない。

あれこれ頭をめぐらした昌幸は、最後に家康にいった。

「本日はよいお話をうけたまわることができまして、ありがたく存じ申した。せがれ信幸にはそれがしより御意《ぎょい》を伝えてみましょうほどに、お返事の儀はいましばらくお待ち下され」

四

その後、京を経て大坂へむかった真田昌幸は、無事に豊臣秀吉と会見して上田城へ帰ってきた。豊臣大名であり、かつその豊臣大名中屈指の実力者徳川家康の与力衆として働く、という昌幸の役割分担が、ここに公式のものとなったのである。

しかし、昌幸は、

（これで、やれやれだ）

とは感じていなかった。むしろ豊臣家―徳川家―真田家という上下関係が固まったことにより、

（もう一度、厄介な事態が起こりそうだな）

と先を読んで、顎鬚《あごひげ》を撫《な》でながら沈思黙考していることが多くなった。

ある日、それを気にした信幸が、

「父上、お見かけいたしますところ、大坂より御帰国あそばされてよりお顔の色がよろしくありません。大坂でなにかございましたか」

と案じ顔でたずねたことがある。

「うむ、よい折りだ。少し話をいたそう」

と応じて御座所から人払いした昌幸は、ずばりと本題に入った。むろん本題とは、本多平八郎の娘との縁談である。

「この話を受けるか受けぬかは、その方ひとりで考えよ。余の立場などは気にしなくてよい」

と父にいわれ、信幸は引き締った口許《くちもと》をさらに引き締めてから答えた。

「名にし負う本多平八郎殿の娘御であれば、ぜひとも娶《めと》ってみたく存じます。平八郎殿の再来のような男児を産んでくれるかも知れませんし」

「だがな、この縁談をすすめるためには、その方が徳川家の家臣にならねばならぬ。これは、さような条件のついた縁談だと思え」

「ははあ、そういうことでございましたか。もしや徳川さまは、神川《かんがわ》の合戦に大敗を喫したことから父上を恐れるようになり、それがしを父上から引き離す策を講じはじめたのではございませんか」

「その点は、余も考えた」

袖なしの道服を着けた昌幸が手にした白扇《はくせん》を開《あ》け閉《た》てしながら答えると、平服の羽織を着用して下座に正座していた信幸は、三日月形の眉をあげてすぐに答えた。

「それでは、この縁談は辞退させて下さりませ。父上が徳川さまの与力衆となられたからといって、われら父子の仲を裂くような注文に応じる謂《い》われはございますまい」

もちろんこれは、信幸が父と真田家全体のことを考えて出した結論であった。

だが、昌幸はこの答えを聞いたとたんに顔をしかめ、

「その方、まだ思慮が浅いな」

と大月代茶筅髷《おおさかやきちゃせんまげ》を振って嘆いてみせた。

これには室賀正俊《まさとし》が間近で成敗されるのを眺めても眉ひとつ動かさないほどだった信幸も両耳を紅潮させ、

「おことばではございますが、どのようにお答えいたせば御意に適《かな》うのでしょう」

と問い返した。

「されば、わが読み筋を教えてつかわす。よう聞け」

といって脇息《きょうそく》を引き寄せた昌幸は、流れるように語りはじめた。

「余が大坂城を離れる日まで、ついに関白殿下（秀吉）のもとへ参上しなかった大名がひとりおった。それは、小田原《おだわら》の北条左京大夫（氏直《うじなお》）だ。城内では、いずれ殿下がこれを怒って小田原征伐をお命じになるのではないか、ともっぱらの噂《うわさ》であった。しかし、一方では殿下はさような策は採らず、徳川家を介して左京大夫に上坂をうながすのではないか、と考える者たちもいた。それには、さる天正十年（一

五八二）七月に余が北条家に臣従するのを辞めてから、北条・徳川の両軍が甲州巨《こ》摩《ま》郡の若神子《わかみこ》で睨《にら》みあったことを思い出せばよい。三カ月の対陣の結果、両家がむすんだ和議については覚えておろうな」

「はい。たしか北条家は信州佐久《さく》郡と甲州都留《つる》郡を徳川家へゆずること、徳川家はその代わりに上州の沼田《ぬまた》・吾妻《あがつま》領を北条家にゆずること、両家は三河守（家康）の娘を左京大夫の正室とすること、との三点でございました」

はきはきと答えた信幸を満足して見やり、昌幸はつづけた。

「われら真田家が一徳斎《いっとくさい》さまの時代から領土の一部としてきた沼田と吾妻を、なにゆえ徳川家の手によって北条家に割譲《かつじょう》されねばならぬのか。それがまったく面白くなかったからこそ、余は徳川家と敵対するも止むなしと思い切ったのだ。ところがその後の徳川家と北条家の関係を見ると、たしかに三河守は娘のひとり督《とく》姫を左京大夫に嫁がせたし、信州佐久郡と甲州都留郡は、まったくではないが徳川家のものとなった。というのに、まだ上州の沼田と吾妻はわれら真田家の領土のままだ。こういえば、左京大夫が三河守から上坂をうながされたなら、どのような条件を出すかおのずと知れよう」

「ははあ。北条家は徳川さまに、沼田・吾妻を割譲すれば上坂する、と答える腹づもりだということでございますか」

「その通りだ。それでなくとも殿下は『関東の儀は、家康に諸事を任せる』とすでに公言しておるし、余も三河守からあらためて沼田と吾妻を差し出せば替え地を与えると通達されれば、豊臣大名とはいえ三河守の寄力衆である以上、いささかことわりにくいものがある」

「すると父上は、徳川さまに沼田と吾妻をゆずるのも致し方なし、とお考えなのでござりましょうか」

驚きの表情を浮かべた信幸を、

「そう先を急ぐな」

と、たしなめてから昌幸はさらにいった。

「ところで最初に申したように、三河守はその方が徳川家に仕えるのであれば本多平八郎の娘を嫁がせてもよい、といっておる。なにゆえさような条件をつけたのか、とつらつら考えたところ、余はようやく気づいた。もしその方が徳川家に出仕いたしたならば、三河守はその方を沼田と吾妻の統治に関与させるつもりなのだ。徳川家の者がこれらの土地をあらたに支配しようとすると、長い間われら真田家に心を寄せてきた領民たちは、反抗いたす恐れがある。ところがその方がおもむけば、表むき徳川家の家臣となっておっても実は真田家当主の嫡男と知って、領民たちは安《あん》堵《ど》いたすに違いないからだ。その後、形の上で沼田・吾妻が北条家の所領の一部となったとしても、三河守はおそらくこれらの土地における実権を手放しはせぬだろう。先ほど申したように殿下が『関東の儀は、家康に諸事を任せる』と公言している以上、徳川家が関東における北条領を焼こうと煮ようと勝手だからだ。それにしても、その方もよくよく見こまれたものよな」

「徳川さまは、それがしが父上の下で長く上州の支配にかかわっていたことを承知しておいでなのかも知れません。それにいたしましても、父上の仰せはよくわかりました。それでは、それがしは沼田と吾妻の領民のためにも本多平八郎殿の娘御を娶《めと》ることにいたしたいと存じます。徳川さまによろしくお伝え下さりませ」

信幸は、きっぱりと答えた。かれは自身の意思により、徳川家の家臣として父と家康との架橋《かけはし》になろうと決意したのである。

まもなく昌幸は、駿河の家康に使者を送る一方で信幸を沼田城へ派遣した。家康に使者を送ったのは信幸の意向を伝えるためだが、信幸を沼田城へ派遣したのは、沼田領を手放さねばならなくなったときのことを視野に入れてのことであった。

沼田城には城代として矢沢頼綱が入っていて、頼綱は元は信幸の副将であった。沼田領を替え地と交換して徳川家に割譲し、家康がこれを北条家にわたすとなると、この頼綱が臍《へそ》を曲げる恐れがある。それを考えて昌幸は、信幸に頼綱の顔を立てる策を講じさせることにしたのである。

それを受けて信幸が矢沢頼綱に提示したのは、つぎのような条件であった。

――そこもとが沼田城から引きあげざるを得なくなった場合には、これまでの多年の労苦に報いんがため、沼田領二百貫文の替え地として信州小県郡《ちいさがた》のうちに計三百六十一貫六百文の土地をあてがう。

頼綱は長く上州で奮戦したとはいえ、その本貫の地は信州小県郡のうちにある。その本貫の地へ還《かえ》ってこれまでの約二倍の領地を与えられるとあっては、否やはなかった。

昌幸は外の者から見たら表裏比興の者だったかも知れないが、家臣たちのことはいつもこのように手厚く扱っていた。神川の合戦において兵力二千弱の真田軍が七千あまりの徳川軍を鎧袖一触《がいしゅういっしょく》することができたのも、真田家の家中《かちゅう》がよく治まり、主従の一体感がよく育っていた結果なのである。

こうして昌幸がつぎなる事態に備えるうちに、家康はようやく北条家に働きかけはじめた。

五

この時代の北条家は、第四代当主氏政《うじまさ》が天正八年（一五八〇）のうちにせがれ氏直にあるじの座をゆずっていたものの、なおも弟の氏規《うじのり》とともに強い発言権を持っていた。この氏規は北条家の領国のうちにある伊豆《いず》の韮山《にらやま》城と相模《さがみ》の三崎《みさき》城の城将を兼ねる身であるが、今川義元《よしもと》が、

「東海一の弓取り」

とみなされていた一時代前には、松平元康《もとやす》こと徳川家康とともに今川家へ人質として差し出されていた。

家康と氏規はいまも交流があったため、家康は氏規を介して氏政・氏直父子に上坂を説得。天正十六年（一五八八）八月、まずその氏規が家康の家臣榊原康政《やすまさ》らにつれられて大坂へむかった。

のちに秀吉から昌幸に伝えられたところによれば、秀吉に会見した際に氏規の主張したところはつぎのようなものであった。

——兄の相模守氏政は、十二月中に上坂するつもりでおります。

——上州沼田領は、六年前に氏直と家康が和議をむすんだとき、北条家にわたさ

れることになりました。しかし、真田昌幸がこの地を手放さないので、北条家は念願を叶《かな》えられないまま今日に至っております。殿下が真田を説得して沼田領を当家にわたして下されば、氏政はかならず上坂いたします。

天下人に対して臣従するための条件を提示したわけだから、秀吉にとって面白かろうはずはない。

「六年前のことなどは、余の与《あずか》り知らぬことだ」

と答えたので、ふたりの会見は成果なくおわった。ただし、氏規のこの発言によって、沼田領をだれが領有すべきかという問題のあることが、ようやく秀吉に知られたことになる。

信幸が正式に駿府城に出仕して徳川家の家臣となり、本多平八郎の娘小松殿を正室に迎えたのはあけて天正十七年（一五八九）二月のこと。まもなく信幸が真田伊《い》豆守《ずのかみ》と称すると、七月十日、秀吉は「真田伊豆守殿」宛の朱印状を発した。

「今度関東八州・出羽《でわ》・陸奥《むつ》面々（方面）の分領、境目等を立てらるべきため、津田隼人正《はやとのしょう》、富田左近将監《さこんのしょうげん》を御上使として差し下し候。案内者として同道すべし。しからばその地より沼田まで御馬六十疋《ぴき》、人足二百人申しつけ、上下とも送付すべく、路次、宿以下馳走《ちそう》肝要に候なり」

秀吉はいったん北条氏規の申し立てを聞き流したものの、やはりこの問題を調査しておく必要があると考え直したのである。その秀吉が信幸に上使の案内役を命じたのは、信幸がこれまで真田家の上州経営に果たした役割をすでによく理解するようになっていたために違いない。

信幸は、徳川家の代表として上使ふたりを沼田へ案内した。ふたりの復命を受けて、秀吉が沼田領について裁断を下したのは二十一日のこと。その内容は、真田家にとっては悪いものではなかった。

——真田家所有の沼田領の三分の二と沼田城は北条家にわたすべきこと。その替え地は、徳川家から真田家へ与える。沼田領の残り三分の一と名胡桃《なぐるみ》城とは、これまで通り真田領といたすべきこと。

最悪の場合、真田家は上州利根《とね》郡の沼田領と吾妻郡とをそろって取り上げられる可能性があった。だが、実際は沼田領の三分の二、約百三十三貫文の土地を差し出すだけで済んだのだ。

しかも、追って家康が替え地として昌幸に割譲した信州伊那《いな》郡箕輪《みのわ》の地は、百四十貫文の土地であった。昌幸は信幸を徳川家へ出仕させたことにより、この取り引きを充分に旨味のあるものとすることができたのである。

するとこの年の十月、越前敦賀《つるが》五万石の豊臣大名大谷吉継《よしつぐ》から昌幸宛の書状が届けられた。大坂城で昌幸と会ったことのある吉継は、

「お手前の御次男は、若さに似ず目はしの利く御性分にて、神川の合戦にもよく働きたる者の由。関白殿下に出仕させるおつもりがおありなのであれば、それがしが取りついでもよろしゅうござる」

と書いていた。

もし幸村がこの申し入れを受け入れれば、真田家は豊臣家との絆《きずな》を強めることができる。そう感じた昌幸が二十三歳になった幸村を呼んでこの書状を見せると、

「どうかよろしく取りはからって下さいますよう」

と、小柄な幸村は目を輝かせて答えた。

どうやら幸村は、兄信幸に負けじと飛躍の機会を待ち望んでいたようであった。

（下巻に続く）

実業之日本社文庫 な12

真田《さなだ》三代《さんだい》風雲《ふううん》録《ろく》（上）

2015年2月15日　初版第1刷発行
2016年3月15日　初版第7刷発行

著　者　中村彰彦《なかむらあきひこ》

発行者　増田義和
発行所　株式会社実業之日本社
〒104-8233　東京都中央区京橋3-7-5 京橋スクエア
電話 [編集]03(3562)2051 [販売]03(3535)4441
ホームページ http://www.j-n.co.jp/
印刷所　大日本印刷株式会社
製本所　株式会社ブックアート

フォーマットデザイン　鈴木正道（Suzuki Design）

ISBN978-4-408-55210-1（文芸）